OSMAN BALCIGİL

Melek
HOLLY

Terörist
IRIS

Fahişe
LILI

DESTEK
yayınları

DESTEK MEDYA GRUBU

DESTEK YAYINLARI: 1603
EDEBİYAT: 462

OSMAN BALCIGİL / MELEK, TERÖRİST, FAHİŞE

İmtiyaz Sahibi: Yelda Cumalıoğlu
Genel Yayın Yönetmeni: Ertürk Akşun
Yayın Koordinatörü: Özlem Esmergül
Üretim Koordinatörü: Semran Karaçayır
Editör: Devrim Yalkut
Kapak Tasarım: Sedat Gösterikli
Sayfa Düzeni: Cansu Poroy
Sosyal Medya-Grafik: Tuğçe Budak-Mesud Topal-Meltem Kökboyu

Destek Yayınları: Mayıs 2022
Yayıncı Sertifika No. 13226

ISBN 978-625-441-669-9

Abdi İpekçi Caddesi No. 31/5 Nişantaşı/İstanbul
Tel. (0) 212 252 22 42
Faks: (0) 212 252 22 43
www.destekdukkan.com
info@destekyayinlari.com
facebook.com/DestekYayinevi
twitter.com/destekyayinlari
instagram.com/destekyayinlari

Destek Dukkan

Deniz Ofset – Çetin Koçak
Sertifika No. 48625
Maltepe Mahallesi
Hastane Yolu Sokak No. 1/6
Zeytinburnu / İstanbul
Tel. (0) 212 613 30 06

DESTEK yayınları KARAKARGA BEYAZ BAYKUŞ genç DESTEK

OSMAN BALCIGİL

Melek
HOLLY

Terörist
IRIS

Fahişe
LILI

Devlet, Mafya, Siyaset Üçgeninde
Bir Genelev Patroniçesi
MATİLT MANUKYAN'ın
Nefes Kesen Macerası ve Ermeni Terörü

DESTEK
yayınları

Gerçek kişiler ve olaylardan hareketle, yer yer yaratılmış karakterlere başvurularak yazıldı. Anlatımda kolaylık sağlamak amacıyla, zamanda kaydırmalarda bulunuldu.

Yazar Hakkında

(www.osmanbalcigil.net)

Osman Balcıgil 1955'te İstanbul'da doğdu. Ekonomi eğitimi gördü. Ulusal dergi, gazete ve televizyonların haber bölümlerinde muhabir, editör, yönetici olarak otuz yıla yakın çalıştı. Pek çok ödül aldı. Latin Amerika'da yaptığı çalışmayla, 1988 yılında Türkiye Gazeteciler Cemiyeti tarafından "Yılın Gazetecisi" seçildi. Sürekli Basın Kartı sahibi.

Çalışmaları:

Birikim Yayınları, 1977-1980: Yayınevi yöneticisi

İletişim Yayınları, 1980-1983: Yazar ve Editör (*Yeni Gündem, Video Sinema, Tarih ve Toplum, Cumhuriyet Dönemi Türkiye Ansiklopedisi*)

Cumhuriyet gazetesi ve *Cumhuriyet Dergi*, 1983-1985: Yazılar, Röportajlar ve Oxford Mektupları

Hürriyet, Hürriyet Pazar ve *Tempo* dergisi, 1986-1988: Yazar, Editör

Hürriyet Production, 1989: Araştırmacı, Yapımcı, Koordinatör ("Hodri Meydan", "Tele-Vizyon", "Tempo", "Basın Kulübü" programları)

Show TV, 1993: Haber Müdürü, "Baş Sayfa" programı yapımcısı

ATV, 1994: Haber Programları Genel Koordinatörü, "Üçüncü Sayfa", "41 Dakika" programlarını hazırladı ve sundu.

Kanal 6, 1996: Haber Dairesi Başkanı

Star TV, 1996: Haber Müdürü, "Kırmızı Koltuk", "Osman Balcıgil ile Gece Hattı", "Dobra Dobra" programlarını hazırladı ve sundu.

HBB TV, 1997-2000: Haber Dairesi Başkanı, Anchorman, "Şeytanın Avukatı" programını hazırladı ve sundu.

Ottoman Medya, 2000-2013: Kurucu ortak

Araştırma Kitapları:

- *Birleşmiş Milletler, Uluslararası Af Örgütü ve Ölüm Cezası*, Birikim Yayınları
- *1960 Anayasası Üzerine*, Birikim Yayınları
- *İdamın Günlüğü*, Onur Yayınları
- *Toplum: Layığı Bu Değil*, Haziran Yayınları
- *Latin Amerika'nın Atar Damarları*, Belge Yayınları
- *50 Maddede Ezoterizm*, Karakarga Yayınları
- *İzcilik: Bir Memleket Meselesi*, Destek Yayınları

Romanları:

- *Ters Kanatlı Şahin*, Destek Yayınları
- *Bilginin Efendisi*, Destek Yayınları
- *Zerdüşt'ün Sırrı*, Destek Yayınları
- *Dante'nin İstanbul Cehennemi*, Destek Yayınları
- *Pisagor Tepkisi*, Destek Yayınları
- *Mason Locasında Aşk ve Kılıç*, Destek Yayınları
- *53. Risale*, Destek Yayınları
- *Ela Gözlü Pars: Celile*, Destek Yayınları
- *Yeşil Mürekkep*, Destek Yayınları
- *İpek Sabahlık*, Destek Yayınları
- *Nefesi Tutku Olan Kadın: Afife Jale*, Destek Yayınları
- *Putlar Yıkılırken*, Destek Yayınları
- *En Hüzünlü Eylül*, Destek Yayınları

Novella:

- *Kara İblis Firarda*, Karakarga Yayınları

Deneme:

- *Karanlık Oda*, Karakarga Yayınları

-1-

İngilizlerin *it is raining cats and dogs** dediği türden bir gündü. Bir haftadır Londra'daydım, bir dakikalığına olsun ara vermemişti meret.

Kasvetli havaları sevmem. Hele keyfim yerinde değilse. Havamda olsam günün ilk yarısını on metrekarelik otel odasında geçirmez, Covent Garden'a gider, müdavimi olduğum kahvede bir pazar yazısı yazardım. Normalim bu.

Keyfimin kaçmasına yol açan tabii ki sadece yağmur değil. Asıl derdim, bir haftadır peşinden koştuğum konu.

Birkaç gecedir üst üste seyrettiğim müzikallerden ve her güne birkaçını sığdırmaya çalıştığım sergi ziyaretlerinden keyif alamamamın nedeni de bu.

Bunca yıllık gazeteciyim, işin iş olma halini bir türlü öğrenemedim. Bir yolunu bulur, ele aldığım her konuyu en kısa zamanda kendi meselem haline getiririm. Hastalıklı bir yapım var anlayacağınız.

Kaldığım otelin giriş katında, asansörden adımımı dışarıya atarken arada bir yaptığım gibi kendi kendime ayar veriyor, "*Neyse...*" diyorum.

Clark ayakkabılarım ve Barbour montumun İngilizliklerine güvenip, Trafalgar Meydanı ile St. Paul Katedrali'nin arasında akan görkemli The Strand Caddesi'ne atlıyorum. Sonra ara sokakları kullanarak Embankment İstasyonu'na ulaşıyor, demiryolu

---

* Bardaktan boşanırcasına yağmur yağıyor.

köprüsünü üzerinden Londra'nın sosyal hayatında önemli bir yeri olan South Bank'a geçiyorum.

Film tutkunlarının en gözde mekânı National Film Theatre burada.

Demir ve camdan oluşan ağır kapıyı omuzlar omuzlamaz burnuma mis gibi kahve kokusu geliyor. Yol boyu, *"Bir Guinnes patlatırım..."* diye kurduğum hayallerimi tereddütsüz çöp tenekesine yolluyorum.

***

Londra'da üçüncü günüm. İstanbul'dan kurduğum temaslar sonuçlarını yavaş yavaş veriyor. Birkaç gençle sıkı röportajlar yaptım bile.

Konuşmaları not aldığım defterimi Thames Nehri'ne nazır masaya koyuyor, sayfalarını gelişigüzel karıştırmaya başlıyorum.

Gençlerden birinin kurduğu bir cümlenin altını defalarca çizmiş, iki yanına üçer ünlem koymuşum:

"Burada kendimi uzayda bir kibrit çöpü gibi hissediyorum."

Üniversiteyi bitirmiş, ülkesinden umudu olmadığı için kapağı 1975'in sonlarına doğru İngiltere'ye atmış delikanlı dil öğrenecek, punduna getirirse lisansüstü yapacak. Planı bu.

Olacak gibi görünüp görünmediğini sormuştum, o planını anlatınca. Sesinin tonunu maceraperestten dertliye çevirmişti.

"Görünmüyor. Karnımı doyurup yattığım izbenin parasını ödeyince cebimde bir pound bile kalmıyor. Hangi zaman ve parayla lisansüstü yapacağım? On iki saat çalışıyorum üstelik."

Konuşmasını tamamlamamış, söndürmüştü genç adam. Söylediklerinin, kendine sakladıkları yanında solda sıfır kaldığından emindim.

"Ne yapmayı düşünüyorsun peki?"
"Döneceğim."

***

Konuştuğum gençlerin hepsi aynı durumda değil kuşkusuz. Ben de mümkün olduğunca farklı kesimlerden örnekler bulmaya çalışıyorum zaten.

Lafladığım gençlerden biri bir toprak ağasının oğlu. Buluşmamıza, Londra'nın malum hava koşulları nedeniyle üstünü kaç kez açma imkânı bulabileceğini merak ettiğim kırmızı Alfa Romeo'suyla geliyor. Dizkapaklarının altına kadar uzanan devetüyü bir palto giymiş. Boynunda beyaz ipek bir kaşkol, sağ küçük parmağında şövalye bir yüzük var. Tabii ki altından ve pırlanta taşlı.

Genç adam ünlü Fransız oyuncu Alain Delon'a öykünse de bir Anadolu çocuğu işte. Geçirdiğimiz akşam ve gece boyunca, *misafiri olduğumu* söyleyerek bir pound olsun harcamama izin vermemişti. Ağanın eli tutulmazdı. Babasından öğrendiği gibi davranmasına saygı göstermekten başka çarem yoktu.

Türk lokantasında yediğimiz muhteşem yemek... Hep gittiği birahanede laflamamız... Arada bir uğradığı gece kulübü...

Tavşan kızların hizmet verdiği, kumar makinelerinin durmaksızın garip sesler çıkarttığı, rulet masalarının aralıksız döndüğü son durağımızda, genç arkadaşımın birkaç bin pound kaybettiğine kendi gözlerimle tanık olmuştum.

Ayrılırken, *para kaybettiğini yazmamamı, aksi takdirde babasının kulağından tuttuğu gibi gerisingeri Türkiye'ye götüreceğini* söylemişti, koca adam. Sırrını tutacak, devasa tarım arazilerini daha verimli hale nasıl getirebileceğine dair tahsiliyle,

Londra'nın eğlenceli hayatını bir araya nasıl getirdiğini anlatmakla yetineceğim.

***

Not defterime göz atarken National Film Theatre'ın kapısı sayısız kez açılıp kapanıyor. Gelenler önce akşamüstü seansı için biletlerini, sonra tıpkı benim gibi içeceklerini alıp Thames'e karşı konumlanıyor.

Derken kapı bir kez daha açılıyor. Audrey Hepburn'ün* gençliği, *Breakfast at Tiffany*'deki** kavuniçi, dört kocaman düğmeli mantosu, siyah şapkası ve kocaman siyah gözlükleriyle içeriye süzülüyor. Gerçekten nefes kesici.

Holly*** etraftaki insanların da ilgisini çeken kıyafet ve yürüyüşünü "Çok geç kalmadım değil mi?" diyerek masamda sonlandırıyor.

Sıra dışı durumlara alışkınımdır. Şaşkınlıklarımın yüzüme yansımamasını sağlayabilirim. Bu kez öyle olmuyor.

Genç kadının kulağımı gaipten gelir gibi dolduran yatak odası sesine "Hayır. Geç kalmadınız" demekte de ayağa kalkıp mantosunu almakta da gecikiyorum. Centilmenliğe dair bütün bu davranışları, ancak o çantasını masanın üzerine koyduktan sonra akıl edebiliyorum.

Misafirim sarsaklıklarıma tebessümle yanıt veriyor. Biraz sorunlu da olsa oturmasına yardım ediyor, ne içmek istediğini soruyorum.

---

* 1929-1993 yılları arasında yaşadı. Pek çok başarılı filmin yanı sıra *Tiffany'de Kahvaltı*'da da oynadı. 1961'de vizyona giren bu filmin yönetmenliğini Blake Edwards yaptı.

** *Tiffany'de Kahvaltı* isimli romanı ABD'li yazar Turuman Capote 1958 yılında kaleme aldı. Kitap Türkçe olarak ilk kez 1966'da, Bilgi Yayınevi tarafından basıldı.

*** Holly, Audrey Hepburn'ün *Tiffany'de Kahvaltı* filminde canlandırdığı karakter.

"Kahve. Siz de kahve içiyorsunuz zaten. Süt ve şeker kullanmıyorum."

***

İddia ediyorum, hiç kimse, bir kahve alımı süre zarfında benim o gün, o anlarda düşündüğüm kadar çok konuyu bir arada düşünmemiştir.

Hatırladığım kadarıyla *Tiffany'de Kahvaltı* filmi için kameraların karşısına geçtiğinde Audrey Hepburn otuzlu yıllarının başlarındaydı. Kahvesini almak üzere olduğum genç kadın ise yirmili yaşlarının ortalarında olmalı. Aslından sadece biraz daha genç, o kadar. Geri kalan her şey, tıpkısının aynısı. Peki, nasıl oluyor da oluyor?

Masamıza yaklaşırken yüzde yüz eminsem de kahve fincanını masaya bırakırken kendime ters köşe yapıyorum.

"Affedersiniz, siz Holly'siniz değil mi?"

Siyah güneş gözlüklerini tıpkı Holly gibi burnunun ucuna indirip gülüyor.

"Olmasam kahve ısmarlamayacak mısınız yoksa?"

"Yo, yo hayır" diyorum kafam karışmış olarak.

Cevabını alır almaz gözlüklerini yerli yerine, minicik burnunun üzerine oturtuyor ve biraz da beni kurtarmak için olsa gerek, tıpkı Holly'nin filmde Paul'a güldüğü gibi gülüyor.

"İlk değilsiniz. Sıkmayın canınızı."

Vereceğim cevabı beklemeden çantasını açıyor, içinden ağızlığını çıkartıyor, sigarasını ince uzun ağızlığa yerleştiriyor, ağzına doğru götürürken yüzüme bakıyor.

Bu arada, karşımda oturmakta olan genç kadının Holly ismini laf olsun diye almamış olduğunu, kendisini bir film karakterine benzetmeye çalıştığını düşünüyorum. Şaşkınlığımın nedeni, böyle olabileceğini daha önce akıl edememiş olmam.

İlk şaşkınlığımı atmış olduğumdan, pantolonumun sağ cebinde her daim hazır bekleyen Dupont'umu çekip, tereddütsüz ateşliyorum.

Holly sigarasından ilk dumanlarını savururken, aklıma sabahleyin ıslanma pahasına bir koşu aldığım Black Velvet geliyor. Tütün kesemi ve pipomu masanın üzerine koyuyor "Rahatsız olmazsınız değil mi?" diye soruyorum.

"Hayır. Tersine. Çok severim."

Pipomu dolduruşumu ve yakışımı ilgiyle izlerken "Çok mu İngiliz'siniz ne?" diyor.

Anlamamış gibi bir ifade takınıyorum.

"Barbour mont, Clark ayakkabılar, Harris Tweed ceket, pipo filan."

Üzerimdeki kıyafetin tamamını incelemiş, üstelik markalarına kadar doğru tahmin etmiş olması hoşuma gitse de lafını etmiyor, sorusuna cevap veriyorum.

"Ha evet, İngiltere'de epey bulundum. Eşim de İngiliz zaten. Kayınpeder, kayınvalide filan derken..."

Yine o bildik ve hoşuma giden yatak odası sesiyle ve biraz imrenir gibi "Ne güzel" diye söyleniyor. Ardından içini çekiyor.

"Ben alışamadım henüz."

Fırsat bu fırsattır diye düşünüp, röportaj isteğimi kabul ettiği için teşekkür ediyorum.

"Telefonda o kadar ikna ediciydiniz ki reddedemedim."

-2-

Dizi projemi yazıişleri müdürüm ve genel yayın yönetmenime kabul ettirdikten sonra ilk işim, gazetemin İngiltere temsilcisiyle konuşmak olmuştu.

Üzerinde çalışmak istediğim konuyu uzun boylu anlatmaya kalkacağımdan endişe eden yılların gazetecisi, leb demeden Çorum misali "*Çocuklarımızın ülkelerinden neden kaçtığını anlatacaksın*" demişti.

Konuşabilecek ilginç birilerini aradığımı söyleyince, yüreğimi hoplatan o cevabı vermişti.

"*Var biri. Hatta, bugünlerde tekmil Soho onunla yatıp onunla kalkıyor.*"

Gazetecilik tam bir koku alma mesleğidir. İngiltere büro şefinin sektirmeden *birinin olduğunu söylemesi* ve ardından Soho'dan söz etmesi, Londra'nın tozunu yutmuş biri olarak merakıma zirve yaptırmıştı.

Her şey tam da İstanbul'dan kokusunu aldığım gibi gelişmişti. Becerebilirsem, Holly hazırlayacağım dizinin taşıyıcı karakteri olacaktı. En çok da bu nedenle, kendisine mal bulmuş Mağribi gibi yaklaşmamış, tersini yapmıştım.

***

Böyle durumlarda en iyisi, karşınızdakini konuşturmaya çalışmak yerine kendinizden söz etmenizdir. Bir ara eşim ve o zamanlar üç yaşında olan oğlumla bir süre Charing Cross'ta oturduğumuzu, sonra sıkılıp Brighton'a taşındığımızı filan anlattım. İlgiyle dinledi.

En iyi röportajların samimiyet üzerine tesis edileceğini bilecek kadar gazeteciyim. Holly ise, yirmili yaşların ortalarında olmakla birlikte, görmüş geçirmiş biri gibi görünüyor.

"Neden Türkiye'ye döndünüz?" dedi, tam ben Brighton'ın deniz kenarı bir şehir olduğu için İstanbul'daymışım gibi hissettirdiğini anlatırken.

Sorusu aklıma, az önce not defterimi karıştırırken altını çizmiş olduğum satırları getirdi.

"Birkaç gün önce genç bir adamla konuştum. Burada *kendisini gökyüzünde bir kibrit çöpü gibi hissettiğini* söyledi. Sanıyorum ben de Türkiye'ye aynı nedenle döndüm."

Başını salladı Holly. Yüzüne nedenini tam olarak anlamadığım bir hüzün yerleşti. Ses tonu değişti.

"Güzel bir neden. Kökler çok önemli. İlk kuşak nereye geldiğini anlayana kadar yitip gidermiş. İkinci kuşak istemese de kendisini yabancı saymayı sürdürürmüş. Üçüncü kuşak tersine ait hisseder ama bu sefer de asıl yerliler bir yolunu bulup ona yabancı olduğunu hatırlatırmış. Bir kitapta okumuştum bunu. Tanıdığım biri de *'Vatan ataların mezarlarının bulunduğu yerdir'* demişti. Devam edin lütfen."

Konuşmasını tamamlayınca, İngiltere'yle olan bağlarımdan biraz daha söz ettim.

Ne yapmaya çalıştığımın farkında olduğundan eminim. Kendimden bu kadar söz ediyor olmamın asıl nedeninin onu konuşturmak olduğunu anlamaması ihtimal dışı. Bu arada endişelenmiyor da değilim kendimi uzun boylu anlatmaktan.

"Sıkıyor muyum sizi?"

"Kesinlikle hayır. Beni rahatlatmaya çalıştığınızın farkındayım ama başınızdan geçenler de ilgimi çekmedi değil."

Oyunumu çözdüğüne göre, kendimden söz etmekten vazgeçebilirim. Lafımın yönünü değiştirip *son zamanlarda hangi filmlere gittiğini, müzikal sevip sevmediğini, müzelerle, lokantalarla arasının nasıl olduğunu* soruyorum.

"Golightly" diyor. Mesajını alıyorum. Bu konulara girmek için epey yolumuz olduğunu söylemeye çalışıyor.

Golightly'yi çevirmeye kalksam *yumuşaklıkla* da diyebilirim. Yoksa *suhulet* daha mı uygun? Holly'nin filmdeki soyadı aynı zamanda. Çok da uyum sağlamıştı karakterin ruh haliyle.

Tıpkı Audrey Hepburn'ün *Tiffany'de Kahvaltı*'da canlandırdığı karakter gibi yumuşak ama hayatı ıskalamayan bir kişilik Holly.

***

Kahvelerimiz bitti. O sigarasını söndürüp ağızlığından çıkarttı. Ben pipomu içmeyi sürdürüyorum.

Dışarıya bakıp "Görüyor musun, ilk kez yağmur kesildi" diyor.

Gerçekten de öyle. Uçaktan indiğimden bu yana yağan yağmur ilk kez kesildi. Bu arada Holly'nin aramıza mesafe koyan siz kelimesini ortadan kaldırdığını fark ettiğimi de söylemeliyim.

"Ne dersin, biraz yürüyelim mi? Temiz hava almış oluruz."

Dünden razıyım bu teklife. Repertuvar sineması işlevi gören yapının kafeterya kısmı ağzına kadar dolmuş, atmosfere sigara dumanı asılmış, gürültü fona ölümcül bir biçimde hâkim olmuş vaziyette. Taze hava bana da çok iyi gelecek.

***

Holly, Waterloo Köprüsü üzerinden The Strand'a çıkmayı teklif etti. İstersem geçerken beni otelime bırakacak, kendisi Soho'ya doğru yürümeyi sürdürecek.

"Bugün çalışıyor musun yani?" diye sordum kalemimi ve defterimi cebime yerleştirirken. Pipomu tüttürmeye yürürken devam edeceğim.

"Bildiğin işte her gün çalışıyorum. Akşamüstlerinden gece yarılarına kadar. Hafta içlerinde çalıştığım ikinci işyerimdeyse cumartesi ve pazar günleri çalışmıyorum."

National Film Theatre'ın kapısını açıp çıkması için yol verirken, iki tatil gününden birini bana ayırdığı için teşekkür ediyorum.

Az önce söylediği gibi, geceleri ne iş yaptığını biliyorum. Soho'da, bir peep show'da* sahne alıyor. Patronu onu Londralılar ve ardı arkası kesilmeyen turistlere *Turkish Delight* olarak lanse etmeyi uygun görmüş.

Sessizlik içinde epey yürüdükten sonra, aklına yeni gelmiş gibi davranıyor.

"Sen de geldin mi şovuma?"

"Hayatım boyunca bir kez bile peep show izlemedim" diyorum biraz sıkılarak.

"Seyredenlerle ilgili düşüncelerine katılıyorum" diye karşılık veriyor.

"Nereden anladın sorunumun sadece seyredenlerle ilgili olduğunu?"

"Biraz aklı başında herkes böyle düşünür de onun için. Sen de aklı başında biri gibi görünüyorsun."

Özellikle böyle netameli konularda, uzun boylu ter dökmeden ne söylemek istediğinizin anlaşılması güzel.

* Seyircinin bir pencerenin arkasından bir otomata para atarak seyrettiği seks içerikli gösteri.

Waterloo Köprüsü'nü ortalamış durumdayız, altımızdan Thames Nehri, yanımızdan çift katlı kırmızı otobüsler akıyor.

"İşin ahlaki tarafıyla ilgilenmiyorum" diyorum olası yanlış anlama ihtimaline karşı.

Sonra, daha çok Londra'ya neden geldiği, burada iş dışında ne bulduğu, geleceğe dair planlarının neler olduğu gibi sorulara yanıt aramaya çalıştığımı söylüyorum.

Gülüyor. "Bildiğim yerden geldi" diyor.

Boş gözlerle baktığım için olsa gerek, sözlerine "Hani sınava girersin de soru çalıştığın yerden çıkar ya, tam olarak öyle" diyerek açıklık getiriyor.

Anlamıştım demiyorum.

Aslında, aklıma teybimi çalıştırmıyor oluşum gelmiş, sözlerini unuturum diye bir tür rahatsızlık hissetmiştim. Bir ara boş gözlerle bakmış olmamın nedeni bu.

"O halde şöyle söyleyeyim..." diye başlıyor Holly.

Not almadığım için normalimin epey üstünde dikkat kesiliyorum.

Derli toplu konuşmasından Holly'nin birinci sınıf bir beyne sahip olduğu anlaşılıyor. İyi eğitimli. Yüksek sınıftan bir ailenin çocuğu olduğu belli. Anlattıklarının içinde yerli yerine oturtamadığım tek mesele, neden peep show yaptığı ve neden seks aletleri satan bir dükkânda çalıştığı.

National Film Theatre'da buluştuğumuz dakikalardan şu ana kadar geçirdiğimiz süre içinde, onun ayıklayan beyni sayesinde, zikrettiğim sorular dışında öğrenmem gereken neredeyse her şeyi öğrenmiş sayılırım. Açıkta kalan sadece birkaç sorum var. Onları da bilerek sormadım.

***

Şu dakikaya kadar Holly'nin İngiltere'ye neden geldiğine dair öğrendiklerimin içinde en dişe dokunur olan, Türkiye'nin boğucu atmosferinden kurtulmak istemesi. İsteyerek girdiği Güzel Sanatlar Akademisi'nde aradığını bulamamış olması da önemli bir neden sayılmalı.

Hayatını ailesiyle birlikte istediği gibi yaşayamamaktan yakındı biraz ama bunu yeterli bir neden olarak görmem zor. Güzel ülkemde, hangi genç hayatını istediği gibi yaşıyor ki?

Dillendirdiği ve dikkatimi çeken nedenler içinde, arkadaşlıklarından biri hariç hiçbiriyle başarılı olamadığı da var. Türkiye'de mutsuz olmasına yol açan acaba bir gönül meselesi mi? Bu meseleyi de sonradan üzerinde durmak üzere zihnimin bir kenarına not ediyorum.

Son tahlilde, bütün bu anlattıkları hayata dair meseleler. Beni asıl meşgul edense, neden peep show yaptığı ve neden seks aletlerinin satıldığı bir dükkânda çalıştığı.

Az önce yaptığı zehir gibi tahlillerden sonra, bu önemli soruyu sormayı özellikle ihmal etmiş olduğumu eminim fark etmiştir.

***

Konuşmamız süredursun, The Strand'ın Trafalgar Meydanı'na yakın ucuna ulaştığımızda "Otelin nerede?" diye soruyor.

"Geçtik. Bir sakıncası yoksa seninle Soho'ya kadar yürümek istiyorum."

"Yoksa işin gereği izleyecek misin beni?"

Sorusunu sorarken sanki biraz utanmış gibi.

"Kesinlikle hayır. Peep show izlemeye kategorik olarak karşıyım. İçeride neler yaptığını kafamda canlandırabiliyorum."

Cümlemi, yapmış olduğum vurgudan tedirginlik duymuş gibi tamamlıyorum.

"Beni rahatsız eden senin ya da başkalarının peep show yaparak para kazanması değil. Birilerinin kutuya elli pensler atarak soyunan birini pencerenin arkasından dikizliyor, hatta büyük ihtimalle mastürbasyon yapıyor olmasına takılıyorum. Buna karşılık, striptiz yapılıyor diye bir gece kulübüne gitmemezlik yapmam."

"Seks aletleri satan dükkânlar için ne düşünüyorsun?"

"Dükkânlar mı yoksa içinde çalışanlar mı?"

"Her ikisi de."

"Herhangi bir dükkânda çalışmaktan daha çok kazandırıyorsa çalışılabilir. Müşterisi olacağım türde yerler değiller. Anlayacağın fantezileri filan olmayan, dümdüz, sıradan bir insanım."

Kırıcı olmadan kendimi ancak bu kadar açık ifade edebilirim. Bu arada sanıyorum Waterloo Köprüsü'nün üzerinde kafamı kurcalayan sorulara da cevap bulmuş oldum. Holly'nin netameli işlere daha çok para kazanmak için girdiğini tahmin ediyordum, sanki doğru çıkmış gibi.

Ben düşüncelerimle boğuşurken, o az önce dümdüz bir insan olduğuma dair sözlerime cevap veriyor ve elini uzatıyor.

"Anladım. Suç mahallime çok yaklaştık. Veda etmemiz lazım."

Kendisini suçladığımı zannederek biraz mahcup "Suç filan yok!" diyorum.

"Biliyorum. Şaka yaptım."

"Rahatladım. Seni bir kez daha görebilir miyim? Ayrıca, fotoğraflarını da çekmem lazım."

Derhal yüzüne muzip bir ifade yerleştiriyor.

"Sormayacaksın diye korkmuştum."

-3-

Dizi yazımın çok sükse yaptığını söylemeliyim.

Holly'yle iki gün üst üste görüşmüş, ilkinde onu Soho'ya yakın bir noktada bırakmıştım. Ertesi gün Hyde Park'ın köşesinde buluşmuş, parkı dolaşırken hem eksik kalan sorularımı tamamlamış hem de fotoğraflarını çekmiştim.

Profesyonel fotoğrafçılar tarafından çekilmiş peep show fotoğraflarından da getirmişti Holly. Hepsi de muhteşemdi. Gazetem bu müstehcen fotoğrafları uygun yerlerine siyah bantlar koyarak yayımlamıştı.

Fotoğraflarını çekeceğim gün, sözleştiğimiz gibi *Tiffany'de Kahvaltı*'nın ilk sahnelerindeki kıyafetle gelmişti. Siyah, uzun, önden yırtmaçlı, dekolte elbisenin tıpkısını giymiş, boynunu, kulaklarını ve topuz yaptığı saçlarını, filmdekine çok yakın kolye, küpeler ve taçla donatmıştı.

Gazetem, en çok da bu fotoğrafların hakkını vermiş, filmden kareler de kullanarak bizim Holly ile gerçek Holly arasındaki benzerliğe dikkat çekmişti.

***

Gazetemin santralinde çalışan, her rastlaşmamızda bütün yazılarımı hayranlıkla okuduğunu söyleyen sekreter hanım "Londra'dan, Holly arıyor!" dedi, sanki biraz *seni gidi seni* der gibi.

Henüz afyonum patlamamıştı. Önümdeki poğaçayı yemek için çayımın gelmesini bekliyordum.

Dizi yazımın yayımlanmasının üzerinden üç hafta geçmişti. Son olarak dizim yayımlanırken birkaç kez konuşmuş, durumdan memnun olduğunu fark edip rahatlamıştım.

Sadece Holly ile değil, öteki röportaj yaptığım gençlerle de telefonlaşmıştım. Hiçbiri *şurasını neden böyle yazdın, keşke bunu koymasaydın* filan dememişti.

Ben de gönül rahatlığı içinde öteki işlerime, gündelik hayatıma dönmüştüm.

Doğrusunu söylemek gerekirse, geçen üç hafta zarfında, Holly dahil geride bıraktığım herkesi aklımdan çıkartmıştım.

Ama Holly hatırlatmıştı işte kendini!

***

"Alo, çok hayırsız çıktın. İnsan hiç mi aramaz?"

Ses tonundan anladığım, bu sözleri sadece laf olsun diye söylediğiydi. Ciddi olduğu zaman hissettirirdi.

Biraz hoşbeş ettikten sonra "Türkiye'ye geliyorum. Seni de görmek istiyorum. Tabii sen de istersen" dedi pat diye.

"Tabii ki isterim" dedim. Neden istemeyecektim ki?

Kısa bir esten sonra "Hatta eşimle de tanıştırırım. Çok konuştuk senin hakkında" diye ilavede bulundum.

Çekingen bir edayla "Kıskanmasın?" dedi.

"Kıskanmaz. Ona ne kadar âşık olduğumun farkında" diye cevap verdim.

"Gelince görüşürüz o halde!"

Telefonu kapatırken, eşimle ilgili sözlerim üzerine sesinin biraz kırık çıktığını düşündüm. Sonra da aklıma, en önemli soruyu unuttuğum geldi. Sahi, Holly acaba temelli mi geliyordu?

Hatırladığım kadarıyla ailesiyle ilişkisini tümüyle kesmişti. Londra'da kazandığı parayla Türkiye'de sonsuza kadar dayanamayacağını tahmin etmem için âlim olmam gerekmezdi.

"*Neyse ne*" diye söylendim arada bir yaptığım gibi. Holly'nin derdi beni germemeliydi.

Telefon konuşmamız esnasında gelmiş olan çayım buz gibi olmuştu. Yenisini istedim.

***

Çayımdan ilk yudumumu henüz almış, poğaçama hamle etmek üzereydim ki telefonum yeniden çaldı.

"Ferit diye biri arıyor. Holly'nin dönüşüyle ile ilgiliymiş. Mutlaka görüşmeliymiş. Def edeyim mi?"

Uzunca bir suskunluktan sonra "Biraz bekler misin lütfen?" dedim. Kafamda bin bir tilki aynı anda dolaşmaya başlamıştı.

Kimdi bu Ferit? Holly'nin ailesinden biri miydi? Eski sevgililerinden miydi? Okulundan mıydı yoksa? Londra'dan gelmiş olabilir miydi? Holly'nin döneceğini nereden biliyordu? Ve en önemlisi, beni neden görmek istiyordu? Ayrıca nasıl olmuştu da Holly'den en fazla beş dakika sonra aramıştı?

Onlarca soru beynimi kemirmeyi sürdürünce merakım katlandı. "Tamam. Bağlar mısın lütfen?" diye söylendim, *lanet olsun* der gibi.

***

İsminin Ferit olduğunu söyleyen gençle gerçekleştirdiğim telefon konuşmam sonucunda, öğle yemeğimi Sultanahmet Köftecisi'nde yiyeceğim belli olmuştu.

Bu nedenle sıkı çalışmalı, yazıişlerine *Mavi Tren* haberimi bir an önce vermeliydim.

Ankara-İstanbul arasındaki tren yolculuğu yedi saate inecekti. Basının davet edildiği deneme seferine gazetem adına katılmıştım. Hem gidiş hem de dönüşte, trenin yedi saat on beş dakikada İstanbul ile Ankara'yı birbirine bağladığına birinci elden tanık olmuştum.

Bakan bey seyahat esnasında *"Konforlu ve hızlı, medeni ülkelere yaraşır bir yolculuk yaptırıyor olmaktan duyduğum mutluluğu tarif edemem"* deyince, *şimdiye kadar nerede olduğunu* sormamış, söylediklerini tam da fotoğraf altına yaraşacak bir cümle olarak, defterimin bir köşesine not etmiştim.

Hoş ama boş lafların dans edeceği yazımı yazmak için kendimi birkaç saatliğine etrafa kapatmam yeter de artardı bile. Tersimin kötü olduğunu bilen mesai arkadaşlarım, böylesi zamanlarda bırakın muhabbet koyultmaya yeltenmeyi, hatırımı sormaya bile cesaret edemezlerdi.

Şaryoyu sola alabildiğine hızlı vurmalar ve biten A4'leri silindirden cart diye çekmelerle süren zamana karşı yarışımı iki saatte tamamlamıştım.

Karanlık odaya sabahın ilk işi olarak teslim ettiğim filmi ve basılmış olan fotoğraflarımı alıp yazıişlerine geçtim.

Yere düşse bir avuç toprakla kalkan yazıişleri müdürüm, elimdeki yazı ve fotoğrafları alırken "Ekstradan bir şeyler çıktı mı?" diye sordu.

"Sayın bakanın oğlu sünnet olacakmış. Seni de davet etti. Yanına bir foto muhabiri alıp gidersen çok memnun olurmuş."

"Siktir lan. Eşşoğlu eşek."

Her ikimiz de günlük istihkaklarımızı almış olarak öteki işlerimize bakabilirdik.

Kapıya yöneldiğimi görünce "Bugün ne var sende?" diye sordu.

"Holly ile bağlantılı biriyle buluşmaya gidiyorum. Bir şey çıkacağını zannetmiyorum ama gitmem lazım."

"Mutlaka bir şey çıkart!"

Tadını almıştı tabii Holly'nin. Gazete satışlarına bile etki etmişti dizi yazım. Ben de yazıişleri müdürü olsam ben de bağırırdım arkam sıra, *mutlaka bir şey çıkart* diye.

***

Temcit pilavı misali yazı yazmayı sevmem. Takla attırılıp servis edilen haberlerden oldum olası uzak durmuşumdur.

Öte yandan Sultanahmet Köftecisi'ne ulaşana kadar kafamda hep, ilk kez karşılaşacağım Ferit'ten Holly'ye dair bir haber çıkar mı acaba diye düşündüğümü itiraf etmeliyim.

-4-

Ferit'le üst katta, mümkünse pencere kenarında bir masada buluşmak için sözleşmiştik. Birbirimizi nasıl tanıyacağımızı sorduğumda *gazetede birkaç resmimi gördüğünü* söylemiş, işimi kolaylaştırmıştı.

14.00'e doğru, sıkça gittiğim köftecide, Sultanahmet Meydanı'na bakmayı oldum olası sevdiğim masaya konuşlandım.

Bir gün önce gerçekleştirdiğim İstanbul-Ankara-İstanbul seferinde başlayan kırgınlık nedeniyle eczaneye uğramış, suda eriyen aspirin ve C vitaminini almıştım. Yemekten sonra unutmayayım diye cebimden çıkarttım, masanın üzerine koydum.

Eczaneye uğradığımda içimden "*Şubatın ortasında, yer yer kar yağışı altında süren yirmi saatlik bir yolculuktan etkilenmemek sadece ayılara mahsustur*" diye geçirmiştim. Şimdi fırsat bulmuşken, durumun müsebbibi saydığım ulaştırma bakanının ve yazıişleri müdürümün kulaklarını çınlatabilirdim.

***

Ayı benzetmemi birkaç dakika sonra gelen Ferit'e de yaptım. Çünkü, kendisini tanıtır tanıtmaz masadaki ilaçları işaret edip "Geçmiş olsun" dedi. Nazik bir oğlan besbelli.

Aramızda on yaş civarında fark olduğu halde, burnunun hemen altından başlayıp ağzının ortasına kadarki alanı kaplayan yoğun bıyıkları nedeniyle, aşağı yukarı eşitim gibi duruyor.

Bıyıklı erkeklerden oldum olası hazzetmem. Daha doğrusu, klişeleri sevmem. Türklere dair *erkek bıyıklı olur* inanışı bu klişelerden sadece biri. Aslında, standarda bağlanmış tüm insan hallerinden nefret ederim.

Ferit üzerindeki siyah kabanı çıkartıp sandalyesinin arkasına itinayla asıyor. Şık olduğunu düşündüğüm dik yakalı kazağıyla gayet uyumlu bir kadife pantolon giymiş.

Giysilerini abartıya kaçmadan uyumlu tutanlara, kadın ya da erkek fark etmez ilk elde bir puan fazla veririm. Farkında olmasa da Ferit bu bir puanı şimdiden cebine koymuş durumda.

Birer buçuk köfte, birer piyaz ve yemekten sonra gelmesini istediğimiz irmik helvasını bir çırpıda sipariş veriyoruz.

Ferit Yıldız'daki İDMMA'da mimarlık okuyormuş. Üçüncü sınıftaymış.

"Mezuniyet yaklaşmış" diyorum en umut veren halimi takınarak.

"Zannetmiyorum" deyince, neden böyle söylediğini soruyorum.

"Okumuyoruz ki, savaşıyoruz."

Hakikaten öyle. Ferit'in sözleri ocak ayının başında yazdığım bir yazıyı hatırlatıyor. 1976 yılı boyunca İstanbul'da beş yüz on öğrenci olayı meydana gelmiş, on üç öğrenci silahlı çatışmalarda hayatını kaybetmiş. Ferit bu çatışmaların en çok yaşandığı okullardan birinin öğrencisi.

Epeyce öğrenci gençliğin durumundan, memleketin halinden, Ankara'dakilerin aymazlığından filan bahsediyoruz.

Ülkeyi iki yıldır yöneten Süleyman Demirel'in ne kadar başarısız olduğu, memleketin her santiminden kan damlıyor olmasına bakarak bile anlaşılabilir.

Ferit'e göre *ülkenin içinde bulunduğu durumun biricik değilse de en önemli müsebbibi Demirel.* Ne yalan söyleyeyim onunla aynı fikirdeyim.

Düşüncemi seslendirince "Adalet terazinizin hassas tarttığının farkındayım. Vicdanı olan gazeteciler listesinde başa güreşiyorsunuz. Zaten bu nedenle sizi arama cesareti gösterdim ya" diyor genç adam.

Böyle laflar duyduğumda, hep yaptığım gibi, yüzüme mütevazı insanlara dair o bildik görüntüyü yerleştiriyor, ellerimi iki yanıma açarak "Elimden geldiğince" diyorum.

***

Geçen yılın son günlerinde yazdığım diziyi kastederek "Holly ile ilgili bildikleriniz, bilmediklerinizden çok daha az" diyor genç adam.

"Tahmin ediyorum" diye karşılık veriyorum.

Hakikaten hissediyorum, geçirdiğimiz iki gün ve toplamda beş saate sıkıştırdığımızdan fazlası var Holly'de.

Merakımı bastırmamın, Ferit'i kendi haline bırakmamın daha doğru olacağını düşünüyorum. Gazeteci refleksleri göstermek her zaman iyi sonuçlar vermez. Bu, tam da o çok özel durumlardan biri. Susmalı, konuşmanın yönetimini ona bırakmalıyım.

Köfte ve piyazlarımızın bittiği ama irmik helvalarımızın henüz gelmediği aralıktayız. Ferit'in, garsonun tabakları toplamasını beklediğini düşünüyorum. Biraz da onun için susuyor olmalı. Genç adamın zaman yönetimine uyum gösteriyorum.

"Dizi yazınızı çıktığı zaman da dikkatle okumuştum, bugün gelmeden de göz attım. Tanımayanlar için şahane bir Holly hikâyesi anlatmışsınız."

"Tanıyanlar için?"

"Eksik. Bu nedenle de yanlış!"

Bozulmadığımı söylersem doğru olmaz. İddia ederek söylüyorum, Holly ile yaptığım röportajı da öteki çocuklara dair tanıklıklarımı da hakkını vererek yazdım.

Ferit de *kötü* demedi zaten. *Eksik, bu nedenle yanlış* dedi.

Biraz azarlar gibi "Söyler misin..." diyorum. "Bana anlatılmayanları nereden bilebilirim?"

Ferit başlangıçtaki munis havasını bir kenara bırakıyor, gözlerinden ateş saçarak ve mesleğimi öğretir gibi konuşuyor.

"İyi gazeteci hisseder!"

Canım sıkılıyorsa da söylemiyorum. Susma hakkımı kullanıyorum.

Ben susunca o da susuyor. Pencereden, sulusepken yağan karı seyrediyor. Fırsattan istifade bardağıma su doldurup, masamın üzerinde bekleyen eriyen aspirin ve C vitaminimi içine atıyor, foşurdamalarını seyrediyorum. Bu esnada garson irmik helvalarımızı getiriyor, boşları alıyor.

Yeniden baş başa kaldığımızda "Holly karakteri bir kamuflaj" diyor Ferit. Alabildiğine şaşırıyorum.

"Belli ki sizin ve öteki herkesin dikkatini Holly karakterine çekerek rahat bırakılmasını sağlamış."

Hiçbir şey anlamıyorum Ferit'in söylediklerinden. Durumum boş bakışlarıma da yansımış olmalı "İsterseniz en baştan alayım" diyor ve buluşmamızın ilk dakikalarında sergilediği munis Ferit'e geri dönüyor.

"Aynı semtin çocuklarıyız. Nişantaşı'nda oturuyorduk, semtimizde bulunan özel bir okula devam ettik. İlkokulun ilk günümden lisedeki son günümüze kadar sınıf arkadaşımdı. Üniversitelerimiz ayrıydı ama yollarımız ayrılmadı."

Ferit yeniden susuyor ve yüzüme sanki her şeyi anlatmış gibi bakıyor. Oysa esasa dair henüz hiçbir şey söylemiş değil. Farkına vardırana kadar susuyorum.

"Karşı cinse değil kendi cinsine ilgi duyduğunu ortaokulda hissetmeye başladı."

İşte bu yeni bir durum. Holly'yi aklıma getiriyorum. Lezbiyenliği ona pek konduramıyorum.

"Nasıl anlayabilirdim ki?"

Gülümsüyor genç adam "Düşündüğünüz gibi değil" diyor ve eklemede bulunuyor.

"Lezbiyen zannettiniz değil mi?"

"Evet" diyor, başımı sallıyorum.

"Türkiye'den ayrılırken henüz ameliyat olmamıştı. Önce Almanya'ya gidip ameliyat oldu. Sonra Londra'ya geçti."

Ferit bu kadar çok bilgiyi üç cümlede verince abandone oluyorum.

"Bir dakika, bir dakika! Holly erkek miydi?"

"Evet. Ta ki Türkiye'den ayrılana kadar."

Şaşkınlıktan küçükdilimi yutacak hale geliyor "Nasıl anlamam ben bunu!" diye kendi kendime kızıyorum.

"Fark etmiş olacağınız gibi, çok güzel. Erkekken de böyleydi. Kız gibi oğlan derler ya bu söze daha uygun birini bulamazsınız. Bütün kızlar peşindeydi. O hiçbirine aldırmazdı. Ortaokul yıllarında pek konuşmazdık bu konuları. Liseye başladığımız yıl içini döktü. Önce pek aldırmadım. Saçmaladığını düşündüm. Benden başka kimseye açılmadı zaten. Biliyorsunuz sorunlu bir konu bu. Özellikle bizimki gibi ülkelerde."

Ferit zincirlerinden boşalmış gibiydi. Meseleyi ilk duyduğunda neler hissettiğini, derhal ve ardından neler konuştuklarını, ona nasıl destek olmaya çalıştığını ama kendisinin de çocuk olduğunu anlattı da anlattı. Bir süre sonra ortaokul, lise yıllarını bitirmiş, üniversite faslına gelmişti.

"Hiç unutmuyorum, bir keresinde bunun bir tercih değil zorunluluk olduğunu söyledi. Gerçek kimliğine bürünmezse sonsuza kadar mutsuz olacağını tekrarlayıp durdu."

Ağzımdan "Erkek olarak yaratılmış kadın olduğunu düşünüyordu belli ki" cümlesi kendiliğinden çıktı.

"Tam böyle."

"Annesi ve babası farkında mıydı peki durumun?"

"Lise yıllarında onlardan da sakladı. Tek sırdaşı bendim. Üniversiteye başlarken konuşacaktı. Annesi ve babası öğretim görevlisi. İkisi de profesör. Olumlu yaklaşacaklarından o da ben de emindik ama..."

Ferit son cümlelerini hayal kırıklığına uğradıklarını belli edecek şekilde seslendirmişti.

-5-

Ferit'le 19 Mart günü Şişhane'de buluştuk. Yağmursuz ama soğuk bir gündü. Birlikte Yeşilköy'e gidecek, Holly'nin uçağını karşılayacaktık.

Yol boyu sadece Holly'den konuştuk. Ne yapacaktı Türkiye'de? Nasıl bir hayat kuracaktı? Annesi ve babasının karşısına nasıl çıkacaktı? Çıkacak mıydı? Nasıl geçinecekti? Londra'dan sonra İstanbul'da rahat edebilecek miydi?

Karşılıklı olarak ürettiğimiz soruların ardı arkası kesilmeyince "Bu kadar yeter!" dedi genç adam. Derin bir nefes aldı ve neden tepki gösterdiğine açıklık getirdi.

"Memleketin bu kadar meselesi varken, sokaklarda gençler yargısız infaz edilirken, biz tutmuş saatlerdir Holly'nin meseleleri üzerine konuşuyoruz. Daha bu sabah, üç gün önce kurşunlanarak öldürülen bir genç insanı morgdan alıp toprağa koydum. Hiçbirimizin yarın ne olacağımız belli değil. Holly'ye de ne olacaksa o olacak! Anlıyorsun beni değil mi gazeteci ağabey?"

Ferit ilk kez *gazeteci ağabey* demiş, samimiyetimizi bir seviye yukarıya taşımıştı. Tabii ki ben ona ismiyle hitap ediyordum. İlk dakikalardan itibaren ondan da tıpkı benim gibi davranmasını, aramızdan *bey* lafını kaldırmasını rica etmiştim. Yapamamıştı. İlk karşılaşmamızda koruduğu nazik mesafeyi, şu an itibariyle nezaketle kaldırmış oluyordu.

Söyledikleriyle ilgili Ferit'e hak vermiştim. Türkiye hakikaten zor günlerden geçiyordu. Kimilerinin zerre kadar umurunda olmasa da ülke gerçekten dar bir dönemece takılıp kalmıştı. Her olay bir yenisini tetikliyor, her ölümün karşılığı yeni bir ölüm oluyordu. Özellikle de üniversitelerde durum *ölüm, cenaze, intikam yemini, yeniden ölüm* sarmalına girmişti.

Sadece Ferit ve ben değil, bütün Türkiye, Holly'ye bu koşullarda hoş geldin diyecekti.

***

Havalimanının kapısından girerken, bir terslik olduğunu fark ettim. Yanımdaki Ferit'e "Bir tuhaflık var. Bakalım ne çıkacak?" diyerek uyarıda bulundum. Genç arkadaşım tedirgin olduysa da renk vermedi.

Havalimanında, basın mensupları için ayrılmış odada gazetemin muhabirini buldum. Sanki özel olarak gönderilmişim gibi "Ağabey, gazeteyi arayıp bildiklerimi anlattım. İstersen bir de sana anlatayım" dedi.

Hiç bozuntuya vermedim. Bir sandalyeye oturdum ve Ferit'e yer gösterdim.

Havaalanı muhabiri elindeki nota bakarak "İsmail Açan ve Hanefi Güzel" dedi ve devam etti.

"Bunların ikisi de ortaokul öğrencisiymiş. Diyarbakır'dan kalkan yolcu uçağını Beyrut'a kaçırmışlar. Korsanlarla Lübnanlı yetkililer arasında görüşmeler sürüyormuş. Bu nedenle burada da güvenlik önlemlerini artırdılar."

Anlaşılmıştı durum. Ferit'e "Çıkalım!" dedim ve ekledim.

"Ben şuradaki jetonlu telefondan gazeteyi bir arayayım. Sen de değişen uçuş bilgilerini takip et."

Yazıişleri müdürüme "Holly'yi karşılamak için havalimanındayım. Diyarbakır uçağı kaçırılmış. Burada yapılmasını istediğin bir şey var mı?" diye sordum.

Biraz düşündü "Bak işte sağa sola. Gerekirse ben seninle temas kurarım" diyerek geçiştirdi.

Ferit'i bulup "Önemli bir şey yok!" dedim.

"Olmaz mı?" dedi ve ekledi "Daha geçen ay bir uçak kaçırılmıştı hatırlasana."

O sözlerini bitirirken havaalanı muhabiri yanımıza ulaştı. Elindeki notlara bakarak son gelişmeyi aktardı.

"Şimdi yazıişlerine de yazdırdım. Korsanlar teslim olmuş. İkisi de on yedi yaşındaymış. Pilot hafif yaralanmış. Mürettebat ve yolcular Türkiye'ye dönüyormuş. Korsanları Lübnan polisi alıkoymuş."

Muhabir arkadaşım yanımızdan ayrılınca, Ferit "El Fetih'e katılmak için kaçırmışlardır uçağı" dedi.

Düşündüm ve hak verdim. Çok sayıda gencin çeşitli yolları kullanarak El Fetih kamplarına gittiğini, orada silahlı eğitim aldıktan sonra Türkiye'ye döndüğünü biliyordum.

Sol örgütlerin tam ortasında bulunduğunu tahmin ettiğim genç arkadaşıma "Ne olacak bu işlerin sonu Ferit?" diye sordum. Güldü. Kestirmeden gitti.

"Devrim olacak!"

***

Beklediğimiz anons yapıldı. Holly'yi getiren uçak inmişti.

Heyecanlanmadığımı söylersem yalan olur. Ferit'le Holly'nin nasıl bir kıyafetle gelebileceğini konuşmuştuk.

"Hiç belli olmaz. Delidir ne yapsa yeridir" demişti genç adam. Ben de ona "Eskiden de böyle miydi?" diye sormuştum. Cevabı hayli uzun olmuştu Ferit'in.

"Çok nevi şahsına münhasırdır. Yaratıcıdır. Pervasızdır. İnanmayacaksın ama dikkat çekmeyi, önde olmayı pek sevmez. Sürekli olarak kendisiyle çatışma halindedir. Seninle her şey aşırı normalmiş gibi konuşur ama aslında o esnada içinde büyük fırtınalar kopmaktadır. Ne yapacağını kestirmek zordur. Ama şundan emin olabilirsin. İnsandır. İncitmektense incinmeyi tercih eder. Arkadaşlığımız boyunca hiç kimseye en küçük bir zarar verdiğini, herhangi birinin arkasından gereksiz yere olumsuz konuştuğunu görmedim. İnsanları olduğu gibi kabul eder, hiç kimseye hak etmediği ilgiyi göstermez, paye vermeyi de verilmesini de sevmez."

Ferit konuşurken, çok kısa süreyle bir arada olmamıza rağmen Holly'den benim de aynı elektriği aldığımı düşündüm. Emindim, kendinden başka kimseye zarar veremeyecek türden biriydi Holly. Ben düşünürken Ferit konuşmasını sürdürüyordu.

"Yaratıcıdır dedim ya hani. Göreceksin, bizim hiç aklımıza gelmeyecek bir planla çıkacaktır karşımıza..."

Ferit'in cümlesi yarım kaldı. İkimizin arasından başını uzatan Holly "Benden mi konuşuyordunuz beyler?" dedi.

Küçükdilimizi yutacak gibi olmuştuk. Ferit durumu toparlamaya çalışıp "Böyle geleceğini düşünmemiştik" dedi. Ben susmayı tercih ettim.

"Ne yani, Audrey Hepburn gibi mi gelecektim? Holly'yi mi bekliyordunuz yoksa?"

Holly önce arkadaşına sarıldı sıkı sıkı. Ferit'in de onun da gözlerinden ışıltılar geçtiğini gördüm. Sonra bana döndü, elimi sıktı, iki yanağımdan öptü.

"Hiç değişmemişsin gazeteci bey!"

"Sen çok değişmişsin Holly."

Hakikaten değişmişti. Saçlarını arkadan atkuyruğu yapmıştı. Abartısız bir makyaja sahipti. Erkeksi gri takım elbisesinin içine giydiği siyah dik yakalı kazağı ve siyah mokasen ayakkabılarıyla adeta Holly'yi öldürmüştü. Yüzük de dahil olmak üzere hiçbir takı takmamıştı. Elindeki siyah çantayı erkekler de kadınlar da kullanabilirdi.

"İşkadını olmuşsun" dedim.

Holly gibi güldü. "Zaten öyleydim" dedi.

O benim, ben onun ne demek istediğini gayet iyi anlamıştım. Esprilerin göze sokulmayanlarını, arkadan kahkahayla desteklenmeyenlerini severim. Holly de Ferit de ilk dakikadan itibaren bu düzeyi tutturmuşlardı.

***

Taksi için havalimanının kapısından çıkarken "Aynısı oldu gördün mü?" dedi Holly Ferit'e.

Genç adam arkadaşını "Evet" diye yanıtladı.

Merakımdan ölmemek için "Nedir o aynısı olan?" dedim. Ferit cevabını bir sırrı ifşa eder gibi verdi.

"Ne olursa olsun sonunda taşıma işleri bana kalır. Farkındaysan bavulları arabaya ben yükledim ve taksiye doğru da ben itiyorum. Göreceksin, yolculuğun sonunda taksiden indiren de ben olacağım."

Alınganlık yapıp "Yardım edeyim" diye arabaya yaklaştım. Holly şen bir kahkaha attı.

"Bu onun kaderi. Adamın ruhunda taşıyıcılık var. Çocuklukta da böyleydi. Tıpkı Sisifos efsanesinde* olduğu gibi. Bir tür mahkûmiyet onunki."

Ferit hiç alınmadı. Tersine "Doğru" diye tasdik etti.

***

Ferit ve Holly arkay, ben şoförün yanına oturdum.

Şoför nereye gideceğimizi sorunca Holly "Hilton Oteli lütfen" dedi. Sonra Ferit'e dönük olarak "Şimdilik oradan yer ayırttım. Önemli birkaç gelişme var. Otelde benimle birer kahve içerseniz ikinize de anlatırım" diye ekledi.

Biraz iki arkadaşı yalnız bırakmak, biraz da gazeteyi çok ihmal etmeyeyim diye "Beni Unkapanı'nda bırakırsınız. Sonra bir ara yine görüşürüz" dedim.

İkisi de hayır demedi.

Holly epeydir uzak kaldığı İstanbul'u seyretmeyi sürdürürken "Fakülte nasıl gidiyor?" diye sordu arkadaşına.

Ferit onu "Konuşuruz sonra" diye cevapladı.

Ferit'in uzun konuşmayacağını anlayınca bu kez bana döndü "Londra'da da yazılarını aksatmadan okuyordum, burada da okuyacağım" dedi. Teşekkür ettim.

"Ama..." dedi. "Şu *Mavi Tren* yazın var ya, çok sade suya tirit olmuş. İstemeden yazdığın çok belliydi. Neden yazıyorsun böyle yazılar?"

---

* İngilizcesi Sisyphus. Yunan mitolojisine göre, Kral Sisifos büyük bir kayayı iterek, bir dağın tepesine çıkartmaya mahkûm edilmiştir. Zirveye tam ulaşırken kaya aşağıya yuvarlanacak, Sisifos onu yeniden ittirmeye başlayacaktır. Bu durum sonsuza kadar devam edecektir.

Güldüm. Aynı fikirdeydim. Yüz yıl gecikmiş bir projeyi sanki dünya harikasıymış gibi sunmaya çalışan Ulaştırma Bakanlığı'na kızgındım. Ne kadar soslarsam soslayayım albenili bir yazı olmayacağını en baştan biliyordum. Yazıişleri müdürümün deyişiyle *ortaya karışık bir şey* yapmıştım işte.

Holly'nin bir cevap beklediği aklıma gelince "Meslek icabı. Bütün iyi işleri ben seçemiyorum" dedim.

"Öyle" dedi ve ekledi: "İçinde Holly gibi bir malzeme olunca yazı da farklı oluyor değil mi?"

Kısa yoldan "Evet" demek zorundaydım, çünkü inmek istediğim noktaya yaklaşmıştım.

"Hoşça kalın" deyip taksiden inerken Ferit "Plan yapıp arayacağız seni" dedi.

Holly de pencereden "Benden öyle kolay kurtuluş yok gazeteci bey" diye seslendi.

"Telefonunuzu bekleyeceğim" dedim, arkalarından el salladım ve gazeteme doğru pergelleri açtım.

-6-

Ferit ve Holly'den hemen ses çıkmadı. Bir hafta kadar aramadılar. Bir kenara telefonlarını kaydetmiş olsam ben arar mıydım? Sanmıyorum. Holly'nin bir süre için Hilton Oteli'nde kalacağını, Ferit'inse İDMMA'da okuduğunu biliyordum. İstesem kuşkusuz birinden birini bulabilirdim. Ama arayıp bulmak için hiçbir ciddi nedenim yoktu.

Öte yandan, gazeteci milleti meraklıdır. Sözgelimi, Holly'nin İstanbul'da nasıl nefes aldığını, geleceğe dair ne tür planlar yaptığını bilmek istiyordum. Aklıma takılan bir konu da Holly'nin Ferit'e olan aşkıydı. Genç adam bu durumun farkında mıydı acaba? Emin değildim.

"*Neyse ne*" diyordum merakımın depreştiği zamanlarda kendime. Üstelik dünya kadar meseleyle boğuşurken.

***

Gazetenin santral görevlisi yine en manalı şekilde "Holly arıyor, İstanbul'daymış. Bağlayayım mı?" diye sordu.

Ne tesadüf, ben de onu düşünüyordum demedim tabiatıyla. "Lütfen" demekle yetindim.

"Merhaba gazeteci bey, benim Holly."

Tıpkı Londra'daki buğulu tonlamasıyla konuşmuştu.

"Merhaba, nerelerdeydin?"

"Telefonumu bekliyor olduğunu bilseydim, daha önce arardım."

Ağzımdan "Hayır yani" filan gibi birkaç abuk sabuk söz çıkınca "You don't have a good sence of humor"* dedi. Güldü.

"Güvenmiştim İngilizliğine oysa. İngiliz eş, kayınpeder, kayınvalide, yıllarca İngiltere'de kalmalar filan... Olmayınca olmuyor demek ki."

Hakkını vermeliyim ki bende çok olmayan iyi espri anlayışı ve kendini alaya alabilme yeteneği onda fazlasıyla mevcuttu.

"Neler yapıyorsun?" diye sordum.

"Karışık. Telefonda anlatılamayacak kadar karışık."

"Ferit" dedim. "O neler yapıyor?"

"Bizim Sisifos mu? Dünyayı sırtında taşımaya devam ediyor. Bu akşam bir araya gelelim mi? İkinizi yemeğe götürmek istiyorum. Pasajda, Entelektüel Cavit'te buluşalım mı? Lise yıllarımızda çok giderdik Ferit'le. Orada yemeğimizi yeriz, sonra bakarız bakalım neler olacak? Kapısında Huzur Meyhanesi yazar."

Tereciye tere satıyordu. İstanbul'da gazetecilik yapacaksın, Entelektüel Cavit'i tanımayacaksın, dükkânının adını bilmeyeceksin, olacak iş değildi.

Lafı uzatmamak için sineye çektim "Olur" dedim. Saatte de anlaşınca, telefonu kapattım.

***

Pasaj'ın Balık Pazarı kapısında karşılaştığım Entelektüel Cavit'le ayaküstü lafladıktan sonra "İki genç gelecekti" dedim.

"Geldiler, içerideler. Seni bekliyorlarmış. Sipariş vermediler henüz."

* İyi bir espri anlayışın yok.

Cin gibi adamdır Cavit. Dikkatinden hiçbir şey kaçmaz. Cevabını yüzünde kıl oynamadan verdiğine göre, en azından görünürde bir terslik yok demekti.

İçeriye girip dipteki masaya doğru yürüdüm. Ferit'in yüzü lokantaya dönüktü ve bir şeyler anlatıyordu. Derin bir mesele üzerine konuştukları çok belliydi. Masaya ulaşıp selam verinceye kadar farkıma varmadı.

İkisi de başlarını kaldırıp "Merhaba" dedi. Ferit ayağa kalktı, elimi sıktı.

Karşısında oturan Holly değildi. Lili* olduğuna kalıbımı basardım.

Şaşırmadığımı söylersem yalan olur. Holly rolünü değiştirmiş, *Julia*** isimli filmden kocaman, gri, astragan kalpağıyla fırlamış, Ferit'in karşısına oturmuştu. Gibi, bile demiyorum. Aynıyla vakiydi.

Filmi birkaç hafta önce seyretmiş olduğum için "Yok artık!" dedim üzerine basarak.

Bu arada Lili, öpmem için elini uzattı. Oyununu bozmak istemedim. Uzattığı elini parmaklarının ucundan tutup kısa bir reveransla dudaklarıma değdirdim.

Pardösümü çıkarttım, ensemde sektirmeden bitmiş olan garsona verdim.

Pardösümü mümkün olduğunca dikkatli tutmaya çalışan delikanlıya, tıpkı bir kül tabağı ister gibi "Bir de revolver rica ediyorum, kendimi öldüreceğim de!" dedim.

---

* Oyun yazarı ve politik aktivist.

** Lillian Hellman'ın kitabı *Pentimento*'nun bir bölümüne dayanarak Fred Zinnemann tarafından çekildi. Nazilere karşı savaşan Julia ile bir yazarın dostlukları hakkındadır. Julia karakterini Jane Fonda'nın canlandırdığı filmde Vanessa Redgrave ve Meryl Streep gibi oyuncular da rol aldı. Yirmi bir milyon dolara yakın hasılat elde etti. 50. Akademi Ödülleri'ne en iyi film dalında on bir adayla birlikte katıldı. Üç ödül kazandı. 32. İngiliz Akademi Film Ödülleri'ne (BAFTA) on dalda katıldı. En iyi film de dahil olmak üzere birçok ödül kazandı.

O anlamaz gözlerle bakmaya devam ededursun, Ferit ve Lili güldüler.

Ne Holly ne de Lili'den haberdar olmayan, ekmek parası peşindeki genç adamı üçümüzün arasında geçen oyuna daha fazla meze yapmamak için "Rakı, su, bol buz, beyazpeynir, kavun, kızarmış ekmek" dedim. Bu sefer anladı. Ben de normalime dönmüş oldum.

Sandalyeme otururken bir kez daha dikkatle baktım "Yok artık!" dedim.

Verdiğim tepki en azından Lili'nin hoşuna gitmişti.

Ferit, normali olan yumuşak yüz ifadesini değiştirdi "Şımartma gazeteci ağabey bunu" dedi ve burun kıvırdı.

Tarafımı Lili'den yana seçtim.

"Çorak memleketin kavruk çocuğu, sen *Julia*'yı henüz seyretmediğin için bilmiyorsun. Geçen hafta kayınvalidemin doğum günü için gittiğim Londra'da seyrettim. Şahane bir film olmuş. Karşımızda oturan tam olarak Lili."

Eskinin Holly'si, şimdinin Lili'si Ferit'e burun kıvırarak sitem etti. Ayrıca "Gördün mü? Buna kalpağın kerameti derler" dedi.

Sonra uzun uzun, şu anda başında olan kalpağı Londra'dan getirdiği fotoğraflarla nasıl yaptırdığını anlattı.

"Tünel'e doğru solda bir kürkçü var. O becerdi bu işi. Olabileceğine pek inanmamıştım aslında. Elimdeki fotoğrafları bıraktım, bir hafta sonra gittim baktım ki adam şaheser yaratmış."

Hakikaten öyleydi. Lili de şapkası da filmden fırlayıp gelmiş kadar sahici görünüyorlardı.

***

Rakının açıcı etkisi herkesin malumudur. O gece de öyle olacaktı. İlk kadehleri Holly'ye, ikinci kadehleri Lili'ye kaldırdık.

İkinci kadehin dibini görünce, rahatlamış olarak "Başka bürünmek istediğin bir rol var mı?" diye sordum.

Cevap Ferit'ten geldi. "Var. Kendisi" dedi.

Lili'nin yüzü değişti "Ne demek istiyorsun?" diye sordu.

Bilmediğim, üzerinde epey tartıştıkları, çözüme kavuşturamadıkları bir mesele vardı anlaşılan. Biraz da benim yüzümden, o meseleye doğru yeniden doludizgin yol almaya başlamak üzereydiler. İşin kötüsü, mevzu her neyse, içinde kaçınılmaz olarak ben de yer alacaktım.

Altlık olsun diye beyazpeynirimden bir gıdım aldım, kavunumdan biraz tırtıkladım ve onların kadehleri henüz boşalmamış olduğu için kendime üçüncü kadehi doldurdum.

Ferit önündeki tabağı biraz itip dirseklerine yer açarken yüzünü tamamen bana çevirdi, "Az önce, seninle açık konuşacağımıza karar verdik. Öyle de yapacağız" dedi.

Lili'nin yüzü gölgelendi. Yine de başını salladı.

Bu kez Holly'ye dönük olarak "Hangimiz başlayalım?" diye sordu Ferit.

"Çok meraklı olduğun için sen başla" dedi Lili.

Genç adam yutkundu. Etraftakiler duymasın diye sesinin volümüne ayar yaptı. Arkadaşını işaret etti ve tamamen bana dönük olarak, şaşırdığımı itiraf etmem gereken bir cümle kurdu.

"Karşında, çiçeği burnundaysa da profesyonel bir orospu oturuyor."

Anlamamış gibi yapmadım. Hakikaten anlamadım. Yüzümden de belli olmuş olmalı ki Lili hayatımda duyduğum ve belki de duyacağım en garip cümleyi kurdu.

"Matilt Manukyan'ın Zürafa Sokağı'ndaki genelevlerinden birinde çalışmaya başladım."

Garip olduğu kadar açık bir cümleydi kurduğu. Ne diyeceğimi, nasıl davranacağımı, mesela ellerimi nereye koymam gerektiğini filan şaşırdım.

Bildiğim, National Film Theatre'da ilk karşılaştığımız andan itibaren Holly'nin ve şimdi de Lili'nin sayesinde, şaşkınlıktan şaşkınlığa koştuğumdu. Şimdi de öyle olmuştu işte. En iyisinin susmak olacağını düşündüm.

Fonda meyhaneye dair sesler tüm yoğunluğuyla devam ededursun, masamıza derin bir sessizlik hâkim oldu. Öyle birkaç saniyeliğine değil, dakikalarca süren bir sessizlikten söz ediyorum.

Hiç mi hiç niyetim yoktu soru sormaya. Kim nereden isterse oradan başlayabilirdi.

Paldır küldür girdiğim Ferit ve Holly'nin (Lili mi demeliyim yoksa?) hayatı, benim bile kaldıramayacağım birçok zorluğu, üstelik aynı anda barındırıyordu.

Uzun süren sessizlikten sonra aşağılayıcı bir ses tonuyla "Toplumun cürufu anlayacağın" dedi Ferit.

"Hiç de değil. Seks işçiliği" diye cevap verdi, olanca kızgınlığıyla Holly.

"Evet" dedi Ferit. "Son kertede bedensel bir çalışma söz konusu. Öyle değil mi ama?"

Genç adam son cümlesini bana bakarak söylemiş, sorusunu da bana yönelik sormuştu. Cevap vermemek kabalık olurdu. Öte yandan ne söylemem gerektiğine dair en ufak bir fikrim yoktu. Mecburdum, mesleğimi konuşturup en doğru soruyu soracaktım.

"Nasıl oldu bu iş? Anlatsana Lili."

"Londra'dan buraya çok sevdiğim babaannemden kalan miras işini halletmek için geldim. Arada bir yokluyor, telefonu hizmetçisi ya da kendisi açarsa konuşuyordum. Altı ay önce bir konuşmamızda, içinde yaşadığı Osmanbey'deki dairesini bana bıraktığını söylemişti. Bir ay kadar önce hizmetçisi aramış, vefat haberini vermişti. Onu buldum, anahtarları teslim aldım. Babaannem böyle olmasını istemişti. Babamın ve annemin de durumdan haberi vardı."

"Anneni ve babanı gördün öyleyse."

"Bir kez uğradım. Londra'da ne iş yaptığımı saklamamıştım. Gazetede görünce dehşete kapılmışlar. Daha kapıdan girer girmez evlatlıktan reddedeceklerini haykırarak evden kovdular. Neyse. Öyle ya da böyle İstanbul'da kira vermeden oturacağım bir evim var. Doğduğum ve büyüdüğüm şehri hakikaten seviyorum. On tane Londra verseler değişmem. Kaldı ki Ferit de burada. Hayattaki tek arkadaşım ve dert ortağım."

Lili konuşurken Ferit'e baktım. Her duyduğu laf canını sıkıyor gibiydi.

"Peki" dedim. "Matilt Manukyan'ın kızlarından biri olmak aklına nereden geldi?"

-7-

Kahvaltı masasına elimde Alka Seltzer bardağıyla oturduğumu gören eşim "Anlaşılan çok içmişsin yine" dedi.

Saklısı gizlisi olan insanlar değiliz. Ne olup bittiyse birbirimize tam olarak anlatırız.

"Holly'yi biliyorsun. Ferit'i de anlatmıştım. Geç kalacağım diye telefon ettim ya hani, onlarla birlikteydim. Bir nevi, Holly'nin Türkiye'ye dönüşünü kutlama yemeği gibi bir şey oldu."

"Öteki bir alay alkolik arkadaşına şimdi bunlar da mı eklendi?" diye sordu. Ses tonu biraz kinayeliydi.

"Yok" dedim. "Ayıp olurdu davetlerini kabul etmemek."

Uzatmazdık bu tür konuşmaları. Oğlanı okuluna bırakması gerekiyordu. Sonra da işine yetişecekti.

O da ben de kahvelerimizi zor içtik. Kapıda yanağına bir öpücük kondururken "Akşama sana öyle bir şey anlatacağım ki sandalyenden düşeceksin" diye fısıldadım.

"Merakımdan ölürüm şimdi" diye karşılık verdi.

Arkasından "Yemek için balık alacağım. Mezeciye de uğrarım" diye seslendim.

Yürümeyi sürdürdüğü için cümlesinden sadece "İki akşam üst üste rakı fazla gelmeyecek mi?" kısmını duydum.

Kendimi duyurmak için ilaveten bağırmadım. Sadece "Acı patlıcanı kırağı çalmaz!" dedim.

Nasıl olsa unutmaz, akşama "Son olarak ne demiştin?" diye sorardı. O zaman açıklardım *acı patlıcanı kırağı çalmaz* deyiminin ne anlama geldiğini.

Ayrı ana dilleri konuşan iki insanın hayatlarını birleştirmeleri halinde, birçok zorluğun yanına bir de dillerin derinliklerine inmek zorunda kalacaklarını yaşayarak öğrenmiştim.

Acı patlıcanı kırağı çalmaz! Haydi çevir bakalım çevirebilirsen İngilizceye. Üstelik eminim bu tabire karşılık düşen mutlaka İngilizce bir deyim vardır. Akşama öğrenirim öğrenmesine de sonra tut bakalım aklında tutabilirsen.

***

Cihangir Yokuşu'ndaki evimizden Meclis-i Mebusan'a inerken, otobüs beklerken, otobüste geçen süre zarfında, Eminönü'nden Cağaloğlu'na tırmanıp gazeteye ulaşana kadar hep Holly ile Ferit'i düşündüm.

Onları Holly'nin Osmanbey'deki evinde bırakmış, ayılayım diye Cihangir'e kadar yürümüştüm. O süre zarfında da hep arkadaş portföyüme yeni kattığım bu iki arkadaşımı düşünmüştüm.

Hasılı kelam, son günlerde düşüncelerimi işgal eden isimler arasında Holly ve Ferit giderek ağırlık kazanmaya başladı. Olur böyle şeyler. Bazen de tersi olur. Çok arkadaş olduğunuz birileri zaman içinde hayatınızdan uzaklaşır, hatta çıkar. Doğal olarak düşüncelerinizde onlara daha az yer vermeye başlarsınız. Hatta öyle zamanlar olur ki aklınıza bile gelmez, kişisel tarihinizin derinliklerinde kaybolur giderler.

Holly ve Ferit hayatımda yeniler.

Yanılmıyorsam, Holly Ferit'e çok âşık. Ferit ya farkında değil ya da kendi cinsinden biriyle birlikte olma fikrine her açıdan karşı.

Erkekler geç olgunlaşırlar. Ferit belli ki hâlâ lise yıllarındaki Ferit. Böyle olunca Holly'yi de kendisi gibi zannediyor olmalı.

Genç adamın eski defterleri sıkça açıp ortak maceralarını anlatıyor olmasının nedeni de bu. Bir de tabii, Ferit, memleket meseleleri üzerine konuşmayı aşırı seviyor. Dün akşam da aynısını yaptı.

Holly ve ben lafın yönünü arada bir farklı konulara çevirmeyi başarsak da geceye, genç adamın *çocukluk günleri* ve *faşizm* diye özetlenebilecek iki teması egemen oldu.

Neyse. Beni asıl ilgilendiren, Holly'nin Ferit'e dair bir hedefinin ve umudunun olup olmadığı. Bu konuyu dün gece de epey düşündüm. Aslında, şimdi aklımı kurcalayan asıl konu da bu. Onun gibi zeki, aşk filan gibi meseleleri kendi başına halletmeyi becerebilecek kalibrede, kaybetmeyi sevmediği belli, kazanmaya odaklı birinin, duygularını çok uzun süre gizlemesi, zamana yayması pekâlâ mümkün olabilir. Belki de Holly'nin Ferit'e dair planları var ve bunları olgunlaştırmaya çalışıyor.

Aklımdaki sorulardan biri de Holly'nin cinsiyet değiştirme operasyonunu Ferit'le birlikte olma ihtimalini yükseltmek için gerçekleştirmiş olup olmadığı. Emin değilim. İhtimal dahilinde olduğunu düşünüyorum.

Peki, Holly'nin Londra'da yaptığı peep show işi neyin nesi? Ya da İstanbul'da Manukyan'ın evlerinden birinde çalışmaya neden başladı?

Peep show kısmını, yeni girdiği kadınlık kisvesini yerli yerine oturtmakta kullandığı bir araç olarak görebilirim belki ama son işine anlam vermem hakikaten imkânsız.

***

Sonunda gazeteye ulaşıyor, güne taze bir başlangıç yapmak için etrafa dağılmış gazeteleri toparlıyor, masama oturuyorum.

Derler ya hani, *hayat siz planlar yaparken başınıza gelenlerdir* diye, yazıişleri müdürüm tepemde bitiyor. Tam da poğaçamı ve pipomu masama koymuş, çayımı söylemişken.

Başımda zebella gibi dikilince *günaydın* bile demeden makineli tüfek gibi konuşuyorum.

"Ne söylersen söyle, önce poğaçamı yiyip çayımı içeceğim. Sonra pipomu yakıp afyonumu patlatacağım. Dünya meselelerine ilgim ancak ondan sonra başlayabilir. Kapiş?"

Gülüyor haliyle.

Kızgın zamanlarına aldırmam. Böyle güldüğü zamanları tehlikeli bulurum. Genellikle ne söyleyecekse söyler cehennem olur gider. Kızgınsa, istifimi bozmamı gerektirecek bir durum yok demektir. Gülerek söyledikleriyse, geri durmayı beceremediklerimdir. Sinirlerimin tepeme çıkmasının asıl nedeni bu.

Ve huzurlarınızda Nükhet Duru, Ali Poyrazoğlu, Korhan Abay ve Mehmet Teoman... Daha doğrusu onlarla ilgili flaş haber.

Yazıişleri müdürüm sayesinde, afyonumu patlatmaya vakit bulamadan günün flaş haberiyle tanışmış oluyorum.

Yazıişleri müdürüme başımdan ayrılmadan "Sen rakının dibine vururken, İstanbul yıkılmış anlayacağın" dediği için ayrıca tepkiliyim.

Arkasından "Ne yapsaydım, gececi olarak mı kalsaydım?" diye karşılık verdim ama henüz hırsımı alabilmiş değilim.

Severim, dostumdur, arkadaşımdır. Öte yandan nasıl becerdiğini henüz çözemediğim bir de kabiliyete sahip. Her gün bir yolunu bulur ve sabah ritüelimi mahveder. Bu sabah da tam öyle oldu işte.

Artık ne çayı, ne poğaçayı, ne de canım pipomu düşünebilirdim.

En aksi ses tonumla, tepemden çekilirse gazetelerimi okuyabileceğimi ima etmemin nedeni bu. *Ne yapsaydım, gececi mi kalsaydım* diyerek *mesajını aldığımı* söylemeye çalıştım ya, ondan söz ediyorum.

Gazeteleri okuyup, gerçekleşen tatsız vakanın arkasında nelerin yatıyor olabileceğini düşünürken, yazıişleri müdürümün masaların etrafında dolaşıp gece cereyan eden haberle ilgili homurdanmayı sürdürdüğünü duyuyorum.

Son olarak istihbarat şefini bir kez daha haşlıyor ve "Düzgün adam bırakın geceye" diye söylenerek odasına geçiyor.

***

Polis Pangaltı'da bir kulübü basmış, kim varsa toparlayıp Tantan'ın* huzuruna çıkartmıştı. Oyuncuların derdest edilmelerinin asıl nedeni "Harp ve Sulh" isimli şarkının sözleri.

İlk iki satırı şöyle şarkının:

"Bir tarafta bombalar, bir tarafta çocuklar
Şaşıran ağlayan çocuklar."

Son iki satırıysa şöyle:

"Haydi insanlar sarılın birbirinize
Haydi insanlar kin tutmayın birbirinize."

Neymiş şarkı söylenirken Stalin'in, Deniz Gezmiş'in resmi filan da slayt olarak gösteriliyormuş, falanmış feşmekânmış.

* Sadettin Tantan 1941 yılında doğdu. Milletvekili, bürokrat, siyasetçi. Ecevit Hükümeti'nde içişleri bakanlığı yaptı.

Sanatçılar sorgu esnasında da sonrasında da *üzerlerine iftira atıldığını, gösterdikleri slaytlarda Hitler'in, Şarlo'nun, Birinci ve İkinci Dünya Savaşı'na dair savaş görüntülerinin bulunduğunu* söylemişler. *Amaçları savaşların kötü olduğuna dikkat çekmekten ibaretmiş. Derdest edilip polis şefinin huzuruna çıkartılmalarının nedenini anlayamamışlar.*

***

Bütün gazeteleri okuduğumdan emin olup tanıdığım sanatçıları aradıktan sonra yazıişleri müdürümün kapısını tıklattım.

Her zaman olduğu gibi "Gel!" diye bağırdı.

Hiç havamda değildim. Yalnız olduğum zamanlarda arada bir verdiğim *"Gel denilmez, buyurun denilir. Ayı!"* şeklinde özetleyebileceğim adabımuaşeret dersini bir kenara bırakıp doğrudan konuya girdim.

"Tanıdıklarımla konuştum. Tam bir yıldırma operasyonu. Sanıyorum Sadettin Tantan'ın işgüzarlığı. Yeni geldi ya göreve, kendini gösterecek. Barış, dostluk, kardeşlik diyen kim varsa ayar vermeye çalışacağı belli oldu. Benim anladığım bu. Ne dersin bir şey yapalım mı?"

"Boş ver" dedi. "Anlat bakalım ne yapıyor senin Holly?"

Ne Holly'si filan dememe kalmadı, "Âlemlere akmışsınız oğlum dün akşam" diyerek baklayı ağzından çıkarttı.

Şaşırmış gibi yaptıysam da durumda şaşırılacak bir şey olmadığının gayet iyi farkındaydım. Nihayetinde, karşımda oturan, İstanbul'un kalbini elinde tutan adam.

Havalara girmesin diye, nereden duyduğunu sormadım, "Yok bir şey" dedim. "Sıradan bir geceydi işte."

"Gözün üzerinde olsun. Şahane bir haber kaynağı yakaladın. Peşini bırakma."

Gazeteci her şeye *buradan bir haber çıkar mı* diye bakar. Normal insanlar hayatlarını yaşarken, gazeteci insanların neyi, nerede, ne zaman, nasıl, kiminle yaşadığını öğrenmenin peşindedir. Tabii sıra dışı olanların.

Bu nedenle arkadaşımın sözlerini yadırgamadım. Lafı uzatmasın diye "Biraz erken çıkacağım" dedim.

"Holly ile mi buluşacaksın?"

"Hayır. Dün gece onunlaydım. Bu gece kendimi affettirmek için karıma balık pişireceğim."

-8-

Eşimle yemek masasında uzun oturmayı planladığım akşamlar gazeteden biraz erken çıkar, soluğu Eminönü'nde, sırtlarını Mısır Çarşısı'na dayamış balıkçılarda alırım.

Canım İstanbul'umun gözünü sevdiğim balıkçı dükkânları... Üstelik yılın bu zamanında şıkır şıkır... Milyon voltluk lambalar sadece balıkları değil, müşterinin beynini de aydınlatıyor... Lüfer, palamut, tekir, kırlangıç, bolluktan tablalardan dökülüyor...

Üç kofana ve biraz karidesle balıkçı faslını tamamlayıp her zamanki peynircimden beyazpeynir de alınca, alışveriş listemin en önemli kısmını tamamlamış oluyorum.

***

Eşim ve oğlum kapıdan, tam ben salataya zeytinyağı dökerken giriyorlar.

"Erkencisin" diye sesleniyor eşim. Oğlum her zamanki gibi tuvalete zor yetişiyor.

Eşim elindekileri bıraktıktan sonra başını mutfağın kapısından uzatıp "Ben ne yapayım?" diye soruyor.

"Balıkları fırına koydum" diyorum, sanki biraz ondan biraz da balıklardan özür diler gibi.

"Dışarısı çok soğuk. Mangal başında beklemeye cesaret edemedim."

"İyi yapmışsın. Ocak ayında mangalın başında balık mı beklenir!"

Böyledir işte, en ikircikli olduğum zamanlarda bile bir yolunu bulur, içimi rahatlatır.

"Masayı da hazırladım. Şu salata tabağını götür. Ben de rakıyı ve buzu kapıp geliyorum."

Salata tabağını masaya koyup geri geliyor.

"Şahane bir sofra olmuş. Affettirmen gerektiren bir suç mu işledin yoksa?"

Hah! Bunu da iyi yapar işte! Öyle bir şey söyler ki titrer ama bir türlü kendinize dönemezsiniz.

Biraz dalga geçer gibi söylediyse de eşimi tanıyorum. Hoş bütün kadınlar böyledir ya. Biz ne yaparsak yapalım, onlar istedikleri anlamı çıkartırlar.

İyi ya da kötü fark etmez, kadınların beyni ne diyorsa, doğru odur.

Eşim sözlerini tamamlar tamamlamaz eline boş kadehleri tutuşturup "Senin de şerefine karıcığım" diyorum.

Bu esnada rakının kapağını açıp kokluyor, masaya doğru hareketleniyorum.

"Sen de iyice akşamcı oldun. Daha bu sabah, güne Alka Seltzer'le başlamadın mı?"

Biliyorum, derdi benim rakıyla flörtüm değil. Gayet iyi farkındayım. Dün akşamki fasla gönderme yapıyor. Ben de o konuda konuşmak istiyorum zaten.

Bu nedenle söylediğine karşı çıkmıyor "Geliyorum şimdi" deyip tekrar mutfağın yolunu tutuyorum.

***

Fırında kofanalarımız yağlarını sızdıradursun, bol maydanoz, zeytinyağı ve çok az kırmızı pul biber ile üç dakika kadar ateşe gösterdiğim karidesleri bir tabağa alıyor, masaya ulaşıyorum.

Bu arada oğluma "Karidesini bitirince masadan kalkabilirsin. Balık hazır olunca seni çağırırız" diyorum.

İstediği de bu zaten. "Olur" diyor, karideslerini çabucak yutup, kim bilir ne tür bir oyun kurmak için ortadan kayboluyor.

Oğlum odasına çekilince, eşim merakına yenik düştüğünü kabulleniyor.

"Anlat artık ne anlatacaksan. Bütün gün çatladım."

"Sıkı dur yalnız! Bir de söylememe bile gerek yok, anlatacaklarım burada kalacak. Başkalarının özel hayatına gireceğiz çünkü."

"Ha" diyor. "Vegas'ta olan Vegas'ta kalır gibi yani."

"Hayır" diyorum, göreceğin gibi "Vegas'ta olan Vegas'ta kalmıyor!" Örneğini şimdi vereceğim.

Aslında kabahat bende. Benimle yaşamaya başlayana kadar böyle değildi. Dedikodu nedir bilmez, kimsenin arkasından konuşmaz, öteki insanların özel hayatlarını merceğine almaz, hele yargılamayı düşünmezdi bile.

O bana benzeyeceğine ben ona benzeseydim eminim daha iyi olurdu. Ama olmadı işte. Böyle olabilmesi için eşim Türkiye'ye gelin gelmemeli tersine ben onun ülkesine içgüveyi gitmeliydim.

***

Henüz dün akşamı konuşmaya başlayabilmiş değiliz. Aklım fırında. Mutfağa bir sefer daha yapıp geri geliyorum.

Yeniden masaya otururken "Balığın fırında olduğunu arada bir hatırlat olur mu?" diyorum.

"Hatırlatırım" diyor ve ekliyor. "Anlatır mısın artık dün akşam ne olduğunu?"

"Dur. Önce bir şerefe diyelim!"

Kadehimi eşime kaldırıyorum ve kallavi bir yudum alıyorum. Evet, peşrev* yapmayı bırakıp, dedikodu faslına damardan girmenin zamanı geldi.

"Holly ve Ferit'le buluştum ya dün akşam, öyle bir şey söylediler ki öldürseler aklıma gelmezdi."

"Evleniyorlar mıymış?"

Şaşırıyorum.

"Anlatmamış mıydım sana Holly'nin transseksüel olduğunu?"

"Ne var bunda şaşıracak? Transseksüel olmuş ya işte! Avrupa ve Amerika'da insanlar transseksüellerin evlenmelerinin normal sayılması gerektiğini epeydir konuşuyorlar. Hatta, transseksüel birinin heteroseksüel, homoseksüel, aseksüel, biseksüel gibi cinsel yönelimlere sahip olabileceği de söyleniyor."

Elbette biliyorum bütün bu anlattıklarını. Batı'nın şaftı çoktan kaymış vaziyette.

Transseksüellik özellikle Batılı entelektüel çevrelerde epeydir cinsel yönelim değil, cinsiyet kimliği olarak kabul görüyor.** Eminim, ilerleyen yıllarda, transseksüel kelimesi kullanımdan bile kalkacak. 50'li yıllardan bu yana Batı Cephesi'nde köprülerin altından çok sular aktı. Akmaya devam ediyor.

"Neyse" diyorum sanki düşündüklerimi anlatmış gibi.

Eşim "Ne neyse?" diye soruyor ama meselenin felsefi boyutu üzerine ne onu ne de kendimi fazla yormak istemiyorum.

Oturup ne doğru ne yanlış diye tartışacak, ortaya fikirler sürecek, detaylara girecek ne halim var ne de vaktim. Eşimi tanıyorum. Bu tür felsefe ya da tıp tartışmaları yerine, damardan verilecek dedikoduyu tercih eder.

---

* Alaturka müzikte, fasılların başında çalınan parça.

** Böyle olmasına rağmen Dünya Sağlık Örgütü (WHO) trans kimlikleri ruhsal bozukluk kategorisinden ancak 2018 yılında çıkartabildi.

"Hazır ol!" diyor, bombayı patlatıyorum.

"Holly genelevde çalışmaya başlamış!"

"Ne!" diyor en yüksek perdeden. "Tekrar söyle!"

Evde ben Türkçe konuşuyorum o İngilizce konuşuyor. Bu kararı, oğlumuz her iki dili de anadili olarak öğrensin diye aldık. Olan ikimize oldu. O da ben de anlattıklarımızı arada bir tam da böyle tekrarlatmak zorunda kalıyoruz.

Az önce söylediğimi tekrarlıyorum. Sonra biraz es verip, Yüksek Kaldırım'dan, Karaköy'den, o civarlardaki sokaklarda bu tür işlerin nasıl döndüğünden söz ediyorum.

Zor tabii yabancı bir kadına Türkiye'nin genelev meselesini ayrıntılarıyla aktarabilmek. Bazı kavramların Türkçelerine ben bile anlam vermekte zorlanırken, eşimin layıkıyla anlamasını beklemek, havanda su dövmek gibi.

Mama kelimesini anlat bakalım anlatabilirsen anadili Türkçe olmayan birine. Avrupalılar annelerine *mama* diyorlar, biz bu kelimeyi genelev patronları için uygun görüyoruz. Osmanlı'dan itibaren, Türklerin *mama* lafını biraz üzerine konuştukları kadını, biraz da genelev patronlarını aşağılamak için kullandıklarından, acaba anadili Türkçe olanların kaçta kaçı haberdar?

Olsun, yılmıyorum. Gece uzun, daha balık da yiyeceğiz zaten.

Yetmişlik Yeni Rakı şişemiz masanın üzerinde taze gelin gibi raksını sürdüredursun, Holly ve Ferit'le Entelektüel Cavit'in meyhanesinde ve sonrasında neler konuştuğumuzu, bu esnada hangimizin nasıl davrandığını film gibi anlatıyorum.

-9-

Yazıişleri müdürüm "3 Ocak'ta İstanbul Hukuk'ta dokuz öğrenci yaralandı. 10 Ocak'ta İstanbul Yüksek Öğrenim Derneği Başkanı Paşa Güven feci şekilde dövülmüş olarak gözaltına alındı. 12 Ocak'ta Erzurum Üniversitesi süresiz olarak kapatıldı" diyor ve başını kaldırıp bir salon dolusu muhabire bakıyor.

Az önce gazeteye İstanbul'da ve Tunceli'de birer öğrencinin daha öldürüldüğü haberi ulaştı. Yazıişleri müdürümüzün milleti bir araya getirme nedeni de bu zaten.

"Bakalım" diyorum içimden. *"Şimdi ne diyecek?"*

"Bir süre için özel olarak öğrenci olaylarını izleyecek bir masa oluşturacağız..."

Bu işe yakınlık duyanlar aday oluyor, yazıişleri müdürü de birkaç kişinin ismini söylüyor. Sonra bana dönüp "Bir dakika gelsene benim odama!" diyor.

"Ne oluyor?" diye soruyorum daha kapıdan girerken.

"Farkındasın değil mi? Yükseldikçe yükseliyor. Birileri öğrenci gençliğin üzerine oynuyor. Sence de öyle değil mi?"

Haklı. Epeydir her olay bir sonraki olayın tetikleyicisi işlevini görüyor. Geçen yıl çıkan çatışmalarda toplam on üç öğrenci hayatını kaybetmişti. Bu yıl, bir aydan kısa sürede bu rakama ulaşılmış olacak.

Epey laflıyoruz gelişmelerle ilgili olarak. Bana içişleri bakanıyla konuşma görevi veriyor.

***

Öğlen yemeğinden döndüğümde masamın üzerinde, *Holly aradı. Tekrar arayacak* notunu buluyorum.

Pipomu yakıp sade kahvemden ilk yudumu alırken direkt telefonum çalıyor.

"Ben Holly. Ferit'ten haber alamıyorum."

Şaşırıyorum haliyle ama kendimi toparlayıp "Haber alman mı gerekiyor?" diye soruyorum.

Kısa bir sessizlik oluyor aramızda. Toparlanıp "Bir haber alman gerekiyordu da mı gelmedi?" diyerek detay vermesi gerektiğini hissettiriyorum.

"Ferit normalde benimle kalıyor. Bir haftadır ortada yok. Akşamları iş çıkışında gelip alırdı, gelmiyor. Eve de uğramıyor. Bugün gazeteleri görmüşsündür. Kıyamet kopmuş. Acaba başına bir şey mi geldi? Korkuyorum."

Başıma gelen, tam da istemediğim cinsten.

Röportaj yaptığım insanların hayatlarına girmekten imtina etmemin en önemli nedeni bu. Temas kurduklarımızın büyük çoğunluğu sorunlu insanlar. Diyoruz ya *insan köpeği ısırırsa haberdir* diye. *Köpeğin insanı ısırdığı* durumlarla gazetecinin işi olmaz. Tam da bu nedenle, gazeteciysen, sorunlu insanların hayatına giriyorsun. Kaçınman gereken, yazına konu ettiğin insanların dert babası haline gelmemek.

Evet, bunca yıldır öğrenmiş olmam gereken tam olarak bu! Ama ne gezer.

Acaba diye soruyorum böylesi durumlarda kendime, *insanların beni adam yerine koymaları mı hoşuma gidiyor?*

Öyle olmalı. Ve gerisi çorap söküğü gibi geliyor. Tıpkı Holly ve Ferit örneğinde olduğu gibi.

Ne yapayım şimdi? *"Bana ne Ferit'ten? Koca adam"* filan mı diyeyim? Tabiatıyla diyemiyorum.

"Biraz bakayım etrafa" diyor ekliyorum. "Ferit'in soyadı ne?"

Delikanlının soyadını sorunca Holly duraklıyor.

"Bence şimdilik bir şey yapma. Bugün de geçsin. Ondan sonra bakarız."

"İyi o halde. Yarın bu saatlerde yeniden konuşalım. Olur mu? Ortaya çıkarsa bana bir alo de."

***

Ankara Büro üzerinden içişleri bakanına ulaşmaya çalışırken, kulağım haber merkezinde.

Kahramanmaraş ve Kütahya'dan da haberler geliyor. Çıkan çatışmalarda yirmi bir kişi yaralanmış durumda.

Çok vakit kaybetmeden yazıişleri müdürüne rapor veriyorum.

"Ben de arıyorum, Ankara Büro da arıyor ama bakan sırra kadem basmış vaziyette. Özel kalem müdürünü üçüncü kez aradım, yine geri döneceklerini söyledi ama ümidim yok."

"Ankara Büro şefi bakanlığa gitti. Meclis'e de birkaç kişi gönderdi. Sen bırak bakanın peşini. En iyisi, içerideki masada biriken haberleri önüne koy ve ortaya düzgün bir yazı çıkart. Yarının birinci sayfası olacak. Sürmanşet. Ona göre."

Haber merkezinde bu işe ayrılmış muhabirlerle küçük bir toplantı yapıyoruz. Dışarıdan beklenen birkaç haber daha var. Neredeyse bütün üniversite ve yüksekokullarda gerginlik sürüyor.

Aklıma Yıldız Mühendislik Mimarlık geliyor "İDMMA'da bir şey var mı?" diye soruyorum.

"Var" diyor biri. Önüme bir tomar fotoğraf koyuyor.

Fotoğraflara baktığımda köşe başlarında silahlarını doğrultmuş gençler görüyorum.

Yakın plan çekilmiş birkaç fotoğrafı işaret edip "Bunlar içeriden mi dışarıdan mı?" diye soruyorum.

"Şu üçü dışarıdan. Solcu öğrenciler okulun içinde. Okulu işgal etmiş durumdalar. Ötekiler de okulun dışından okula ateş ediyorlar. Gördüğün resimler dışarıdan teleobjektif ile çekildi."

"Peki polis nerede?"

"Polis aralarına girmiyor. Hedef olacağından korktuğu için mi yoksa ne halleri varsa görsünler diye mi, bilmiyorum artık."

Genç muhabirin söyledikleri aydınlanmamı sağlıyor. Yazıişleri müdürüyle özel olarak birkaç satır konuşmam lazım.

***

"Bence, hükümet gençlerin birbirlerini kırmasına müsaade ediyor."

Yazıişleri müdürüm "Nereden çıkarttın bunu?" diyor.

Önüne az önce haber masasından aldığım fotoğrafları diziyor "Sence, polis istese bu adamları bir dakika içinde içeriye alamaz mı?" diye soruyorum.

"Alır. Üstelik işgal altındaki okullara da girer. Ne demeye çalışıyorsan onu söyle."

"Yahu arkadaş göz göre göre oyun oynanıyor. Ya Süleyman Demirel Hükümeti'nin muradı polisi alana indirmeyip iki tarafın birbirini yiyip bitirmesini sağlamak ya da polise sözü geçmiyor. Türkiye'nin polis ve askerinin bu kadar da güçsüz olduğunu hiç sanmıyorum."

Arkadaşım başını sallıyor ve derince içini çekiyor.

"İki ucu pis bir değnek. Bir tarafında polisin bölünmüş olması var öteki tarafında polis ve askere abanıldığında anti demokrat bir görünüm sergilenmesi. Sence neden cevap vermiyor aramalarına Oğuzhan Asiltürk?"*

Yazıişleri müdürüm ustalıkla konuşmanın yönünü yine işe döndürüyor. Cevabım hazır.

"Belki toplu bir basın açıklaması yapacaktır."

***

Yazıları alıp masama oturuyor, ana yazı ile bağlantılı yazıları tekrardan kaçınarak yeniden yazmak için kollarımı sıvıyorum.

Birden arkamda bir hareketlenme oluyor. Yazıişleri müdürü "İzmir uçağı kaçırılmış. Havada!"** diye bağırıyor.

Yerimden fırlıyorum. Göz göze geliyoruz.

"Sen otur. İşine bak. Elindeki işlerin şu aralar sayfa sekreterinin önünde olmaları gerekiyordu. Biz gelişmeleri takip eder yeni malzemeyi sana yetiştiririz."

Daha o sözlerini tamamlamadan bütün masalardaki telefonlar çalmaya başlıyor. Belli ki hareketli bir gün ve gece yaşayacağız.

---

* 1935-2021 yılları arasında yaşadı. Sanayi ve teknoloji, içişleri bakanlıkları yaptı. Birçok kez milletvekili seçildi. Sırasıyla Milli Selamet, Refah, Fazilet, Saadet partilerinde görev yaptı.

** 13 Ocak günü, Trakya isimli İstanbul-İzmir seferini yapan uçak Polis Koleji öğrencisi Adnan Mintaş tarafından tabanca tehdidi ile Belgrad'a kaçırıldı. Mintaş'ı yolcular ve mürettebat zararsız hale getirdi.

-10-

Holly ve Ferit dünde kalmıştı.

Taşra baskısı, İstanbul baskısı filan derken Holly'nin arayıp, Ferit'in kaybolduğunu söylemiş olması aklımdan çıkmıştı.

Ne gece yarısına kadar çalışırken, ne gazetenin otomobiliyle yarı baygın evime götürülürken, ne de salondaki kanepeye kendimi zorlukla attığımda, aklımda Holly'den de Ferit'ten de eser vardı.

Hatta gazeteye gelinceye, sabah gazetelerinin hepsini masama koyup telefonla çayımı söyleyinceye kadar da Holly ve Ferit aklımın ucundan geçmemişti.

Çayımı söyleyip dahili hattı tam kapatmışken direkt hat çaldı ve elim otomatik olarak bir ahizeden ötekine gitti.

"Alo, ben Ferit. Merak etmişsiniz galiba beni."

Biraz da şaşırmış gibi yapıp "Ha, evet" filan dedim.

"İyiyim. Merak edilecek bir şeyim yok. Müsait olduğun bir zaman seninle konuşmak istiyorum. Yalnız."

"Şimdilik ortalık sakin gibi görünüyor. İstersen bu taraflara gel, öğlen yemeği yiyelim birlikte."

"Aynı yerde buluşalım mı? Köftecide. Saat ikide yine."

***

Köftelerimiz gelsin diye beklerken Ferit anlatmaya koyuluyor.

"Akademiden eve giderken otobüs durağında aldılar. Doğrudan Gayrettepe'ye Siyasi Şube'ye götürdüler. Biraz hırpaladılar, bir hafta kadar hücrede tuttular, sonra bıraktılar."

Ferit bir hafta süreyle ortadan kaybolunca Holly merak etti haliyle diye düşünüyorum.

Biraz da arı kovanına çomak sokmuş olmak için "Aynı evi paylaşmak zor. Hep gözaltında oluyorsun" diyorum.

Ferit kızardı mı bana mı öyle geldi tam olarak karar veremedim.

"Akşamları on bir gibi gidip işyerinden alıyorum. Biliyorsun o yokuşu. Etraf berbat insanlarla kaynıyor. Başına bir iş gelsin istemiyorum. Eve götürdüğümde gece yarısı oluyor. Sonra kendi evime gitmek zor geliyor."

Çok normal bir şey yapıyormuş gibi bakıyorum yüzüne. Üstünde durmadığımı hissedince rahatlıyor.

"Asıl başka bir şey var. Çok daha önemli."

Nedense şaşırmıyorum. Holly ve Ferit hayatıma girdiğinden bu yana, bir o köşeye bir bu köşeye atlayan, sıkça ters köşe olan amatör lig kalecisi misali, helak olmuş durumdayım.

Yüzüne *dökül* der gibi bakıyorum.

Garsonun köftelerimizi getirmiş olması Ferit'e zaman kazandırıyor. Sanki biraz rahatlamış gibi duruyor.

İlk lokmamı ağzıma atar atmaz konforunu bozup "Anlatmayacak mısın?" diye soruyorum.

"Holly âşık oldu!"

Çok da şaşırmamış gibi bakıyorum yüzüne.

Gülüyor.

"Yanlış anladın. Bana değil."

Sultanahmet Köftecisi'nin hiç de sıcak olmayan üst katındayız ama birden ter basıyor.

Halimi gören Ferit, yüzüne de yansıttığı karmakarışık ruh halinden sıyrılıyor, küçük bir kahkaha atıyor.

"Yine yanlış anladın gazeteci ağabey!"

Tuhaf bir haldeyim. Tamam üstün zekâlı filan olduğumu iddia edemem ama aptal da sayılmam. *En iyisi hiç konuşmamak* diye düşünüp susuyorum.

Ferit bu halimle de çok eğleniyor. "Hayır, Holly sana âşık olmadı gazeteci ağabey" diyor.

Prestijimi biraz olsun kurtarmak için "Biliyorum" filan desem de Ferit, tam *anlat sen onu benim külahıma* vaziyetinde.

Bu kez biraz kızarak "Benim ağzımdan, bana âşık olup olmadığını sorguladığıma dair bir cümle çıktı mı?" diyorum.

Üzerimde daha fazla tepinmeye kıyamamış olsa gerek "Hakkını yemeyeyim, çıkmadı" diyor. Bu arada merakımdan ölmek üzereyim.

"Kime âşık oldu o halde?"

"Ece'ye!"

"Nasıl yani?" diyorum haliyle.

Ferit şaşırmış gibi davranıyor. "Ne var? Holly âşık olamaz mı?" diye soruyor.

"Kuşkusuz olur ama..."

Söylediğim laflar kendi kulağımı bile tırmalıyor.

***

Gazeteye beynim allak bullak olmuş biçimde dönüyorum.

Daha kapıdan girer girmez "Neredeydin?" diye karşılıyor yazıişleri müdürüm.

"Bir şeyler atıştırıp döndüm. Yemek de mi yiyemeyeceğim?"

"İTÜ Maden Fakültesi'nde, sağ görüşlü öğrenciler üç sol görüşlü genci öldürmüşler!"

Gayriihtiyari "Ne diyorsun sen?" diyorum.

"Çocuklar olay yerine gitti. Bu arada yaralanan var mı diye hastanelere filan da baktırıyorum. Santralden, haber merkezine bu konuyla ilgili gelen telefonları doğrudan sana bağlamalarını isteyeceğim. Muhabirler gittikleri yerlerden arayacaklar. Aklına takılan yerleri sor, notlarını al. Yazıyı dün olduğu gibi yine senin toparlaman gerekecek."

***

"Alışmaya başlıyoruz galiba" diyorum yazıişleri müdürüme.

İlk baskı için makineler dönmeye başlamış durumda.

Hâlâ haber çıkmasını beklediğimiz yerler de var. Okullara, Siyasi Şube'ye, yaralıların götürüldükleri hastanelere dağılmış olan muhabirlerden bir kısmı henüz gazeteye intikal edebilmiş değil. Ankara Büro da İçişleri Bakanlığı'ndan yapılacak açıklamayı bekliyor.

Arkadaşım, az önce alışmaya dair sorduğum sorumu gecikmeli de olsa cevaplıyor.

"Yarın bu çocukların cenaze törenleri olacak. Solcu gençler ve dernekler haklı olarak meseleyi büyütecekler."

O böyle deyince aklıma daha önce başlattığımız ama henüz tamamlayamadığımız konuşma geliyor.

"Ötekilerin beklentisi de bu yönde değil mi?"

"Sanki" diyor arkadaşım. "Radyoda yayınlanan arkası yarınlar gibi."

Öyle. Aslında senaryoyu yazan son noktayı çoktan koymuş durumda. Ama biz okuyanlar, kurguda nelerin olduğunun, sürprizlerin hangi bölümlerin sonlarına yerleştirildiğinin, yarının hatta ertesi günün nelere gebe olduğunun farkında değiliz.

"Az önce solcu-sağcı dedin ya" diyorum o böyle deyince. "Bence o da doğru değil."

"Neden?"

"İktidarda Milliyetçi Cephe hükümeti var mı? Var. Tam bir yamalı bohça ama hepsi de milliyetçi ve mukaddesatçı. Liberal, demokrat tarifine uyan kimse görüyor musun bu tabloda? Demirel ve partisini de o takıma dahil ederek söylüyorum. Böyle olduğunu anlaman için milletvekillerinin geldikleri yerlere bakman yeter. Çoğu tarikat mensubu."

Arkadaşım başıyla söylediklerimi tasdik ediyor. Onun da söyleyecekleri var.

"Tam da dediğin gibi, iktidara milliyetçi ve mukaddesatçılığın tonları hâkim. Demirel'in çevresinde birkaç liberal varsa da etkileri neredeyse sıfır."

Ondan kuvvet alınca kendimi daha cesaretli hissediyorum.

"Polis ve MİT emirlerinde. Karşılarında kendileri gibi düşünmeyen kim varsa ezmeye, yok etmeye çalışıyorlar. O halde, az önce kendimize epey haksızlık ettik."

Yazıişleri müdürüm zeki bir adam. Doğru düşünüp düşünmediğini test etmek için olsa gerek "Nasıl yani?" diyor.

"Dizi yazıyı yazanın kim olduğunu da siyasal bir altüst oluş gerçekleşmezse sonunun nasıl geleceğini de en azından biz tahmin etmiyor muyuz?"*

* 31 Mart 1975'te dört yüz kırk iki sandalyeden iki yüz yirmi ikisine sahip olan Milliyetçi Cephe hükümeti iktidarda iki yıl seksen iki gün kaldı. 77'de yapılan genel seçimlerde CHP yüzde kırk bir oy aldı. Ecevit'e hükümeti kurma görevi verildi. CHP Genel Başkanı, iki yüz on üç sandalyesi olmasına rağmen güvensizlik oyu aldı ve koltuğunda sadece otuz gün kalabildi. Demirel tekrar Başbakan oldu, o da koltuğunda sadece yüz altmış sekiz gün oturdu. TBMM, 12 Eylül 1980'e kadar içinden istikrarlı bir hükümet çıkartamadı. 12 Eylül Amerikancı darbesinden sonra Türkiye'de sol tasfiye edilecek, ülkenin rotası tam da CIA ve Türkiye'deki uzantılarının istediği gibi "daha çok muhafazakârlık" olarak belirlenecekti.

-11-

Tam da aklımdayken arıyor Holly.

Olayların ardı ardına ve yoğun bir biçimde geliştiği günlere rast geldiği için, Ferit'in onunla ilgili verdiği habere kafa yoramamıştım. İş yüküm biraz azaldığı için olsa gerek, dün de bu sabah da hep aklımdaydı.

Telefonda sesini duyar duymaz "İnanmayacaksın ama ben de tam seni düşünüyordum" dedim.

En buğulu sesiyle karşılık verdi.

"Birini çok düşünürsen o da seni düşünmeye başlarmış. Yaygın kanaat bu."

Sessiz de olsa söylediklerine gülüyorum. Anlamış olsa gerek, biraz ikircikli "Yoksa telepatiye inanmıyor musun?" diye soruyor.

"Parapsikoloji, paranormal gibi meseleler benim alanlarımın dışında."

"Öyle deme..." deyip duraklıyor ve sanki biraz içini döker gibi "Seni dün ve bu sabah o kadar çok düşündüm ki" diyor.

Sessizleşiyor. Konuşmasını sağlamak için "Ben bilimciyim. Düşünerek kaşığı bükme gibi işlere pek prim vermem" diyorum. Sözlerim etkisini gösteriyor.

"Geçenlerde bir dergide Doğu Bloku ülkelerinde bu meselenin çok önemsendiğini okudum. Hatta bio enformasyon diye bir terim bile geliştirmişler. Onlar da bilimci."

Holly okuduğu yazının detaylarına giriyor. Sadece dinliyorum. Müdahale etmiyor olmamdan ilgilenmediğim sonucunu çıkartmakta gecikmiyor. Lafını toparlıyor ve asıl meseleye geliyor.

"Ferit'le buluşmuşsunuz."

"Evet."

"Ne bu böyle bensiz buluşmalar filan? Yokluğumda beni mi çekiştiriyorsunuz yoksa?"

Çok cin fikirli değilimdir ama nedense ağzımı arıyormuş gibi geliyor. Öyleyse ben de aynı yola başvurabilirim.

"Arkadaşlar birbirlerini çekiştirmezler. Kim bilir belki de sevdikleri birine yardımcı olmanın yolları üzerine düşünmüşlerdir."

"Kuşlar bana öyle söylemedi."

Düşünme sırası bende.

Ben cevap vermekte gecikince Holly bodoslamadan "Neler anlattı Ferit benimle ilgili?" diyerek dalıyor. Az önce büründüğü gizemli rolden vazgeçmiş durumda.

O böyle davrandı diye, başlatmış olduğum ağız arama taktiğine son verecek değilim.

"Aşk meşk meseleleri işte. Kendisi, sen, belki başkaları..."

Holly başlardaki sevecen ses tonunu kızgına çeviriyor.

"Ferit'in yanlış davranışları bunlar. Daha önce de yaptı. Lütfen bu tür konularda ona karşı dikkatli ol. Benim olmadığım yerlerde gerçekleşen böylesi konuşmalardan çok hazzetmediğimi de bilmeni istiyorum."

Osmanbey ile Cağaloğlu arasındaki telefon hattı buz kesiyor.

Arkadaşım, uzunca bir süre sessiz kaldıktan sonra "Belki sonra yine ararım" diyerek telefonu kapatıyor.

Hiç sevmem yüze telefon kapatılmasını. Bir kere bile yapmadım. Olumsuz bir düşüncen varsa söylersin. Karşıdaki bir şey söylüyorsa sonuna kadar dinlersin. Beğenirsin ya da beğenmezsin, fark etmez. Aklına, duyduklarına dair o anda söyleyecek bir şey gelmeyebilir. Gelmezse gelmez. Susarsın, olur biter.

Hele Holly gibi oturmasını kalkmasını bilen, aklındakileri düzgün cümlelerle, zaman zaman nükteye başvurarak ifade edebilen birine, hiç yakıştıramadım doğrusu.

***

Gün boyu yazıişleri müdürümün verdiği birkaç ufak tefek işle uğraşıyorum. Bütün bu işleri yaparken aklımda hep Holly ile gerçekleştirdiğim telefon konuşması var.

Günlük koşuşturma taşra baskısının matbaaya ulaştırılmasıyla sona eriyor.

Holly ile gerçekleştirdiğim telefon konuşması aklımda olmak üzere, eve doğru yola çıkıyorum.

Yol boyu, Ferit ve Holly ile yaptığım konuşmalardan eşime bahsedip etmemek konusu üzerine düşünüyorum. Nihayetinde, bu fikri aklımdan kovup atmayı tercih ediyorum.

Eşimin vereceği tepkileri üç aşağı beş yukarı tahmin ediyorum. Haklı olarak, öncelikle yazacağım yazıların konusu olan insanları hayatıma almama tepki gösterecek. Sonra bir kendi yaşıma başıma bir de onlarınkine bakmamı ve bu çocuk oyunlarından uzak durmamı öğütleyecek. Söyleyeceklerinin doğru olduğunun ben de farkındayım. Teyit almaya ihtiyacım yok.

***

Yemeğin ortalarına doğru, oğlumun masadan kalkmış olmasından istifade ederek "Sana geçen gün Ferit'le öğle yemeğine gittiğimizi söylemiştim değil mi?" diye soruyorum.

"Hayır söylememiştin" diyor eşim.

Özellikle söylemediğimi gayet iyi hatırlıyorum. Bir sürü nedeni vardı söylememiş olmamın. Öncelikle, başımdan geçen her şeyi satırı satırına eşime anlatmak zorunda değilim. Son zamanlarda sıklıkla, herkesin her şeyi bilmesinin şart olmadığını, herkesin kendine ait bir hayatı olması gerektiğini düşünür oldum. Ayrıca, yolda gelirken de düşündüğüm gibi, Ferit ve Holly'ye dair konularda eşimin ne tür tepkiler vereceğini, nasıl tavsiyelerde bulunacağını biliyorum.

Kim dinlemek ister zaten bildiği şeyleri?

Bu konuyu şimdi açıyor olmamın nedeni farklı. Holly'nin telefonda gösterdiği aşırı tepkiyi anlamlandırmakta zorluk çekiyor olmam. Eşimin bir kadın olarak görüşünü almam lazım.

***

Ferit'le yemek yerken duyduklarımı, kendimi içeren kısımlar hariç anlatıyorum.

Eşim ilgiyle dinledikten sonra "Bu işte, bir İngiliz için bile fazla entrika var" diyor.

Detaylara daha hâkim olarak yorum yapmak için, sorularını sıralıyor.

"Holly transseksüel. Ferit'le aynı evde yaşıyorlar. Bunları zaten biliyordum. Şimdi bu bilgilerimize ek olarak karşımıza Holly'nin Ece'ye âşık olduğu çıktı. Doğru mu?"

Başımı sallıyorum.

"O halde Holly ile Ferit sevgili değiller. Ya da buzdağının görünen kısmı böyle."

Hak veriyorum eşime. Konuşulanlardan ilerleyecek olursak, tespitleri doğru. Peki ya bilmediklerimiz neler?

Tam ben bu tür meselelere yoğunlaşmışken, eşim "Bütün bildiklerini bana anlattın değil mi?" diye soruyor.

"Ne yani, bir şey bilip de sakladığımı mı söylemek istiyorsun?"

"Olamaz mı? Saklıyor demeyelim de..." diyor ve susuyor eşim.

"Söylemiyor değil de söyleyemiyorum yani!"

Eşim yine susuyor. Aklıma o ünlü Türk atasözü geliyor: Sükût ikrardan gelir.

***

Oğlum "Anne sen de gel!" diyerek yatağının yolunu tutup salonda yalnız kalınca kendimi sıkı bir biçimde azarlıyorum.

Hayatını berbat etmekte üstüme kimseyi tanımam. Ne lüzumu vardı şimdi bu konuyu ailemizin gündemine sokmamın?

Biliyorum, eşim bundan sonra Holly, Ferit ve Ece meselesini içine beni katmadan asla düşünmeyecek.

-12-

Sabahın köründe Holly'yi gazetenin kapısında görünce haliyle şaşırıyorum.

"Ne oldu? Ferit'in başına bir şey mi geldi?"

"Hayır. Dün telefonda sana haksızlık ettim. Kırmış olabileceğimi düşünüp üzüldüm. Özür dilemek için geldim. Birkaç dakikanı ayırabilir misin bana? Çok zorlama ama kendini. Olabiliyorsa."

Saatime bakıyor "Bana bir dakika izin verir misin?" diye soruyorum.

***

Aslında gazeteye ulaşmış olduğum, bir haber kaynağımla gazete civarında bir saat kadar vakit geçireceğime dair sözlerim yazıişleri müdürümün bir kulağından girip öteki kulağından çıktı. Eminim, geri döndüğümde "Neredeydin sen?" diye soracak.

Merdivenleri inip Holly'yle Cennet Muhallebicisi'ne kadar yürüyorum.

"Bu civarda kahvaltısı bu kadar güzel başka bir yer yok" diyerek içeriye girmesine yardımcı oluyor, yer gösteriyor, siparişlerimizi veriyorum.

"Ama" diyor."Burası bildiğimiz hamam!"*

* 1584'te kadın ve erkek hamamları olarak tasarlanan bina, 70'li yıllarda amacının dışında hizmet verdi. Bugün turistik amaçla Çemberlitaş Hamamı adı altında kullanımda. Çifte Hamam, İkinci Selim'in eşi ve Üçüncü Murad'ın annesi Nurbanu Sultan tarafından, Mimar Sinan'a yaptırılmıştı.

"Evet. Hamam olarak kullanılmaması üzücü ama hiç olmazsa yıkılmamış. Öyle değil mi?"

"Keşke tamamen vazgeçsek şu eskiyi yıkıp yerine apartman dikme davranışından."

"Tarihi yarımada biraz daha şanslı. Belki biraz da Galata tarafı. İstanbul'un geri kalanı haince yok ediliyor."

Kızgınlığım sesime de yansımış olmalı "Tansiyonun yükselecek. Bu kadar sinirlenme" diyor Holly.

"Haklısın. Neyse. Anlat bakalım şimdi. Nedir sabahın köründe seni buralara kadar sürükleyen?"

Epeydir her gördüğümde Holly'yi dikkatle inceliyorum. Ferit söylememiş olsa, transseksüel olduğu aklımın ucundan geçmez.

Holly "Anlat bakalım öyle mi?" diyor az önce kurduğum cümleye ve sorduğum soruya karşılık olarak. Sesinde kırgınlık var gibi.

"Kötü bir şey mi söyledim?"

"Hayır. Ama iyi bir şey de söylemedin."

"Neyle ilgili?"

"Sabahın köründe seni kırdığımdan korkmuş olarak gelmiş olmamla ilgili. Biliyorsun, dün gece eve aşırı yorgun olarak gittim. Buraya gelip seni görmek için sabahı zor ettim. Gözüme damla uyku girmedi."

Neler oluyor Allah aşkına tam da şu anda, tam da burada?

"Holly, dün bana telefonda kötü bir şey söylemedin ki! Ferit'in yanlış davranışlarından söz ettin. Bunu daha önce de yaptığını söyledin. Dikkatli olmamı öğütledin ve seninle ilgili olarak Ferit'le yaptığım konuşmalardan hazzetmediğini söyledin. Bence söylediklerinde son derece haklıydın. Ben de sana kızmış filan değilim."

"Öyle mi?" diyor Holly iyice yumuşamış olarak ve elini uzatıyor, masanın üzerinde durmakta olan elimi tutuyor.

"Beni o kadar sevindirdin ki."

Eyvah diyorum kendi kendime.

Olmasını hiç istemediğim şeyler, üstelik benim de katkımla olmaya başlamış gibi...

Elimi sanki elektrik çarpmış gibi çektiğim için Holly gülüyor.
İmdadıma garson yetişiyor.

***

Kahvaltımızı ederken birden "Ece kim?" diye soruyorum.

Holly, *sen nereden biliyorsun Ece'yi* der gibi bakıyor. Gözlerinde şimşekler çakıyor.

"Ah Ferit!" diyor kızgınlıkla. Kısa bir sessizlikten sonra "Siz benden bahsetmemişsiniz, enikonu dedikodumu yapmışsınız" diye devam ediyor.

"Meseleleri bir gizem bulutunun arkasında bırakacağına, anlatsana doğru dürüst ne olduğunu."

"Birkaç hafta önce çalıştığım eve bir kız çocuğu getirdiler. Kız çocuğu diyorum, sahiden çocuk. Henüz on dört yaşında. Doğudaki illerden birinin bir köyünden satın alınmış. Kızın anlattığına göre köylerine bir adam gelmiş, önce muhtarla sonra kız çocuğu olan ailelerle görüşmüş. Ece'nin babasına karısının öldüğünü, kendisi için evlenecek bir genç kız baktığını, karşılığında iyi para ödeyeceğini söylemiş. Babası kızı para karşılığı satmış."

Bunca yıldır gazetecilik yapıyorum ama benim bile bir *dur noktam* var anlaşılan.

"Ne diyorsun sen?" diyorum. "Bu bir cinayet!"

"Evet. Öyle. Bir cinayet."

"Etraftaki kadınların anlattığına göre bu pezevenk, dünya kadar kızı bu yolla Türkiye'nin bütün genelevlerine pazarlıyormuş."

"Şunu..." diyorum. "Baştan mı alsak?"

"Kızın asıl adı tabii ki Ece değil. Kim bilir ne... Bu ismi vekil* mi koydu getiren pezevenk mi onu da bilmiyorum. Bir nüfus kâğıdı var mı? Varsa getiren adamda mı ondan da haberim yok. Kıza yaşını sordum, on dört olduğunu söyledi. En vahimi ne biliyor musun?"

"Bilmiyorum. Nereden bileceğim?"

"Okuma yazma bile bilmiyor canımın içi. Hiç okula gitmemiş. Türkçeyi de yarım yamalak konuşuyor zaten. Askere gitmiş bir ağabeyi varmış, öğretebildiği kadar o öğretmiş kardeşine."

Şaşkınım. Holly devam ediyor.

"Bir alfabe ile defter kalem filan aldım. Boş zamanlarımızda okuma yazma öğretiyorum. Çok genç ve çok güzel olduğu için müşterisi çok oluyor. Artık ne kadar vakti kalıyorsa garibimin."

"Etraftakiler ne diyorlar bu duruma? Kimisi kendisinin de o yaşta başladığını söylüyor, kimisi kader olduğundan dem vuruyor. Hepsi babası olacak o aşağılık adam müsveddesine beddua ediyor."

Derinlerimden gelen duyguyu "Of!" diye seslendiriyorum.

Holly'lye epey, en çok da Ece hakkında konuşuyoruz. Zaman iyice ilerleyip saatime bakınca "Haydi" diyor. "Seni çok meşgul ettim. Bir taksiye binip evime döneyim. Biraz dinlensem iyi olur."

***

* Genelevde, patron adına evi çekip çeviren ve yaptığı işin karşılığında, elde edilen paranın bir kısmını alan personel.

Masama ulaşamadan yakalanıyorum yazıişleri müdürüme.

"Nerede kaldın? Arkadaş dünya yıkılıyor sen ortada yoksun."

"Dedim ya bir saat kadar yok olacağım diye."

Tam düşündüğüm gibi oluyor, "Ne zaman dedin?" diye soruyor.

"Uzatma" diyorum. "Ne yapmam gerekiyor, onu söyle."

"Enterprize için bir şeyler yapman lazım. Biraz WOA, biraz da BBC dinle!"

Doğru ya, bugün Enterprize fırlatılacaktı.* Ve ben de dış haberler servisine yardımcı olacaktım.

Önce onlara uğruyor ellerindeki malzemenin ne olduğunu soruyorum. Ardından gözüm saatimde olmak üzere arşive dalıyorum. Vakti geldiğinde radyomun başındayım.

Geri sayım sürüyor 3, 2, 1...

Yazımı yazdıktan sonra soluğu yazıişleri müdürümün odasında alıyorum.

"Yazdım. Allah belasını versin, insanlık Ay'a gidiyor, biz parmak kadar çocuklarımızı satıyoruz!"

Hâlâ sabahleyin Holly'nin anlattıklarının etkisi altındayım. Bir bir anlatıyorum duyduklarımı.

"Sen..." diyor arkadaşım. "İflah olmaz bir romantiksin."

"Evet öyleyim. Fena bir şey mi?"

---

* 1976'da üretilen ilk Enterprize uzay mekiği uçuş yapmayı başaramadı. 21 Şubat 1977'de bu serinin ikincisi fırlatıldı. NASA bu seriden başka uzay mekikleri de üretti.

-13-

Maymun gözünü açtı. Durup biraz düşünmeli, bazı kararlar almalıyım. Tabii hayat izin verirse.

Öncelikle, artık eşimle Holly ve Ferit meselesini konuşmayacağım. Bu kesin kararım. Ayrıca yazıişleri müdürüme de bir daha Ece'den söz etmeyeceğim.

Ferit ve Holly de karşılarında eski beni bulamayacaklar.

İçime dönmem gerekiyor. Muhakeme süreçlerime kimseyi, isteyerek ya da istemeden müdahale ettirmemem lazım. Ruh sağlığımı korumam için kendimi etkilere kapatmalıyım.

Kabul etmeliyim ki olup biten ve devam etme istidadı gösteren zincirleme gelişmelere epey yüzeysel yaklaştım. Her birini sanki gündelik hayatımın sıradan durumlarıymış gibi karşıladım ama öyle değiller.

Her geçen dakika, böyle olduğuna dair kararım güçleniyor.

***

Tabii ki Ece'yi görmüş değilim ama gözümde canlandırmam pek zor değil.

Hem köyde yaşadığı muhtemel hayat ve hem de genelevde mostralık olsun diye müşterilere ön sıradan takdim edilişine dair gözümün önünden geçen resimler gerçekten içimi sızlatıyor.

Yoksulluktan kaynaklanan bazı ailevi meseleleri anlayabiliyorum. Çocuğunu parasızlıktan okutamamak onlardan biri.

Asıl *utanması gerekenin devlet olduğunu* söyleyip, aileye yönelik olumsuz yaklaşımlarımı bir nebze de olsa törpüleyebilirim.

Aile ekonomisine katkı versinler diye çocukların küçük yaşlarda tarlalarda, otomobil tamirhanelerinde filan çalıştırılmasını, *gelenek ve ekonomik koşullara* bağlayıp azıcık da olsa görmezden gelebilirim. Ama çocukların para karşılığında satılmasını yoksullukla filan bağdaştıramam. Böyle davranışta bulunanları, tersten ilerleyerek, *satmak için çocuk yapmakla* bile suçlarım. Hoş *başlık parası* denilen berbat geleneğin de bu söylediklerimden pek farkı yok ya.

Ne yazık ki bütün bu aklımdan geçenler, yazmaya çalıştığım fantastik bir hikâyenin unsurları değil. Hayatın tam kendisi.

***

Aklımda günlerdir Ece var.

Bir kez bile görmediğim bu kız çocuğu, ne hikmetse gözümde ya köyünde hayvan otlatırken ya da genelevde ayı gibi bir müşterinin altında canlanıyor. İlki neyse de ikincisi hakikaten tahammül edilebilir gibi değil.

Sarışın mı, esmer mi, uzun boylu mu, şişman mı, zayıf mı, gözleri ne renk bilmiyorum. Ece'ye dair bildiklerim on dört yaşında olduğu ve okuma yazma bilmediğinden ibaret.

Bu tür konular aklıma geldiğinde, iyi ki Holly var diye düşünüyorum. Çocuk onun sayesinde en azından okuma yazma öğrenebilecek.

***

Holly, Ferit ve Ece üçgeninde kafamı en çok meşgul eden meselelerden biri de Ferit tarafından *Holly'nin Ece'ye âşık olduğunun* telaffuz edilmiş olması.

Tabii ki konuşmadık bu konuyu Holly ile. Ece üzerine yaptığı bir iyilik meleği misali konuşmalarını kesip, nasıl sorabilirdim ki aklımdakileri?

O kitaptan defterden bahsederken sözlerinin arasına girip, *"Ferit senin Ece'yle cinsel olarak da ilgilendiğini, hatta ona âşık olduğunu söyledi"* diyebilir miydim?

Böyle bir davranışı kendime yakıştıramam. Kendiliğinden anlatırsa tabiatıyla dinlerim ama bunu bir soru olarak doğrudan doğruya sormamın imkânı, ihtimali yok.

Aslında Ferit ile arasında olup bitenleri de açıkça soramadım Holly'ye. Sadece Ferit'e, o da aynı evde kalıyor olduklarını sadece bir kez ima ettim o kadar.

Ayrıca, bu tür sorular sorsaydım. *Bana karşı cins olarak da mı ilgi duyuyorsun* demez miydi Holly? Demese bile en azından düşünmez miydi?

***

Kafam iyice karışık.

Geriye doğru düşündüğüm zaman, bocaladığım bütün durumlarda, karşımda Ferit beliriyor.

Telefon edip, *Holly ile ilgili anlatmam gerekenler var* demeseydi, belki de onu İngiltere'de, röportaj yaptığım son nokta olan Hyde Park'ta bırakmış olacaktım.

Ya da ne bileyim, karşıma geçip *Holly Ece'ye âşık* demeseydi, bugün iki genelev kadınının birlikte neler yaptıklarını hiç düşünmeyecek, kafamda onları evirip çevirmeyecektim. Yetmiyormuş gibi aklıma, ilginin aynı zamanda benden Holly'ye doğru olduğunu da soktu.

Sahi, ilgileniyor muyum Holly ile?

Aslında böyle sorular soruyor olmamın bir nedeni de kendimim. Hiç gerekmediği halde Ferit'e, kinayeli bir biçimde Holly ile aynı evde oturuyor olmalarından söz ettim. O da karşılık olarak bana Holly'yi yakıştırdı.

Bir başka şekilde söyleyecek olursam, evi camdan olan, başkasının evine taş atmamalı!

***

Bu arada meselenin belki de en önemli bölümü, eşimle karşılıklı durumlarımız.

Aslında, eşimin kafasının bulanmasına kendim yol açtım. Ben kurcalamasaydım, büyük bir ihtimalle bu konu üzerinde düşünmeyecek, kendisini de beni de rahatsız eden bir sorunlar yumağı üretmeyecekti.

Şüphesiz, kabahatin bir kısmı da onda. Arka plan bilgisi alsın diye düşüncelerimi, duygularımı kurcaladı. Her kadın yapar bunu. Erkek de yapar. Kurcaladıkça da karşılıklı olarak bilinçaltındakiler açığa çıkar. Sonra gelsin ardı arkası gelmeyen, kimi zaman mantık sınırlarını zorlayan konuşmalar.

Neyse, neyse. En iyisi, şimdilik de olsa bu konuyu düşünmekten vazgeçmem olacak. Dünya kadar da işim varken üstelik.

-14-

"Bak..." dedim yazıişleri müdürüme. "Şu devalüasyon işlerine, Allah rızası için beni bulaştırma."

Neymiş, hükümet üçüncü kez devalüasyona gidiyormuş, bu da yoksulluk sınırında yaşayan büyük halk kitlelerini daha da zorlayacakmış, falanmış, filanmış.

Evet öyle. Dibine kadar öyle. Öte yandan, *sussam gönül razı değil konuşsam tesiri olmuyor* misali bir durum da söz konusu. Biz ne dersek diyelim, hükümet bildiğini okuyor. Bu nedenle de meteor hızıyla kendi sonuna doğru koşuyor.

Yazıişleri müdürüme devalüasyon konusunda çalışmak istemediğimi söyledim, çünkü aklımda Türkân Şoray'ın* aldığı ödülü ballandırarak yazmak var.

Sevgili Türkân, yönetmen koltuğuna oturduğu filmiyle Dünya Kadın Rejisörler Festivali Özel Ödülü'nü** aldı. Böyle bir konuyu katiyen kaçırmam.

Masama oturmak, bütün arşivi önüme dökmek, yabancı ajanslardan akacak bilgilerle de takviye ederek, dört başı mamur bir yazı çıkartmak istiyorum.

"Ayrıca..." diyorum yazıişleri müdürüme. "Türkân'dan da röportaj için randevu aldım zaten."

---

* 1945'te doğdu. Oyunculuğa 1958'de başladı. "Sultan" lakabıyla anılır. Altın Portakal'da ilk en iyi kadın oyuncu ödülünü 1964'te *Acı Hayat*'la, ikincisini 1968'de *Vesikalı Yârim*'le aldı. İki yüz yirmi iki film ile "dünyanın en çok filmde oynayan kadın oyuncusu" unvanına sahip. 1991'de devlet sanatçısı seçildi. 2010'da UNICEF Türkiye iyi niyet elçisi oldu. 2018'de oyunculuğu bıraktığını açıkladı.

** Türkân Şoray, 5 Mart 1977 tarihinde Dünya Kadın Yönetmenler Festivali'nde, yönettiği *Dönüş* isimli filmindeki başarısı için özel ödüle layık görüldü.

Henüz almadım ama biliyorum, kırmaz beni. Daha önce de defalarca röportaj yaptım, güvenini kazandım.

Aslında, 1968'den bu yana merceğimde güzel oyuncu. Siyah beyaz, Lütfi Akad filmi *Vesikalı Yârim*'le nasıl da büyülemişti hepimizi.

Film aklıma gelir gelmez "Hatırlıyor musun *Vesikalı** *Yarim*'i?" diyorum yazıişleri müdürüme.

Yazıişleri müdürüm "Kim hatırlamaz?" diyor içini çekerek.

Hakikaten iç çektirecek bir filmdi *Vesikalı Yârim*. Filmin başarılı olmasında Sait Faik Abasıyanık faktörü kuşkusuz çok önemliydi. Ünlü yazarın *Menekşeli Vadi* isimli hikâyesini, *Vesikalı Yârim* adı altında sinemaya uyarlayan Safa Önal da sahiden çok iyi bir iş çıkartmıştı. Ama filme karakterini veren, onu ölümsüzleştiren, bir klasik haline gelmesini sağlayan, kuşkusuz Türkân Şoray'ın muhteşem bir oyunculukla canlandırdığı Sabiha** rolüydü.

Konuşmayı bırakıp düşünmeye başladığımı gören arkadaşım "Tamam. Sen şöyle şahane bir Türkân Şoray portresi hazırla. Güzel fotoğraflarla filan tam sayfa yaparız" deyince keyfim yerine geldi.

Şimdi arayabilirim işte Türkân'ı. Tam sayfa olduğunu söyleyince eminim çok hoşuna gidecek.

***

Ağırlığı Türkân Şoray'ın başrolleri Kadir İnanır ile paylaştığı, rejisörlüğünü de yaptığı *Dönüş*'e vereceğim ama hiçbir Türkân

* Filmde kullanılan "vesika" sözcüğü, hayat kadınlarına, bu mesleği icra ettiklerine dair resmi otorite tarafından verilen "belge"den kaynaklanıyor. Fuhuş sektöründe çalışan kadınların sağlık kontrolleri bu belge üzerinden takip ediliyor.

** Sait Faik Abasıyanık'ın "Menekşeli Vadi" isimli hikâyesinde, bu karakterin adı Seher'dir.

yazısı *Vesikalı Yârim*'siz yazılamaz. En azından ben böyle düşünüyorum.

Tam masama oturmuş yazımın planını yapmaktaydım ki yazıişleri müdürüm tepemde bitti.

"Az önce söylediklerinden anladığım, yazıyı yazarken *Dönüş*'ten çok *Vesikalı Yârim* üzerinden yürüyeceğin. Bunda Holly'nin etkisi ne kadar?"

Nereden de gelir böyle saçma şeyler aklına?

Söyleyeceklerim herkes tarafından duyulmasın diye ayağa kalktım, ağzımı kulağına dayadım, "Defolup gider misin lütfen başımdan?" dedim.

Beklediği tepkiyi de günlük istihkakını da almış olarak, tabii kahkaha atmayı ihmal etmeden masamdan uzaklaştı.

O benden uzaklaştı ama ben onun söylediklerinden uzaklaşamadım. Haklı olarak şimdi de kafamda durmaksızın bu konuyu evirip çevireceğim.

Sahi, bu konuya büyük bir istekle dalmama, Holly'nin hayatımdaki rolü yol açmış olabilir mi?

***

"Senden bana ne kaldı
Bir hatıradan başka
Bir daha geri dönmem
Yalan saçtığın aşka..."

Şükran Ay'ın seslendirdiği *Vesikalı Yârim*'in en güzel şarkısı dilimde, Türkân'ın telefon numarasını çevirdim.

Son derece yumuşak bir ses tonuyla "Tamam. Bekliyorum o zaman" dedi.

Türkân'la, *Dönüş* ve yönetmen olarak kazandığı başarı üzerine konuşacaktım ama nedense yol boyu Manav Halil ile Vesikalı Sabiha'nın imkânsız aşkını düşündüm.

Halil'in manav dükkânı... Konsomatris Sabiha... Onun bir vesikalı olarak masaları dolaştığı Şen Saz...

Ve tabii, Sabiha'nın Halil'e söyleyeceği şu muhteşem replik:

"Çok eskiden rastlaşacaktık!"

***

Türkân'ı görür görmez makineli tüfek gibi konuşuyorum.

"Gelirken hep Şen Saz sahnelerini düşündüm. Gecenin sonu oluyor da bütün müşterilerini yolcu ettikten sonra Halil'in yanına dönüyorsun. *'Burada mısın hâlâ? Unutmuşum. Affedersin'* diyorsun ya hani, bence filmin en güzel sahnesi o. Sen ne düşünüyorsun?"

Tam Türkân soruma cevap verecekken bu kez de aklıma dansözü işaret ettiği sahne geliyor.

"Bir de Şen Saz'dan çıkıp bir pavyona gidiyorsunuz. Halil gözlerini senden yani Vesikalı'dan ayıramıyor. Buna karşılık sen dansözü gösteriyorsun. *Beni değil onu seyret* diyorsun ya hani, o sahne de unutulmaz bence."

Ben böyle söyleyince "Bir karar ver hangisi?" diyor ünlü yıldız.

"İlk söylediğim" diyorum. Sonra vazgeçip "Hayır. *Çok eskiden rastlaşacaktık* dediğin sahne" deyip, önceki düşüncemden vazgeçiyorum.

Gülüşüyoruz. Teybim, not defterim hazır. Dönüş üzerine konuşabiliriz artık.

***

Türkân'la konuşmaya giderken isteklerimi not ettirdiğim asistan muhabir tam da istediğim gibi çalışmış. Arşiv malzemelerini olması gerektiği gibi tasnif etmiş.

Elimizdeki malzemeye göz atıp genç muhabire teşekkür etmek üzereyken yazıişleri müdürüm başımda bitiyor. Saatini göstererek "Çok geciktin. Bir terslik olursa diye ben yedek bir sayfa hazırlattım..." demesine kalmadan lafını kesiyorum.

"Beş dakika içinde ana başlığı, çerçevelerin başlıklarını, kullanılacak fotoğrafları, hepsini sayfa sekreterinin önüne yığacağım. İki saat sonra yazı hazır olacak. Anlaştık mı?"

Tekrar saatine bakıp "Anlaştık" diyor. Yanımdan ayrılırken "İki saat!" diye hatırlatmada bulunuyor.

Cevap bile vermiyorum. İki saatte yetiştireceğim ilk yazı olmayacak bu.

-15-

Telefonlarım durmak bilmiyor. Anladığım kadarıyla, bu yazım da çok beğenildi.

Beni tanıyanlar ve Türkân'ın hayranları gazetenin santrallerini kilitlemiş vaziyetteler.

Kendisini gazetenin sahibi zanneden santral memuremiz arayıp "Bundan sonra..." diyor. "Böyle bir yazı yazacağın zaman, altına kendi direkt numaranı koy. Tamam mı?"

Şaka olsun diye söylemediğini bilsem de gülüyorum. Hattın öbür yanından normalde tüylerimi diken diken etmesi gereken "Ama ben gülmüyorum!" cevabı geliyor. Anlaşılan, gelen telefonlardan çok bunalmış kadıncağız.

Yazıişleri müdürümün de ağzı kulaklarında.

"Patron aramış. Genel yayın yönetmenimiz bu nedenle pek mutluydu. Şahsen de tebrik edecek ama benden de rica etti. Bu arada, konuyu kimin bulduğunu da sordu. Tabiatıyla benim fikrim olduğunu söyledim. Yalan da değil. İyi ki dün, ille de devalüasyon üzerine yazmak istiyorum diye tutturmuşken zorlukla da olsa ikna etmişim seni. Haksız mıyım?"

"Haklısın" diyorum. Ne yapayım?

Biz gazeteci milleti tam böyleyiz. Kötü bir şey olduğu zaman ötekilere yıkar, iyi bir iş olduğu zaman kendimize yontarız. Biraz da yapmakta olduğumuz işin ruhu böyle. Nihayetinde, biz de bir tür show business yapıyoruz. Gösteri dünyası anlayacağınız.

Var ya hani şarkısı "There is no bussines, like show bussines"* diye, bence tam böyle.

***

Cevap vermekten yorgun düşsem de ahizeyi kaldırmayı sürdürüyorum. Beklediğim telefon öğlene doğru geliyor.

"Holly ben. Yazını okudum. Bayıldım. Biraz ben de mi varım içinde ne?"

"Bilmem. Var mısın?"

"Varım."

Dumanları tüten yazımdan, sevgili Türkân'dan ve havadan sudan epeyce laflıyoruz.

Konuşmamızın bir noktasında "Böyle olmuyor. Yüz yüze konuşamaz mıyız?" diye soruyor.

Sesi kulağıma South Bank'taki gibi geliyor. Buğulu. Tıpkı Holly Golightly'nin *Tiffany'de Kahvaltı*'da kullandığı tonlamayla konuşuyor.

Eminim, sizin de hayır diyemediğiniz durumlar olmuştur!

Cümlemin sonuna koyduğum ünlem, inanın bana kendimi haklı çıkartma çabası değil. Herkes için geçerli, genel bir durumdan söz ediyorum. Bazen nutkunuz tutulur, hayır diyemezsiniz ya, tam o işte. Yani, benim şu andaki durumum.

"Olur" kelimesi ağzımdan çıkar çıkmaz pişman olsam da çıktı bir kere.

Bu noktayı ileride tekrar düşünmeliyim. Geri dönüp kendimi sorgulamam lazım. Gerçekten pişman mı oldum, yoksa böyle

* Irving Berlin'in şarkısı. İlk kez 1946'da seslendirildi. 1954'te Walter Lang tarafından aynı isimle sinemaya uyarlandı. Marlyn Monroe başrol oynadı. Türkçeye ismi *Sahne Âşıkları* olarak çevrildi.

düşünerek kendimi kandırmaya mı çalışıyorum? Yoksa, günah çıkartmanın bir sürü tonundan biri mi başvurduğum?

Hepimizin sahip olduğu rasyonalizasyon mekanizması* farkında olsak da olmasak da tam bu nedenle vardır ve tıkır tıkır faaliyet gösterir. Hepimiz insanız nihayetinde.

Ben daha "Olur" kelimesi ağzımdan çıkar çıkmaz kararımı sorgulamaya başlamışken, Holly ikinci adımını atıyor

"Ama yalnız. Bu sefer Ferit olmasın. Olur mu?"

Az önce "Yüz yüze konuşamaz mıyız?" derken de aynı tonlamayı kullanmıştı. Audrey Hepburn ünlü filminden fırlayıp telefonun öbür ucuna geçmiş gibiydi.

Yine "Olur" diyorum.

"Bana gel. Ferit birkaç gündür yok. Anladığım kadarıyla bir süre uğrayamayacak. Yarın öğlene doğru gelir misin? Senin için kahvaltı hazırlarım."

***

Kararlıyım, Holly'yi ziyaret edeceğimden eşime söz etmeyeceğim.

Canciğer kuzu sarması olduğum yazıişleri müdürüm de bilmeyecek bu özel durumu.

Kesinlikle hayır. Kendime özel bir alan yaratmaya çalışmıyorum. Daha önce de düşündüm bu konuyu. Bilmeleri halinde, isteseler de istemeseler de yönlendiriyorlar. Eminim kasıtları benim hayatıma müdahale etmek değil ama nihayetinde öyle oluyor. Öyle bir laf ediyorlar ki çık işin içinden çıkabilirsen.

---

* Akli hale getirme. Ussallaştırma. İnsanların gerçek sebeplerini bilmediği bazı davranış, düşünce ve duygularını mantık ve ahlak açısından tutarlı, kabul edilebilir, anlaşılabilir duruma getirmesi.

Kendimle ilgili gelişmeleri kendimde tutma kararımı, aslında biraz da onlar için alıyorum. Başıma gelecek olanlarla ilgili, sonunda dönüp kimseyi suçlamak istemiyorum.

Kararlarımı kendi başıma vermemin önkoşulu, etki altında kalmamak.

Kapısından başını uzatıp "Yarın öğleye doğru geleceğim" diyorum yazıişleri müdürüme.

Türkân'la ilgili yazımı kastederek "Hemen şımarma!" diyor haklı olarak.

***

Taksim Meydanı'nda, sırtını Sular İdaresi'ne yaslamış güneşlenen çiçekçilerden etrafa yine fulya kokuları saçılıyor.

Taksim civarından alışveriş yapacaksam hep aynı çiçekçiyi tercih ederim. Ötekilerle de muhabbetim vardır ama tercihim hep aynı satıcıdır. Arkadaşları bilirler neden kendilerinden değil de hep ondan alışveriş yaptığımı. Bu nedenle, bir kez bile onlardan da alışveriş yapayım diye seslenmez, sadece selam verirler.

***

Öğle saatlerinde bir buket fulyayla görülen herkesin durumu biraz da şaibe kokar.

Eve dönülmeyecek ya da bir arkadaş davetine gidilmeyecek saatlerde, her demetin taşıyıcısı, hele bir de erkekse, şüpheli şahıs muamelesi görür.

Neyse ki gazeteci olmam elimi kolaylaştırıyor. Bir hanımla röportaj yapmaya gidiyor da olabilirim pekâlâ. Öyle değil mi?

Holly kapıyı abartısız bir makyaj, vücudunun hatlarını ortaya çıkartmış ipek bir elbise ve düz ayakkabılarla açıyor. Saçlarını tepesinde topuz yapmış.

"Ne kadar güzeller" diyerek fulya demetini elimden alıyor. Sonra "Merhaba" deyip yanağıma bir öpücük konduruyor.

İçeriye doğru yürürken, *ben de onu öpmeli miydim* diye düşünüyorum.

Arkamdan "Çiçekleri vazoya koyup geleceğim. Rahatına bak" diye sesleniyor.

Salonun mutfağa yakın köşesine şahane bir kahvaltı masası kurulmuş. İleride, iki berjer koltuğun arasındaki sehpada, Türkân'a dair yazımın olduğu dünkü gazete açık.

Koltuklardan birine oturup gazeteyi elime alıyor, tam sayfa yazıma bir kez daha göz atıyorum.

Bütün gazeteciler benim gibi mi bilmiyorum. Yazıyı yazmış, sayfa yapılırken başında durmuş da olsam, gazete yayımlandıktan sonra dönüp dönüp bakma âdetim var. Hayır, görmemişin oğlu olmuş misali bir durum değil bu. On küsur yıl gazetecilik yapıp bin civarında habere imza da atmış olsanız, işinize bir de uzaktan bakmak istiyorsunuz.

Başka mesleklerde ne kadar vardır bilmiyorum. Mesela bir diş doktoru hastasının ağzına arada bir bakar mı? Ya da bir oyuncu oturup kendi filmini tekrar tekrar seyreder mi? Veya bir modacı diktiği gelinliğin karşısına defalarca geçer mi? Gazetecilerde, kendi haberine dönüp dönüp bakma âdeti vardır. Kendimden biliyorum. Ta ki yeni bir haber yapıp eskisinin pabucu dama atılana kadar.

Öte yandan, biz gazeteciler, başkalarının haberleri şöyle dursun kendi haberlerimize bile tepeden bakmayı pek severiz.

Aslında ben var ya ben, çok daha iyilerini yaptım bunun anlamına gelir bu bakış. *Ne var ki bunda canım, sıradan bir yazı işte. Geçenlerde bir yazı yazmıştım, sahi sen gördün mü onu, hakikaten iyi olmuştu.*

Elimdeki yazıya iftiharla bakarken Holly'ye yakalanıyorum. Salona elinde vazoyla giriyor, "Kahvaltı masasına mı koysam acaba?" diye soruyor.

"Nasıl istersen."

Bu arada, top oynarken cam kırmış çocuk gibi gazeteyi eski haline getiriyor, yanımdaki sehpanın üzerine koyuyorum.

***

Holly gazeteyi benim on saniye önce koyduğum yerden alıyor, yazının olduğu sayfayı açıyor, katlıyor.

"Çok sevdim" diyor bu arada durmadan.

Belli oldu, arada bir gazeteden alıntılar yapıp, eliyle de işaret ederek daha çok nereleri beğendiğini söyleyecek. Hatta, sanıyorum bazı bölümleri okuyacak. Tahminim, bana ve yazıma olan ilgisini bu şekilde dile getireceği yönünde.

Beklediğim gibi olmuyor. Birkaç saniye sonra duruyor, gözlerime dikkatli bir biçimde bakıyor.

"Beni düşündün mü hiç bu yazıyı yazarken?"

Onun bir sorum üzerine bana Londra'da verdiği cevabı kullanmamın zamanı geldi. Tabii ki tersten.

"Beklemediğim yerden geldi."

Sanki sorusuna olumlu bir cevap vermişim gibi "Biliyordum" diyor.

Holly'nin ilerleyen dakikalara, saatlere dair bir plan yapıp yapmadığını kestiremiyorum. Kim bilir belki de hiçbir şey düşünmüyordur.

Kendi düşüncelerimle ilgili olarak da iyice savruk durumdayım. Beynim bir giz bulutunun içinde kaybolmuş gibi.

Dünkü konuşmamızda kurduğu cümleler aklımdan bir film şeridi gibi geçiyor.

"Yüz yüze konuşamaz mıyız? Bana gel. Senin için kahvaltı hazırlarım..."

"Olur. Olur. Olur."

***

Kahvaltı masasına geçerken Holly gazeteyi de alıyor.

"Sana bir şey soracağım. Safa Önal'ın yazdığı *Vesikalı Yârim*'in senaryosuyla, Sait Faik'in yazdığı 'Menekşeli Vadi' birbirine ne kadar yakın?"

"Çok yakın. Bana soracak olursan, Önal hikâyeyi çekilebilir hale getirmiş, o kadar. Ruhu aynı."

Başını sallıyor Holly, "Öyle tahmin etmiştim. En kısa zamanda alacağım hikâye kitabını" diyor.

"Filmi izleyebilmiş miydin?"

"Evet. Sinemaya annem ve babamla gitmiştik. 68'de on üç yaşındaydım. Her karesi aklımda."

Çayımdan bir yudum alıp "Bence..." diyorum. "Hikâyede olup da filmde eksik kalan tek şey çok kritik bir cümle."

Merakla yüzüme bakıyor Holly. Söylesem mi söylemesem mi bilmiyorum. Bakmayı sürdürünce söylüyorum.

"Seçmemiş adamla, seçilmemiş kadın."

Biraz duraksıyor, cümleyi kendimce anlamlandırmaya çalışıyorum.

"Bir erkekle para karşılığı birlikte olan kadın, aslında seçilmemiş kadındır. Sözü parasına geçen adam, bütçesinin elverdiğince, mevcut olanlardan birine razı olmak durumdadır. Seçmemiştir yani."

Düşünüyor Holly. Uzun uzun düşünüyor. Sonra "Halil Sabiha'yı seçiyor ama" diyor.

"Evet" diyorum. "Tam da bu nedenle âşık oluyor ya Sabiha Halil'e."

Az sonra da dilim döndüğünce, Halil'in Sabiha uğruna yıllarca görmediği eşi ve çocuklarının *seçilmemişler* olduğunu anlatmaya çalışacağım.

Ben tam düşüncelerimi nasıl aktaracağımı planlarken, Holly "Halil eşine ve çocuklarına kavuşuyor ya sonunda, önemli olan o" diyor mutlu bir ses tonuyla.

"Evet" diyorum. Zihnimde sarf etmek üzere sıraya soktuğum sözlerimin hepsinden bir kalemde vazgeçiyorum.

Sonra da zaten "Sabiha da onu eşi ve çocuklarıyla görünce mutlu oluyor zaten" diyor Holly.

-16-

Söyleyememenin o dayanılmaz ağırlığı. Bir süredir üzerimde hissettiğim baskının nedeni bu olmalı.

Her şey de söylenmez ki ama. Öyle değil mi? Bazen hissedilir. Kimi zaman hissedilmez. Geçer gider.

O arada dünya yıkılır, yeniden kurulur ama bütün olup bitenler sizin gözünüze gündelik hayatın küçücük koşturmacalarıymış gibi görünür. Şu aralar benim için tam öyle.

Gürültünün ortasında, büyük bir sessizlik!

Tıpkı salonu dolduran izleyicilerin tümünün sustuğu, oyuncuların perde arkasında heyecan içinde bekledikleri, orkestra üyelerinin maestronun batonunu gözledikleri o çok uzun süre gibi ve kadar.

***

Yazıişleri müdürüm epeydir üstüme varmıyor. Sessizliğimden bir anlam mı çıkartıyor yoksa bana mı öyle geliyor bilmiyorum.

Odasındayım, onda olup bende olmayan gazetelere, dergilere göz atıyorum.

Geçen birkaç aylık süre zarfında sürdürdüğü ve ne yalan söyleyeyim epeyce yadırgadığım sessizliğini aniden bozuyor.

"1 Mayıs yaklaşıyor farkında mısın?"

"Evet. On günden fazla zaman var. İşimiz gücümüz yok şimdiden on gün sonrasını mı düşüneceğiz?"

"Düşünsek iyi olur. Sol örgütler bir aydır bu konuyu konuşuyor. Duyduğum kadarıyla DİSK bazı örgütlerin Taksim Meydanı'na girmesine izin vermeyecekmiş."

Olup bitenin farkındayım. O günün gazetelerinden birinin bir köşesine sıkışmış minicik bir haberde de okudum bu gelişmeyi.

"Bugün çok önemli bir işin yoksa, bir kolaçan etsene sağı solu."

Sağ diyerek kimi, kimleri kastetti bilmiyorum ama araştırmak için sol kendi başına yeter de artar bile.

"Sen sağa baktır. Ben şimdi oturur sol örgütlerin liderlerine ulaşırım. DİSK'ten de randevu alırım. Anlaştık mı?"

Arkadaşımız anlaştığımızı söylerken kalkıyor, kapısını arkamdan çekiyorum.

Gidişat hayra alamet değil ve bunun nedeni en azından bana göre, sol ile sağ arasındaki çatışma değil. Daha tehlikelisi, solun kendi içinde yetmiş iki parçaya ayrılmış olması.

Öyle nüansları mesele yapıp amip gibi çoğalıyorlar ki takip edebilmek mümkün değil. Bu nedenle haber merkezinde tuhaf espriler üretiliyor. Çin yanlısı ve her birinin isminin başında *halkın* sözcüğü olan gruplara *halkın sülalesi* deniyor mesela.

Sol kendi arasında birbirini öldürmeye varacak kadar ayrışmış olmasa, eminim ülkemizde her şey farklı olur.

Aslında, iktidarı zorlayacak, sosyal demokratlarla güç birliğine gitmiş olsa ülkenin yönetimine oynayacak bir sol potansiyel var. Gelin görün ki sosyalistlerin sosyal demokratlarla masaya oturmak şöyle dursun adlarını duymaya bile tahammülü yok. Yan yana görülmekten özenle kaçınıyorlar. Nedeni malum: İhtilal yapacaklar. Barışçıl yollardan sosyalizme geçme ihtimali yok ya, ondan. Tek yol devrim, anlayacağınız. Sosyal demokratlar da ona keza, sosyalist lafı duyduklarında krize giriyorlar. Yahu arkadaş dünya görüşü olarak bu düşünceye mensup olanlar sana sağdakilerden daha yakınlar. Öldürsen kabul etmezler bu söylediğimi. Memlekete komünizm, sosyalizm bir kez umacı gibi takdim edilmiş ya, dertleri bu. Yanlış anlaşılmaktan korkuyorlar. Toplum deyince pazaryerinde toplanmış insan kalabalığını anlayan sanki kendileri değilmiş gibi.

Bunlar arada bir dillendirdiğim kendi düşüncelerim. Şu güne kadar haklı olduğumu söyleyen bir Allah'ın kulu çıkmadı.

Nasıl becerdik bilmiyorum ama toplumsal olarak kelimenin tam anlamıyla paranoid şizofreni* halindeyiz. Kimsenin bir başkasının düşüncesine ihtiyacı da tahammülü de yok.

Neyse, şimdi üzerinde yoğunlaşmam gereken, iş üretmek. Şu andaki görevim, 1 Mayıs'a hangi koşullarda gidiliyor olduğunu, okuyucuya, anlayabileceği en uygun biçimde aktarmak.

Önce oturuyor, solun içindeki muhtelif grupları, birbirlerine yakınlıklarını da göz önünde bulundurarak bir tablo haline getiriyorum. En etkin olanların yanlarına liderlerinin isimlerini de yazıyorum.

Bu isimlerden bazılarıyla daha önce konuşmuşluğum var. Kendilerine dair yaklaşımlarımı bildikleri için randevu almakta zorluk çekmeyeceğim. DİSK ise zaten çantada keklik.

O halde telefona sarılabilirim.

***

* Bu hastalıktan mustarip olanlar dengeli gibi görünürler. Hiçbir duygusal sorun, konuşma problemi filan göstermezler. Klinik olarak incelendiklerinde acı gerçek ortaya çıkar: Yanılgılar içindedirler, halüsinasyonlar görmektedirler.

İstanbul'un sokak ve caddelerinde afiş yapıştırılmamış, slogan yazılmamış bir santimetrekarelik alan yok gibi.

Afişler çok katmanlı. Çünkü, her gece üzerlerine yenileri yapıştırılıyor. Slogan yazmak için de eski sloganların üzerleri astarla kapatılıyor. Böylelikle hem rakibin topluma ulaşmasını engellemiş hem de kendi sesinizi daha gür duyurmuş oluyorsunuz.

Neredeyse her sabaha, bir ya da birkaç öğrencinin afiş asarken öldürüldüğü haberiyle uyanmayı kanıksamış durumdayım. Sadece ben değil bütün Türkiye böyle.

Savaş bu ya, en çok da rakibin egemenlik alanına girip orayı afişlemek, onun çöplüğüne girip slogan yazmak önemseniyor. Böylesi durumlar, örgütlerin içinde marifetin ötesinde, kahramanlık destanı yazmak gibi algılanıyor.

Karşılığına da katlanılıyor haliyle. Kavga büyüyor.

Silahlar fora, gencecik çocukların kanlarıyla kızıla çalan kaldırım taşları, acıyla kavrulan aileler, ellerini ovuşturan devrim ve diktatörlük bekleyenleri.

***

Girip çıktığım her dernekte, sendikada hummalı bir hazırlık var.

Pankartlar yazılıyor, afişler taşraya gönderiliyor, broşürler hazırlanıyor.

Neredeyse bütün örgütler aynı zamanda birer ilim irfan yuvası gibi. Hepsi kendi dergilerini, kitaplarını yazıyor, mizanpajını yapıyor, basıyor, dağıtıyor. Silah külah işleri süredursun, her örgüt her sabaha bir ideolojik aydınlanmayla uyanıyor.

Teorisyen abiler, ablalar o gece rüyalarında ne gördüyse, ertesi gün kâğıtlara onlar dökülüyor. Yazdıkları kelimelerin, cümlelerin her biri muazzam derinlikte. Bu nedenle bold dizilecek, sürmanşetten yer verilecek.

Ne hikmetse hiçbir örgütün kadroları bu durumu yadırgamıyor. Hiçbir taraftar okuduğunun sahiden doğru olup olmadığını sorgulamıyor.

Teorisyen büyükler öyle söylediyse öyledir!

Bana gelince, bu söylemi bilimden hareket ettiklerini söyleyen sol kadrolara hiç mi hiç yakıştıramıyorum.

Milliyetçi, muhafazakâr kesimlerin bilime aldırdığı yok. Tozlu kitaplar, ata yadigârı menkıbeler, yüzlerce yıldır temcit pilavı gibi tekrarlanan kahramanlık destanları bu kesimlere yetiyor da artıyor bile. Bir tür alametifarikaları haline gelmiş.

Peki, sırtına devrimci, ilerici kisvesini geçirenler neden üç aşağı beş yukarı onlar gibi davranıyor? Neden üstelik kitaplıkları kitaptan geçilmezken, tıpkı ötekiler gibi lider kuyrukçuluğu, şakşakçılığı yapıyor?

Devrimcileri, ettikleri bunca *bilimsel sosyalizm* lafına karşın anlamakta zorluk çekiyorum. Bilimi, sosyalizmin payandası haline getirmiş durumdalar.

Kerameti kendinden menkul lise terk teorisyenler, elifi görse mertek zannedecek kadar cahil örgüt önderleri ve önlerine düştükleri inanmış kalabalıklar, eminim içinde bulundukları durumun farkında bile değiller.

İnanmak, kelime olarak bile kendi başına bir faciayken, solcuların, sosyalistlerin, komünistlerin *birer inanır* olmaları hali hakikaten asap bozucu.

Bana kalırsa hiçbir devrimci ve ilerici hiçbir lafa inanmamalı, duyduğu bütün lafları ölçüp biçmeli, bilimsel kriterlere göre yorumlamalı.

Dolayısıyla, hiçbir devrimcinin önderi olmamalı!

Kendi düşüncesini üretmeyen hiçbir devrimciyi, ilericiyi, yapacağı işler çok ciddi sonuçlar verecek olsa bile ciddiye almam mümkün değil.

Bana kalırsa, her devrimci, ilerici kendi düşüncesini üretmek ve bunun ışığında, ileri sürülen her görüşü, özellikle de kendi cephesinden sarf edilenleri tartışmak zorunda.

Az önce de dediğim gibi, bu düşüncelerimi arada bir farklı yerlerde dile getiriyorum. En azından yaptığım röportajlarda soru haline dönüştürüp soruyorum. Gülüp geçiliyorlar haliyle. Onlara göre, ben iflah olmaz bir romantiğim.

Bu romantik lafını kırıcı olmamak için uydurduklarına eminim. Aslında akıllarından geçen kendilerinin devrimci, ilerici benim ise züppe bir gazeteci olduğum.

***

"DİSK'liler kendilerine çok güveniyorlar. Geçen seneki başarıları nedeniyle bana burunları biraz havada gibi geldi. Taksim Meydanı'nda güvenliği yirmi bin işçiyle sağlayacaklarmış. Bir milyon katılımcıdan söz ediyorlar. Yarısı bile olsa, muazzam bir kalabalık. Geçen sene iki yüz bin kişiyle kutlamışlardı."

Sözlerim yazıişleri toplantısında bir sessizlik ortamının oluşmasına yol açtı.

Hepsi de deneyimli gazetecilerden oluşan topluluk, geçen senenin 1 Mayıs'ını gayet iyi hatırlıyor.

Türkiye'nin kalbi sayılması gereken Taksim gibi bir yerde, iki yüz bin yurttaşın bir araya gelmesi bile, tek başına üzerinde düşünülmesi gereken bir konu.

DİSK geçen yıl bunu becerdi. 1 Mayıs'ı bayram olarak ve hakkını vererek kutladı. Nereden bakılırsa bakılsın, yaşanan olağanüstü bir durumdu.

Geçen yıl böylesine büyük başarıya imza atmayı beceren bir organizasyon, yaklaşan 1 Mayıs için haliyle daha da büyüğünün hayalini kuruyor.

Genel yayın yönetmenimiz bana bakmayı bıraktı, yazıişleri müdürüne döndü, "Çok dikkatli olalım. Önümüzde bir haftaya yakın zaman var, hazırlıklarımızı tam olarak yapalım" dedi. Sonra tekrar bana döndü.

"Sen elindeki işleri birilerine aktar. Yazıişleri müdürünün uygun göreceği birkaç kişiyle birlikte, sadece bu işe yoğunlaş."

***

Günler hızlı geçti.

Evime bir adımlık mesafede olduğu için, 1 Mayıs sabahı Taksim Meydanı'na çok erken ulaştım.

Benden erkenciler de var. DİSK'in organizasyon komitesinden, daha önce de defalarca konuştuğum birkaçına merhaba dedim, bayramlarını kutladım.

DİSK yöneticileri dikkatlerini Sular İdaresi istikametine vermiş durumdalar. Can düşmanları olan Çin yanlısı* grupların, alana, çatışarak girmeye çalışacaklarından eminler.

* O yıllarda DİSK, SSCB'nin güdümündeki Türkiye Komünist Partisi'nin bariz etkisi altındaydı. Öteki büyük odaklardan biri Çin yanlılarından oluşuyordu. Halkın Kurtuluşu, Halkın Birliği, Halkın Yolu adları altında örgütlüydüler. Halkın Sesi olarak da bilinen ve bir başka Maocu grup olan Aydınlıkçılar, mitinge siyasi bir hareket olarak katılmayacaklarını en baştan belirtmişlerdi. Geriye kalanlar ise THKP-C'nin devamı olan ve kendi aralarında da derin çatışmalar yaşayan Dev-Yol ve Kurtuluş gruplarıydı. Karşı karşıya gelmesinler diye DİSK bütün bu grupların alana ayrı güzergâhlardan girmelerini istemiş, kabul ettirmişti.

İstikametimi İstiklal Caddesi'ne çevirdim. Uzun bir gün olacak, kahvaltı etmeliyim. Bu tür durumlarda hep yaptığım gibi Saray'da* sahanda yumurta yiyeceğim.

Kapıdan girer girmez, son olarak evinde ziyaret ettiğim Holly'yi bir grup kadınla, kahvaltı ederken buldum.

Beni görünce yerinden kalktı yanıma geldi, "Erkencisin" dedi.

"Bugün buralar biraz karışacak, kahvaltıdan sonra uzaklaşsan" diye uyardım.

Kalktığı masadaki arkadaşlarını işaret ederek "Biliyorum. Biz de zaten onun için geldik" dedi.

"1 Mayıs kutlamalarına mı katılacaksınız?"

"Evet. Ferit'le buluşacağız. Onun grubu Beşiktaş tarafından gelecekmiş. Kahvaltımızı edip, İTÜ'nün önüne gidecek, gelmelerini bekleyeceğiz."

İçimden *vay, vay, vay* diye geçirdimse de ağzımdan "İyi o halde. İyi bayramlar" sözleri çıktı. Halimden acelem olduğunu anlamış gibi.

"Görüşürüz bir yerde, bir şekilde."

Son kez ayrılırken de böyle söylemişti ama görüşememiştik işte.

---

* İstiklal Caddesi'ndeki tarihi Saray Muhallebicisi, 1949'dan itibaren bulunduğu dükkânı 2006 Mayıs'ında terk edip, yolun tam karşısına taşındı. İlk dükkânını 1935'te Kasımpaşa'da açan muhallebiciler zinciri bir İstanbul klasiğidir.

-17-

Tek kelime ile ifade etmem gerekse, *feciydi* derim.

Taksim'i kargaşa sona ermeden terk etmemiş, bu nedenle de gazeteye son ulaşanlardan biri olmuştum.

Yol boyu ben onların akıbetlerini nasıl düşündüysem, arkadaşlarım da benim için öyle endişelenmişler.

Gazeteye ulaşıp hepsini bir arada görünce sevindim. Aramızdan ölen de yaralanan da olmamıştı.

Kendimi toplar toplamaz Taksim'i kastederek "Çok ölen var mı?"* diye sordum.

Yazıişleri müdürüm "En az otuz" dedi.

Bitkin bir biçimde bir sandalyeye çöktüğümü görünce "Bir bardak su iç. İstersen dışarıdan yiyecek bir şeyler de getirt. Fotoğraflar basılmaya başlandı. Çok az vaktimiz var. Haberi sen toparlayacaksın" dedi.

"Tamam."

Bir de ilavede bulundu yazıişleri müdürüm.

"Gazeteye senden önce ulaşanlardan, gördükleri her şeyi kâğıda dökmelerini istedim. Bitirdikçe masana bırakacaklar."

İçim biraz da olsa rahatlamıştı. Arkadaşlarım meydanın neredeyse her yönünde, kimileri apartman tepelerinde olmak üzere cansiperane çalışmıştı.

---

* 1 Mayıs 1977'de Taksim Meydanı'nda gerçekleşen törende resmi olarak otuz dört yurttaş hayatını kaybetti. DİSK'e göre yirmi dört otopsi söz konusu. İşçi örgütü, haber alınamayanlarla birlikte ölü sayısının kırk biri bulduğunu iddia etti. Yüz otuz altı da yaralının olduğu biliniyor.

Az sonra yazıişleri müdürüm, sürmekte olan yazıişleri toplantısından çıkıp tekrar yanıma geldi.

"Senden istediğim, kaleme alacağın yazıda olayın fotoğrafını net olarak çekmen. Taksim'de bulunan tüm muhabirlerin isimleri aynı habere girecek. Bu nedenle kişisel yorum yapma, o işi köşe yazarlarına bırak."

Hiç kızmadım söylediklerine. Tersine, yorum yapmamı istese tırsardım. Daktilo makineme kâğıt takarken söylendim.

"Çok merak ediyorum, kıymetli köşe yazarların olup biteni nasıl yorumlayacaklar? On gündür bu işi takip ediyorum, ben yorumlayamıyorum. En az onlar kadar okuma yazmam var. Onlar odalarında göbeklerini büyütürken ben sahadaydım. Şu koca memlekette, bugün olanlar hakkında doğru yorumda bulunabilecek bir kişiyi bulabilirsen tut getir, alnından öpeceğim. Bununla da yetinmeyip mesleğimi bırakacağım."

Tabii ki duymadı bu söylediklerimi. Ben de duysun diye söylememiştim zaten. İçsesime kulak vermiştim o kadar.

***

Yazı ekibi olarak, rotatifler taşra baskısı için dönerken de çalışıyorduk.

İstanbul baskısı başladığında bile yeni bilgilerin geleceği belliydi.

İyi yetişmiş birkaç kişiyi geride bırakıp gecenin bir yarısında gazeteden çıkarken, birkaç gün süreyle sadece bu konuda çalışacağımızın hepimiz farkındaydık.

Gazetenin önünde birbirimizden ayrılırken "Senin yerine ben aradım" dedi yazıişleri müdürüm.

"Kimi?" dedim haliyle.

"Kimi olacak eşini. Kızcağız perişan olmuştu senden haber alamayınca. Sen kapıdan girer girmez sekretere arattım. Gazeteye sağ salim döndüğünü biliyor anlayacağın."

"Aaa" dedim. "Doğru ya evliyim ben."

Geçen süre zarfında, eşimin bir kez bile aramamış olmasına şaşırma lüksüm bile olmamıştı.

-18-

Ertesi sabah gazeteye ulaştığımda masamın üzerinde bir not buldum.

"Ferit yaralı. Ağır değil. Holly."

İstiklal Caddesi'ndeki Saray Muhallebicisi'nde gördükten sonra ne dün ne de bu sabah aklıma hiç gelmemişti Holly. Ferit'i de düşünmemiştim.

O kadar çok tanıdığım vardı ki o gün alanda olan!

Çoğunluğu işçilerden oluşan beş yüz bin civarında yurttaşla Taksim Meydanı'ndaydık ve olanlar olmuştu. Yazımı yazarken önüme konulan vefat edenler listesinde tanıdıklarımdan hiçbirinin adını görmeyince, bilinçaltım tanıdıklarımın başlarına kötü bir şey gelmemiş olduğuna karar vermiş olmalıydı.

Derken işler bindirdi. Sel gibi haber akıyor, biz de durmadan sağı solu kurcalıyorduk.

Sadece davası* yıllarca sürecek büyüklükte bir olayı, bir gün bile değil saatler önce geride bırakmıştık. Henüz ne alanda bulunanlar, ne Türkiye, ne de biz gazeteciler olayın şaşkınlığını üzerimizden atabilmiş değildik.

***

---

* Yargılamalar on dört yıl sürdü. Suçlanan sadece bazı sendika liderleri ve sol örgüt üyeleri oldu. Hiçbir emniyet ve devlet görevlisi hakkında adli takibat yapılmadı. Dava zamanaşımına uğrayarak düştü.

Akşamüstüne doğru santral "Holly" dedi yine en patron sesiyle. "Söyle lütfen bundan sonra masandaki telefondan arasın!"

Bilemezdi tabii, çalışabilmek için direkt numaramın fişini çektiğimi. Her zamanki gibi sessiz kaldım. Kim bilir belki o da hepimiz gibi hâlâ Taksim'de yaşanan olayların etkisi altındaydı.

"Merhaba, Ferit'i hastaneden çıkarttım. Sabahleyin gazetede ismini görünce başına bir şey gelmemiş olduğunu anladım ve sevindim. Yaralımız benim evimde. Geçmiş olsun demek için ne zaman istersen gelebilirsin."

Holly işimin başımdan aşkın olduğunu bildiğini, bu nedenle makineli tüfek gibi konuştuğunu hissettirmiş, beklemeye geçmişti.

Verdiği bilgi için teşekkür ettim ve *mümkün olabilecek en kısa zamanda ziyaretlerine gideceğimi* ekleyip cümlemi tamamladım.

Muhabbet koyultulacak günlerden biri değildi.

***

Herkesin olduğu gibi benim günüm de çok yoğun geçti.

Yazmam gereken ne varsa yazdıktan sonra, yazıişleri müdürümün odasından içeriye sadece başımı sokup "Bana müsaade!" dedim.

"Nereye gidiyorsun? Daha karpuz kesecektik."

"Holly'nin bir arkadaşı vardı ya hani, Ferit, o yaralanmış dünkü olaylarda. Onu ziyarete gideceğim."

***

Kapıyı Holly açtı. Taksim'den Ferit için aldığım karanfil demetini haliyle ona verdim.

Teşekkür edince, *senin için değil* diyemedim. Yanağıma öpücük de kondurmamıştı zaten.

Önüme düştü, Ferit'in yattığı kanepeye kadar eşlik etti ve hemen "Ben şunları vazoya koyayım" diyerek ortadan kayboldu.

Ferit "Koltuk değneği ile yürüyebiliyorum aslında. Birkaç hafta içinde değneği de atabilirmişim. Abartıyor bence" diyerek bir dakikadan bile kısa süre içinde çiçeklerle salona gelen Holly'yi işaret etti.

Holly cevap vermek yerine "Hazırlanıp çıkmak zorundayım. Siz keyfinize bakın" dedi. Az sonra kapının çekildiğini duyduk.

Ferit'le baş başa kalmıştık. Laf doğal olarak yirmi dört saat kadar önce yaşadığımız olaya geldi. Biraz çekinerek de olsa "Sen hangi görüştensin?" diye sordum.

"Solcuyum" diye geçiştirmeye çalıştı.

"Dün oraya gelenlerin hepsi solcuydu" dedim.

"Sovyetler ve Çin çizgisinde olanlardan değilim" dedi bu sefer de.

O net bir şekilde söylememişse de ben anlamam gerekeni anlamıştım. THKP-C türevi hareketlerden birinin mensubu olmalıydı.

Bir süre sonra, biraz da ağzını aramak için "Holly ile ilgili ne düşünüyorsun?" diye sordum.

"Holly işte" dedi.

Genelevde çalışmaya devam edip etmediğini, çalışıyorsa umursayıp umursamadığını sordum.

"Tabii ki umursuyorum ama ahlaki nedenlerle değil. Başı derde girecek diye korkuyorum."

Şaşırdığımı anlamış gibi "İlk duyduğumda kafamın karışmadığını söylersem yalan olur. Öte yandan biliyorsun Holly'nin ikna kabiliyeti yüksek" dedi.

Nedense, söylediklerine hiç şaşırmadım. O devam etti.

"Öte yandan ne eşiyim ne de babası. Eski bir okul arkadaşıyım o kadar. Hayat onun hayatı. Çok para kazanıyor. Asgari ücret bin sekiz yüz lira biliyorsun. Söylediğine göre onun cebine ayda resmi olarak on beş bin lira civarında para giriyormuş."*

"Ne demek resmi olarak?" diye sordum.

Önce *nasıl gazetecisin sen* der gibi baktı, sonra anlatmaya koyuldu.

"Kadınlar yatacakları erkeklere marka almalarını söylüyorlar. Her birinin fiyatı, dolayısıyla marka rengi farklı. Adam parayı kasaya ödüyor, markayla birlikte eline kırk beş liralık bir makbuz tutuşturuluyor. Aslında verdiği para elinde tuttuğu makbuzun çok üstünde. Anlayacağın hem patron hem de kadınlar kazandıkları paranın çok daha azı üzerinden vergi ödüyorlar."

Ferit bütün bunları anlatınca aklıma ailemin birkaç yıl önce Maçka'dan bir milyon lira karşılığında bir daire aldığı geldi. Bu da Holly'nin beş yıl içinde şahane bir apartman katı alabilecek olması demekti. Bana gelince, gazeteci maaşımla, ömrümün sonuna kadar böyle bir dairenin hayalini bile kuramayacağımın gayet iyi farkındaydım.

Biraz da Holly mevzuunu kapatmak için olsa gerek "Dün sence ne oldu gazeteci ağabey?" diye sordu Ferit.

"İçindesin, sen daha iyi bilirsin."

"İlk silah sesleri Sular İdaresi tarafından geldi. Maocular alana girmeye kalktı, DİSK'liler de izin vermedi. Orada bir arbede yaşandı ama ben asıl meydanda ne olduğunu soruyorum."

Yazdıklarıma yansıtmamaya çalıştığım ama kafamı kurcalayan bir soru sormuştu genç adam.

* 1977 yılında vizite ücreti olarak genelevlerde kırk beş lira alınıyordu. Bu paranın yüzde kırk beşi genelev patronuna, yüzde kırk beşi hizmet verene, yüzde onu ise "vekil"e kalıyordu.

"Bence siyasal iktidar ve emniyet kuvvetleri fırsattan istifade ettiler" dedim.

Genç arkadaşım başını salladı. O da aynı fikirde olmalıydı.

"Sular İdaresi'nin önünde olay çıkacağı belliydi. Kaç gündür konuşulan bir mevzu bu. Ben de senin gibi düşünüyorum. Buna karşılık alanda da üniformalı ve üniformasız emniyetçiler hiç gerekmediği halde sağa sola ateş ettiler, panzerlerle meydandaki insanların paniğe kapılmasına yol açtılar."

Belliydi, laf lafı açmaya devam edecekti.

***

Ferit'ten ayrılırken "Sahi, bana telefon numaranı versene" dedim.

"Bu evinkini al" dedi, bir kâğıt parçasına yazıp verdi.

"Peki sana doğrudan nasıl ulaşacağım?" dediğimdeyse "Epeyce buradayım. Holly'ye bir not bırakman yeter. Burada yoksam da o bulur beni" diyerek tebessüm etti.

***

Evime doğru yürürken son birkaç gündür yaşadıklarımı ama bu kez daha çok Ferit'i düşündüm. Görünenden çok daha fazlası vardı onda. Tanıdığım öteki solcu gençlere benzeyen tek yönü kısa kesilmiş saçları ve ağzını kapatan bıyıklarıydı, o kadar.

Mesela, *hangi örgüte mensup olduğuna* dair sorumu ustalıkla geçiştirmişti. Bu kadar samimiyetim olan benzeri öteki genç insanlardan hangisine soracak olursam olayım, net bir cevap alabilirdim. Üstelik bunu övünerek söylerlerdi. Sonra yaşıma başıma bakmaz, kendilerine katılmaya ikna etme çabasına bile girerlerdi. Ferit bu haliyle farklı bir tablo çiziyordu.

Ayrıca, Holly ile ilgili söylediklerine de tam ikna olmamıştım. Arkadaşının yaptığı işe sadece ahlak meselesi olarak bakmıyor olması şüphesiz takdir edilecek bir durumdu. Ama anlattıkları hiç de ikna edici değil.

Düşündüklerimi eve ulaştığımda eşimle de paylaştım. Anlayacağınız, kendime vermiş olduğum *bu konuları eşimle konuşmama* sözünü yine tutamamış oldum. Tabii ki davranışımda çok özel bir gün yaşamış olmamızın etkisi olmuştu. Tanıdığım başka birinin başına gelse de söylerdim.

Holly'yi özel olarak ziyaret etmiş olmama hiç girmeden "Ferit var ya hani Holly'nin erkek arkadaşı, Taksim'de yaralanmış. Ziyaretine gittim" dedim.

Böylece, kendimi epeydir bastırıyor olmaktan kaynaklanan iç sıkıntımdan da kurtulmuş oldum.

"Bir akşam yemeğe davet et, ben de tanışayım" dedi damdan düşer gibi.

Biraz düşündüm ve "Bakalım" dedim.

İnsan sarrafı derler ya hani, tam öyledir. Bazen öyle yorumlar yapar ki şaşırır kalırsınız.

Holly'yle yalnız buluştuğumuzu söylememiş olmam bir handikap sayılmazdı. Biliyordum, sırrımızı tutardı Holly. Ben ağzımdan bir şey kaçırmazsam, hiçbir sorun çıkmazdı.

-19-

Gazeteler hızlı yaşanan müesseselerdir. Kanlı 1 Mayıs'ı eskitmemiz de bir haftadan fazla sürmedi.

Hayatımı rutine bağladığım günlerden birinde, bir akşamüstü, yazıişleri müdürüm tarafından çay içmeye davet edildim.

Not defterimi ve kalemimi alıp odasına giderken, *var bunda bir iş* diye düşündüm.

Daha kapıdan girer girmez burnuma sarı bir zarf dayadı ve çaylarımızı söyledi.

Gözlerime inanamadım. Zürafa Sokağı'ndaki evlerden birinin kapısına, Holly'yle yaptığım röportaj tam sayfa yapıştırılmıştı. Yetmiyormuş gibi kocaman bir kartonun üzerine "*Ünlü Holly burada!*" diye yazılmış ve röportajımın yanına iliştirilmişti.

Şaşkın bir biçimde elimdeki fotoğrafa bakarken "İyisin. Şöhretinden genelev duvarları bile nasibini almış durumda" dedi, dalgasını geçerek.

Önce biraz kızar gibi olduysam da vazgeçtim. Türkiye'nin her köşesine gönderilen bir gazetenin genelev sokağına ulaşmasından daha normal ne olabilirdi ki?

Ayrıca, Holly'nin Manukyan'ın evlerinden birinde çalıştığını bilmiyor da değildim.

Hasılı kelam, eğer kendisi tezgâhladıysa, gizli saklı bir iş değildi Holly'nin yaptığı.

Acaba, diye düşündüm, *bu iş genelev patronunun mu yoksa Holly'nin fikri mi?* Çok da günahını almak istemiyordum.

Ağır basan Holly oldu. Cin gibi akıllıydı. Kısa zamanda birkaç apartman katı edinip hayatını rahatlık içinde geçirmek istiyor olmasını anlayışla karşılamam gerekiyordu.

Fotoğrafa tekrar baktım. Kapı numarası 14'tü.* *Demek*, diye düşündüm, *Holly 14 numarada çalışıyor.*

Fotoğraftan gözlerimi ayırıp yüzüne baktığımda, arkadaşımın beni gülerek izlediğini gördüm.

Sanki kızmış gibi yapıp "Neler çeviriyorsun? Nasıl geldi bu fotoğraf sana?" diye sordum.

"Arkadaş, iyilik yapıyoruz yine de yaranamıyoruz. Çocuklardan biri görünce çekmiş. Ben de hinlik olsun diye bastırttım."

Ağzı başka, gözleri başka söylüyordu.

"Dökül, dökül" dedim.

Ellerini teslim olmuş gibi kaldırdı.

"Fotoğrafı görünce aklıma İstanbul genelevleriyle ilgili bir dizi hazırlamak geldi. Yapar mısın diye önce sana bir sorayım dedim."

"Hakkını vererek yapabilirsek şahane olur ama her şeyi yazamayız ki!"

"Neden yazamayacakmışız?" diye diklendi.

Bütün gazetecilerde vardır bu hava. Önce hepsi, her şeyi yazabilecekmiş, basabilecekmiş gibi işkembe-i kübradan üfürür, çok geçmeden ayaklarını yorganlarına göre uzatmaları gerektiğinin farkına varırlar.

Benim yazıişleri müdürüm için de aynı durum geçerliydi. Ona boyunun ölçüsünü hatırlatan önce genel yayın yönetmenimiz,

* *14 Numara* Sinan Çetin'in yönetmenliğini yaptığı filmin de adıdır. Hakan Balamir ve Serpil Çakmaklı'nın başrolleri paylaştığı film, İrfan Yalçın'ın yazdığı *Genelevde Yas* isimli romandan senaryolaştırıldı. *Genelevde Yas* 1978 yılında Z Yayınları tarafından basıldı. Kitap 2019 ve 2021 tarihlerinde h2O Yayınevi tarafından tekrar basıldı.

sonra patronumuz olurdu. Hani derler ya *patronun odasına kendi fikirlerinizle girer onunkilerle çıkarsınız* diye, tam olarak öyle.

Bir meslek erbabı olarak bizimki de akıl danışmak için huzura çıktığı her seferden geriye, yelkenleri suya indirmiş olarak döner, ya genel yayın yönetmeninin ya da patronun tariflerini aktarırdı.

Bıraksa daha uzun düşünebilirdim belki ama izin vermedi. "Vaktin var mı? Biraz konuşalım mı şu konuyu?" diye sordu.

Saatime baktım, yazımı yetiştirecek kadar zamanım vardı. Çay bardağımı önüme çektim ve ilk sorumu patlattım.

"Mesela, genelev vekillerinin vizite başına –o da arada bir– kırk beş liralık makbuz kesip, kadınına göre yüz, iki yüz, üç yüz liralık markalar üzerinden iş yaptıklarını yazabilecek miyiz?"

Kafası karışmıştı. "Vekil de ne? Marka da neyin nesi?" diye sordu.

"Bilmiyor musun?" der gibi anlattım.

"Patron evin yönetimine karışmaz. Yönetim vekilden sorulur. Bu zatı muhtereme yaptığı işe karşılık yüzde on ödenir."

"Bilmiyordum vallahi" dedi.

"Asıl mesele bu değil. Yazamayacağımızı düşündüğüm, akçeli konular."

"Anlatsana kardeşim, insanı fıtık etmesene."

İstediğim kıvama gelmişti. Yönetimin bana geçtiğini düşünerek "Eline bir kalem kâğıt al" dedim. Alınca, yazmasına yetecek kadar zaman vererek anlatmaya koyuldum.

"Bir evde on kadın çalıştığını varsayalım. Bazılarında daha çok ama boş ver. Sadece Zürafa Sokağı'nda kırk iki ev bulunuyor. Bunun Alageyik'i var, en izbe yer olan Karaköy'ü var, Aksaray'ı var ama yine boş ver. Zürafa Sokağı'nda dört yüz yirmi kadının çalıştığını varsayalım. Yaz. Bir kadın bir günde otuz kişiyle yüz lira karşılığında yatsa, eve üç bin lira sokmuş olur. Doğru mu?"

Yazıişleri müdürüm otuzla yüzü çarptı ve "Evet" dedi.

"On kadın ne eder?"

"Otuz bin lira."

"Çarp bunu da kırk ikiyle şimdi."

"Kırk iki evin getirisi günde bir milyon iki yüz atmış bin lira. Bunu da otuz günle çarpayım. Otuz yedi milyon sekiz yüz bin lira."

"Yuvarlak hesap kırk de. Dolara endeksleyelim."*

Yazıişleri müdürüm kırk milyonu o günün dolar kuruna böldü ve başını hesap yaptığı kâğıttan ıslık çalarak kaldırdı.

"Sektörün sadece Zürafa Sokağı'ndan bir ayda ürettiği para miktarı bir buçuk milyon dolar."

Arkadaşım geriye dönüp çarpma ve bölme işlerini bir daha yaptı. Sonra uzunca bir süre sessiz kaldı. Devam etmem, zihnini daha da fazla açmam gerektiğini düşündüm.

"Anladın mı şimdi neden her şeyi tam olarak anlatmamızın mümkün olmadığını? Bu arada işin rüşveti, haracı, kara para aklamasını da göz önünde bulundur."

"Nasıl yani?"

Rolünü oynama sırası ona geçmişti. Sorduğu sorunun cevabını bilmediğinden değil, o da tıpkı benim az önce yaptığım gibi, beyin jimnastiğimizi sürdürmek istediğinden sormuştu bu soruyu.

"Böyle karışık işler, kusursuz üç ayak üzerinde oturmazsa devam edemez. Bunu en iyi sen biliyorsun. Hangileri bunlar?"

"Bırak şimdi bana çokbilmişlik taslamayı da söyle."

* 1977 yılında 1 USD = 27,3 TL

"Birinci ayak genelev patronları, ikinci ayak mafya, üçüncü ayak ise devletin ta kendisi. Parayı genelev patronları kazanır ama hepsini cebine indirtmeyeceklerinin farkındadır. Kazancını paylaşmazsa işine devam edemeyeceğini gayet iyi bilir. Mesela Zürafa Sokağı civarının haracını Oflular yer. Bunu dünya âlem bilir. Oraya en yakın emniyet müdürlüğü ise Beyoğlu'dur."

Ben Beyoğlu der demez arkadaşım "Emniyet Genel Müdürlüğü'nün ve İçişleri Bakanlığı'nın en gözde yeri" diyerek tezimi güçlendirdi.

***

O gece eşime, "Holly ve Ferit'i yemeğe davet edelim demiştin. Fikrini değiştirip değiştirmediğini bilmek istiyorum" dedim.

Soruma "Neden değiştirecekmişim ki?" diyerek soruyla karşılık verdi.

O böyle sorunca yazıişleri müdürümle konuştuğumuz konudan da söz ettim.

"Bir taşla iki kuş vurmak istiyorsun. Hem arkadaşlarınla tanışmamı sağlayıp içimi rahatlatacaksın hem de yeni yazı konun için altlık yapacaksın. Belli oldu" dedi. Haklıydı.

Henüz dizi yazımı hazırlayacağım kesinleşmemişti ama Holly'nin genelev konusunda yapacağım çalışmaya destek verip vermeyeceğini merak ediyordum. Ayrıca Ferit'in derinlerine inmeye de kararlıydım.

Holly'nin evde olmayacağını bilsem de defterime bir hafta kadar önce kaydetmiş olduğum telefon numarasını çevirdim. Daveti Ferit'e de yapabilirdim.

-20-

Arkadaşlarımızı ağırlayacağımız zaman biraz onların neleri sevebileceğine biraz da bizim hangi yemekleri daha iyi yaptığımıza bakarız.

İçine doğranmış kereviz, havuç, patates, soğan, eklenmiş birkaç yaprak defne yaprağı ve sarmısak, serpiştirilmiş uygun miktarlarda tuz, karabiber, kırmızı pul biber, kekik ile kuzu eti, toprak güveç kabında son derece iyi netice verir.

Eşim kâğıt ve kalemle güveç için neyin eksik olabileceğini anlamak için mutfağa gidip geliyor.

"Eti zaten dün getirmiştin. Sebzeler dışında eksiğimiz yok sayılır."

"Peki..." diyorum. "Başka ne yapacağız yanında?"

Oğlum güvecin yanında pirinç pilavını sık yaptığımız için "Baba, pilav da yapacaksın değil mi?" diye soruyor.

"Tamam ama pirinci sen ayıklayacaksan!"

Biliyorum böyle durumlarda işe ortak olmayı seviyor.

Eşim bir koşu mutfağa gidip geliyor ve "Pirinç var" diyor.

Ana yemeğin ne olduğuna karar verdikten sonra her şeyi ona göre düşünmek gerekiyor. Eşimin mantar çorbası harika olur.

"Bol salata malzemesi yaz notlarına. İki şişe de Kalecik Karası ekle lütfen" diye ilavede bulunuyorum.

Güvecin yanında şarap içmeyi seviyorum. Rakı içmek isteyen olursa, stoklarımız zaten kuvvetli.

***

Davetin hafta sonuna denk gelmesi iyi oldu.

Ferit seçti hafta sonunu. Hafta içinde okulda olması gerekiyormuş. Holly dinlenmek için pazar akşamlarını tercih ediyormuş.

Pazar günlerini ben de severim, hele bahara rast gelenlerini.

Eğer büyük bir gösteri, seçim, açılış filan yoksa genellikle sakin geçer. Böyle günlerde Boğaziçi'nde yürüyüş yapmak, Adalar'a vapurla gidip gelmek, hakikaten, insanı bir gün içinde birkaç yaş gençleştirir.

Düşünsenize şimdi Köprü'den ya da Beşiktaş'tan vapura atlayıp Sarıyer'e kadar gidip döndüğünüzü.

Aklım Boğaz'a gidince, eşime "Aslında dışarıda da yiyebilirdik" diyorum.

Sen iş peşindesin ya hani. Konuşmak için ev daha iyi olur diye düşünmüştük hatırlasana.

"Evet. Dışarıda nisan güneşini görünce heyecanlandım biraz."

Oğlum da eşim de hiç kaçırmaz böyle laflarımı.

"Parka gidelim baba."

Eşim de oğlumu destekliyor, "Doğru, Cihangir Parkı'na gidelim. Orada biraz vakit geçirdikten sonra eksiklerimizi alır döneriz" diyor.

***

"Cihangir'i seviyorum sevmesine ama çok bakımsız"* diyor parkta eşim.

Haklı. Oğlumun şu anda top peşinde koştuğu park, aslında bir park değil de genişçe bir arsa gibi. Ne bir çiçek ne bir karış çimen. Bildiğiniz toz ve toprak.

---

* 60'lı yıllardan önce, Taksim ve İstiklal Caddesi çevresinde çalışanların yaşadıkları bir semtti. İstanbul'un kalbi sayılacak Beyoğlu'nda başlayan bozulma, çok geçmeden etkisini Cihangir'de de gösterdi. 80'li yıllarda, İstanbullu sanatçılar tarafından yeniden keşfedildi.

Biraz özen gösterilse, tarihi geçmişi, sanat ve eğlence merkezlerine olan yakınlığı ve yer yer muhteşem binalarıyla, Cihangir kolaylıkla İstanbul'un seçkin yerleşim yerlerinden biri haline gelebilir.

"Ben manzaramızı seviyorum. Evimize girdikten sonra başka bir dünyaya geçiş yapıyoruz. İstanbul'un en iyi manzarasını seyrediyoruz. Öyle değil mi?"

Hak veriyor eşim. Defalarca konuştuk bu konuyu. İkimiz de birbirimizin ne düşündüğünü tam olarak biliyoruz. Ama bazı durumlarda tekrardan kaçınamıyorsunuz. Cihangir ikimiz için de hem bir cennet hem de kanayan bir yara. Kentin merkezinde, muhteşem bir potansiyele sahip bu semt üzerine konuşurken, hüzünlenmemek elde değil.

"Bir de..." diyorum. "Beyoğlu'nun Haliç'e bakan tarafı için üzülüyorum."

Hakikaten öyle. Sanki tarihte donup kalmış gibi. Yaşamayı sürdürmüş ama bir çivi bile çakılmadığı için eskilikten ayakta duramaz hale gelmiş. Yoksulların sığınağı haline dönüşmüş, iyice unutulmuş, kaderine terk edilmiş.

Kısaca Tarlabaşı* diyorum ama çok daha büyük bir bölgeden söz ediyorum. Burası da tıpkı Cihangir gibi son derece büyük potansiyele sahip. Buna karşılık biraz hali vakti yerinde olan hiç kimsenin yaşamak istemeyeceği kadar berbat durumda.

Vaktin ilerlediğini gören eşim "Haydi, alışverişimizi yapıp eve dönelim. Güveci hazırlayıp fırına koymamız lazım" diyor.

---

* Tarlabaşı Yokuşu 80'lerin ortalarına doğru büyük bir istimlake tabi tutuldu. Dönemin Belediye Başkanı Bedrettin Dalan bu dar yokuşu yer yer son derece güzel ve önemli binaları da yıkarak bulvar haline getirdi. İstimlak sürerken, kentin dokusunun yok edildiğini savunanlar Dalan'ı hedef tahtasına koydular.

-21-

Holly, denizi Kız Kulesi'nden Topkapı Sarayı'na kadar gören evimizin manzarasına ve oğlumuza âşık oldu.

Özellikle de "Pirinçleri ben ayıkladım" deyişine.

Bana dönüp "Sahiden ayıkladı mı?" diye sordu.

"Hep ayıklar" dedim.

Holly ve ufaklık yatış saatine kadar oynadılar. Misafirimiz bu süre zarfında eşim ve benimle neredeyse tek kelime etmedi, yemek de dahil olmak üzere hep onunla ilgilendi. Saat hızla aktı.

Bizimkinin yatma saati gelince, Holly "Ben yatırabilir miyim?" diye sordu.

Bizimki "Kitap da okuman lazım ama" diye şart koştu.

"Tamam. Okurum."

Ufaklık "Oley!" diye havaya sıçradı, ayaklarını yere basar basmaz Holly'nin elinden tuttu, odasına doğru çekiştirdi.

***

Holly bizimkinin uyuduğundan emin olunca aramıza katıldı. Sandalyesine otururken "Böyle bir çocuğum olsa yanından bir an bile ayrılmaz, nefes alışını bile izlerdim" diyerek eşimin de benim de kalbimizi fethetti.

Sonra eşimle biraz Londra üzerine konuştu. Neresini, nesini sevmiş, nelerinden hoşlanmamıştı. Eşim de ona İstanbul'u anlata anlata bitiremedi. Biraz sanki kendisi İstanbulluymuş da Holly Londralıymış gibi oldu.

O arada ben de bacağı düşündüğümden çok daha hızlı iyileşmiş olan Ferit'le 1 Mayıs'ın serpintilerinden söz ettim. Olayın üzerinden bir hafta kadar geçtiyse de ortada henüz dişe dokunur bir gelişme yoktu. Ferit haklı olarak yargılamalardan bir şey çıkmayacağı kanaatindeydi. Aslında ben de onun gibi düşünüyordum.

Biraz da okulu üzerine konuştuk. Bacağını işaret ederek "Birkaç gün içinde vuruşmaya başlarım" dedi. Uzatmak istemediğini hissettiğim için çok üzerine gitmedim.

***

Usturuplu konuşmaya dair bir problemim yoktur. Bazen söze nasıl başlamam gerektiğini bilemem o kadar.

Gecenin süratle ilerlediğini fark edince, bir çuval inciri berbat etme pahasına Holly'ye "Manukyan'la aran nasıl?" deyiverdim.

Holly canı sıkılmış gibi baktı. Sonra eşime sanki izin ister gibi bir göz attı.

Evin hanımından "Rahat olabilirsin" mesajını alınca, sorumu "Daha tanışmadım kendisiyle" diyerek cevapladı.

Aklımda bir sürü soru vardı. İlk sorum onlardan biri değildi.

"Kusura bakma böyle pat diye girdim ama merak ediyorum, sistem nasıl işliyor?"

"Sistem falan değil, bir yamyamlık düzeni hüküm sürüyor. Öncelikle kadınların oraya nasıl geldiklerini anlatayım istersen. Benim gibi kendiliğinden gidip, vekille anlaşanlar çok değil. Vekilin ne demek olduğunu biliyor musun bu arada?"

Bildiğimi söyleyince sözlerine devam etti.

"Gördüğüm kadarıyla, on iki kadının içinde ben dahil kendi kararını vererek gelen dört kişiyiz. Biri bankacı, ikisi ev kadını. Bunlar aklı başında, hesap kitap işinden anlayan, başına kimseyi musallat etmemiş olanlar. Çalışıyor, paralarını kazanıyor, evlerine gidiyorlar. Hepsinin derdi aşağı yukarı aynı. Kiradan kurtulmak, çocuklarını kimseye muhtaç olmadan büyütmek."

Duydukları ilgisini çekmeye başlamış olsa gerek eşim de bir soru sordu.

"Evine gidemeyenler de mi var?"

"Evden kendi başına çıkamayanlar çoğunlukta. Genellikle babaları, kocaları ya da sevgilileri tarafından bulundukları evlere satılmışlar. Oraya kim getirdiyse ellerine bir miktar para verilmiş, kadına da senet imzalattırılmış. Mal gibi anlayacağınız. Çocuk yaşta olan bile var."

O böyle söyleyince aklıma Ece geldi. Ferit'in âşık olduğunu iddia ettiği, kendisinin okuma yazma öğrettiğini söylediği çocuktan söz ediyordu belli ki.

"Bu kadınların çoğu hesap kitap bilmiyor. Okuma yazmaları yok, süzme cahiller anlayacağınız. Aralarında aptallık derecesinde saf olanlar var. O gün kaç kişiyle beraber olduğunu söyleyebilirse de toplamda kaç para kazandığının, yeme içme için kasadan ne kadar para çektiğinin farkında bile değiller. Bu tür kadınların hesaplarını vekil tutuyor ve kazandığı parayı, sözde yakınına, kendi yaptığı hesap üzerinden veriyor."

Alabildiğine can sıkıcıydı Holly'nin anlattıkları. Üzülmemek elde değildi. İnsan istismarına daha sarsıcı bir örnek aransa, eminim bulunamazdı.

Eşim işimi kolaylaştırmak için mi yoksa merakından mı bilmiyorum, önemli bir soru daha sordu.

"Daha çok kaç yaşlarındalar Holly?"

"Yasal sınırın altında olanlar da var. Biraz evvel de söyledim, bizim evde on dört yaşında bir çocuk var. Başka yerlerde daha küçükleri de varmış. Yaşı yetmişe gelenler ortalamayı yükseltiyor. Her yaştan vücudun bir alıcısı var. Genç, gösterişli olanlar daha çok para ediyor. Yaşlı, çelimsizler daha az. Gelenlerin bütçeleri de farklı. Kimi en pahalıyı, kimi en ucuzu istiyor."

Holly sözlerini tamamlarken Ferit devreye girdi, arka arkaya iki soru sordu.

"Gecemizi Holly'nin genelev maceralarını dinleyerek geçirmeyeceğiz değil mi? Şişenin dibinde hâlâ biraz Kalecik Karası görüyorum."

"Hayır ama son bir soru daha sormama müsaade et lütfen?"

"Genelevin kapısına benim yazdığım yazıyı asmak senin fikrin miydi?"

Soruyu Holly'ye yönelik sorduğum için cevabı ondan bekledim.

"Hayır" dedi Ferit. "Benim fikrimdi."

Eşim de ben de çok şaşırdık.

Holly "Çok işe yaradı" diyerek Ferit'in yardımına koştu.

"Öteki kadınlar günde en fazla yirmi iş yaparken ben kırka kadar çıkıyorum."

Belli etmediyse de eşim sıkıldı. Sıkıntısını sözlerine ve yüzüne aksettirmemek için güzel bir çare buldu.

"Kahve yapacağım. Kim kahvesini nasıl içecek?"

***

Kahvelerimizi içiyoruz...

Ferit bana bir açıklama borçlu olduğunu hissetmiş olsa gerek iç döker gibi konuşuyor.

"Gazeteye basılmış, topluma mal olmuş bir yazı olduğu için rahatsız olacağını hiç düşünmedik. Aslında iznini almamız gerekiyordu. Özür dilerim."

"Özür dileyecek bir şey yok. Sadece gazetede biraz alay konusu oldum o kadar."

Bir özür de Holly'den geliyor.

Özür faslı bitince filmlere, kitaplara dalıyoruz.

***

Arkadaşlarımızı uğurladıktan sonra, eşim suratıma aptal olduğumu hissettirir biçimde bakıyor.

"Bunlar oyun oynuyorlar. Sen de onların oyununa alet oluyorsun."

Böylelikle gece yarısına kadar sürecek ahbaplığın fitili ateşlenmiş oluyor.

"Nasıl yani?"

"En baştan başlayayım. Sen sahiden inandın mı Holly'nin cinsiyet değiştirmiş olduğuna?"

Böyledir işte eşim. Bir laf eder, bütün dünya başınıza yıkılır.

"Ferit öyle söyledi."

"Kendisiyle konuştun mu bu konuyu?"

Bırakalım konuşmayı, Holly'ye bu konuda bir imada bile bulunmadım. Düşündüklerimi olduğu gibi aktarıyorum eşime.

"Ferit, Sultanahmet Köftecisi'nde ilk buluştuğumuz gün söylemişti Holly'nin beni kandırdığını. Bundan sana söz etmiştim. Hatırlıyorsun değil mi?"

Hakikaten öyleydi. Sadece eşime söz etmiştim. Yazıişleri müdürüme bile söylememiştim.

***

Epey süren sessizlikten sonra, "Nasıl vardın bu kanaate?" dedim eşime.

"Asıl sen nasıl vardın?"

Girdiğim derin sessizlik durumunu allak bullak olmama yormuş olsa gerek yardımıma yine kendisi koştu.

"Kadının ellerine, ayaklarına bakman, sesini dinlemen yeterli. Öyle değil mi?"

Bu lafları söyledikten sonra yerinden kalktı, girişte duran portmantoya gitti, az önce Holly'ye vermiş olduğu terlikleri alıp geri döndü.

"Tamam ben ufak tefek bir kadın sayılmam ama şunlara bir bakar mısın? Bunlar otuz sekiz numara. Kadının ayakları bu terliklerin içinde resmen kayboldu."

Hiç düşünmemiştim bunu. Ferit, *okuldayken de çok güzel olduğunu söylemiş*, zihnime Holly'nin içinde bulunduğu durumu sabit kalemle işlemişti.

Eşimin sözleri üzerine, aklıma Holly'nin gayet güzel bir kadın olduğunu Londra'dayken de düşündüğüm geldi. Tabii ki eşime söylemedim. Başımı yeniden derde sokmak istemezdim.

Daha iyi bir şey yaptım. Bir damla viski ile pipomu alıp püfür püfür esen balkona çıktım. Kız Kulesi'ne bakan sallanan bambu koltuğumda epeyce oturdum.

Her şeyi en baştan gözden geçirdim, Londra'ya Holly'yi ilk gördüğüm National Film Theatre'a kadar gittim.

-22-

Sabahleyin ilk işim yazıişleri müdürümün kapısını tıklatmak oldu. Günaydın bile demeden konuya girdim.

"Dün akşam Holly ile beraberdim. Şu konuştuğumuz yazı dizisi var ya hakikaten çok ilginç olabilir."

Yazıişleri müdürüm yüzünden hiç eksik etmediği alaycı ifadeyi daha da derinleştirerek konuştu.

"Yengemin haberi var mı peki bundan?"

Kırığımı yakalıyormuş gibi olduğu zamanlarda eşimin ismini kullanmaz *yenge* kelimesini tercih ederdi.

Arının yuvasına çöp sokmak için "Genelev dizisinden mi?" dedim.

"Ne genelev dizisi be, Holly ile buluştuğundan haberi var mı?"

"Yengen de bizimleydi aslanım. Holly evimize yemeğe geldi. Bu iyi haberim. Kötü haberim ne? Bil bakalım."

Eski kulağı kesiklerdendi. Üstelik gazeteciydi. Yine de bileceğine ihtimal vermemiştim. Bildi.

"Yanında da sevgilisi vardı."

Bu gazeteci milletinden korkulur. Gözlerinize bakar, içinizden geçeni söylerler.

Arkadaşım böyle söyleyince aklıma henüz Ferit'le Holly'nin sevgili olup olmadıklarından tam emin olmadığım geldi.

"Yani, ben sevgili olduklarını varsayıyorum. Aslında sevgililer mi bilmiyorum" diyerek durumu düzelttim.

O da "Boş ver, bize ne! Anladığım kadarıyla, sen dizi yazıyı en azından kafanda yazmaya başlamışsın bile" diyerek asıl mevzumuza geri dönmemizi sağladı.

Haklıydı. Holly'nin Zürafa Sokağı'nda bir evde çalışıyor olması birçok açıdan işimi çok kolaylaştıracaktı. Tabii bu durumdan henüz ne kendisinin ne de Ferit'in haberi vardı. Aklımdan *ya karşı çıkarlarsa* diye geçtiyse de genelevin kapısına üzerinde benim imzam olan gazete sayfasını astıklarına göre, böyle bir dertleri olmazdı.

Düşüncelerimden arkadaşım "Çay içer misin?" diye sorunca sıyrıldım.

"Yok" dedim. "Daha masama bile uğramadım. Sonra yine konuşuruz."

***

Yazıişleri müdürüm akşamüstü arkamdan kulağıma eğildi, "Bu sefer yemek ısmarlamakla kurtulamazsın" dedi.

Heyecan içinde "İstediğim gibi yazabilecek miyim?" diye sordum.

"Patron da genel yayın yönetmeni de senin için *ayarını bilir* dediler. Bana kalırsa kendine sınır koyma. Çizgiyi eğer çok aşmışsan, ben icabına bakarım."

Son kelimelerini söyledikten sonra kahkahayı bastı ve sağ eliyle makas işareti yaptı.

"Altın makas yani" dedim.

Böyle söylemekle aslında hem ona hem de gazeteme haksızlık yaptığımı biliyordum. Yazılarım neredeyse tam da yazdığım biçimde yayımlanıyordu. Arada bir attığım başlıklar, çıkarttığım spotlar değişse de yapılan müdahalelerin gazeteyi biraz daha fazla sattırmaktan öte anlamı yoktu.

"İyi o halde" dedim konuşmamız bitmiş gibi.

"Bitmedi" dedi arkadaşım.

"Biliyoruz güzel fotoğraflar çekiyorsun ama bu sefer yanına profesyonel bir fotoğrafçı al."

Cevabımı "Ne yani? Ben amatör müyüm?" diyerek yapıştırdım.

"Evet!" dedi ve arkasını dönüp inine doğru yürüdü.

***

Ayrıntılı bir plan yapmaya çalıştım.

Konuşulacaklar listemde Holly tabii ki yer alacaktı ama asıl önemlisi, onun açacağını düşündüğüm kapıların arkasında bulacaklarımdı.

Ayrıca nerelere giderken yanıma fotoğrafçı almam gerektiğini de düşünmeliydim.

Genelevlere hükmeden mafyacılarla, yol veren emniyet cephesi eksik olmayan bir yazı yazmalıydım. Tabii ki dengeleyerek.

Henüz Holly'nin evden çıkmamış olduğunu umarak defterimi çıkarttım.

Telefonu "Alo" diyerek kendisi açtı.

"Günaydın" dedim ve hemen ekledim: "Korkma bizde bir şeyini unutmadın. Eğer müsait olursan bugün öğlen yemeğini birlikte yiyelim mi? Sana sormak ve söylemek istediğim birkaç şey var."

Biraz düşündü, "Ferit de gelsin mi?" dedi.

Şu saatlerde, ikisinin aynı yerde olacaklarını düşünmem lazımdı.

"Olur" dedim. "Söyleyeceklerimi duymasında hiçbir sakınca yok."

Biraz düşündüm, Holly'nin ve benim işyerlerimizi göz önünde bulundurarak bir seçim yaptım.

"Bankalar Caddesi'nde şahane bir lokanta var. İsmi de Bankalar Lokantası zaten. Saat iki gibi sana ve Ferit'e uyar mı?"

***

Az sonra kapısından gireceğim lokanta, otuz yıldır, etrafında çalışan sigorta şirketi ve bankaların yöneticilerini ağırlıyordu. Sunduğu lezzetlerle karşılaştırıldığında fiyatları yüksek değildi. Mönüleri de durmaksızın değişirdi. Bu sayede hep kalabalık olurdu.

Lokantaya benden önce ulaştıkları halde nezaket gösterip yemek faslına geçmemiş arkadaşlarıma, daha ayaktayken hünkârbeğendiyi tavsiye ettim. Hemen ardından gecikme için özür diledim.

Planım mevzua ana yemekleri yerken girmekti ama Ferit dayanamadı "Tatsız bir şey mi var?" diye sordu.

"Hayır" dedim ve aklımdakini tam olarak anlattım.

Holly'nin de onun da şaşırdıklarını söylemeliyim. Akıllı çocuklardı. İlk elde ne evet ne de hayır dediler. Susmayı tercih ettiler. Belli ki düşünüyorlardı. Belki kendi aralarında konuşmak da isteyeceklerdi. İşlerini kolaylaştırmak için "Tatlılara bakıp geleceğim" dedim.

Dönüşümü uzatmış olarak masaya ulaştığımda "Ermeni usulü baklava var. Ben ondan yiyeceğim ama sütlü tatlılardan da yiyebilirsiniz. Şahane görünüyorlar" dedim.

Arkadaşlarım şaşırmış gibi birbirlerine baktılar. Ferit "Nedir Ermeni baklavasının Türk baklavasından farkı?" diye sordu.

"Bal kullanırlar. Sulu ve kokuludur."

"İyi o zaman" dedi Ferit. "Ben ondan istiyorum. Ya sen Türk lokumu?"

Holly ona katıldı "Ben de" dedi.

Garsonu gözlerimle yakalayıp "Üç baklava!" diye seslendim.

***

Ferit'le birlikte Holly'yi St. Benoît Lisesi'nin önünde bıraktık. Genç adam bir arkadaşını görmek için Kadıköy'e geçecekti. Ben de evime kadar yürüyecektim.

Yol boyu, baklava yediğimiz kısa süre zarfında Ferit ve Holly'nin ileriye sürmüş olduğu şartları düşündüm.

Genç adam Matilt Manukyan'la konuşmaya benimle gelmek istiyordu. Çok merak ediyordu nasıl bir kadın olduğunu.

Manukyan'ın kardeşi Ferdinand'ı ziyaret etmem gerektiğine beni ikna ettiği için, onu ziyarete gidecekler listesine de adı otomatik olarak yazılmıştı.

Arkadaşlarım ayrıca, iki önemli ismi daha radarıma almamı sağlamışlardı. Bunlardan biri epey önce ölmüş olan Aram Çilingir, öteki Bayan Manukyan'la Bay Çilingir'in çocukları Kerope'ydi. Tabii Matilt Hanım'ın babası Manuk Bey'in ismini de araştırılması gerekenler listeme kaydetmeliydim.

-23-

Polis adliye masası için çalışan bir arkadaşımdan Matilt Manukyan'ın ofisinin telefon numarasını bulmuştum.

Arkadaşım "Telefonu kendi açmaz. Gazetenin adını, kendi adını söyle ve işin polisiye tarafıyla değil magazin tarafıyla ilgilendiğine dikkat çek, o seni aratır" demişti.

Söylediği gibi oldu. Arayıp not bıraktıktan bir gün sonra masamdaki telefon çaldı ve arayan her kimse "Madam Manukyan sizi yarın 16.00'da Şişli'deki ofisinde bekliyor" dedi.

Çok sevindiğimi itiraf etmeliyim.

Gazetecilerden kaçmıyordu ama yine de içimde kabul edilmeyeceğime dair bir korku vardı.

Biraz da bu nedenle, aradığımda telefonu açan sekreterine Holly'den bahsetmiş, onunla röportaj yapan gazeteci olduğumu söylemiştim. İşe yaramış olmalıydı.

***

Foto muhabiri arkadaşım ve yardımcım pozisyonunda bize katılan Ferit'le, Madam Manukyan'ın Şişli'deki ofisinin kapısını tam da beklendiğimiz saatte çaldık.

Yurtiçinde ve yurtdışında sahip olduğu taşınabilir ve taşınmaz dünya kadar kıymetle* Türkiye'nin en zengin insanlarından

* Matilt Manukyan'ın vefatından sonra açıklanan son mal varlığı şöyle: Antalya, Alanya ve Balıkesir'de beş yıldızlı beş otel. Kıbrıs'ta beş yıldızlı bir otel, İstanbul'da iki fabrika, Kınalıada ve Büyükada'da iki köşk, İstanbul'da beş yüz daire, yetmiş iş hanı, Yalova'da yüzlerce daire ve arsa, Muğla, Kocaeli, Erzurum ve Adana'da onlarca bina ve arsa, Fransa'da bir bankada yüz elli milyon euro, iki yüz yirmi ticari taksi. Ayrıca banka hesapları, hisseler ve dövizler. Kaynak: *Hürriyet* gazetesi, 17 Temmuz 2020.

biri olan Matilt Hanım'ın geniş bir muhasebe bürosuna sahip olması hiç de şaşırtıcı değildi.

Şaşırtıcı olan görünüşüydü. Kocaman gözlükleri ve pazaryerinden alınmış gibi duran mütevazıdan da öte paspal diyebileceğim kıyafetleriyle, Matilt Hanım bir genelev patroniçesinden çok, evinin işleriyle halleşmekte olan sıradan bir ev kadını gibiydi.

Öte yandan, ilk dakikadan itibaren yüksek sınıftan, kültürlü, derdini düzgün cümlelerle anlatan biriyle karşı karşıya olduğunuzu da anlıyordunuz.

Kısaca söylemek gerekirse, neresinden bakarsanız bakın saçma bir durumla yüz yüzeydim.

***

Röportaj yapacağım kimselere dersimi önceden çalışmış olarak giderim.

Daha önce yapılmış konuşmaların aynılarını tekrarlamamak için, haklarında neler bildiğimi muhataplarıma anlatır, "Bunları herkes biliyor. Mümkünse başka şeylerden konuşalım" derim.

Sözlerimi bu klasik cümlemle tamamlayınca, Matilt Manuk yan güldü.

Düşüncemde ısrarcı olduğumu anlasın diye "Bana, daha önce anlattıklarınızdan farklı neler anlatacaksınız?" diye sordum.

Zeki bir kadın olduğu gülüşünden belliydi. Gözlükleri kısmen saklasa da gözlerinin ışıldadığını gördüm.

Önce "Hiçbir şey!" dedi Madam Manukyan. Sonra biraz düşündü. Sözlerini kararını vermiş olarak "Size, sormadığınız hiçbir şeyi anlatmayacağım" diye bağladı.

"Peki o zaman" dedim ve elimdeki kayıt cihazını kendisine uzattım.

"Bu düğmeye bastığınızda çalışır, buna bastığınızda durur. Anlatmak istediklerinizi anlatın, gazetede sözünü etmek istemediğiniz konuları bana of the record söyleyin. Teypte olmayan hiçbir şeyi yazmayacağıma söz veriyorum."

Sözlerim, Bayan Manukyan'ın yüksek perdeden bir kahkaha atmasına ve ardından Ermenilere özgü vurgu ve şiveyle "Zo delisin sen!" demesine yol açtı.

Böylelikle, gazetecilerle sır paylaşılmayacağını bilecek kadar akıllı olduğuna vurgu yapmış oldu.

***

"Babanız Manuk Bey ve eşiniz Aram Bey, Varlık Vergisi* yıllarını nasıl atlattılar?"

Derhal teybin düğmesine bastı, "Ne alakası var eşim ve babamın benim yaptığım işle? Bu soruyu geçelim kuzum" dedi.

O böyle dese de ben anlayacağımı anladım!

Matilt Hanım'ın yaşlarında hangi Yahudi, Rum ve Ermeni'yle konuşursanız konuşun, üç aşağı beş yukarı aynı cevabı alırdınız.

Üzerine kafa yormak değil, unutmak istedikleri yıllardır onlar. Sanki şüpheli bir durumunuz varmış gibi, *azınlık olduğunuz* sizin de kafanıza her fırsatta vurulsa, siz de anlatmazsınız tanıklıklarınızı, dinlediklerinizi, duygularınızı ya da düşüncelerinizi.

---

* Varlık Vergisi 1942 yılında "olağanüstü savaş koşullarından kaynaklanan yüksek kârlılığa karşı bir önlem" olmak üzere konuldu. Sözde herhangi bir dini veya etnik grup hedef alınmamıştı ama özde öyle değildi. CHP'nin bir grup toplantısında, Başbakan Şükrü Saracoğlu "Bu aynı zamanda bir devrim kanunudur. Bize ekonomik bağımsızlığımızı kazandıracak bir fırsat karşısındayız" diyerek, devletin asıl niyetinin ne olduğunu çok sarih bir biçimde ifade etmişti.

Kim ister zaten bıçak sırtında olan hayatını daha da zorlaştırmak?

Belliydi, Matilt Hanım temcit pilavını yine sofraya sürecekti.

Varlıklı bir aileden geldiğini, eğitimini zengin çocuklarının devam ettiği Notre Dame de Sion'da aldığını, sonra Luciya'nın yanında o zamanın moda mesleği terzilik öğrendiğini, ardından sosyete terzisi Maksut'a kalfa olduğunu anlattı da anlattı.

Allah aşkına, bilmeyen mi vardı bütün bunları?

Aram Çilingir'le de bu zamanlarda evlenmişti zaten. Evlenince terziliği bırakmış, babası ve eşi İkinci Dünya Savaşı yıllarında fakir düşünce mesleğine geri dönmüştü. Sonra eşini kaybetmişti.

Ne tesadüf ki bu yıllar, aynı zamanda Varlık Vergisi'nin azınlıkları alabildiğine etkilediği yıllardı.

Hükümet, Türkiye ekonomisinin sistematik olarak Ermeni, Rum, Yahudilerin elinden alıp Türklere verilmesine karar vermiş, uygulamaya koymuştu. Böyle olunca, parası olanlar vergilerini ödeyerek yoksullaşmış, olmayanlar doğu vilayetlerine taş kırmaya gönderilmişti.

Acaba Matilt Hanım'ın babası ve eşi bu iki kategoriden hangisine girmişti?

Matilt Hanım, asıl kritik olan bu tür konularda sanki suskunluk yemini etmiş gibiydi. Hiçbir zorlama ya da teşvik etme, hayatının asıl önemli kısımlarına dair bilgileri kendisiyle birlikte mezara götürmesine engel olamayacaktı.

***

Üzerinde Matilt Hanım'ın resmi olan yapboz kartonunun eksik parçalarını tarih, coğrafya ve yurttaşlık bilgilerime dayanarak, kendi başıma tamamlamaktan başka çarem kalmamıştı.

Öteki gazetelere verdiği röportajlarda, Madam Manukyan genelev patronu olmasını şöyle anlatmıştı.

"Abanoz Sokağı'ndaki evlerden birinin patronu olan Behice Hanım'a diktiğim elbiselerden biriken dört bin lirayı alamadım. Evlerden birine ortak oldum. Gerisi geldi."

Kendisinin 1914 doğumlu olduğunu göz önünde bulundurur, biricik oğlunun nüfus kâğıdında doğum yılı olarak 1940 yazdığını bilirsek, Matilt Hanım'ın terziliğe geri döndüğü yılları 1950'lerin başları olarak not düşebiliriz. Genelev patronluğuna başlama yılları ise 50'lerin ortaları olmalı.

***

Matilt Hanım asıl önem verdiğim sorulara cevap yermek yerine çay ikram ediyor.

Araya giren küçük bir çay faslından sonra Matilt Hanım'a kendisini ziyarete gelmeden önce aldığım notlardan bazılarını okuyor, Zürafa Sokağı'nı kastederek "Peki, size babanızdan bu sokakta hiç ev kalmadı mı?" diye soruyorum.

Matilt Hanım elinde tuttuğu henüz çalışmaya başlamış teybi tekrar durduruyor ve "Birer çay daha içelim mi?" diyor.

"Daha..." diyorum gülerek. "Bardaklarımız bile soğumadı."

Çaylarımızı karıştırırken "Matilt Hanım, darılmazsanız son anlattıklarınızın bana biraz peri masalı gibi geldiğini söylemek istiyorum" diyorum.

"Öyle zaten" diyor gülerek.

Belli oldu. Gazeteye gittiğimde makinenin başına oturacak, tıpkı öteki gazeteciler gibi onun anlattıklarını, belki biraz tarihle süsleyerek yazmak zorunda kalacağım. Hatta yazımın başlangıç cümleleri belli olmuş vaziyette.

"Behice Hanım'dan parasını alamayan Matilt Hanım, günlerden bir gün yüzünü eşarpla kapatır, tahsilat yapmak için Abanoz Sokağı'na gider... Terzihanesine dönerken malum evlerden birinin ortağıdır..."

Kendisine de söylediğim gibi, tam bir peri masalı.

Bir başka deyişle, tam bir *anlat sen onu benim külahıma* hikâyesi.

***

Aklımda bir soru var ki onu sormadan adımımı şuradan şuraya atmam.

"Matilt Hanım, bir genelev patronu olarak, emniyet ve mafyanın durumunu nasıl görüyorsunuz? Bu iki güç merkeziyle aranız nasıl? Sizi nasıl etkiliyorlar?"

Cin gibi. Teybi yine kapatıyor. Bu soruların muhatabının kendisi olmadığını, muhataplarına sormamın daha iyi olacağını söylüyor. Yetmiyormuş gibi bir de soru soruyor.

"Herkes kendi rolünü oynamayıp başkasının rolüne soyunursa ne olur biliyor musun?"

"Ne olur?"

"Akıbeti Marlon Kemal'inki gibi olur. Şahsen ben onun gibi olmak istemem."

Tam da toparlanıp çıkmak üzereyken, Matilt Hanım üzerinden sadece dört ay geçmiş,* bir başka deyişle dumanları tütmekte olan bir olaydan söz ederek, adeta masanın üzerine fitili yanmakta olan bir dinamit bırakıyor.

Marlon Brando'ya benzediği için *Marlon* lakabı takılan Savcı Kemal Şimşek, gece hayatının en hızlı kabadayılarından biri haline de dönüşünce, bir anlamda kendi biletini kendi kesmişti.

---

* 7 Mart 1977

Savcı bey Mercedes marka kırmızı otomobili, pahalı elbise ve ayakkabıları, tek taş pırlanta yüzüğü, altın kaplama çakmağı ve kalemiyle, Yusuf Özbir, İbrahim ve Dündar Kılıç, Osman ve Ahmet Cevahir gibi yeraltı dünyasının ünlüleriyle boy ölçüşmeye kalkışmış ve nihayetinde boyunun ölçüsünü almıştı.

Emek Kulübü'ndeydi. Sıkıldığı için kumara ara vermiş, mekânın sahibi Oflu Osman'ın makam koltuğuna oturmuş, telefonla sağı solu sıkıştırmaya, alacaklarını tahsil etmeye girişmişti.

Odaya siyah pardösülü genç bir adam girdi, belinden tabancasını çıkarttı ve Savcı Kemal Şimşek'in, namı diğer Marlon Kemal'in vücuduna on mermi gömdü.

Olaydan hemen sonra teslim olan Nurullah Çınar, cinayeti kendisinin işlediğini söyledi.

Nedeni sorulduğunda "Gereksiz yere adam dövüyor, hakaret ediyordu" dedi.

Katil hapse atıldı ama azmettiren bulunamadı. Konuyla ilgili olarak MİT'e verdiği ifadesinde Dündar Kılıç şunları söyledi:

"Marlon Kemal resmi kisvesine güvenip milleti döverdi. Kulüp sahiplerinden borç alır vermezdi. Zorba bir şahıstı. Birkaç kere nasihatte bulundum. Dinlemedi."

-24-

Madam Manukyan'ın ofisinden çıktıktan sonra foto muhabiri arkadaşımı serbest bırakıyorum.

Daha önce Ferit'e fotoğraf çekmeyi bilip bilmediğini sormuştum. Bu nedenle kameram yanımda. Arkadaşım gazeteye dönüp öteki işlere bakacak, biz Ferit'le yolumuza devam edeceğiz.

Baş başa kalıp taksi için bakınmaya başlayınca Ferit'e "Ne diyorsun içeride konuştuklarımızla ilgili?" diye soruyorum.

"Konuşmadı. Ama beklemediğimiz bir durum değildi. Öyle değil mi?"

"Öyle. Benden önce kendisiyle konuşan gazetecilerin benim sorduğum soruları sorup sormadığını bilemiyorum."

"Mutlaka sormuşlardır. Çok sayıda röportaj yapıldı Madam'la. Hiçbirinde bu soruların cevabı yoktu. Onlara da konuşmamıştır. Yoksa yazarlardı. Öyle değil mi?"

Öyle. Ferit doğru söylüyor. Matilt Manukyan, hayatının asıl önemli bölümlerini itinayla saklıyor.

Taksim istikametinde yürürken sessizleşiyorum. Ferit devreye giriyor.

"Ne demesini bekliyordun?"

"Öncelikle, genelev çalıştırmaya onun anlattığı gibi başlanacağına aklım yatmıyor. Neymiş, bir genelev patronunun kendisine olan borcu birikmiş, *gel bana ortak ol* demiş. Sonra, on beş yirmi yıl zarfında sokağın tümünü eline geçirmiş. Olur gibi değil. Sence de Matilt Hanım işin aslını ve astarını büyük bir giz perdesinin arkasına saklamıyor mu? Sen de *o perdenin arkasında acaba başka ne büyük hikâyeler gizlidir* diye düşünmüyor musun?"

Ferit "Haklısın" diyor. O böyle deyince, devam etme isteği duyuyorum.

"Matilt Hanım istiyor diye anlattıklarına inanacak değilim. Öte yandan, biliyorsun ülkemizde kayıtlar bir hayli karışık. Bir kısmı yok edilmiş, bazıları kapalı, kimileri Osmanlıca. Bütün bunlar, özellikle gazeteciysen araştırma yapmanı zorlaştırıyor."

Ferit tam bu söylediklerime cevap verecekken önümüzde bir taksi duruyor.

***

Eminönü'ne kadar havadan sudan bahsediyor, taksiden atlar atlamaz kaldığımız yerden yeniden başlıyoruz.

"Bir sürü söylenti dolaşıyor Matilt Hanım'la ilgili olarak. Hangilerinin doğru olduğunu, hangilerinin uydurulduğunu ayırt etmek zor. Bu nedenle cevap vermeyeceğinden emin olduğum bazı soruları sormadım bile."

Söylediklerim Ferit'in ilgisini çekiyor. "Mesela?" deyince bildiğim birkaç dedikoduyu anlatmaya koyuluyorum.

"Gerçek adının Matilt Manukyan olmadığını söyleyenler bile var."

"Neymiş gerçek adı?"

"Eveline Matilt Shahmuradyan. Babası Ermeni bir tenor olan Armenak Shahmuradyan'mış."*

---

* Armenak Shahmuradyan (Chah-Mouradian ve Shah-Mouradian olarak da yazılıyor) 1878'de Muş'ta doğdu. Ölüm tarihi 1939, Paris. Shahmuradyan'ın Komitas adıyla tanınan bir Ermeni rahip-müzikologdan eğitim aldığı biliniyor. Asıl adı Soghomon Soghomonian (Komitas) olan bu müzik insanı kompozitör, şarkıcı ve koro yöneticisi olarak ürünler vermiş. Aynı zamanda etnomüziğin bilinen ilk öncülerinden.

"Biliyor musun" diyor ben böyle söyleyince Ferit. "Bunu ben de okudum bir yerde. Hatta Shahmuradyan'ın Türkiye'den Paris'e göçtüğünü bile duydum."

Doğru söylüyor Ferit. Paris'e bir gittiğimde dert etmiş, basılmış bir plağının olup olmadığına bakmıştım. Satın almamıştım ama Armenak Shahmuradyan diye bir tenorun olduğunu biliyordum. Bilmediğim ve sanıyorum kimsenin de bilmediği, Matilt Hanım'ın bu değerli müzik insanının kızı olup olmadığıydı.

Bütün bu bilgilerimi Ferit'le paylaştım. Hatta annesinin İsviçreli bir balerin olan Salle Marguerite olduğunu okuduğumdan da söz ettim. Bazı kaynaklarda Salle ve Armenak'ın Paris'e göçme tarihi 1913 olarak dillendirilmişti. Bundan da söz ettim.

Ferit epeyce düşündükten sonra, aklına takılmış gibi bir soru sordu.

"Ama Matilt Hanım'ın doğum tarihi, en azından resmen 1914. Öyle değil mi?"

"Evet. Az sonra ziyaret edeceğimiz Ferdinand ondan daha küçük. Öte yandan biliyorsun, o yıllarda Türkiye'den Fransa'ya ve öteki ülkelere pek çok Ermeni göçtü. Bu arada, aileler bölündü."

Ulaşmak istediğimiz noktaya iyice yaklaşınca, Matilt Manukyan üzerine üretilmiş dedikoduları bir kenara bırakıyoruz. Önümüzde yapmamız gereken önemli bir iş daha var.

-25-

Ferit'le ikinci durağımız Matilt Hanım'ın kardeşi Ferdinand Manukyan'ın ofisi.

İyice yaklaşınca "Hazır mısın foto muhabiri?" dedim.

İlginç bir delikanlı Ferit, öğrenmeye, bilmeye dair inanılmaz bir isteği var. Neredeyse her şeyi soruyor. Anlatmayı da seviyor ama kendi özeline asla girmiyor. Bu nedenle olsa gerek, benim özelimi de pek kurcalamıyor.

Ferdinand Manukyan ile konuşmamız gerektiğini de o söylemişti zaten.

Tarhan Han'a doğru yürürken "Nereden biliyordun Matilt Hanım'ın Ferdinand diye bir kardeşi olduğunu?" diye sordum.

Nasıl olduysa bu kez sorumu geçiştirmedi.

"Filmcilik işinde bir tanıdığım var. Bir konuşmamızda sinemacıların bir numaralı bankerinin Ferdinand Manukyan olduğunu söylemişti. Ablasının paraları da onun sayesinde aklanmış oluyormuş."

"Ne?" dedim gayriihtiyari.

Çok önemliydi Ferit'in tam da şimdi söylediği. Farkında mıydı bilmiyorum ama Tarhan Han'a yaklaşırken ettiği bu laf, yapacağım röportajın seyrini değiştirebilirdi.

"Açsana şunu biraz!"

"Ferdinand yasal olarak bankerlik yapıyor. Sertifikası var. Ama biliyorsun, bu işin öteki adı tefecilik. Adamın biri senin elindeki senetleri alıyor, kasasına koyuyor, eline faizini kesmiş olarak, yani mesela yarısı kadarına el koyarak bir para sayıyor. Sonra zamanı geldiğinde senetleri tahsil ediyor yüklü bir kazanç sağlıyor."

Tabii ki biliyorum tefecilik sisteminin nasıl çalıştığını. Bir dolu insanın bankerlik adı altında bu işi yaptığından da haberdarım. Ama benim meselem başka.

"Tamam da başkalarının paralarını değil, kardeşinin paralarını nasıl akladığını soruyorum."

"Madam Manukyan'ın kasasına giren paranın çok az bir kısmı vergiye tabi, yani makbuz karşılığı. Bu parayı doğrudan emlak alımına sokamaz. Öyle değil mi?"

"Evet. Dikkat çeker. Ama arada bir banka serüveni olursa, durum değişir. Ferdinand'ın sayesinde Matilt'in paraları başta sinema sektörü ve yanı sıra bilmediğimiz başka bir dolu sektöre giriyor. Senetlerin tahsilinde de büyük sıkıntılar yaşanmıyor. Çünkü, Matilt'in kapı gibi adı Ferdinand'ın arkasında duruyor. Sonra ne oluyor? Gelen para bankaya giriyor ve onunla da mallar mülkler alınıyor. Zaten Manukyan'ın vergi rekortmeni olmasını* sağlayan genelevlerden makbuz keserek kazandığı para değil. Çalıştırdığı kadınların vergilendirilmeyen kazancından oluşan, tabiri caizse üzerine oturduğu para. Vergilendirilmiş para devede kulak."

"Peki..." diyorum. "Manukyan'ın ödediği, vergi rekortmeni olmasını sağlayan onca vergiye ne diyorsun?"

"Asıl vergiyi genelevlerden kazandığı para üzerinden değil, gizlenmesi imkânsız mülklerinden edindiği kiralar için ödüyor."

Vay arkadaş, ne güzel bir dünya!

---

* Matilt Manukyan, Türkiye'nin bütün seçkin sanayicilerini, tüccarlarını, işadamlarını sollayarak, altı yıl süreyle Türkiye vergi rekortmeni oldu.

Farkında mı bilmiyorum ama Ferit son söyledikleriyle az sonra yapacağım röportajda soracağım sorulara bir yenisini ve belki de en önemlisini eklemiş oluyor.

***

Tahtakale Caddesi'ni kesen Tomruk Sokak'ta bulunan Tarhan Han'a girerken, aklıma baba Manukyan'ın da zamanında bu çevrede bulunduğu geldi. Yaygın bilgiye göre Manuk Bey Sultanhamam'da manifaturacılık yapıyordu.

Matilt Hanım'ın anlattığına göre, babası nasıl becerdiyse bu meslekten kazandığı parayla Sütlüce'de konak sahibi olmuş, kızını Dame De Sion'da okutmuştu.

Ferdinand Manukyan'ın ofisine çıkan merdivenleri tırmanırken, *acaba*, diye düşünüyorum, *Ferdinand Bey tefecilik işini babasından mı devraldı?*

***

Ferdinand Manukyan, geniş yazıhanesinin arkasına rast gelen duvara, kocaman, altın renkli bir çerçeve içinde banker olduğunu gösteren bir sertifika asmış.

Daha biz kapıdan içeriye girerken ayağa kalkıyor, Ferit'in de benim de elimizi sıkıyor.

Tam düşündüğümden çok daha genç olduğunu söyleyecekken, gerçeği öğreniyoruz.

"Benim adım Manuk. Ferdinand Bey'in oğluyum."

Son derece iyi giyinmiş, saçlarını briyantinlemiş, bakımlı delikanlı oturmamız için yer gösterirken babasıyla ilgili bilgiler veriyor.

"Babam az sonra burada olur. İstiklal Caddesi'ne, İş Bankası'na gitti. Dönmek üzeredir."

Delikanlının bu sözleri üzerine Ferit "Bir sürü banka var sağda solda. Neden İstiklal Caddesi'nde bir banka ile çalışıyor babanız?" diye sordu.

Genç adam Ferit'e gülerek cevap verdi.

"Müşterilerimizin çoğunluğu İstiklal Caddesi civarında. Sinemacılar filan. Babam elinde para çantasıyla dolaşmayı hiç sevmez. Bu nedenle müşterilerine bankada randevu verir. Aldığı senetleri kasasına koyar, üzerine anlaştıkları parayı bankadan çekip müşterisinin eline sayar. Para alacağı zaman da tahsilatı bankada yapar. Aldığını hemen bankaya yatırır. Güvenliğine düşkündür anlayacağınız. Cüzdanında cep harçlığından fazlasını bulundurmaz."

Genç adam, laflarını tamamlayınca "Size ne ikram edeyim?" diye soruyor. Çaylarımızı söylemek için odadan çıkıyor.

Meraklı Ferit "Şu sertifikayı yakından inceleyeyim" diyerek ayağa kalkıyor, çok da ağır olmayan çerçeveyi çivisinden alıyor ve pencereden gelen ışığa çevirerek okuyor.

Manuk çayları söyleyip geri döndüğünde Ferit'i ve beni karşılıklı oturur halde buluyor.

"Birkaç gündür diyafon bozuk. Elektrikçi gelsin diye bekliyoruz. Bir çay söylemek için bile üç kat aşağıya inmek zorunda kalıyoruz."

***

Genç Manuk'la sohbet ederken Ferdinand Bey kapıdan girdi. Kendimizi tanıttık.

Babası gelince genç adam sıkılmış bir yüz haliyle "Ben çıksam olur mu?" diyerek babasından izin aldı. Kapıdan çıkarken "Çay ocağının önünden geçerken bir şey söylememi ister misiniz? Çay, kahve, meşrubat?" diye sordu.

Üçümüz de kahve istiyoruz. Tercihimiz sadeden yana.

Delikanlı çıkınca babası arkasından uzun uzun oğlundan yakındı.

"Aklı fikri kızlarda. Ben ona bankerliği öğren diyorum, o bana filmcilik yapacağını söylüyor. Yıldız Film Stüdyosu adında bir işletmemiz var, onun başına koydum. Yattığı tapon kızların hepsine başrol oynatmaya çalışıyor. Aile sorunları işte."

Belli ki konuşkan bir adam Ferdinand Manukyan. Bir ara Adalar tango kralı olduğundan bile söz etti.

***

Aile geçmişi hakkında Matilt sağda solda ne anlatıyorsa Mösyö Ferdinand da aynısını anlatıyor.

Ben lafı Madam Matilt'e getirdikçe "Bu konuyu kendisine sorsanız" deyip geçiştiriyor.

Ferdinand Bey kendisini yalnızca filim işleriyle ilgili ziyaret ettiğimizi düşünmüş olmalı. Bu nedenle, durmadan çekeceği filmlerden, sektörün durumundan söz ediyor. Onu da kendimi de daha fazla yormama gerek yok.

***

Tarhan Han'ın kapısından çıktığımızda Ferit "Adalar tango kralı olduğunu söyledi ama karısının bir papazla kaçtığını söylemedi" dedi.

"Ne diyorsun sen?" dedim.

"Bilmiyor musun?" dedi sanki herkesin bilmesi gerekiyormuş gibi bir edayla.

"Bilmiyorum. Anlatsana."

"Ferdinand Bey'in karısı bir papaz ile büyük bir aşk yaşadı. Çok âşıktı bizimki. Karısı gitmesin diye bin takla attı. Papaz baskın çıktı. Mesleğini bıraktı ve kadını alıp kaçtı. Çok konuşuldu bu konu. Nasıl haberin olmaz?"

Hakikaten, nasıl haberim olmazdı böyle bir durumdan!

Bazı meselelere kulaklarım ve gözlerim kapalıdır. Sosyal konuları önemser ve üzerinde çalışırım ama dedikodu gibi işlerden uzak dururum. Herkesin bir kör tarafı vardır. Benim kör tarafım da bu tür dedikodular.

***

Ferit'le yollarımızı Sirkeci'de ayırdık. Ben Cağaloğlu Yokuşu'nu tırmanmaya koyuldum.

İtiraf etmeliyim ki çok şey öğrenmiştim bu ziyaretten. İçten içe, bu fikri aklıma soktuğu için Ferit'e teşekkür ettim. O olmasa, Matilt Hanım hakkında yazacağım dizi şüphesiz eksik kalacaktı.

Gazeteye ulaşınca ilk işim yazıişleri müdürümün kapısını tıklatıp başımı içeriye uzatmak oldu.

"Sen Ferdinand Manukyan'ın karısının bir papazla kaçtığını biliyor muydun?"

"Ferdinand Manukyan kim?"

Başımdan aşağıya bir kova soğuk su dökülmüş gibi oldu.

"Matilt Manukyan var ya, onun erkek kardeşi. Matilt Hanım'ın gayrimeşru yollardan kazandığı paraları aklayıp sisteme sokan banker."

Yazıişleri müdürüm "Şuraya otur da tane tane anlat. Hiçbir şey anlamadım anlattıklarından" deyince, onun bile bazı konulardan haberdar olmadığını anladım ve içim rahatlar gibi oldu.

Elimle kaşık vasıtasıyla bir bardak çayı karıştırıyormuş gibi yapıp "Çay söylesene! Kurudum" dedim ve son birkaç saat içinde öğrendiklerimi ballandırarak anlatmaya koyuldum.

Laflarımın sonuna geldiğimde, arkadaşım oturduğu koltukta geriye doğru kaykılmış olduğunu fark etti ve toparlandı.

"Vay arkadaş, ne Manukyan'mış!"

"Öyle!"

Arkadaşım sahiden şaşırmıştı.

"Ne Matilt'in arkasında parasını aklayan banker bir kardeşinin olduğunu biliyordum, ne film sektöründe bir Ferdinand olduğundan haberdardım ne de bu zat-ı muhteremin karısını papaza kaptırdığının farkındaydım."

O böyle söyleyince, aklıma bir saat kadar önce Ferit'in bu konulardan nasıl olup da haberdar olmadığıma dair gösterdiği tepki geldi.

Aslında az bilen ben ve yazıişleri müdürüm değildik. Çok bilen Ferit'ti. Ferit'te görünenin, görünmeyenden daha az olduğuna dair düşüncem boş bir hayal değildi. Giderek daha fazla emin oluyordum.

-26-

Ferit ve Holly ile Yüksek Kaldırım'ın tepesindeki Galata Kulesi'nin bilmem kaç merdiven çıkılarak ulaşılan kahvesinde buluşacaktım. Üstelik buluşma yerini de kendim seçmiştim. Onlar açısından sorun yoktu. İstiklal'den geleceklerdi. Terste kalan bendim.

Önce Cihangir'den aşağıya, Tophane'ye sallanmış, sonra kendimi Yüksek Kaldırım'a vurmuştum. Baharla beraber ısınmaya başlayan hava nedeniyle, tepeye doğru attığım her adımda söylendim.

Yetmiyormuş gibi bir de Ceneviz yapımı kulenin merdivenleri vardı.

***

Alı al moru mor halimi görünce, Holly ve Ferit haklı olarak "Hayrola?" dediler.

"Akılsız başın cezasını ayaklar çeker derler ya tam öyle oldu" dedim, bir yandan soluk alıp vermeyi sürdürerek.

Onlar da ben de kahvaltılarımızı etmiş olarak geldiğimizden, sabah kahvelerimizi söyledik.

İkisi de kulenin içini ilk kez görüyorlardı.

Ferit "Burada bir kafe olduğunun farkında değildim" dedi.

Holly "Tam flört edilecek mekân, baksanıza ne kadar loş" diyerek ortaya karışık yaptı. İkimiz de üzerimize alınabilirdik.

Haksız sayılmazdı. Elektrikten tasarruf etmek için değilse, gençlerin birbirleriyle yakınlaşmalarını sağlamak amacıyla tasarlanmış hoş bir ortaçağ atmosferindeydik. İlerideki masalardan birinde, liseli olduğu her halinden belli bir delikanlı mekânın hakkını veriyor, yanındaki güzel kızdan uzun öpücükler alıyordu. Elleri de durmuyordu bu arada. Kısa aralıklarla etrafına bakıyor, uyarına geldiğinde sıkıştırma ve öpme faslını daha da ileriye götürmek için çaba gösteriyordu.

Gençlik işte diye düşünüp kolaylık sağlamak için sandalyemin bakış açısını değiştirdim.

Yeni yerime henüz geçmişken, Ferit "Kılık kıyafetlerimizi değiştirsek, lambaların yerine kandiller koysak, tam şövalye filmi çekilecek bir ortam" dedi.

Holly "The Musketeers" dedi Porthos, Athos ve Aramis'i kastederek.

"Ama onların üçü de erkek" diye karşılık verdim.

Ferit de "Aslında üç değil, dört şövalye" dedi.

Holly "D'Artagnan" diyerek eksik bıraktığı şövalyenin adını da söyledi.

Aklıma geleni yapmazsam kahrolurdum. Bazen çocuklaşmak hoşuma gidiyor. Sokakları dolaşıp sinemalardaki filmleri anons eden megafonlu adamlar gibi davranacaktım. Elimi boru haline getirip metalik bir sesle konuştum.

"The *Musketeers* genelevde!"

Hepimiz gülüp rahatlayınca Holly sigara yakmak istedi. Kim nerede, ne zaman bir sigara yakmak istese aklıma hemen pipom gelir.

"Eh..." dedim. "Ben de bir pipo doldurayım o zaman."

***

Ferit ve fotoğrafçı arkadaşımla Zürafa Sokağı'na o gün gidecektik.

Hedefimiz Holly'nin çalıştığı 14 kapı numaralı evdi. Bu nedenle Ferit "Gitmeden önce Holly ile bir kez daha konuşalım, vereceği tüyolar olabilir" demişti. Kulede bir araya gelmeye de bu nedenle karar vermiştik zaten.

Genelevleri ziyaret etmek için Matilt Hanım'dan müsaade almış, o arada biraz Holly'den de söz etmiştik.

Genelev patroniçesi Holly için "Çok akıllı bir kız. Kendini nasıl satacağını biliyor. Galiba şu anda o evde en çok para kazanan kadın o" demişti.

Ayrıca beni "Sizin dizi yazınızı da çok beğendim. Gençlerimizin yurtdışında nasıl bir hayat sürdüklerini çok iyi anlatmışsınız" diyerek övgü yağmuruna tutmuştu.

Bilmiyormuş gibi yapıp "Peki Holly sizi nasıl buldu?" diye sorduğumda, genelev patronu mama bildiği her şeyi anlatmıştı

"Gitmiş, bizim 14 numaranın kapısını çalmış. Orada çalışmak istediğini söylemiş. Belalısı yokmuş. Evlenmeyi planladığı bir sevgilisi varmış. Yapacağı işe o da rıza gösteriyormuş. Birkaç yıl çalışıp yeterli parayı kazandıktan sonra bu âlemden çekilecekmiş. Bizimkiler de işe almışlar."

Matilt Hanım bütün bunları anlatırken dönüp yanımda oturan Ferit'e bakmış, kızarmadıysa da pembeleştiğini hissetmiştim.

Genelev patronu mama bu sözleri söyledikten sonra duraklamış "Severim böyle kadınları!" diye bir de ilavede bulunmuştu.

Matilt Hanım bilmiyordu ama anlattığı hikâyedeki Holly'nin sevgilisi kılığındaki adam şu anda karşısında oturuyordu.

-27-

Garson kahvelerimizi masaya koyup yanımızdan ayrılınca, Ferit tüm tez canlılığıyla "Nasıl yapacağız şimdi?" diye sordu.

Laflama faslını onun sözleriyle geride bırakmış olduk.

Holly "Matilt Hanım size isim vermiş, sokağın başında onu sorarsınız. Adamı bulunca 14 numaraya gitmek istediğinizi söylersiniz. O sizi benim bulunduğum eve getirir" dedi.

O böyle deyince Ferit gülerek "Adam dediğin, koskoca mesul müdürlerin sorumlusu Oktay" diye cevap verdi.

Holly "Bir sürü müdürleri var ve bir de onlardan sorumlu müdür var anlayacağınız. Bildiğin pezevenk tayfası aslında" diye söylendi.

"Manukyan'ın müdürden kastı vekil mi yani?" diye sordum biraz kafam karışmış olarak.

Holly "Evet. Kasanın başında duran, odalara çıkacak olanlara değişik renklerde marka veren, parayı alan kadın ya da adam" diye karşılık verdi.

"Markaların renkleri neden değişik?"

"Her kadının bir değeri var. Günün sonunda kimin kaç para yaptığı belli olsun diye."

Biliyordum böyle olduğunu ama sorup kendimi sağlama almak istemiştim.

Akşam olunca, kadınlar ellerindeki markalarla vekilin karşısına dikiliyor ya paralarını alıyor ya da deftere yazdırıyorlardı. Bağımsız çalışan kadınlar kazançlarını ceplerine koyup genelevden çıkıp kendi evlerine gidiyorlardı. Biri tarafından satılmış ya da çalıştırılmakta olan kadının parası vekilde toplanıyor, belalısı kimse, geldiğinde ona teslim ediliyordu. Bu kadınlar dışarıda değil genelevde yatıp kalkıyorlardı. Arada bir alışveriş için ya da sağlık kontrolüne gitmek için dışarıya çıkacak olurlarsa, yanlarına mafyanın ayakçılarından biri mutlaka veriliyordu.

"Peki..." dedim. "Kadın bir yolunu bulup kaçarsa ne oluyor?"

"Dün kaçmış birisi. İstanbul'dan çıkabilmek için ne yapacak? Ya garlardan ya da otobüs terminallerinden birine gidecek. İt sürüsü gibi bir dağıldılar, anında bulup getirdiler kadını. O kadar çok dayak yedi ki ne o ne de başka birisi uzunca bir süre kaçmayı düşünemez bile."

Gazeteciyim filan ama insan olan tarafımı mümkün olduğunca öldürmemeye çalışıyorum.

Mesela az önce Holly'nin anlattıkları yenilip yutulacak, sineye çekilecek cinsten değil. Bu çağda bir insanı döve döve çalıştırmak ne demek?

Haydi bizzat kendisi, hayatını tenini satarak idame ettirmeye karar verdi diyelim, parayı daha eline almadan gasp etmek nasıl bir davranış?

Ve tabii nasıl bir baba, koca, metres, sevgili, âşık, belalı, her ne zıkkımsa bir kadını kendi malı gibi görüp, yetiştirmiş olduğu domatesi misali tezgâha koyabilir?

***

Gayriihtiyari "Yahu arkadaşlar bu nasıl bir dünya?" diyorum. Ferit ve Holly yüzüme bakıyorlar.

"Bir insanı, otogarda ya da istasyonda yakalayıp eve geri götürüp döve döve çalıştırmaya devam ettirmek ne demek? Nasıl bir dünyada yaşıyoruz biz?"

Verdiğim tepki iki genci şaşırtıyorsa da derhal toparlanıyorlar.

Holly "Ne bekliyordun?" diye soruyor.

Ferit "Hay tepkinle çok yaşa!" diyerek dalgasını geçiyor.

Hakikaten durumum dalga geçilecek gibi.

Defterime az önce düşündüklerimi de onların karşılık olarak söylediklerini de not alıyorum.

Bu konuların hepsini, gazeteye gittiğimde yazıişleri müdürümle konuşacağım.

***

Yazacağım dizi için şimdiden epey malzeme birikmiş vaziyette.

Ferit kahve fincanlarımızı almaya gelen garsona birer de çay sipariş verdi. Garson tepemizden uzaklaşınca, benim çoktan unutmuş olduğum bir konuyu tekrar masaya sürdü.

"Peki, kim bulup getirdi kaçan kadını?"

Holly de unutmuş olsa gerek "Hangi kadını?" diye sordu.

"Şu genelevden kaçıp da otogarda mı istasyonda mı ne yakalanan kadını!"

Holly Ferit'i "Ha şu kadın! Çocuk musun? Genelevin etrafında dünya kadar eşkıya var" diye cevapladı. İlgilendiğimizi görünce konuşmasını sürdürdü.

"Geçen gün konuşulurken duydum, genelevin içinden nasıl vekiller sorumluysa, dışarıya da Oflular bakıyormuş. Bir mafya şebekesi anlayacağınız. Sokağın temizliğinden sorumluymuş gibi davranıyorlarmış. Buna karşılık da Manukyan'dan tam kırk milyar lira alıyorlarmış. Kadınlar, sokağın temizliğinin bir milyarı geçmeyeceğini söylüyor. Geri kalan otuz dokuz milyar da Ofluların aldığı haraçmış."*

Rakamları not defterime yazdım.

Ferit "Hazır başlamışken, Suşehirliler'i de anlatsana gazeteci ağabeye" dedi Holly'ye.

"Suşehri diye bir yer varmış. Sivas'taymış galiba. Bir zaman oradan biri Zürafa Sokağı'nda getir götür işlerinde çalışmaya başlamış. Vekillerin güvenini kazanmış, sonra yavaş yavaş akrabalarını sokağa doldurmuş. Yerleştikçe yerleşmişler. Şimdi vekillerin ve ortalıkta getir götür işlerine bakanların büyük çoğunluğu oralı."

***

Holly altın madeni gibiydi. Ağzını her açtığında not defterime yeni ilavelerde bulunmamı sağlıyordu. Onun sayesinde Zürafa Sokağı'na gittiğimde nerelere hangi gözle bakacağımı bilir hale gelmiştim.

"Bu arada" dedi Holly çok önemli bir şey söyleyecekmiş gibi "benim çalıştığım evin durumu çok kritik."

Kulak kesildim ve "Nasıl yani?" dedim.

"Benim çalıştığım evin kapı numarası 14 ve bu ev her akşam Matilt Hanım'ın gelip paraları topladığı yer."

Kafam iyice karışmıştı. Durumu anlayan Ferit "Şunu en başından doğru dürüst anlatsana" diyerek yardımıma koştu.

---

* 5 Şubat 2006, *Sabah* gazetesi, Emrullah Erdinç'in haberi: Zürafa Sokağı'nda 90'lı yıllarda görev yapan "Bir Genelev Polisinin İtirafları."

Holly "Tamam" deyip anlatmaya koyuldu.

"Manukyan'ın otuz yedi evi var. Kendisi her gece saat birde gelip, sabaha karşı dört buçuğa kadar çalışıyormuş. Ofisi, gündüzleri benim de çalıştığım 14 kapı numaralı evde 17 numaralı odaymış. Bu oda sadece Manukyan gelince açılıyormuş. Saat tam birde, otuz yedi vekil 17 numaralı kapının önünde sıra oluyormuş. Çağrılan vekil içeriye girip elde ettiği hasılatı patrona veriyormuş."

Şaşırmıştım. Duyduklarım gerçeküstü bir öykü gibi geldiği için bunu sözlerime de yansıttım.

"Nasıl yani? Tıpkı Dickens'ın yazdığı *Oliwer Twist*'te olduğu gibi mi? Okudunuz mu bilmiyorum ama romanda yankesici Fagin'in eline düşen çocuklar, topladıkları bütün parayı akşamleyin getirip ona teslim ederler."

İki genç kitabı okuduklarını ve karakterleri tanıdıklarını belirtir biçimde başlarını salladılar. Ben devam ettim.

"Yahu Dickens'ın romanı 1860'larda geçiyor. Aradan yüz yirmi yıla yakın zaman geçti. Zürafa Sokağı kentin tam göbeğinde. Girişinde çıkışında polis bulunan bir yer. Bir Allah'ın kulu çıkıp müdahale etmiyor mu duruma?"

Söylediklerim Holly ve Ferit'i etkiliyor. Belli ki alttan alta üzülüyorlar.

Az sonra "Neyse konumuza dönelim" dedim ve Holly'ye aklıma takılan bir meseleyi daha sordum.

"Matilt Hanım elini kolunu sallaya sallaya Zürafa Sokağı'na giriyor, sizin eve dalıp merdivenleri çıkıyor ve 17 numaraya mı ulaşıyormuş yani?"

Neye şaşırdığımı anlayan Holly güldü. "Tabii ki hayır" dedi. Sonra arka arkaya akıllara durgunluk verecek cinsten birkaç cümle daha kurdu.

"Galata'yı biliyorsun, sokaklar karmakarışık. Evler bitişik nizam. Bazı evlerin arkasına başka evler ya da hanlar sırtını dayamış vaziyette. Sırt sırta olan Güneş İş Hanı ile bizim ev arasında gizli bir geçit varmış. Patron içeriye oradan giriyormuş. Anlayacağın, Zürafa Sokağı'na hiç adım atmadan bizim eve girebiliyormuşsun."

Ben şaşkınlıkla bakıp Holly susunca, meydan Ferit'e kaldı.

"Baskın olduğu zaman, önceden haber aldıkları için, vesikası olmayan kadınları bu geçitten kaçırdıklarını da söylesene."

Bir yaşıma daha girdiğimi itiraf etmeliyim. Yüce Allahım, ofisinde ziyaret ettiğimizde karşımızda sütten çıkmış ak kaşık gibi oturan Matilt Manukyan'ın evlerinde mi dönüyor bütün bu dolaplar?

Genelev çalıştırmayı anlamıştım. Sadece bizimki gibi geri kalmış ülkelerde değil, medeni ülkelerde de çeşitli isimler altında genelevler vardı. Ama bu ülkelerde döverek kadın çalıştırma yönteminin çoktan sona erdiğinden, satma ve satın alma kurumunun ise en azından yüz yıl öncesinde kaldığından emindim.

Ayrıca kadınları vesikasız çalıştırmak yani sağlık kurumlarının denetiminden kaçırmak da neyin nesiydi? Bu sadece kadınların değil erkeklerin sağlığını bozmak anlamına da gelmez miydi? Genelevlere giden erkeklerin sağlığını hiçe saymak, onların, genelev dışında temas kuracakları kadınları riske atmalarına yol açmaz mıydı? Bu erkeklerden çok küçük bir kısmının sokakta başka kadınlarla birlikte olduklarını düşünsek bile, ortaya toplum sağlığını hiçe saymak gibi tıbbi ve ahlaki devasa bir sorun çıkmaz mıydı?

Konunun bir başka cephesi de büyük ölçekte vergi kaçırılıyor olmasıydı. Ayrıca kadınların hiçbiri SSK'dan yararlanamıyordu.

Sendika* ise genelev sokaklarına hiç mi hiç uğramamış bir kavramdı.

Bu kadınların bir gün yaşlarının kemale erip çalışamayacak hale geleceklerini kestirmek aslında sadece genelev patronlarının değil, ülkeyi yönetenlerin de ayıbı ve günahı sayılmaz mıydı?

***

Ne kadarını yazabilecektim bilmiyordum ama aldığım notların ardı arkası kesilmiyordu.

Dizi yazımı hazırlayabilmek için kimi zaman soru olarak formüle ettiğim düşüncelerimin büyük bir çoğunluğu, bugüne kadar gazetelerde ya da dergilerde sorulmamış, cevabı alınmamış meselelere dairdi.

Kendimle halleşmeye başladığımı gören Ferit "Saat ilerliyor" dedi.

Hakikaten öyleydi. Fotoğrafçı arkadaşım çoktan Zürafa Sokağı'nın başında beklemeye başlamış olmalıydı.

"Ne yapıyoruz şimdi?" dedim gayriihtiyari.

Holly "Ben sizden beş dakika kadar önce çıkayım. Birlikte kimseye görünmeyelim" diye cevap verdi.

O kalkınca, Ferit'e kısık sesle "Gözümüzü dört açalım!" diye uyarıda bulundum.

* Genelev sokaklarına sendika ilk kez 1995 yılında Yeni Emek-İş Sendikası sayesinde girdi. Genelev kadınları bu sendikanın başkanı Muzaffer Ünlü'ye inandılar ve mücadele etmeyi kabul ettiler. Davalar açıldı, baskınlar yapıldı, gerçekler kısmen de olsa ortaya döküldü. Yetkili iş mahkemeleri kararlarını kadınlardan yana verdi. Matilt Manukyan çıkan kararlara rıza gösterdi, o günlerde genelevlerinde çalışmakta olan kadınlara tazminatlarını ödedi. Madam Matilt'in genelevlerinden yüz kadar kadın emekli oldu, sigorta hakkı kazandı. Manukyan'ın dışındaki genelev patronları sendikaya da sigortaya da yanaşmadı. Tahakkuk eden cezaları ödemekte de sorun çıkarttılar. *Expres* dergisi, Aralık-Ocak 2003, s. 16.

Söyledikten sonra aklıma aslında onun benden daha uyanık olduğu geldi. Matilt Hanım'la, Ferdinand Bey'le ve şimdi de Holly ile konuşurken, röportajın aslında onun yönlendirmesiyle ilerlediğini düşündüm. Bu durumda, yazacağım yazıyı neden ortak imzayla yayımlamıyordum ki?

Masadan kalkarken "Diziyi tamamlayınca sana da okutayım. İstersen ikimizin imzasıyla çıksın" dedim.

Kısa bir süre önce bitirdiğim, dinlensin diye bir kenara koyduğum pipomu kül tabağına boşalttım, tütün kesesi olarak da kullandığım deri mahfazasına özenle yerleştirdim.

Hazırlıklarımı tamamlarken sessizliğini sürdüren Ferit, hazır olduğumu görür görmez "Aman ha! Sakın böyle bir şey yapma" diye karşılık verdi.

"Neden? Kötü bir şey mi gazeteye yazı yazmak?"

"Yok" dedi heyecanından sıyrılarak. "İşin içinde genelev filan var ya, arkadaşlarım, ailem filan yanlış anlar."

Ferit'in sözleri epey tuhafıma gitti. Galata Kulesi'nin kahve olarak hizmet veren bölümünden aşağıya inerken, genç adamın sözlerinin muhasebesini yaptım.

Genelevde çalışan bir kadınla -ya da transseksüelle- canciğer kuzu sarması olacaksın ama gazetede bu konuda yayımlanacak bir yazının yazarı olmak gururuna dokunacak. Neresinden bakarsan bak, tuhaf bir durum.

-28-

Bir başka genelev sokağı olan Alageyik'in köşesinde fotoğrafçı arkadaşımla buluştuk, küçük bir selamlaşma faslından sonra sokağa kıvrıldık.

Üç erkektik ve üçümüzün de daha önce bu sokaklara girip çıkmışlığımız vardı.

İstanbul'da büyüyüp bu sokakları merak etmemiş bir erkek çocuğuna, en azından ben, bugüne kadar rastlamadım.

Az da olsa *merak etmediğini söyleyenler* çıkacaktır. Hepimiz biliyoruz ki istisnalar kaideyi bozmaz.

Her nefis ölümü tadacaktır misali, İstanbullu her erkek çocuk da hayatında hiç değilse bir gün Yüksek Kaldırım'ın yamacındaki bu sokaklardan geçecektir.

Her kentin kendine göre kanunları vardır. Bu söylediğim de İstanbul'un kanunudur.

Kentimin toplumsal hafızasına kazınmış en önemli sembollerden biri de şimdi içinde bulunduğum bu sokak. Etrafındaki birkaç sokakla birlikte söyleyecek olursam, bu çok önemli vadi.

Bizans'tan Osmanlı'ya, ondan da günümüze devrolan özel bölge, varlığını kuşkusuz öncelikle limana yakın olmasına borçlu.

Ekmeğinin peşinde olanlar kendilerine en uygun yerleri tercih eder. Doğanın kanunu gibi bir durum bu. Nasıl hastanelerin yanında eczaneler, okulların yanında kırtasiyeciler varsa, limanların yanında da genelevler bulunur.

***

Mayısın ancak ortaları ama yine de sıcak. Bulunduğumuz sokakta kadınlar kapıların önlerinde müşteri bekliyorlar. Kimileri kendilerini ve beraberlerinde her şeylerini cumbalardan aşağıya sarkıtmış vaziyetteler.

Teşhire eşlik eden davetkâr bakışlar ve "Hey delikanlı, baksana! Yakışıklı! Gel bak bende ne var?" gibi seslenmeler eşliğinde suyun membaına yaklaşıyoruz.

Alageyik'te elli metre kadar yürüyüp sağa sapar sapmaz, Zürafa Sokağı.

Yolumuz "Fotoğraf makinesi yasak!" diyen resmi kıyafetli bir polis tarafından kesiliyor.

Bekliyormuş gibi bir hali var. Geleceğimiz günü ve saati Matilt Hanım'dan başka kimseye söylememiştik oysa.

Haliyle, *çocuk yaştaki ziyaretçilerin kimliklerini kontrol et, neden bize tebelleş oluyorsun birader* demiyorum.

Bu civarlarda polisin iki önemli işi var. Biri reşit olmayanları hassas bölgeden uzak tutmak, ikincisi içeriye uyuşturucu madde girmesini engellemek. Aslında koca birer uydurma ikisi de. Dünya âlem biliyor ki reşit olan kadar olmayan, ekmek kadar uyuşturucu giriyor evlere. Aksi takdirde sistem çalışmaz ki!

Üç kişilik heyetin sözcüsü olarak, derdimizi polis memuruna anlatıyorum. Şişmanlıktan zor nefes alan adam sıcaktan kafasına yapışmış şapkasını çıkartıyor, beyaz mendiliyle okkalı ensesini ve bir hayli büyük başını kuruluyor.

***

Mesul müdürlerin sorumlusu Oktay Bey çok geçmeden önce yanımızda, sonra önümüzde yerini alıyor.

14 kapı numaralı evin önüne gelince hep birlikte duruyoruz. Onun durmasından istifade edip, kapıda asılı olan *"Ünlü Holly burada!"* ibaresini ve yanına iliştirilmiş gazete haberimi fotoğrafçı arkadaşıma gösterip birkaç kare çekmesini rica ediyorum.

Ardından Ferit'e dönüp aklıma yeni gelmiş gibi "Holly bu afişin yanında fotoğrafının çekilmesine razı olur mu?" diye soruyorum.

Böylelikle, haberimi de takip etmiş olacağım. Kaldı ki Holly'ye yeni dizimde de geniş bir yer ayıracağım. Yazıişleri müdürüm de böyle olmasını istedi zaten.

Ferit sorumu biraz gecikmeli de olsa "Sorarsın kendisine" diye cevaplıyor.

***

Burnuma her türlü ifrazat kokusunun geleceğini düşünedurayım, 14 numaranın kapısı sanki herhangi bir orta sınıf İstanbul evi gibi açılıyor. Her yanından arapsabunu kokuları savruluyor.

Oturma salonu olarak kullanılan taş döşeli giriş ve yukarıya tırmanan merdivenler olabildiğince temiz.

Üç kişilik gazeteci topluluğu, başlarında mesul müdürlerin sorumlusuyla kapıdan içeriye girince, her türlü tembihe karşın genelevde şenlik başlıyor. Gülüşmeler, şakalaşmalar.

Eğlence herkese lazım.

Oktay Bey vekili buyurgan bir edayla yanına çağırdı, bizim de duyabileceğimiz biçimde "İstedikleri kadınlarla konuşsunlar, izin veren kadınların resimlerini de çekebilirler. İsterlerse odalarda da çekim yapabilirler. Onlar buradayken içeriye erkek alma" diyerek talimatlarını sıraladı.

Bu arada Ferit yırtık dondan çıkar gibi başını Oktay Bey'le benim aramdan uzattı, vekili işaret ederek "Sizin de bir fotoğrafınızı çeksek beyefendiyle birlikte" dedi.

Mesul müdürlerin sorumlusu Ferit'e boka bakar gibi baktıktan sonra "Benim ve onun fotoğrafını çekmeyin. İsteyen kadınların çekebilirsiniz" dedi, arkasını döndü, 14 numaranın kapısını çekip çıktı.

Oktay Bey'in ne demeye çalıştığını anlamak için arif olmaya da yüksekokul bitirmeye de hacet yok. *"İstenmiyorsunuz burada. Nasıl geldiyseniz geldiniz. Çok uzatmadan işinizi bitirin. Sonra da basın gidin. İşimiz var, gücümüz var"* demeye getirdi.

Söylenmemişse de hissettirilmiş ve anlaşılmış bu laflar, 14 numaranın atmosferinde bir süre asılı kaldı.

Kadınlarla uzun uzun röportajlar...

Adı ne, kaç yaşında, nereli, buraya nasıl geldi, nelerden memnun, nelerden değil, kaç para kazanıyor, paranın hepsi kendisine mi kalıyor, banka hesabı var mı, ne yiyor, ne içiyor, hangi şarkıyı seviyor, en sevdiği renk ne, burada çalışmasa ne olmak isterdi, bir kuş olsa hangisini tercih ederdi?...

Gazetecilerin bazen işin suyunu çıkarttıkları zamanlar olur ya, tam onlardan biri.

Benim unuttuğumu sağ olsun Ferit hatırlatıyor.

Sonunda vekil dayanamıyor "Artık resimleri çekip gitseniz! İş yapamıyoruz sizden mütevellit" diye sızlanıyor.

Dikkati çekmemek için biraz Holly ile de konuşuyoruz.

Ben "Nasılsın Londra'da görüştüğümüzden bu yana?" diye soruyorum.

O "İyiyim şekerim. Sansım açıldı sayende vallahi" diyor, ağzını epeyce kaydırarak. Gerçek halini bilmesem, bu hayatta yetiştiğini zannederim.

Rollerimizi inandırıcı bir şekilde oynuyoruz.

***

Foto muhabiri arkadaşım gerçekten çok iyi bir çalışma çıkartıyor.

Birine siyah beyaz ötekine renkli film taktığı iki makinenin motorları durmadan işliyor... Biten bobinlerin yerlerini yenileri alıyor... Balıkgözünden 35-105'e kadar her çeşit objektif ve filtre adeta konuşuyor...

Üst katlara birlikte çıkıyoruz. Birkaç kadın da bizimle geliyor. Onlardan biri de Holly.

Sere serpe yataklarının üzerlerinde otururlarken... Oyuncak ayılarıyla oynarlarken... Boyunlarına pelüşler dolayarak... Ve dahi Allah başka ne verdiyse...

Odalarda bulunan iğrenç lavabolar, musluklardan su almak için kullanılan hortumlar, kovalar, pislikten kararmış havlular, ceket filan asılsın diye duvarlara gelişigüzel çakılmış paslı çiviler, peçete atılsın diye konulmuş ağzına kadar dolu plastik kovalar, yer yer dökülmüş badanalar, tavandan sarkan kırmızı lambalar, basmadan, rengi kaçmış, eskilikten dökülmüş perdeler, bazı odalarda tokyo terlikler, bazılarında takunyalar, temiz olma ihtimali sıfır yataklar...

Gördüğüm manzaraları bizsiz ama Holly'li düşünüyorum. Akıl almaz bir durum. Yüksek sınıftan biri, çok yüksek para kazanıyor olsa bile neden bu tür bir ortamda nefes almak zorunda olsun? Anlamakta gerçekten zorlanıyorum.

-29-

Zürafa Sokağı'nda işimiz bitince foto muhabiri arkadaşımla gazeteye döndük, elimizdeki malzemeyi masaya yatırdık.

Daha Galata Kulesi'ndeyken, Holly ve Ferit'le saat 21.00 gibi Yakup'ta buluşmak üzere sözleşmiştim.

Yakup birkaç ay önce açılmış ama kısa zamanda gazetecilerin ve sanatçıların uğrak yeri haline gelmiş bir mekân. Biraz işimin o günlük kısmını tamamladığım en çok da yorgunluk nedeniyle, burnuma rakı kokuları erkence geliyor ve kendimi yokuştan aşağı bırakıyorum.

Galata Köprüsü'nün üzerinden ver elini Tünel.

Tünel'in çıkışıyla rakı kadehinin arası bir dakikalık mesafe.

Bir duble rakı, yanında domates dilimleri olan beyazpeynir ve bir dilim kavunun, bütün yorgunluklara karşı, insanlığın geliştirdiği en mühim ilaç olduğunu bilenler bilir.

Çok geçmeden arkadaşlarım da geliyorlar.

Holly'yi giyim, kuşam ve makyaj açısından ilk kez bu kadar iddiasız gördüm. Çok da yorgun görünüyor.

Şaşırdığımı anlayınca gülüyor, "Bugün bir bahane uydurup biraz erken çıktım ama keşke ben bu haldeyken buluşmasaydık. İş çıkışı malum" diyor.

***

İkinci dubleyi bitirince çenem açılır. Yine öyle oldu.

"Yakup" dedim Holly'ye yanımdan geçmekte olan genç adamı işaret ederek. "Asmalı Mescit'teki ünlü Refik meyhanesinin sahibi Refik Arslan'ın yeğeni. Onun yanında yetişti. Meyhaneciliği kendi başına kıvıracağını hissedince, amcasının izniyle bu küçük mekânı açtı. O da Refik'in yolundan gitti, meyhanesine kendi ismini verdi."

Kendisinden bahsedildiğini duyan genç adam masamıza yaklaştı "Genç diyorsun ama yirmi yedi yaşımı doldurmak üzereyim" dedi ve "Hoş geldiniz" diyerek Holly ile Ferit'i selamladı.

Kırmızı yanaklı sempatik bir delikanlı Yakup.*

Aklıma gelmişken "Seninkiler yok bu akşam" dedim.

Cin gibi. Kimlerden bahsettiğimi hemen anladı.

"Sadece bana geliyorlar diye amcam gönül koymuş. Bu gece hatır için ona gittiler."

Yakup lafı uzatmayıp mutfağa yönelince, Ferit en meraklı haliyle "Kim onlar?" diye sordu.

"Tomris ve Turgut Uyar, Cemal Süreyya ve Edip Cansever" dedim ve "Sadece bu dört isim bir meyhaneyi ayakta tutmaya fazlasıyla yeter" diye ilavede bulundum.

Hakikaten öyleydi. İstanbullu edebiyat severler bu dörtlünün ayak izlerini takip ediyor, onlar nereye giderse gölge gibi onların peşinde dolaşıyorlardı. Masalarına oturmak ve ahbaplık etmek için filan değil. Biraz, onlar bir yere gidiyorlarsa orada keramet vardır diye, biraz da "Geçen gece Yakup'taydık, Tomris ve Turgut'la, Cemal ve Edip de oradaydılar" diyebilmek için.

Ben de sık sık Yakup'a takılıyorum ama meşhur ya da entel meraklısı olduğumdan değil, gecenin sonunda gelecek hesap

* Sonradan "Asmalı Mescit'in en afili abisi" olarak anılacak Yakup Arslan ilk mekânını Sofyalı Sokak'ta açtı. Hayata gözlerini 2013 yılında kapatan ünlü meyhanecinin ismi bugün Asmalı Mescit'te Yakup 2'yle yaşıyor.

uygun olacağı için. Refik'teki günlerinden başlayarak, hesap konusunda Yakup'la konuşulmadan adı konulmuş şahane bir anlaşmamız var.

***

Masamızda laf döndü dolaştı ve nihayetinde yine Zürafa Sokağı'na geldi. Böyle olunca Holly'ye bizden önce ve bizden sonra, 14 numarada neler olduğunu sordum.

"İnanılmaz şeyler oldu."

Meraklı gözlerle bakmaya devam ettiğimi görünce anlatmaya koyuldu. Ağzından çıkan her cümleyi aklıma yazmaya çalıştım. Her yerde de masanın üzerine defter konulmaz. Öyle değil mi ama?

Bizim gideceğimiz belli olunca, 14 numaranın vekili ortalığı toplatmış, vesikasız ve yaşı tutmayan ne kadar kız varsa hepsini başka evlere nakletmiş. Öteki evlerden iyice *kaşar* olanları getirtmiş. Onlara bile, ileri geri konuşmamalarını tembih etmiş. Tabii Holly de sıkılanmış bu arada. Aksi takdirde başının belaya gireceği ima edilmiş.

"Yani..." dedim o bunları anlatınca. "Biz geleceğiz diye polis baskını olacakmış gibi hazırlanıldı, öyle mi?"

"Aynen öyle. Hatta daha sıkısı. Bu hayatın eskileri, daha önce polis baskınlarında bile bu kadar dikkatli davranılmadığını söylediler."

Şimdi anladım *vesikasının olup olmadığını, sağlık kontrollerinin yapılıp yapılmadığını, parasını tam olarak alıp almadığını* sorduğum bütün kadınların kurulmuş gibi *evet* diye cevap vermelerinin nedenini.

İçimden Madam Manukyan'a biraz saydırdıysam da tersinin hayalperestlik olacağını anlayacak kadar yaşadım ve gördüm aslında.

***

Laf lafı açacak, sıra ziyaretimin Holly'nin durumunu nasıl etkilediğine de gelecekti.

"Zaten biraz ayrıkotu gibiydim, şimdi iyice öyle oldum. Sanki Türkiye'nin bütün gazetecileri benim arkadaşımmış gibi bir hava esti ortalıkta. Seni Manukyan'ın bizzat göndermiş olması da ayrı etki yaptı. Vekil bile tuhaf bakmaya başladı. Bu akşam çıkarken, markalarımı önüne koyduğumda ne kadar dikkatli saydığını, vereceği parayı nasıl kuruşu kuruşuna hesapladığını anlatamam. Daha önce hiç böyle davranmazdı."

Daha çok Holly ve benim aramda geçen konuşma tavsamaya başlayınca, Ferit "Şu gizli girişle 17 numaralı odadan da bahsetsene" dedi.

Holly "İyi hatırlattın. Unuttum" dedi ve rakısından bir yudum alıp konuşmasını sürdürdü.

"Evde kalan kadınlardan biri, dün gece 17 numaralı odanın temizlenmesine yardımcı olduğunu söyledi. Odada, çalışma masasının arkasında kocaman bir kasa varmış. İçindeki para, gece yarısı kocaman iki çantaya konularak gizli geçitten çıkartılmış, bir arabaya konulmuş, götürülmüş."

Çok şaşırmıştım Holly'nin bu söylediklerine.

"Polis, vergi memuru filan değiliz ki biz. Ne zorla oda açtırma ne de kasaya bakma yetkimiz var. Acaba neden böyle bir şey yaptılar?"

Uzunca süren sessizliği Ferit bozdu.

"Bence yazı gazetede basılmadan önce gerekli önlemleri almak istediler. Bir ihtimal yanımızda polisle gideceğimizi düşünmüş olmaları, ikinci ihtimal ise yazı gazetede çıkınca polisin baskın yapmaya karar verecek olması."

Ferit'in tahminleri çok kafama yatmadıysa da başımı salladım.

***

Meyhaneden çıkmadan önce pipoma fena halde ihtiyaç duydum.

Evime doğru yürürken, gün boyu başımdan geçenlerin değerlendirmesini yapmak istiyordum.

Galata Kulesi ve 14 numarada duyduklarımın üstüne Yakup'ta yaptığımız konuşmalar binmiş, kafam taşma noktasına gelmişti.

Durumumda rakının ne kadar etkisi var bilmiyorum ama hakikaten yüksek doz almış gibi hissediyorum.

İstanbul'un göbeğinde, ortaçağdan kalma bir sistem, sonsuza kadar ve tıkır tıkır hüküm sürecekmiş gibi çalışıyor... Devlet, mafya ve genelev patronlarının ortak çıkarları, tümüyle kendine özgü bu sistemin varlığını sürdürmesinde en büyük etken... Kadınların bedeninde aşağılıkça tepiniliyor olması, en çok da öğretilmiş ve öğrenilmiş çaresizlikten kaynaklanıyor... Baba ya da koca evinde, köyde, kasabada, mahallede süregelen erkek egemenliği kadına mukadderat, erkeğe hakmış gibi görünüyor... Üstelik bu sarmalın zaman içinde değişeceğine, en azından medeni ülkelerdeki gibi ehlileşeceğine dair en ufak bir emare yok...

Evet, alanı da satanı da memnunmuş gibi görünen bu akıldışı sektörün nasıl çalıştığını gözlerimle gördüm!

Bu koca ülkede, bu kadim kentte, Zürafa Sokağı denilen yerde, insani olan her şeyin ayaklar altına alınmış olduğunu fark eden yalnızca ben miyim?

Toplumun gözünün önünde, utanmazca, hayâsızca, kadın vücudunu sömürme üzerine temellenmiş, şiddet, tehdit, dayak gibi öğeler üzerine bina edilmiş bu akıl dışı organizasyona, neden bir Allah'ın kulu çıkıp dur demiyor? Neden en azından ehlileşmesi sağlanmıyor?

Zaman içinde değişen siyasal iktidarlar, içişleri bakanları, valiler, belediye başkanları, emniyet genel müdürleri, İstanbul emniyet müdürleri, Beyoğlu emniyet amirlerinden hiç mi birinin aklına gelmemiş bu büyük yanlışlığa çomak sokmak?

Galata bölgesinde, Osmanlı'dan bu yana, yani yüzlerce yıldır kanayan bu yaraya, neden kimse bir neşter atmamış? Ya da en azından merhem sürmeyi, neden kimse düşünmemiş?

Bir tarafıyla sağlık bakanlarına, il sağlık müdürlüğüne, zührevi hastalıklar hastanesine, öteki yönüyle sosyal sigortalar kurumuna, vergi müfettişlerine, polis teşkilatına uzanan, en iyimser ifadeyle *kadın vücudu üzerinden para kazanma işi* diye tarif edilebilecek bu aşağılık yapılanmayı yok etmek, acaba hakikaten çok mu zor?

Henüz İstiklal Caddesi'nin ortalarına bile ulaşamadan, beynimi kemiren, cevabını bulmaya çalıştığım bu soruların, gece boyunca da peşimi bırakmayacağı belli oldu.

-30-

Gece boyunca, gözlerime bir gram uykuyu çok gören düşüncelerim, kahvaltımı ederken de rahat bırakmadı. Böyle zamanlarda konuşamazdım da üstelik.

Hani derler ya *ABD başkanları merdiven çıkarken çiklet çiğneyemez* diye, böyle zamanlarda tıpkı onlar gibi olurum. Üzerinde çalıştığım türde yoğun meseleler beynimi kemirmeye başladığında, karşımdakilerle konuşmayı unutur, kendi dünyama çekilirim.

"Şu malum Holly meselesi değil mi?" diye sordu eşim oğlumuzla kapıdan çıkarken.

Arkasından yetişip "Ne Holly'si, kocaman bir memleket meselesi!" diyerek yanağına mahcup bir özür öpücüğü kondurdum. Arkasından el sallarken "Gazetede göreceksin ne demek istediğimi!" diye seslendim.

***

Kahvaltıda, işime giderken, gazetenin merdivenlerini tırmanırken sıyrılamadığım düşüncelerim, peşimi gün boyu bırakmayacaktı.

Bu ruh halimden bir an önce kurtulmalıydım. Çareyi, yazıişleri müdürüme sığınmakta buldum. Odasının kapısını omuzladım, içeriye girdim, "Selamünaleyküm" dedim kelimeyi biraz sağından ve solundan da çekiştirerek.

Her zamanki gibi "Höst! Kapı vurulmadan içeri girilmez. Ayı!" dedi.

"Bırak şimdi höstü möstü! Allah'ın selamını verdik ya lavuk"* dedim azarına karşılık.

Arada bir takılırdık böyle birbirimize.

Öte yandan ciddiydim de. Arkadaşım derhal iki çay söyledi, önündeki iki tosttan birini, "Tokum" filan dememe aldırmadan masanın benim bulunduğum yanına koydu.

"Genelev meselesi değil mi?"

Üzerinde çalıştığım hassas bir konuysa işin içine bütün vücudum, beynim ve kalbimle girdiğimi en iyi o bilir. Eşime bile anlatamadığım bu çok özel durumumu, meslektaşım olarak, hiç anlatmadığım halde o yıllar önce anlamıştı.

Siyaset, ekonomi, spor gibi bence tırıvırı konuları çok önemsemediğime ama derin sosyal meseleleri kendi derdimmiş gibi ele aldığıma defalarca tanık olmuştu.

"Aslında..." dedim. "Söyleyeceğim her şeyi biliyorsun ama birine tam da içimden geldiği gibi anlatmazsam, çatlayacağım!"

***

Laflarımı tamamladığımda, arkadaşım hem yol verdi hem de bir uyarıda bulundu.

"Beyninden ve kalbinden geçtiği gibi yaz ama şahsileştirme."

"Nasıl yani?"

"Tam bana anlattığın gibi" dedi ve devam etti.

"Sadece bugünün hükümetinin, içişleri bakanının, valisinin, belediye başkanının, emniyet genel müdürünün, il emniyet müdürünün, Beyoğlu emniyet müdürünün değil, Osmanlı'dan bu yana görev yapmış olanların hepsinin birden sorumlu olduğunu

---

* Lavuk bilinenin aksine küfür ya da aşağılayıcı bir kelime değildir. Gereksiz, boş konuşanlar için kullanılır.

söyle. Zehirlenmeye sadece bugün hüküm süren mafya ve genelev patronları değil, geçmişten bugüne hepsinin birden yol açtığını yaz. Bunun bir kültürel zehirlenme durumu olduğunu cümlelerinin arasına mutlaka sıkıştır. Bütün bunlara ataerkil toplum yapısının yol açtığını, yaşananın ağır bir insan hakları ihlali olduğunu es geçme. Zürafa Sokağı 14 numara adını geçirmeden, Türkiye'nin her yerinde, bütün evlerde manzaranın aynı olduğuna vurgu yap. Anladın mı?"

Gayet iyi anlamıştım ama sağlama bağlamak istedim.

"Dayaktan, kadın alıp satmaktan, alıkoymaktan, uyuşturucuya alıştırmaktan, küçük yaşta çocuk çalıştırmaktan, vesikasız kadın bulundurmaktan, sosyal haklardan mahrum bırakmaktan, mafyadan, para aklamaktan söz edeceğim yani. Öyle değil mi?"

"Evet. Hepsinden söz edeceksin. Ama tarihe yayarak. Sorumluluğu bir ya da birkaç kişiye yıkmayacaksın."

İnanmaz gözlerle baktığımı görünce konuşmasını sürdürdü.

"Göreceksin, kimse çıkıp bugün böyle olmadığını söyleyemeyecek. Çünkü yazının takdimine, gazete yönetimi olarak, küçücük bir cümle ekleyeceğiz."

Haliyle nasıl bir cümle ekleyeceklerini merak ettim. Yazıişleri müdürüm düşündüğü takdimi düşüncelerinde yazmıştı bile.

"Kimse eskiden böyleydi ama bugün değil demesin. Aksi takdirde, itibarsızlaştırıldığımızı düşünüp tepki göstereceğiz. Açılacak her türlü mahkemede, kanıtlarımızı da ortaya koyarak kendimizi savunacağız. Sonunda hem mahkemelerde hem de toplum vicdanında mahkûm olan, sistemin bizzat kendisi olacak."

Anlamıştım. Tam olarak bu şekilde mi kaleme alırlardı bilemezdim ama yönetim mealen "Susup oturmazsanız, adlarınızı da deşifre etmek zorunda kalırız" demeye getirecekti.

"Tamam" dedim ve ekledim. "Sahsileştirmeyeceğim ama her şeyi tam da olup bittiği gibi yazacağım."

Heyecanlanmıştım. İyi gidiyordu. İçimden bir ses güzel bir diziye imza atacağımı söylüyordu. Gece boyu süren kâbusum az önce sona ermişti. Mutluydum.

Kapıdan çıkarken aklıma, Manukyan'ın kendisiyle yaptığım röportajı nasıl değerlendireceğini sormak geldi.

"Onu bir çerçeve olarak değerlendir. Doğrudan yazıya bağlama. Ferdinand'ın adından söz etme. Bir tür Manukyan magazini gibi yap. Hepsinden önce, beş tam günün olduğunu düşün. Tam sayfaya yayılacağını varsay, gün gün plan yap. Başlıkları, spotları, fotoğrafları hatta fotoğraf altlarını belirle. Sen yazılarını plan dahilinde yazmaya başlayınca, ben genel yayın yönetmenini ateşlerim."

***

Yazıişleri müdürümle konuştuktan sonra foto muhabiri arkadaşımı bulup "Şu fotoğraflara bir daha göz atalım mı?" diye sordum. Dünden razıydı.

İşinde hakikaten başarılı bir foto muhabiriydi. Fotoğraflar gerçekten birer sanat eseriydi. Sokakta çekilmiş olanlar da evin içindekiler de çok şey söylüyordu.

"Göreceksin bak" dedim sırtına birkaç kez vurarak. "Bu sene bunlardan biri en iyi fotoğraf seçilecek, sen de en başarılı foto muhabiri ödülünü kapacaksın."

Başarılı olduğu kadar mütevazı bir adamdı. "Öyle mi dersin?" dedi.

"Evet!" dedim yürekten inanmış olarak.

Sözlerime karşılık olsun diye, Holly'nin Zürafa Sokağı'nda, 14 numaralı evin duvarına dayanmış olarak *"Ünlü Holly burada!"* afişini işaret ettiği fotoğrafı aralardan bulup çıkarttı.

"Bak. Bu fotoğrafta bizim gazetenin adı da nal gibi görünüyor. Patronun hoşuna gider."

Bir gün önce, bu fotoğrafın çekilmesini, tam da onun şimdi düşündüğü nedenle istemiştim. Fotoğrafı elime aldım. Hakikaten güzeldi.

"Bundan..." dedim. "İki tane daha basabilir misin? Birini Holly'ye veririm, ötekini kendi arşivime koymak istiyorum."

"Bir de..." dedim. "Çekilmesini istediğim birkaç fotoğraf daha var. Kafamı toparlayıp bir liste hazırlayacağım. Birkaç saat sonra konuşalım mı?"

***

Masama elimde onlarca fotoğraf karesiyle oturdum. Sekreter arkadaşımdan aldığım planı önüme koydum. Buzdolabının en altında sakladığım poşetten, haftada bir kez içeceğim miktarda çıkarttığım Black Velvet'i pipoma özenle doldurdum.

Yazı dizisinin içine bir de mini dizi koymam uygun olacaktı. Onun süregidecek başlığını, geçici olarak, *Genelevden Kazananlar* olarak belirledim.

Kimler yoktu ki sektörden kazananlar içinde...

Afrika savanasında aslan filan gibi büyük yırtıcılar bir avı parçalayıp karınlarını doyurduktan sonra, büyüklük sırasına göre bütün öteki etoburlar leşten paylarını nasıl alırlarsa, genelev sektörü de kendi yancı sistemini oluşturmuştu.

Yakınlara kurulmuş, kimi yüz yıldan eskiye giden *hamamlar*, geneleve girmeden önce eşyalarını bırakmak isteyenler için oluşturulmuş *emanetçiler*, köşe başlarına çöreklenmiş kuvvet macunu sattığını iddia eden *tatlıcılar*, denize yağmurlukla girilmez diyenlere *ne olur ne olmaz* diye karşılık veren *prezervatifçiler*, kadınların kendilerini beğenmemelerinden endişe edenlere *çekelim bir faça abime* diyen *berberler*, ayakkabıları işaret ederek *çekelim bir fırça abime* diyen *boyacılar*, koluna astığı minicik kutuya envaiçeşit koku sığdırmış *esansçılar* ve daha kimler, neler...

***

Foto muhabiri arkadaşıma listemi verip hangisini nerede bulacağını tarif ettikten sonra bir de ricada bulundum.

"Mafyanın kontrolünde olan lokantanın ismi en altta. Senin benim gibiler bu lokantada bir lira harcıyorsa, yemek genelevden istendiğinde beş lira alınıyormuş. Mafya, alışveriş işini yürüten Suşehrililere başka lokantalara gitmemeleri talimatı vermiş. En azından dışından bir kare alabilirsen makbule geçer. Kullanabilir miyiz kullanamaz mıyız bilmem ama elimizde bulunsun."

-31-

Yazımı verdikten bir gün sonra, yazıişleri müdürüm masama gelip "Başlıyoruz senin diziyi yayımlamaya" dedi.

Bunca yılın gazetecisiyim, yine de heyecanlandım. Yazımı içeriye vereli daha yirmi dört saat bile olmamıştı.

"Çok mu beğenildi ne?"

"Şımarma ama evet. Genel yayın yönetmeni patrona söz etmiş, hemen girilmesini söylemiş."

Biraz da hinlik olsun diye, arada bir onun yaptığı hareketi tekrarlayıp sağ elimi makas haline getirdim, kırpma işareti yaptım.

"Var mı?"

"Kelimesine dokunmadık!"

Tam arkasını dönüp gidecekken çok önemli bir şey unutmuş gibi geriye döndü, kulağıma eğildi "Ama senin için bir güzellik yaptık" diye fısıldadı.

Maaşımı artırmış olduklarını umut ettiğim için tuzağına düştüm. Ben de tıpkı onun gibi alçak sesle "Ne yaptınız?" diye sordum.

"Zincirlikuyu'dan bir kişilik yer satın aldık. Mafya defterini dürünce güzel bir yerde yat diye."

Özellikle ondan gelen bu tür eşek şakalarına alışkınsam da kızdım. Sesimi yükseltip "Oğlum manyak mısın nesin sen?" dedim.

Herkesin bize baktığını görünce o da sesini yükseltti.

"Ne oldu? Korktun mu?"

Sonra herkese dönük "Hazırlanın, helvasını yiyeceğiz. Çok yakında, bu sinemada!" dedi ve odasına doğru yürüdü.

Arkasından zor zahmet "İnsanın senin gibi dostu olunca, mafyaya ihtiyacı yok" diye seslendim.

***

Sayfa sekreterimiz titiz bir adamdı. Kılı kırk yarardı. Fotoğrafları ışıklı masaya koyar, üzerlerinde gezdirdiği küp şeklindeki büyüteçle dakikalarca incelerdi. Ayrıca her spotun ve fotoğraf altının kelime sayısını belirler, bir kelime eksik ya da fazla yazılmasına izin vermezdi.

Tabii işin en önemli kısmı, diziye ne isim konulacağı olurdu. Her bölüme hangi başlığın atılacağı da ona keza.

En başta, benim önerim *Üvey Ev* olmuştu. Biraz *genel* biraz da *evlat* sözcüklerini çağrıştırsın istemiştim.

Genel yayın yönetmenim "Bırak Türkiye'yi, git *The Times*'da attır bu başlığı da görelim" demişti önerimi duyunca.

Neden böyle dediğini anlamadığımı hissedince iyice köpürmüş "Profesörlere mi çıkartıyoruz arkadaş biz bu gazeteyi? Mesela kamyon şoförü, amele filan anlamasın mı ne yazdığımızı? Burada akademik bir iş yapmıyoruz şekerim" diye söylenip durmuştu.

Yazıişleri müdürüm de ona uymuş, ağzında "Çok sofistike bir başlık! Tamam profesörü rahatsız etmeyelim ama ilkokul mezununa da okutabilelim. Öyle değil mi ama?" filan gibi laflar geveleyerek hem canımı sıkmış hem de bulduğum güzelim başlığı rezil etmişti.

Sonunda haliyle genel yayın yönetmeninin bulduğu, yazıişleri müdürünün yardakçılığını yaptığı, içime hiç mi hiç sinmeyen bir başlıkta karar kılınmıştı:

"Genelev: Önünde de biz varız, arkasında da!"

Genel yayın yönetmenim "Bu olacak!" deyince, *yok artık* demiştim içimden.

Konu iş olmadığı zaman bir hayli sevimli olabilen ama iş üzerindeysek aniden gestapo kılığına bürünen tuhaf adamın odasından birlikte çıktığımızda, yazıişleri müdürümü durdurup "Ne demek şimdi, önünde de arkasında da?" diyerek, hayal kırıklığımı anlasın istemiştim.

Hakikaten soru sorduğumu mu zannetmişti yoksa mikropluk olsun diye mi yapmıştı bilinmez, başlığın ne anlama geldiğini bir arkama bir önüme geçerek ve hareketli olarak göstermişti.

Sayfa sekreterinin önünde, şimdi tam da o sevimsiz başlık duruyordu.

***

Dizinin ilk sayfası çatılıp ikincisinin temelleri atılınca, sayfa sekreteriyle işim bitti. Yazıişleri müdürümün kapısını çaldım.

"Gel biraz otur" dedi ve karşısında ayakta bekleyen muhabire gideceği işte nelere dikkat etmesi gerektiğini bir kez daha anlattı. Sonunda bir kez daha "Anladın mı?" diye sorunca çocuk patladı "Anlamadım abi. Bir daha anlat!" dedi, kapıyı çekip çıktı.

"Oğlum salak mı ulan adam?" diye kızgınlığımı belli ettim.

"Evet, salak. Getirdiği yazıları okusan aynı lafı sen de edersin."

"Neden alıyorsunuz o zaman böyle adamları işe? Başlangıçta doğru ölçüp biçsenize!"

"Patronun emri. Biliyorsun, emir demiri keser. Başsavcının yeğeniymiş. Adamın önünde de bir sürü dosyamız var. Dizin yayımlansın, seninki de ona gidecek. Anladın mı şimdi, neden böyle adamları işe aldığımızı?"

Anlamıştım. Oluyordu böyle durumlar. Yine de eleştirme hakkımı kullanmış, içimi rahatlatmıştım. Biraz daha devam edecektim.

"Anlayacağın, bir başka genelev de bizimki."

Arkadaşım ters ters bakıp "O kadar da değil" dedi.

"Evet" dedim "O kadar değil."

Kısa itişmemiz tamamlanınca "Ne var? Niye geldin?" diye sordu.

"Hiç" dedim. "Sizin attığınız başlık içime sinmemişti ama sayfada fena durmadı. Onu söylemeye geldim."

"İyi" dedi. "Tamam" dedim.

Kapıdan çıkarken kafama takılmış gibi geri döndüm. Yakıcı cümlemi kurabilirdim.

"Başlığın yanına acaba bir illüstrasyon filan mı koysaydık?"

Anlamadı. "Ne illüstrasyonu?" diye karşılık verdi. Kıvama gelmişti.

"Şu ön ve arka laflarıyla neyi kastettiğimizi hareketli bir biçimde gösterseydik okura. *The Times* okuru değil ya bizimkiler. Anlamazlarsa filan diye."

Kündeye geldiği için çok kızdı.

"Hadi oğlum, hadi, işim var" diyerek kapıyı gösterdi.

***

Dizi yazılarım yayımlanacağı zaman akşam biraz zor olur.

Özellikle ilk gün, Anadolu için yapılan baskıdan bir tane almadan gitmem. Bunu bilen matbaa müdürü arkadaşım makineler dönmek üzereyken haber verir, koşar giderim.

O gün de öyle oldu. Arkadaşım "Gelsene birer çay içelim. Hem de ilk baskıyı görmüş olursun" dedi.

Sevincimi sesime de yansıtıp teşekkür ettim.

-32-

Eşim kahvemi yatağıma getirip üzerine "Hak ettin. Çok çalıştın" deyince bütün yorgunluğum gitti.

Takdir edilmeyi de şımartılmayı da severim. Böyle duygulardan yoksun olanlara akıl sır erdiremem.

Hepimizin etrafında vardır, her şeyi görevmiş ya da işmiş gibi yapıp, takdir edilince "Büyütmeyin" filan diyenler. Onlardan değilim. Her işe, her göreve bir serüven gibi bakar, başarılı olduysam sahiden sevinir, başarılı olamadıysam sahiden üzülürüm.

Başarılarıyla sarhoş olanlardan da değilim. Senede bir dizi yazıp bir yıl boyunca onun rüzgârıyla idare etmek bana göre değil. Biraz gazeteciliğin doğasında olduğu için, biraz da uygun atmosferlerde bulunduğumdan, işlerimde süreklilik vardır.

Biliyorum havasına girip çok uzattım ama bugün, en azından benim için, sıradan bir gün değil.

Fincanımı elime alıp, gece masada bırakmış olduğum gazeteye tekrar göz atmak için salona geçtim. Alıcı gözüyle biraz daha inceledikten sonra eşime "İyi oldu. Değil mi?" dedim az önce de söylemiş olduklarını tekrarlatmak için.

"Evet. Gayet şık. İçeriğinde anlayamadığım bazı noktalar var ama sonra konuşuruz."

Gazeteye bakmaya devam ettiğimi görünce "Böylece, şu Holly işi de bitmiş oldu herhalde. Değil mi?" dedi.

Biraz da sabah mahmurluğumdan olsa gerek "Nasıl yani?" dedim.

"Nasıl olacak" dedi. "Geçen yılın son günlerinden bu yana, yaklaşık altı aydır Holly ile yatıyor Holly ile kalkıyoruz. Yetmiyormuş gibi bir de Ferit'imiz oldu. Öyle değil mi?"

İçten içe hak vermedim değil. Gerçekten tam da söylediği gibi. Holly epeydir röportaj yaptığım biri olmaktan çıkıp gündelik hayatımın bir parçası halini aldı. Onun bir nevi kuyruğu gibi duran Ferit de aynı şekilde. O da sanki işyerimden biriymiş gibi.

"Ama..." dedim aklıma o anda gelen nedenleri yeterince kuvvetli bularak. "Unutma ki Londra'da yaptığım dizide de bu dizide de Holly en büyük çekim noktası. Varlığını azımsamamız doğru olmaz. Öyle değil mi?"

Akıllı bir kadınla birlikteyseniz, işiniz epey kolaydır. Bu tür kadınlar ne demek istediklerini susarak ifade ederler. Böylece hem konuşarak anlatacaklarından fazlasını söylemiş olurlar hem de siz anlamanız gerekenden fazlası olduğu vehmine kapılırsınız. Benim gibi pinpirikli olanlardansanız, maazallah pireyi deve yapma ihtimaliniz bile vardır.

***

Gazeteler parlak yazıların, iyi dizi yazıların kanıksandıkları yerlerdir.

Öte yandan, iyi işin ne olduğunu yine ancak sizinle aynı işi yapanlardan öğrenebilirsiniz. Kimi zaman içtenlikle tebrik ederek, kimi zaman kıskanç bakışlarını gizleyemeden konuşurlar.

Onlar ne söylerlerse söylesinler, sizin anlamanız gereken on ikiden vurup vurmadığınızdır ve içinizden bir ses doğrusunu mutlaka söyler.

***

Sağdan soldan gelen tebrikleri kabul ederek masama ulaşıyorum.

Yanımdaki masada çalışan arkadaşım "Senin için birkaç not aldım. En üstteki sanıyorum sahiden önemli" diyor tebessüm ederek.

Holly aradığını yazdırmış. Bugün benim günüm olduğu kadar onun da günü. Hakkını yememem lazım.

Bekliyordum aramasını. Şaşırmıyorum.

Zihnimin bir köşesinde, eşimin sabahleyin konuşmadan yaptığı uyarılar da var.

Karar alamadığınız, aklınızın yetmediği durumlar mutlaka olmuştur. *Şunu şöyle yapmalıyım, bunu böyle halletmeliyim* diye düşünmediğiniz durumlardır bunlar. Bazen yapmadıklarınız da yaptıklarınız da sizin kontrolünüzde gelişmeyebilir. İşte onlardan biri.

Holly'yi arıyorum. Kargalar kahvaltısını etmeden ne gerek var oysa, öyle değil mi?

Mesela öğleden sonraya bırakmış olsam, hiç olmazsa *o kadar da önemsemediğim* duygusu yaratabilirim. Ama doğrusu bu değil. Önemsiyorum Holly'yi. Gazeteyi alıp yazımı okuduğunda neler düşünmüş olduğu benim için gerçekten önemli. Öte yandan çok da *hassas* bir zaman seçimi.

Hassas ile *önemli* arasında kuşkusuz fark var. Onun yazdığım yazıyı nasıl bulduğunu, evet *önemsiyorum. Hassas* olan ile ise elimin tam da şu anda telefonda olması, notunu görür görmez, sabahın köründe arama isteği duymuş olmam.

Şu *hassas* ve *önemli* kavramları kafamı allak bullak etmiş vaziyetteler. *Hassas*, sanki daha diplomasiye dair gibi. *Önemli* ise, içinde çok daha özel bir durumu barındırıyor.

Tabii ki Holly'yi, üzerinde çalıştığım yazının öznesi olduğu için önemsiyorum. Ayrıca yazıda tutturduğum düzey hakkında ne düşündüğünü de merak ediyorum.

Düşünürken bile rahatsız olduğum bir üçüncü mesele daha var. Acaba yazımı ona bir yakınlaşma aracı olarak mı kullanıyorum? Bu soru ise şüphesiz hassasiyete dair.

***

Yüzlerce soruyla beynime kısa devre yaptırmak üzereyken, Holly ahizeyi "Günaydın" diyerek kaldırıyor.

"Günaydın. Nasıl buldun yazımı?"

"Beğendim."

Beklediğim cevap bu değil. İçinde kuşku payı da olan bir *beğendim* gibi sanki.

Yoksa ayıp olmasın diye *beğendim* mi?

Kısacık bir zaman diliminde aklınızdan bir sürü soru, üstelik cevaplarıyla birlikte geçer ya hani, tam öyle.

Sessizliğimi doğru okuyor Holly. "Yetmedi beğendim dememem, değil mi?" diye soruyor.

"Hayır. Evet. Yani. Şey."

Hepsi de içerdiği anlamdan fazlası demek olan dört sözcük.

"Bak ne diyeceğim" diyor Holly. "Müsait bir zamanında bana gelsene."

"Ferit" diyorum o böyle deyince.

"O yok. Birkaç haftalığına İstanbul dışında olacak."

"Yarın sabah?"

"Olur."

-33-

Bir gün önce yazıişleri müdürüme "Haber takibi!" demiştim, neden geç kalacağımı anlasın diye.

"Genelevin takibi mi olurmuş lan?" diye dalgasını geçmişti haliyle.

Sezgi kelimesi meslek olarak karşılığını en iyi gazetecilikte bulur. Bu nedenle olsa gerek, eski gazeteciler durmadan "haberi koklamak" deyip dururlar.

Yazıişleri müdürüm hem haberi iyi koklar hem de beni.

Yüz göz olmak istemediğimden ve bileceğinden korktuğumdan, *bil bakalım yarın nereye gideceğim* dememiştim.

Bizim meslekte biraz gizem her zaman iyi netice verir. Her haber patlattığında, etrafındakiler suskunluğunun nedenini geçmişte bıraktığın sessizliğine yorar. Sanki saman altından haber yürütüyormuşsun gibi olur. Böylelikle etkileme katsayını artırmış, bir tür sihirbaz imajı yaratmış olursun.

Holly'nin evine, kafamda bütün bunları evirip çevirerek yaklaşıyorum...

***

Kapıyı şahane bir durulukla açıp, geçen defa olduğu gibi yanağıma bir öpücük konduruyor.

Böyle olacağını daha önce düşünmüş olduğum için bu kez sarsaklık yapmıyorum. Tıpkı onun beni öptüğü gibi, tek yanağından öperek karşılık veriyorum.

İki yanaktan herkesle öpüşülür. Oysa tek yanak, özeldir. Ya da şu anda ben böyle olduğuna vehmediyorum.

Etrafa dikkatle baktığımı görünce "Ferit yok" diyor.

Geçerken masaya göz atıyorum, kahvaltı hazırlamamış bu kez.

Geçen defa oturduğum koltuğa, sehpanın üzerine dikkatle yerleştirilmiş gazeteme, üzerinde ismim görünen haberime doğru yürüyorum.

Arkamdan "Senin için karnıyarık yaptım. Yanına pilav da yapacağım" diye sesleniyor.

Dönüp bakıyorum. Gülüyor.

"Keşke şarap getirseydim" diyorum hayıflanarak.

Bu konuyu çok önce, Londra'dayken konuşmuştuk. Türkiye'den en çok neyi özlediğini sormuştum, *imambayıldı* demişti. O da bana sormuştu aynı soruyu. Ben de *karnıyarık ve yanında pilav* demiştim ağzım sulanarak.

"Unutmamışsın" diyorum.

"Unutmam" diye karşılık veriyor.

***

Gazeteyi birlikte incelerken, *Ferit'in yardımlarının çok değerli olduğunu* söylüyorum.

"Akıllı çocuktur" diye karşılık veriyor.

Epeydir aklımda olan, bir anlamda kendimi yiyip bitirdiğim soruyu açıkça sormamın zamanı geldi mi yoksa? Sanki geldi gibi. Ya gelmediyse!

Ya herrü ya merrü dememe ramak kalmış vaziyette.

Böyle düşününce içim bir tuhaf oluyor. Ya herrü ya merrü, ya kazanmak ya kaybetmek demek.

Peki, kazanırsam ne kazanacağım?

Bir de şöyle sorayım: Kaybedersem ne kaybedeceğim?

Daha dün sabah eşim *şu Holly işi de böylece bitmiş oldu herhalde* dememiş miydi? Ben de onun bu sorusuna *nasıl yani* diye karşılık vermemiş miydim? Bunun üzerine ondan azar kokan bir tonlamayla, *nasıl olacak, yaklaşık altı aydır Holly ile yatıyor Holly ile kalkıyoruz, yetmiyormuş gibi bir de Ferit'imiz var* cevabını almamış mıydım?

Bu konuşmanın da gösterdiği, Holly'nin evime kadar girmiş, eşimle hafif yollu tartışmama yol açmış olduğuydu. Buna rağmen meseleye hâlâ *kazanma* ya da *kaybetme* gibi yaklaşıyorsam, en hafif biçimiyle, başıma gelecekler var demekti.

Neler olabileceğini şu anda tahmin edemeyeceğim ama geleceğinden emin olduğum, sonu hiç de hayırlı olmayacak günler yaklaşıyor gibi.

Bir zaman bir yerde bir cümle okumuş, etkisinde kalmıştım. Mealen şöyleydi:

Aşk kapını çaldığında sakin ol. Kapıyı aç, içeriye al. Mutluluktan korkmak saçmalamaktır.

Mealen hatırladığım, kendi kelimelerimle yeniden kurgulamaya çalıştığım bu cümleyi her kim söylediyse, *mutluluk* kelimesini çok yerinde kullanmış. Daha önemlisi, *korkmak* kelimesini çok haklı bir düşünceyle, anahtar olarak değerlendirmiş.

Tekrar dikkatle düşünüyor, bir karara varıyorum:

Saçmalamak dahil hiçbir kelime, bu cümlede *korkmak* kadar etkili durmuyor.

***

"Ferit senin için ne ifade ediyor?"

Oh be. Sordum. Daha doğrusu söyledim.

Holly gülüyor. Düşünüyor.

"Pilav yapmama yardım eder misin?"

Şaşkınlığımdan küçükdilimi yutacak gibi oluyorum. Cevap mı yani şimdi bu?

Kızardığımı fark ediyorum. Yüz kızartıcı bir soru sormadığımın farkındayım ama nedense kızaran yine ben oluyorum.

Acaba derdimi net olarak anlatamadım mı?

O kadar basit ki sorduğum sorunun cevabı. Bir *evet* ya da *hayır* yeterli olur.

Öte yandan nutkum da tutulmuş vaziyette. *Evet ederim* ya da *hayır etmem* demem lazım.

"Pilav yapmama yardım eder misin?" diye sordu ya az önce, o sorunun cevabını vermem lazım.

Oysa ben, öteki *evet* ya da *hayır* üzerine düşünüyorum.

Aslında, *Ferit'in onun için ne ifade ettiğine* dair soruma, cevap verdi. Belli, istemiyor bu tür konulara girmemi. Böylece üzerimden büyük bir yük kaldırmış oluyor.

Kendisi farkında mı bilmiyorum ama ben farkındayım. Biliyorum, şu andan itibaren aramızda her şey çok farklı olacak. Demek yanlış anlamışım.

***

"Evet" diyerek, pilav yapmasına yardım etmek üzere ayağa kalkıyorum.

O da ayağa kalkıyor, iyice yaklaşıyor, belime sarılıp dudaklarıma uzanıyor.

Uzun uzun öptükten sonra "Bir daha bana sakın Ferit'le ilgili bir şey sorma olur mu?" diyor.

Bu kadar kısa bir zaman diliminde, bu kadar birbirinden farklı düşüncelere ve duygulara savrulmak kimsenin hoşuna gitmez. Sonucu her ne olursa olsun.

Holly ıslak dudaklarıyla az önce heyecandan kurumuş dudaklarımı uzunca öptükten sonra elimden tutuyor "Haydi, seni pilav yapmaya götüreyim" diyor.

Belli ki mutfağı es geçeceğiz.

-34-

Yemeğe epey gecikmeyle oturuyoruz. Karnıyarık hakikaten çok güzel olmuş.

"Kimden öğrendin yapmayı?" diye soruyorum.

"Babaannemden. Bildiğim her şeyi babaannemden öğrendim."

Holly babaannesinin yemek tariflerinden, çiçek bakımını ne çok sevdiğinden, oturmasından kalkmasından söz ettikten sonra sözü ustalıkla Ece'ye getiriyor.

"Nasıl güzel, nasıl çaresiz anlatamam sana."

"Yazmayı ve okumayı öğretmeyi sürdürüyor musun?"

"Evet. O kadar aç ki öğrenmeye. Kalem tutan elini deftere götürüşünü bir görsen, için erir. On dört yaşında bir çocuğun kalemle ve defterle yeni tanışmış olması inanılır bir durum değil. Ama öyle."

Söylediklerini ilgiyle, dikkatle dinliyorum. Anlattıklarıyla hüzünlendiğimi görünce "Kaçıracağım!" diyor.

"Saçmalama" diyorum.

"Hayır. Saçmalamıyorum. O çocuğu o izbeden kurtarmazsam, kendimi bir daha asla insan gibi hissedemem. Kendi kararımla bedenimi satıyor olmam farklı, bir çocuğun bedeninin rızası dışında alınıp satılıyor olması farklı. İki ayrı durum söz konusu. Birisi seçim, öteki fena halde zorbalık. Eğer bu zorbalığa karşı çıkmaz, elimden geleni yapmazsam, onu parayla satın alıp çalıştıran pezevenkten ya da üç kuruşa satan babası olacak şerefsizden ne farkım kalır? On dört yaşında bir çocuğun bedenini tezgâha koymaktan zerre kadar utanmayan, sıkılmayan

Manukyan'la aramda bir fark olmalı, öyle değil mi? Vekil sıfatıyla marka dağıtıp toplayan haysiyetsiz insan müsveddesinden ve bu minicik çocuğun sırtından payını alarak semiren bütün öteki asalaklardan bir farkım olmayacaksa, ben kimim ve bu dünyada ne işim var?"

Ece meselesine bakışını bir çırpıda ve muhteşem bir sosyal analizi beraberinde yaparak masaya süren Holly'nin sözlerine şapka çıkartmaktan başka çarem yok.

Holly bu arada tabağıma bir karnıyarık daha koyuyor ve "Yanına pilav ilave edeyim mi?" diye soruyor.

"Ben alırım" deyip tabağıma biraz pilav koyuyorum.

Her şeyden önce bir yudum daha şarap içmem gerekiyor.

Şarap aklımı başıma getirmiş olsa gerek "Ne yapmayı planlıyorsun peki?" diye soruyorum.

"Ferit'le de konuştum bu konuyu. O yardım edecek."

Demek, Holly bu konuyu ilk olarak benimle paylaşmamış. Ferit'ten de yardım almayı umuyor olmalı. Az önce bana söylediklerini Ferit'e söylediyse, eminim derhal olumlu cevap almıştır. Hangi devrimci az önceki gibi sözleri duyup da kaçamak davranır ki?

Biraz da konuşmalarının nasıl cereyan ettiğini öğrenmek için "Ferit solcu tabii. Sosyalist adam. Böyle şeyler onların kitaplarında sonuna kadar mücadele edilmesi gereken konular olarak kayıtlı" diyorum.

Holly "Vicdan sahibi desek daha doğru olur" diyor. Sessiz kaldığımı görünce sözlerine açıklık getiriyor.

"Bazı konular, bütün dünya görüşlerinden, ideolojilerden bağımsız olarak doğru ya da yanlıştır. Öyle değil mi? Kapitalist, liberal, sosyalist her ne olursa olsun, dünyada vicdanlı insanların olduğuna inanıyorum. Bence Ferit onlardan biri."

Haklıydı Holly. Dinlerden, ideolojilerden öte, en genel anlamda, vicdanlı ve vicdansız insanların dünyasında yaşıyorduk.

"Bir de tabii..." dedi Holly. "Tavşan boku gibi olanlar var. Kokmazlar, bulaşmazlar. Onlara dokunmayan yılan bin yaşasın misalidirler. Galiba çoğunluk bu kesimde. Bugün dünyaya vicdansızlar egemense, emin ol üç maymunu oynayanlar yüzünden."

Anlattıkça anlattı Holly. Üstelik söyledikleri doğruydu da. Holly konuşurken, ben onun üç bölümde tasnif ettiği dünyada kendime yer beğenmeye çalışıyordum.

Kuşkusuz vicdansız biri değildim. Peki, Holly'nin sınıflamasına baktığımda, kendimi vicdanlılar arasında görebilir miydim?

***

Yemek masasından kalkmış, Holly'nin masayı kaldırmasına yardımcı olmuştum. Bulaşıkları birlikte yıkadık, o kahve yaparken ben pipomu doldurdum.

Kahvelerin yanında iki de kadeh vardı. Ne olduğunu sordum.

"Ararat. Ermeni konyağı. Kokla bakalım beğenecek misin?"

Çok güzel kokuyordu. Tadını çıkartarak içmeye kalktığımı görünce "Gerisi var, ağzını korkak alıştırma" dedi.

Konyağımı ve kahvemi bir çırpıda bitirdim, pipomu tellendirmeyi sürdürüyordum.

Holly konyağın şişesini getirdi, kadehime biraz döktükten sonra şişeyi sehpaya bıraktı.

"Sen işe gitmeyecek misin?"

"Gideceğim ama biliyorsun, benim yularım onların elinde değil. Ne kadar çalışırsam o kadar para kazanırım. Tabii ki ben kazandıkça onlar da kazanıyorlar, bu nedenle çok göze batmamaya çalışıyorum. Yine de ötekiler gibi tam köle sayılmam."

Benden sonra kendi kadehine de konyak koydu, ikinci kadehlerimizi birbirine değdirirken de ilkinde olduğu gibi birbirimizin gözlerinin derinlerine baktık.

"Sana bir şey soracağım" dedi kadehinden ilk yudumu aldıktan sonra. Dikkat kesildim.

"Bana Ece'yi kaçırmamda yardım eder misin?"

Baştan itibaren yaptığı konuşmalarla beni bu soruya hazırladığı aklıma geldiyse de üzerinde durmadım. Söyledikleri doğru muydu? Evet.

"Nasıl bir yardımdan söz ediyorsun?"

"Bunu konuşuruz sonra. Ferit de bulunmalı detaylara girerken. Ben sadece prensip olarak bana yardım eder misin diye sordum."

"Akla aykırı bir plan olmayacaksa, ederim."

***

Gazeteye doğru giderken aklımda hep Holly'nin *vicdanlılar, tarafsızlar, vicdansızlar*, sınıflandırması var.

Her an biraz daha fazla *vicdanlı* olduğumu, yerimin de onların yanı olması gerektiğini düşünüyorum. Ama galiba daha çok felsefi olarak böyleyim.

Ne yalan söyleyeyim, şimdiye kadar yerdeki muz kabuklarını kaldırmak, dilencilere biraz sadaka vermek filan dışında bu konuda pek de bir şey yapmış değilim.

Kim bilir belki de gerekmediği içindir!

Hafızamı zorlayıp, iradi olarak vicdanlı bir davranışta bulunmuş olup olmadığımı hatırlamaya çalışıyorum. Belki ufak tefek. Doğrusunu söylemek gerekirse, pek de kayda değer davranışlar değiller.

Sonunda kararımı vermiş durumdayım. Ben iflah olmaz bir tarafsızım. Bu da vicdansızların değirmenine su taşımakla aynı anlama geliyor. Ben ve benim gibi insanlar olumlu davranışlarda bulunmadıkları için, ötekiler köpeksiz köy bulmuş gibi davranıyorlar.

Dante'yi severim. *İlahi Komedya*'sını zor zahmet de olsa okumuştum. Ünlü ve bütün zamanlara dayanıklı olacağı açığa çıkmış çalışmasının bir yerinde Dante Alighieri diyor ki: "*Cehennemin en sıcak yeri, ahlaki kriz zamanında tarafsız kalanlara ayrılmıştır.*"

İçinden geçmekte olduğumuz zaman, ne yazık ki ahlaki krizin zirve yaptığı bir dönem. Dante'nin yaşadığı zamanlarda bu boyutlarda mıydı bilmiyorum. Öyle ya da böyle, sözü tazeliğini sürdürüyor.

Gazetemin kapısından girerken kendimi sanki bir aydınlanma yaşamış gibi hissediyorum. Kendimi bildim bileli üzerinde düşündüğüm ama hiç bu kadar yakından yüzleşme imkânı bulmadığım bir meseleyi, üstelik tavır alacağıma söz de vererek sonlandırmış bulunuyorum.

-35-

"Bodrum'da bir arkadaşım var. Balıkçı. Ece ve Holly'yi ona teslim edebilirsek, Yunan adalarından birine atar."

Ferit'in çizdiği tabloya göre, adeta tereyağından kıl çekeceğiz.

"Bu kadar kolay olmamalı."

Gülüyor söylediğime Holly "Tabii değil. Ferit özetin özetini anlattı" diyor. Belli ki ilaveler yapacak.

Yakup'un garsonu siparişlerimizi masamıza koyup çekildikten sonra, Holly kaldığı yerden devam ediyor.

"Bildiğim kadarıyla senin otomobilin var. Senden istediğimiz otomobille bir noktaya gelmen. Ve bizi olabilecek en hızlı biçimde Bodrum'a götürmen. Gerisini Ferit'le ben halledeceğiz."

Üzerime düşecek olan beklediğimden kolay gibi görünüyor.

"Peki siz ne yapacaksınız?"

Sorumun cevabı Ferit'ten geliyor.

"Holly Ece'yi üzerine kıyafet almak için dışarıya çıkartacak. Vakit kaybetmeden senin otomobiline atlayıp gaza basacağız. Vekil patronuna, o da mafyaya durumu bildirene kadar biz şehir dışına çıkmış olacağız. Sonra ver elini Bodrum."

"Peki Bodrum kısmı nasıl olacak? Arkadaşınla konuştun mu?"

"Konuştum. Hava durumu önemli ama oraya ulaştığımızda fırtınaya rast gelecek olunursa, Holly ile Ece'yi gözden ırak bir yerde bir süre misafir edebilecek durumda."

Gördüğüm kadarıyla planda düşünülmemiş neredeyse hiçbir şey yok. Aklıma takılan, Holly'nin kaçıştan sonraki hayatını nasıl planladığı.

"Artık bir çocuğum var. Böyle olunca orospuluk yapamam. Tamam beni orada gördü, tanıdı ama bir yolunu bulup onu yaşadığı bu travmadan kurtarmam lazım. Yunanistan beni bağrına basar mı henüz bilmiyorum. Olmazsa dünyanın başka bir yeri."

Holly planını yapmış. Hem kendi hem de Ece için. Sevinsem mi üzülsem mi bilmiyorum. Ece için seviniyorum. Holly'nin batakhaneden çıkacak olması da hoşuma gidiyor.

Hayatıma son derece renkli bir kişilik olarak giren Holly'yi çok kısa bir süre sonra kaybedeceğim de belli olmuş durumda.

Düşüncelere dalıp gittiğimi gören Ferit "Ne düşünüyorsun gazeteci ağabey?" diyor.

"Bilmem" diyorum. "Bölük pörçük düşünceler işte."

Holly rakı kadehini kaldırıyor "Sağlık olsun" diyor. Sonra derinden ilerliyor.

"Hayat hem kısa hem de uzun. O kadar kısa ki başladı ve bitti işte. Ya da o kadar uzun ki belki başka bir yerde, başka bir zamanda çok daha uzun birlikte oluruz. Öyle değil mi?"

Verecek cevap bulamıyorum. Düşünmem lazım.

***

Sabahleyin erken kalkıp kahvaltı masasını hazırlıyorum. Oğlumun hazırlanmasına yardımcı oluyorum. Kapıdan çıkarlarken eşimin kulağına "Bu akşam konuşmamız lazım" diyorum. "Olur" diye karşılık veriyor.

Derken gazetenin hengâmesi...

Gündelik koşturmacayı tamamladıktan sonra pipomu alıp yazıişleri müdürümün odasına geçiyorum. Arkadaşım şeytan gibi.

"Bir şey isteyeceksin. Hemen söyle. Yeter ki abartılı bir şey olmasın."

"Sana bir şey söyleyeceğim ve bir şey isteyeceğim ama benden detay isteme. Önce bunda anlaşalım."

Meselenin ne olduğunu merak ediyor ya onun için "Anlaştık" diyor hemen. Bu lafı ettikten sonra "Olmaz!" dediğine hiç rastlamadım. Yanlış bir iş de olsa aldırmaz, sözünün arkasında durur, gereğini yapar.

"Bu gece eşimle konuşacağım. Üç gün sonra bir işim olacak ama bundan eşimin haberinin olmaması lazım. İcap eder de arayıp bir şey sorarsa, turizm bölgelerine bir araştırma yapmak için gönderdiğini söyleyeceksin. Anlaştık mı?"

"Nereye gideceksin peki?"

"Turizm bölgelerinden birine."

"Kiminle?"

Ters ters bakıyorum yazıişleri müdürümün yüzüne. Anlıyor ne demek istediğimi.

"Kocaman adamsın. İstersen söylersin, istemezsen söylemezsin. Yalnız dikkat et! Eşin gibi bir kadınla bir daha asla karşılaşmayacaksın, bu bir. Çocuğun henüz hap kadar, onun hayatını olumsuz etkileme, bu iki. Haydi şimdi yürü, ense tıraşını göreyim, bu da üç."

-36-

İki gün önce konuşup anlaştığımız gibi, eşimden otomobilin anahtarını alıyorum. O üç gün taksiyle idare edecek.

Kapıdan çıkarken bir kez daha "Dikkat et. Gece otomobil kullanma" diyor.

Ona da oğluma da her zamankinden biraz daha sıkı sarılıyorum.

***

Koca bir günü oyalanarak geçiriyorum.

Öğleden sonra St. Benoît'nın önünde Holly ve Ece bekleyecekler. Önce onları alacağım. Ardından, otomobile Tünel'in Perşembe Pazarı kapısından Ferit binecek. Osmanbey'den, Holly'nin eşyalarını getirecek. Sonra E5'e çıkıp aralıksız yol yapacağız. Bu nedenle depoyu ağzına kadar doldurdum. Planımız, Çanakkale'yi feribotla geçtikten sonra Bodrum'a kadar benzin ve kısa bir ihtiyaç molası haricinde durmamak.

Holly de Ferit de otomobil kullanıyorlar. Yorulmam halinde yardımcı olacaklar.

Beşiktaş istikametinde ilerlerken St. Benoît'nın önüne göz atıyorum. Kimse yok. Saatime bakıyorum, daha beş dakika kadar var. Tophane'de otobüs durağı civarında biraz oyalanırsam, tam da kararlaştırdığımız saatte orada olurum. Bakalım onlar da olabilecekler mi? Olamama ihtimalini de konuştuk. Dikkat çekmemek için beklemeyeceğim, bir tur atıp tekrar geleceğim.

Tophane oyalanmasından sonra, daha St. Benoît'nın önüne yaklaşırken Holly ve Ece'yi görüyorum. Sözleştiğimiz gibi arka koltuğa yerleşiyorlar.

Birkaç dakika içinde, bu kez Tünel'in yakınında iki koca bavulla Ferit'i görüyorum. Daha önce konuştuğumuz gibi, otomobilden inmiyorum. Ferit kilitlemediğim bagajı açıyor, iki çantayı içine atıyor ve gelip yanıma oturuyor.

Gaza basarken "Her şey yolunda mı?" diye soruyorum.

"Evet" diyor Ferit.

Holly sessiz.

Dikiz aynasından görebildiğim kadarıyla, Ece hakikaten çocuk. Dedikleri gibi son derece güzel bir yüzü var. Şaşkın şaşkın etrafa bakıyor.

Hafif arkama dönüp "Ne kadar süreyle geri dönmezsen kıyamet kopar?" diye soruyorum.

"Birkaç saat dedim. Şimdi saat bir. Bu hesaba göre en geç üçte orada olmamız lazım."

Ferit saatine bakıp "Üçe kadar Silivri'yi geçmiş oluruz" diyor.

Kafamı kurcalayan bir soru da mafyanın Holly'nin evini bilip bilmediği. Soruyorum.

"Birkaç kez öğrenmeye çalıştılar. Tam cevap vermedim. Peşime birini takıp öğrenmiş olacaklarını zannetmiyorum. Doğrusunu söylemek gerekirse, çok da umursamıyorum."

Ferit "Bulsalar da fark etmez. Biraz eve zarar verirler, o kadar" diyor.

Söyledikleri mantıklı. Kafama takılan sadece bir konu var.

"Holly, senin için para ödemiş değiller. Bu nedenle sineye çekeceklerdir. Sonuç olarak geldiğin gibi gitmiş olacaksın. Ama Ece için durum farklı. O seninle kaçmış ya da senin tarafından kaçırılmış olacak ve bu durumu hem Manukyan'ın hem de mafyanın içine sindirebileceğini sanmıyorum."

Söylediklerime kimse karşılık vermiyor. Aslında daha önce, Yakup'ta planımızı yaparken de konuşmuştuk bu konuyu. Sessizliklerinin nedeni bu olmalı. Belki yanında konuşup Ece'yi tedirgin etmek istemiyorlardır.

***

Ferit'in hesapladığı gibi, Silivri'yi saat 15.00 gibi geride bırakıyoruz.

"Şu aralar..." diyor Ferit. "14 numarada kıyamet kopmuştur."

Holly arkadan dahil oluyor konuşmamıza.

"Evet. Şu an itibariyle, Ofluların adamları otobüs işletmelerini, tren garlarını filan dolaşmaya başlayacaklar. Bulamayacaklar tabii. Tek korkum, Gelibolu, Eceabat gibi yerlerde birilerine telefonla bizi tarif edip etmeyecekleri."

Bu konuyu daha önce hiç konuşmamıştık. Yakup'ta yaptığımız planın içinde bu yoktu. Sağıma, Ferit'e dönüp biraz korkarak "Olabilir mi?" diye soruyorum.

"Olmaz. Yüzde bir ihtimal. Yolda bavulları arkaya alır, bagaja kızları koyarız. Eğer birilerini görevlendirdilerse, içinde kadın olan otomobillere bakacaklardır."

Bu sefer Holly'ye "Olur mu böyle?" diye soruyorum.

"Neden olmasın? Nefes alabileceksek sorun yok."

Biraz düşünüyor, "Arabanın arka koltuğu öne doğru kayan cinsten. Böyle olunca bagaj biraz genişliyor. Açılacak boşluktan rahatlıkla hava da alabilirsiniz. Üzerine yatmak için bir battaniye de var arkada" diyorum.

***

Gelibolu'ya yaklaşırken otomobili sağa çekip düşündüğümüz düzenlemeyi yapmaya koyuluyoruz.

Ferit "Çantalar biraz ağır, onları ben kaldırayım" diyor. O çantaları arka koltuğa koyarken ben kızların arkada rahat biçimde yatmalarını sağlıyorum.

"Bu şekilde iki saat yatmak zorunda kalabileceğinizi unutmayın. Biraz vapur beklememiz gerekebilir. Ayrıca arabalı vapurdan inerken ve şehirden çıkarken de zamana ihtiyacımız olacak. Kendinizi ona göre ayarlayın. Bir de birimizden birimiz mutlaka arabada olacağız, bir terslik olursa ses verin. Ne olur ne olmaz."

Holly Ece'nin elini tutuyor, "Ne macera ama değil mi?" diyor.

Kızın yüzü ilk kez gülüyor ve "Evet" diye karşılık veriyor. Sesinin tonundan Holly'ye güvendiğini hissediyorum. Büyük bir felaketi geride bırakmak üzere.

Holly olmasa genelevde hayatını tüketmesi, yaşlandığında sokak köpeği gibi bir köşe başına bırakılması işten bile değildi. Dünya kadar kız çocuğunun başına gelen, korku filmi misali bir gerçeklik bu.

***

Gelibolu'da arabalı vapur sırası beklerken Ferit alışveriş yapıyor. Bir koca torbayla geri dönüp elindekileri arka koltuğa koyuyor.

Tekrar yanıma otururken "Akşam yemeğini ve yarın sabahın kahvaltısını düşünerek alışveriş yaptım. Uzunca bir süre, benzin ve malum ihtiyaçlar dışında durmamız gerekmeyecek" diyor.

Çok geçmeden arabalı vapur kuyruğu ilerlemeye başlıyor.

Ferit'in de benim de gözümüz sağda solda. Hiç kimsenin yüzüne dikkatlice bakıp kendimizi elevermek istemiyorsak da heyecanımız arabalı vapur harekete geçene kadar sürüyor.

"Bir de..." diyor Ferit. "Arabalı vapurdan indikten sonra dikkatli olmamız lazım. Sonra paçayı kurtardık sayılır."

Doğru söylüyor. Mafyacıların Çanakkale'de tanıdıkları olabilir. Holly ve Ece'nin eşkâllerini vermiş olabilirler.

Neyse ki korktuğumuz gibi olmuyor. Arabalı vapurdan karaya çıkıyor, önce yavaştan sonra gaza yüklenerek uzaklaşıyoruz.

Epey sonra Ferit "Alalım artık kızları bagajdan" diyor.

***

Holly ve Ece bagajdan biraz yorulmuş ama mutlu iniyorlar. Uyuşmuş bacakları düzelsin diye biraz oyalanıyor, o arada temiz hava alıyoruz.

Bu arada Ferit arka koltuğu yerine çekiyor, ağır çantaları yeniden bagaja yerleştiriyor. Sonra yiyeceklerin olduğu torbayı ön tarafa ayaklarının altına koyuyor, bize katılıyor.

"Ekmek, peynir, domates aldım. Ayrıca bir sürü gazozumuz, gofretimiz, çikolatamız filan da var. Bundan sonra, aralıksız parti anlayacağınız."

Hakikaten öyle. Önümüzde hiçbir engel kalmadı. Bütün mesele çevirme yapılabilecek noktaları aşmaktaydı. Şu andan sonra nereye gittiğimizi, nasıl bir plana sahip olduğumuzu kimse tahmin edemez.

-37-

Bodrum'a yaklaşırken, Ferit ne yapmam gerektiğini bir kez daha tarif ediyor.

"Çok yoruldun ama bizi Bodrum'un girişinde indirdikten sonra biraz daha yol yapman gerekecek gazeteci ağabey. Otomobil de sen de Bodrum'da görünmemelisiniz."

Bu konuyu daha önce de konuştuğumuz için yadırgamıyorum. Ben onları bıraktıktan sonra Ferit gidip arkadaşını bulacak. Kızları ya doğrudan tekneye ya da barınabilecekleri bir yere götürecekler. Sonra ne olacağını bilmiyorum. Bilmek de istemiyorum zaten.

"Anlaştık. İzmir'e dönüp, bu geceyi orada geçireceğim. Planım bu. Becerebilirsem ne âlâ. Beceremezsem bir benzinciye çeker biraz dinlenir, İzmir'e öyle giderim. Oradan da ver elini İstanbul."

Konuşmam bitince Holly üzgün bir ses tonuyla konuşuyor.

"Bodrum'un girişinde vedalaşamayacağımıza göre, buralarda bir yerde dur, son bir kez sarılalım birbirimize."

Ben de tam böyle düşünmüştüm. Otomobili Bodrum'un harita gibi göründüğü dönemece çekiyorum.

Ferit'e "Seninle nasıl olsa yollarımız kesişir İstanbul'da" diyor, sadece elini sıkıyorum.

Ece'yi yanaklarından öpüyor "Seni tanımak güzeldi" diyorum.

Holly ile uzun uzun sarılıyoruz birbirimize.

"Seni hep düşüneceğim" diyor kulağıma.

"Ben de seni" diye cevap veriyorum.

Sonra hep birlikte, otomobile yeniden biniyoruz. Bodrum'a girmeden üçünü otomobilden indiriyorum. Ferit bavullarla yine kendisi ilgileniyor.

Dikiz aynamdan kızların el salladığını görüyorum. Gayriihtiyari, gözlerimden yaşlar boşalıyor.

***

Tahmin ettiğim gibi oldu, yola çıktıktan dört gün sonra, akşamüzeri eve ulaşmış oldum. Bu süreye İzmir'de uykuda geçirdiğim on saat de dahil.

Kapıda oğlum ve eşim tarafından karşılanıyorum. Ufaklık hediyesini alır almaz uzaklaşıyor.

Eşim boynuma uzunca süre asılı kaldıktan sonra "Hangi yoldan gittin, hangi yoldan döndün?" diyor.

"Çanakkale üzerinden gittim, Eskihisar üzerinden döndüm."

"İyi geçti mi bari?"

"Hayır. Çünkü saçma sapan bir iş için gönderdiler. Patronun angaryasıymış. Benim gitmemi istemiş. Biliyorsun, bazen oluyor böyle."

Bilmiyor. Nereden bilecek? Her mesleğin saçmalıkları kendine göre.

Akşam yemeğimi zor tamamlıyorum. Yol yorgunluğu lafı boşa edilmiş değil.

Yatmadan evvel eşime "Yarın akşam yemeğimizi Yekta'da* yiyelim mi?" diye soruyorum, çok seviniyor.

"Gazeteden çıkmadan haber ver. Aşağı yukarı aynı zamanlarda orada oluruz."

***

* Yekta 1950'den bu yana Nişantaşı'nda Türk, İtalyan, Fransız yemekleriyle hizmet veriyor.

Uzun bir uyku çekmiş olarak, sabahın erken saatlerinde gazeteye ulaşıyorum. İlk işim yazıişleri müdürüme uğrayıp bağlılıklarımı bildirmek oluyor. Bir de çok özel ricada bulunuyorum.

"Bana öyle bir iş ver ki bir süre kendime gelemeyeyim!"

Yazıişleri müdürüm bu sözlerime, yardım isterkenki sözlerimi hatırlatmak için olsa gerek "Sana bir daha asla, *anlaştık* demeyeceğim" diye karşılık verse de uzatmıyor. İşe dönüyor.

"Seçimler yaklaşıyor. 5 Haziran'a bir ay bile kalmadı. Dedikodusuydu, magaziniydi, seçim atmosferine girmemiz lazım. Düşün bakalım biraz. Öğleden sonra konuşalım."

***

Günün gazetesini şavulladıktan sonra, yazıişleri müdürümüzün başkanlığında, Ankara'ya telekonferans yoluyla bağlanıp, yaklaşmakta olan seçimleri mercek altına alıyoruz.

Siyasi partileri takip eden muhabirlere, benim gibi ağırlıklı olarak toplum yazıları yazanlar da katkıda bulunacaklar.

Toplantıdan çıkarken yazıişleri müdürüme "Cezamı verdin. Teşekkür ederim" diyorum.

"İntikam..." diyor buna karşılık. "Soğuk yenen bir yemektir!"

Hakikaten tam da öyle oldu. Siyasal magazin adını da verebileceğimiz ne varsa bende toplanacak. Partilerin dengelerini de gözeterek, seçime kadar bu tür yazılar benim masamdan geçecek. Bir başka deyişle, yandı gülüm keten helva.

***

"Şarap içelim mi?" diye soruyorum Yekta'da.

"O zaman biraz İtalyan bir şeyler mi yesek acaba?"

İlk kadehi "Sağlığınıza" diyerek eşime ve oğluma kaldırıyorum.

Çok geçmeden eşim "Seninkilerden bir haber var mı?" diye soruyor.

"Kimlerden?" diyorum biraz şaşırmış olarak.

"Holly ve Ferit canım. Kimler olacak başka?"

"Ha yok" diyorum. İçimden *bundan sonra da olmaz* diye geçiriyorum.

"Sahi, kararını verdin mi Holly konusunda?"

"Ne kararı?" diyorum yine şaşırarak.

"Transseksüel mi yoksa kadın mı?"

Elimin titremeye başladığı anlaşılmasın diye kadehimi masaya bırakıyorum.

"Nereden bileyim ben?" diyorum bu sefer de.

"Bilmem" diyor. "Sordum işte."

Neyse ki uzatmıyor.

Bir ara Holly ve Ferit'in hayatımızdan tümüyle çıktıklarını söylemek aklıma geliyorsa da uzun yolculuğuma bağlaması ihtimaline karşılık erteliyorum.

-38-

Kafamda seçime dair siyasal magazin konularını evirip çevirerek gazetemden içeriye girmek üzereyken, bir adam sertçe koluma girip "Arabaya doğru yürü!" diyor.

"Ne oluyor?" dememe kalmadan böğrüme bir silahın dayanmış olduğunu hissediyorum.

Bir başka iriyarı adam da öteki koluma giriyor ve otomobilin arka koltuğuna tıkılıyorum.

Şoför dahil olmak üzere üç kişiler. Otomobil Cağaloğlu Yokuşu'nu tırmanıyor, ara sokaklardan sahil yoluna iniyor, Tekfur Sarayı'nın yıkıntılarının yakınında, kimsenin olmadığı bir izbede duruyorlar.

Az önce gazetenin önünde koluma girip otomobile doğru yönlendirmiş olan adam, aynı hoyratlıkla bu kez kolumdan çekerek otomobilden aşağıya çekiyor. Dizlerimin üzerine düşüyorum.

Bu arada öteki geliyor, aynı sertlikle yerden kaldırırken "Çok hırpalanmak istemiyorsan, paşa paşa anlat" diyor.

"Ne anlatayım?"

"Holly ve Ece nerede?"

"Ne bileyim ben?" dememe kalmadan otomobile zorla bindiren ve indiren ayıdan önce karnıma, sonra suratıma iki sıkı yumruk alıyorum.

"Bak birader" diyor konuşmayı yürüten. "O orospuyla yediğinin içtiğinin ayrı gitmediğini biliyoruz. Onun için bize maval okuma. Bildiklerini anlat."

"Son olarak 14 numarada gördüm. Sonra bir daha görmedim" dememe kalmıyor, leş gibi nefesini hissettiğim ayı, karnıma ve suratıma arka arkaya birer yumruk daha patlatıyor.

Bu arada belindeki silahı çekiyor, ağzıma sokuyor "Kuran Mushaf çarpsın burada öldürürüm seni! Bırakır giderim! Kimsenin haberi olmaz! Anlıyor musun?" diye soruyor.

Başımı sallıyorum. Tabancayı ağzımdan çıkartırken birkaç dişimin sızlamasına yol açıyor.

"Haydi anlat!"

Aslında, bu noktaya kadar gelebileceklerini önceden düşünmüştüm. Bundan öteye gidemeyeceklerini tahmin ediyorum. Hesabım doğru mu yanlış mı çıkacak şimdi anlayacağız.

"Ben ünlü bir gazeteciyim. Bunu biliyorsunuz. Gazetem de öyle. Kılıma zarar verirseniz sonuçlarına patronlarınız katlanır. Onlar da hesabı size ödetirler. Bence bunu iyi anlayın. Holly'yi de adı her neyse öteki orospuyu da görmedim."

Koluma girip tabanca tehdidiyle arabaya sürüklemiş, burada ikisi karnıma ikisi suratıma dört okkalı yumruk indirmiş adam geri çekiliyor. Bu kez öteki yaklaşıyor. Anlaşılan polisten öğrenmişler *iyi polis, kötü polis* olmayı. İlki dövdü ya, şimdi öteki akıl verecek.

"Şimdi seni burada bırakıp gideceğiz. Holly'yi aramaya devam ediyoruz. Dua et bulalım. Bulamazsak, genelevde Holly diye seni çalıştırırız, haberin olsun. Bu arada iyice düşün. Söyleyeceğin bir şey olursa aklında tut. Biz gelip seni yine bulacağız. Holly ararsa ağzından laf almaya çalış, sonra hemen 14 numaraya git, vekile öğrendiklerini anlat. Bir dahaki gelişimizde birkaç yumrukla kalmayız, haberin olsun. Ayrıca sakın polise filan gideyim deme. Karının çalıştığı işyerini de oğlunun gittiği okulu da biliyoruz."

İki ayının bindiği otomobilin gidişini, surların dibine çökerek seyrediyorum. Otomobilin markasını ve plaka numarasını aklıma kaydettim ama bir işe yarasın diye değil.

***

Arada bir çenemi yoklayarak Cankurtaran'dan Sultanahmet'e tırmanıyorum.

Gazeteye gitmeden önce kendime çekidüzen vermek için bir kafeteryaya giriyor, tuvaletinde elimi yüzümü yıkıyorum. Duvarda bir notta "*Biz sizin kül tabağınıza çişimizi yapmıyoruz, siz de bizim pisuarlarımıza sigara izmaritlerimizi atmayın*" yazıyor.

Doğru söze ne denir?

Hiçbir pezevenk ya da orospu yazdığım yazıyla ilgili tek laf etmedi. İşime karışmadılar yani. Buna karşılık ben, yapılmaması gereken bir şey yaptım, genelevden, üstelik iki kız kaçırdım.

Suratıma gereken bakımı yaptıktan sonra pantolonumdaki tozları ve gömleğimdeki kan lekelerini de temizlemeye çalışıyorum.

Aynadaki görünüşüm o kadar da kötü değil. Neyse ki ayı işini biliyordu, karnıma ve çeneme çalıştı. Gözüme vurmuş olsa mosmor olurdu. Biraz kan aktıysa da diş kaybetmiş değilim. Verilmiş sadakam varmış.

Doğrusunu söylemek gerekirse, biraz fazlasına bile hazırlamıştım kendimi. Daha ileriye gideceklerini tahmin etmiyorum. Bir daha rahatsız etmezler. Devreye polisin girmesi işlerine gelmez.

Gazeteci olmam bu tür konularda kalkan oluyor. Onlar da biliyor ki emniyet genel müdürü, vali, içişleri bakanı gibi önemli insanlara sadece bir telefon mesafedeyim. Kaldı ki böyle bir durumda gazetem de arkamda, üstelik bütün cüssesiyle durur.

***

Yazıişleri müdürüm "Ne oldu be!" diyor görür görmez.

"Ne oldu?" diyorum karşılık olarak.

"Zorla götürmüşler kapının önünden. Foto muhabiri çekmiş fotoğraflarınızı. Karanlık odaya gönderdim. Şimdi gelir."

Fark etmemiştim etrafta birilerinin olabileceğini. Demek varmış.

"Anlatsana" diyor yeniden yazıişleri müdürüm.

"Nefes alayım. Biraz müsaade et. Bir çay içeyim, gelirim."

Aslında bir şey içecek durumda değilim. Vakit kazanmaya çalışıyorum, o kadar. Neyi ne kadar söyleyeceğime karar vermem lazım.

Zaman isteğime "Tamam" diyerek karşılık veriyor arkadaşım. "Ne zaman hazır olursan, o zaman gel, konuşalım."

Çay lafı edildiği için telefonu kaldırıp çay söylüyor bu arada pipomu hazırlıyorum.

Doluya koyuyorum almıyor, boşa koyuyorum dolmuyor.

Çekilmiş fotoğrafların olması bir avantaj. İstersem, yarınki gazeteye haber olabilirim. Hem de birinci sayfadan. Bayılır gazetem, benimle ilgili haber yapmaya. Fiyakalı bir başlık prim yapmasını sağlar.

Muhabirimiz saldırıya uğradı! İstanbul plakalı otomobil ve içindeki üç şehir eşkıyası aranıyor!

Böyle bir haber yayımlanırsa, acaba kendimi korumaya mı almış olurum yoksa tehlikeye mi atmış olurum?

Manukyan'ı arayıp *köpeklerinin iplerini sıkı tutmasını* söyleyebilirim. Ardından gazetenin önünde çekilmiş fotoğraflardan birkaçını bastırıp gönderirim, olur biter.

Başka seçeneklerim de var ama önce çok sakin olmam lazım. Vermem gereken en kritik karar, yazıişleri müdürüme Holly, Ferit ve Ece'ye dair yaşadıklarımın ne kadarını anlatacağım.

Bir de tabii, eşimi alarma geçirmeli miyim?

***

Akşamüstüne kadar muhtelif işlerle oyalanıyorum.

Ani bir kararla yazıişleri müdürümün kapısını çalıyor, çıkmak zorunda olduğumu, bu sabah olanlarla ilgili kendisiyle yarın konuşacağımı söylüyorum.

Düşünmeye ihtiyacım var. Aceleyle karar verip her şeyi açık etmek istemiyorum. Çünkü sonuçlarından ailemin de etkileneceği, iç içe geçmiş bir sorunlar yumağının tam ortasındayım.

-39-

Çalan telefonla uyanıyorum. Arayan yazıişleri müdürüm.

"Şimdi gazeteden aradılar. Manukyan'ın arabası havaya uçurulmuş.* Korumasıyla şoförü ölmüş. Kendisi ağır yaralıymış. Bilmen gerekir diye düşündüm. Olay yerinde ve hastanede birkaç arkadaşımız var. Zaten sabah olmak üzere, ben şimdi çıkıp gazeteye gideceğim. Sen de biraz erken gel."

Çalan telefon eşimi de uyandırıyor. Duyduklarımı anlatıyor, giyinip gitmem gerektiğini söylüyorum.

Saate bakıyorum. 05.00 civarı. Arkadaşımın da dediği gibi sabaha bir şey kalmamış.

Hazırlanmaya başladığımı gören eşim, masaya sıcak bir çayla birkaç parça bir şeyler koyuyor.

"Acele etme! Olan olmuş. Gün boyu çalışacaksın. Kuvvetli olman lazım."

"Öyle ama Manukyan'la son röportajı ben yaptım. Hem de kapsamlı olarak. Bu nedenle bizim gazete işe önem verecektir."

***

Yazıişleri müdürüm telsizin başında. Polis telsizini dinliyor.

"Otursana" diyerek yanında yer gösteriyor ve başlıyor anlatmaya.

"Biliyorsun evine yakın bir hastane var ve orada gece boyu muhabirimiz bekliyor. Gececi olarak bıraktığımız çocuk polis

---

* Matilt Manukyan'ın otomobili 27 Eylül 1995'te havaya uçuruldu. Şoförü ve koruması öldü, kendisi ağır yaralandı.

telsizinden geçen konuşmaları duyar duymaz hastanedeki muhabirimizi arıyor. O da ötekilere hissettirmeden olay yerine geçiyor. İlk giden bizim adamımız. Çektiği fotoğraflar banyo ediliyor. Anlattığı kadarıyla çok büyük bir olay. Araba parça parça olmuş."

Meselenin büyüklüğü aşikâr. "Telsizin başına başka birini bırak. Gel sana anlatacaklarım var" diyorum.

Birlikte odasına giriyoruz. Sesimi iyice düşürüp "İyi dinle" diyorum. Gazetede yazmadığım ama bildiğim bazı meseleler var.

"Patlama saati, Manukyan'ın 17 numaralı odada yaptığı tahsilat dönüşünü işaret ediyor."

Arkadaşım yüzüme şaşkın şaşkın bakıyor "Ne 17 numarası? Ne odası? Hangi tahsilat?" diyor.

Uzun uzun, vekillerin evlerde toplanan paraları her gece 14 numaralı evin 17 numaralı odasında Manukyan'ın eline nasıl saydıklarını anlatıyorum.

"Hatırlıyor musun..." diyorum. "Seninle bir günlük hasılatın kaç para olduğunu konuşmuştuk?"

"Evet" diyor.

Sanki Holly kulağıma konuşuyor gibi, onun söylediklerini kelimesi kelimesine arkadaşıma naklediyorum.

"Manukyan'ın şu an itibariyle otuz yedi evi var. Kendisi her gece saat birde 14 numaralı eve gidip, sabaha karşı dört buçuğa kadar çalışıyormuş. Çalıştığı odanın kapı numarası 17. Bu oda Manukyan'ın ofisi. Saat tam birde, otuz yedi evin vekili 17 numaralı kapının önünde sıra oluyor. Çağrılan vekil içeriye giriyor, elde ettiği hasılatı patrona veriyor."

Sözlerimi tamamlayınca "Sonra?" diyor arkadaşım.

"Sonrası karışık. Odada duvar büyüklüğünde bir kasa var. Paraların ne kadarı burada saklanıyor ne kadarı dışarıya çıkartılıyor, hangi yolları izliyor bilmiyorum ama sonunda Ferdinand'a ulaşıyor, bir süre sonra aklanmış olarak Matilt Hanım'ın banka hesaplarında yerini alıyor."

"Acaba otomobilde para olduğu düşünüldüğünden mi hedef oldu?"

"Olabilir. Başka bir sürü neden daha var hedef olması için. Yazalım mı şuraya alt alta neler olduğunu?"

"Yok..." diyor arkadaşım. "Öyle olmaz. Sen şimdi daktilonun başına otur ve *Manukyan'ın neden hedef olabileceğine* dair bir çerçeve yaz. Sadece bu başlığa odaklan. Bitirince yeniden konuşalım."

Akıllı adam. İşleri bitirerek gitmeyi seviyor. "Tamam. Yarım saatte bitiririm" diyor masama geçiyorum. O tekrar telsizin başına dönüyor.

***

Yazıişleri müdürümün istediği yazının sonuna yaklaşırken, haber merkezinin öteki mensupları birer ikişer dökülmeye başlıyor. Bazıları haberi ofise gelince alıyor. Radyoda sabah haberlerini dinlemiş olanlar haliyle biraz daha telaşlı.

Saat 09.00 gibi haber müdürü "Herkes toplansın!" diye bağırıyor. Belli ki toplantıya yazıişleri müdürü de katılacak.

Beklediğim gibi oluyor. Yazıişleri müdürüm önce herkese "Zor bir gün olacak!" diyor. Sonra parmağıyla beni işaret ediyor.

"O ve ben, sabaha karşı, haberi duyar duymaz geldik. Birkaç yazı yazmış durumdayız. Hastanede ve poliste işi takip ediyoruz. Haber müdürü bazılarınızı özel olarak bu iş için ayıracak, ötekiler gündelik işlerine baksınlar."

Toplantı bitince kulağına eğilip "Hastaneye gideyim mi?" diye soruyorum.

"Bence gerek yok. Kadın ağır yaralı. Doktorlar da adamları da yanına kimseyi sokmazlar. Biraz düzelince, randevu alarak gidersin. Sen, foto muhabirini de alıp genelev sokağını bir kolaçan et. Bakalım orada neler oluyor. Bitirdin mi yazını?"

"Bitirdim."

***

Zürafa Sokağı'nın başında bir polis noktası oluşturulmuş durumda. İçeride soruşturma yapılıyormuş. Basın kartım filan engeli aşıp içeriye geçmemi sağlayamıyor.

Foto muhabiri arkadaşıma "Yapacak bir şey yok. Gazeteye dönelim" diyorum.

Gazete girişinde, başka gazetelerden birkaç foto muhabiri fotoğraflarımı çekiyor. Biri teybini uzatıp "Yazdığınız yazıyla bir alakası olabilir mi?" diye soruyor.

Meslektaşımın suratına *bu ne salakça bir soru* der gibi bakıyor "Sanmıyorum" diye cevap veriyorum. Kendimi binadan içeriye atmam bir hayli zor oluyor. Nihayetinde, etrafımda toplanmış olanlar meslektaşlarım. Öte yandan lafı uzatmayacak kadar tecrübeliyim. Cevaplarımın *ben de sizin kadar biliyorum* kıvamında kalmasını beceriyorum.

Yazıişleri müdürüme genelev sokağından ekmek çıkmadığına dair raporu verdikten sonra "Fotoğraflarımı çektiler aşağıda" diyorum.

"Masandaki telefonlar da gün boyu çaldı. Bildiklerini yazdığını, yarın gazeteden okuyabileceklerini söylettirdim. Sen de kimseye röportaj filan verme" diyor. Ayrıca "Anlaştık değil mi?" diye soruyor *yoksa canına okurum* der gibi.

Biraz da uzatmasın diye "Bırak canıma okumayı da çıkmadan önce bıraktığım yazıyı okudun mu? Sen önce onu söyle" diyorum.

"Okudum. Seni bekliyordum. Genel yayın yönetmenine beraber gideceğiz. Yazdıklarının üzerinden geçmemiz lazım. Hassas konulara girmişsin."

"İki kişi öldü. Türkiye'nin bir numaralı genelev patronu komalık oldu. Hassas olacak tabii."

"İyi..." diyor. "Biz de bir şey demedik. Konuşalım biraz üzerine. Değil mi?"

***

Bizimki biraz Churchill misali. Hazret koca İkinci Dünya Savaşı boyunca öğle uykularını ihmal etmemiş, purosundan vazgeçmemiş. Genel yayın yönetmenim ona keza. Dünya yıkılıyor, Türkiye yerinden oynuyor olsa fark etmez, Bach'ını dinler.

Odanın kapısı açılır açılmaz, iddialı ses düzeninden *Brandenburg Konçertoları*'ndan bilmem kaçıncısı koridora taşıyor. Yerime oturmadan her zamanki gibi "Şunun sesini biraz kısabilir miyim?" diye soruyorum.

O da her zamanki gibi "Neden?" diye karşılık veriyor.

Aramızda ritüelik bir durum var. Cevap vermesem sihri bozmuş olurum.

"Konuşmaya yoğunlaşamam da onun için."

Yüzünde kıl oynamadan "İyi. Kıs o zaman" diye homurdanıyor.

Yazıişleri müdürümün korkunç bakışları üzerimde, odadaki Bach egemenliğini tahammül edilebilir seviyeye çekiyorum.

Genel yayın yönetmenim bana, ben ona uzun süreler tahammül edemiyoruz. Bu nedenle derhal konuya giriyor.

"Milliyetçiler, muhafazakârlar, devrimciler, mafya demişsin. Açmışsın da neden hedef alabileceklerini ama ben biraz daha derinleştirilmesinden yanayım."

"Tamam. Pratik yoldan gidelim. Siz söyleyin eksik kalan noktaları, bende karşılıkları var mı diye düşüneyim. Sonra gidip gerekli değişiklikleri yapayım."

"Milliyetçiler, diyorsun. Kimi kastediyorsun? Milliyetçi Hareket Partisi de Ülkü Ocakları da milliyetçi. Tam adres gösterememekle iyi yapmışsın ama yazdığın şekliyle bile yanlış anlamalara yol açabilirsin. Bu senin için de gazete için de iyi olmaz. Farkındasındır eminim. Muhafazakârlar deyince iktidar ortağı Milli Selamet Partisi de üzerine alınabilir, cami cemaati de, imam hatip mektepleri de. Devrimcilerin içinde kimler var? Dev-Sol, Acilciler filan mı yoksa DİSK gibi sendikalar mı? Ve geldik en tehlikelisine: Mafya demişsin. Hangi mafya? Manukyan'ı haraca bağlamış olan Oflular mı yoksa Ofluların yerini almaya çalışan bir başka mafya grubu mu?"

Dikkatle dinledim genel yayın yönetmeninin söylediklerini. Hak da verdim üstelik. Düşüncelerimi yüksek sesle söylemeyi kendime yediremediğim için susmayı seçiyorum.

"Bu yazıyı öyle bir yaz ki şu adını zikrettiğimiz odaklardan hiçbiri üzerine alınmasın. Öte yandan üzerine dikkat çekmek istediğin herkes tam olarak anlaşılsın."

Yerimden kalkarken "Çalışacağım, bakalım ne kadar olabilecek" diyor, az önce kıstığım Bach'ın sesini, odaya girdiğimde olduğu yüksekliğe geri getiriyorum.

-40-

Birinci sayfanın orta yerinde Manukyan'ın kanlar içinde fotoğrafı var. Sedye ile hastaneye taşındığını gösterir tek fotoğraf bizde. Gececiler bu kez sınıfta kalmamışlar.

Gazeteyi katlayıp masaya bırakırken "Doğalgaz patlaması palavrası da dahil, tekmili birden ortaya karışık salata" diyorum.

"Senin yazdığın yazı da dahil mi?" diye soruyor yazıişleri müdürüm.

"En çok da benimki!"

Onun odasındayız, kapı kapalı. Bu nedenle istediği gibi konuşabiliyor.

"Ne yapalım ulan? Duydun işte adamı içeride. Korkuyor haklı olarak. Patronun vereceği tepki başının üzerinde Demokles'in kılıcı gibi sallanıyor. Tek işi gazete patronluğu değil ki! Dünya kadar işi var gücü var. Siyasisini ayrı, emniyetçisini ayrı, mahkemesini ayrı okşaması gerekiyor."

"Boş ver benim söylediklerimi de şu doğalgaz meselesi için aklından geçenleri anlat."

"İETT Havagazı* bizim muhabirimize kendi tesisatlarında bir sorun olmadığını söyledi. Ayrıca bizzat ben, tanıdığım emekli bir patlayıcı uzmanını aradım. *Havagazı şirketinin doğru söylediğini, patlamanın uzaktan kumandayla gerçekleştirildiğini* doğruladı.

---

* İstanbul'da havagazı üretimine 1853 yılında, Dolmabahçe Sarayı'nın aydınlatılması amacıyla başlandı. 1878'de Yedikule, 1891'de Kadıköy'de yabancı sermayeli şirketler üretime geçti. 1945'te İstanbul'da havagazı işletmeciliği İstanbul Belediyesi'nin bir kuruluşu olan İETT'ye geçti. Belediye havagazı üretip satma işinden, doğalgazın kullanıma girmesi üzerine, 1993'te tamamen çekildi.

Bence polis de mafya da işin üzerini kapatmaya çalışıyor. Polis kendini kurtarmanın derdinde. Mafya da zayıfmış, yeterince koruma sağlayamıyormuş algısının oluşmasını istemiyor."

Arkadaşımın söyledikleri yeterince ikna edici. Tüm İstanbul'daki doğalgaz tesisatından sadece Matilt Hanım'ın evinin önündeki, tam da onun otomobilinin park zamanını mı bekliyor patlamak için? Acemice bir saptırma çabası.

"Sana bir şey söyleyeyim mi? Asla bulunmayacak bu işi kimin yaptığı. Bir tek Manukyan bilecek kendisini hedef alanların kim olduğunu, o kadar. Polise bile söylemeyecek. Görürsün bak."

Arkadaşımın söyledikleri gayet mantıklı. Bu nedenle tartışmaya girmiyor "Neyse. İşimize bakalım" deyip ayağa kalkıyorum.

Kapıyı arkamdan çekmek üzereyken "Gidecek misin hastaneye?" diye soruyor.

"Çıkıyorum."

***

Hastanenin kapısında ne mafyacı ne de polis var.

Danışmadan kaçıncı kata çıkmam gerektiğini ve oda numarasını öğreniyorum.

Daha koridorun başında iki karanlık suratlı eşkıya durduruyor.

"Kime geldin?"

"Madam Manukyan'ı ziyaret edeceğim."

"Müsait değil."

"Gazeteciyim. Beni tanır..."

Lafımı ağzıma tıkıyor, asansöre kadar eşlik ediyorlar.

Yüzde doksan sekiz böyle olacağını biliyordum ama şansımı denemek istedim.

***

Hastaneden çıkarken yukarıdakilerden farklı iki adam koluma giriyor.

"Hop! Ne oluyor?" filan demeden, hastanenin otoparkına götürülüyorum.

Biri o gün gazetede yayımlanmış yazımı kastederek "Bildiğin başka bir şey var mı?" diye soruyor.

"Bilsem yazardım."

"Yazamazdın. Sıkı büzük ister yazman için."

Böyle zamanlarda Süpermen olmayı çok arzuluyorum. Şu adamı şurada evire çevire dövmeyi hakikaten isterdim. Neyse ki haddimi biliyorum. Sözlerim *guguk muguk* filan gibi seslerden ibaret kalıyor.

"Bak gazeteci" diyor aynı eşkıya. "Bu patlama olayı senin yazdığın yazıdan oldu. Müsebbibi sensin. Ayağını denk al! Ayrıca, seninle bir de Holly ile Ece meselemiz var günü geldiğinde hesabını göreceğimiz. Henüz yaşıyorsan, bir bildiğimiz olduğu için."

Laflarını tamamlarken sağ elinin işaret ve ortaparmaklarını V şekline getiriyor, önce kendi gözlerini işaret ediyor sonra bana çeviriyor.

"Gözümüz üzerinde. Haberin olsun!"

Söyleyeceğini söylemiş olarak arkasını dönüyor, ağır vücudunu hareketlendiriyor. Öteki de ona uyuyor.

***

Paniğe kapılmalı mıyım? Gazeteme ulaşmaya çalışırken kafamdaki yegâne soru bu.

Tabii ki Matilt Hanım'ın otomobiline bomba konulmasına benim yazım yol açmadı.

Bütün zamanların en çok bilinen isimlerinden birinin, hedef seçilmek için ne benim ne de başkalarının yazısına ihtiyacı olur.

İddia ederek söylüyorum, Madam Manukyan bütün dünyada, ölmüş olanlar da dahil, açık ara bir numaralı genelev patronu. Ona en yakın olan Madame Claude'a* bile on, belki yüz kat fark atar.

En çok da bu nedenle gazetecilerden kaçmıyor. Çalıştırdığı devasa kurumun yüzü gibi davranıyor. Bir başka deyişle, işletmesinin halkla ilişkiler hizmetini de yaptığı işi meşrulaştırma görevini de bizzat kendisi üstlenmiş durumda. Üstelik kabul etmeliyiz ki bu görevleri başarıyla yerine getiriyor.

En çok da bu duruş ve davranışları sayesinde, Madam Manukyan etrafını büyük bir maharetle sağlama almış durumda.

Ya da tersine, altın yumurtladığı için etrafı onu pamuklara sararak koruyor.

Öyle ya onun sayesinde herkes kazanıyor. Mafyaya haracını ödüyor, polisle, vergi dairesiyle, adliyeyle, sağlık kurumlarıyla ilişkilerini para dağıtarak tıkır tıkır yürütüyor.

---

* Asıl adı Fernande Grudet (1923-2015) olan Fransız genelev patronu Madam Claude'un müşterilerinin arasında Rothschild ailesi, ABD Başkanı Kennedy, armatör Onassis, Fiat fabrikalarının sahibi Agnelli, İsrail Başbakanı Moşe Dayan, Libya Devlet Başkanı Kaddafi, Fransa Devlet Başkanı Charles de Gaulle vardı. İkinci Dünya Savaşı'nda direnişe katılan Madam Claude, Madam Manukyan'dan farklı olarak mesleğe orospu olarak başladı. Zekâsı sayesinde zaman içinde işletmeciliğe terfi etti. 1976 yılında Fransız hükümetine on iki milyon dolar borç takarak ABD'ye kaçtı. Manukyan'ın ödediği toplam vergi miktarı on milyar dolar olarak tahmin ediliyor. Madam Claude 1986 yılında ülkesine döndü. Bir süre hapis yattıktan sonra mesleğine yeniden başladı. 1977 yılında Madame Claude ile ilgili ses getiren bir film yapıldı. Just Jaeckin'in yönettiği filmde Madame Claude'u Françoise Fabian canlandırdı.

Küçük kız çalıştırmak gibi meselelerden başı arada bir derde girse de sadece bir kez, o da yirmi dört saat gözaltında tutulabildi.

Ne dedi çıkınca?

"Evet, karnesiz kadınlar vardı. Her zaman olmuştur bu tür yerlerde. Emniyetin yaptığı bir şovdu. Amaçlarını tam anlayabilmiş değilim. Bence bunlar işi bilmiyor. Tüneller varmış. Ne tüneli kardeşim? Benim yıllardır kullandığım, Güneş İş Hanı'nın arka girişi. Ördürdük. Yarın yine yıktıracağız."*

İddia ederek söylüyorum, bu lafları dünyada sadece Manukyan söyleyebilir.

Yerseniz diyor tepeden tırnağa herkese. Var mı ötesi?

Arabasına konulan bombanın nedeni olarak neden yazdığım dizi yazıyı göreyim?

Verdikleri vergi rekortmenliği ödülleri de dahil olmak üzere, Matilt Manukyan'ı her yönden bir yıldız gibi parlatanlar düşünsün, Madam'ın otomobilinin altına neden bomba konulmuş olacağını? Ya da kim tarafından konulduğunu. Öyle değil mi?

Allah zeval vermesin, siyaset ve devlet büyüklerimiz zat-ı âlilerini topluma *örnek bir vatandaş, örnek bir yurttaş* olarak takdim ederken bana mı sordular? Hiç mi hiç çekinmediler cerahati büyütürken? Görürsünüz, yarın da çekinmeyecekler.

Ve her cerahat sonunda patlar!

Sonuç olarak karşımızda, kimileri çocuk yaşta olan kadınların sırtından da olsa Türkiye'nin en çok vergi ödeyen, böylelikle toplumsal kalkınmasına en çok katkı veren işkadını var. Öyle mi, değil mi?

* *Nokta* dergisi, 26 Nisan 1992, Rasime Hazer röportajı.

Öyleyse, bombanın ardında benim yazımı aramak yerine, işaret ettiğim makamları ve yapılagelen işi ya da yapılageliş biçimini sorgulamakta sınırsız yarar var.

***

Masama otururken, çocuklardan biri yazıişleri müdürünün gelir gelmez kendisine uğramamı istediğini söylüyor.

Kapısını çalıp başımı içeriye uzatıyorum. Yalnız.

"Ne yaptın hastanede?"

Olanı biteni, yani iki ızbandut tarafından otoparka çekildiğimi, ifademin alındığını, tam da olup bittiği gibi anlatıyorum.

Böylelikle, Holly'nin genelevden kaçmış, kaçarken yanında küçük bir kız çocuğunu götürmüş olduğuna dair bilgiyi yazıişleri müdürüme ilk kez vermiş oluyorum.

"Ne!" diye ayağa kalkıyor. "Neden söylemedin bunu daha önce?"

Ağzımda *bilmiyorum* filan gibi birkaç laf geveliyorum.

"Oğlum sen üç günlük tatile Holly ile çıkmadın mı?"

Tam da böyle düşüneceğini tahmin ettiğim için, Holly'nin kaçacağından, kaçtığından filan söz etmemiştim ya zaten.

Şehir dışına eşimden gizli olarak, üstelik bir iş için çıkmıyorsam, aslında ne tür bir seyahat olduğunu söylemişim demektir. Söylemediğim kiminle olduğumdur, o kadar.

Bu nedenle, ben *Holly'nin kaçtığını* söyler söylemez onun *üç günlük tatile Holly ile çıkıp çıkmadığımı sorgulaması* çok da büyük bir kehanet sayılmaz.

"Bak..." diyorum. "Hiç söylemeyecektim. Beni pişman etme. Durum tehlikeli bir hal almış olmasa, unutulacak bir serserilik olacaktı, o kadar. Ama sana yemin ediyorum, Holly ile tatile çıkmadım. Genelevden yanına bir çocuğu alıp kaçmasına yardımcı oldum, o kadar."

"Manyaksın sen!" diyor ve avuç içi kadar odasını sandalyelere filan çarparak turlamaya başlıyor.

"Aranızda hiç mi bir şey geçmedi?"

"Geçti. Ama İstanbul'da. Gitti ve bitti. Artık yurtdışında. Bunu sadece sana söyleyeceğim. Başka bir Allah'ın kuluna söylemeyeceğim. Benden ve senden başka kimse bilmiyor. Birinden duyarsam, senden bilirim. Hem çok kızarım hem de çok üzülürüm. Bilmiş ol."

Arkadaşım kalkmış olduğu koltuğuna otururken "Uzatma. Benden çıkmaz. Bilirsin" diyor.

Oturduktan sonra makineli tüfek gibi konuşuyor.

"Anlat şimdi öteki bilmediklerimi. Bir kelimesini bile atlama. Ne kadar çok şey bilirsem o kadar yardımcı olurum. Kapiş?"

-41-

Gece yarısı evimin zili çalıyor. Yataktan çıkıp kapıya ulaşmakta zorlanınca, zili çalan her kimse bu sefer kapıyı tekmelemeye koyuluyor.

Korkulmayacak gibi değil. Öte yandan gidip bakmazsam kapı kırılacak. Eşim panik içinde yataktan çıkıyor, koridorda peşim sıra koşturuyor.

"Kim o!"

"Polis. Derhal açın!"

Gözetleme deliğinden baktığımda üç kişi görüyorum. Sivil giyimliler.

"Polis olduğunuzu nereden bileceğim?"

Biri cebinden bir kart çıkartıyor. Zincirli kapıyı aralıyor, kartı alıp bakıyorum. Terörle mücadele. Eşime dönüp "Korkma, polis!" diyorum.

"Giyinin" diyor daha amir gibi görünen.

"Neden giyineyim? Ne soracaksanız sorun."

"Olmaz. Uzun sürecek."

"O halde yazıişleri müdürüme bilgi vereyim. Avukatımı da arasınlar."

"Tamam. Uzun sürmesin."

Yazıişleri müdürüme bilgi veriyor, giyiniyorum. Kapıdan çıkarken eşime ve uyanmış oğlumuza "Korkacak bir şey yok. İfade verip geleceğim" diyorum.

***

Apartmanın kapısında, arka kısmında camları olmayan, kapısı sürmeli beyaz bir minibüs var. İçine girmeden evvel dairemizin penceresine bakıyorum, eşim ve oğlum endişe içinde beni izliyorlar.

Minibüse biner binmez polislerden biri cebinden siyah bir göz bağı çıkartıyor ve gözlerimi sıkıca bağlıyor.

"Kartınızda terörle mücadele yazıyordu. Nereye gidiyoruz?"

Bu sorudan sonra daha pek çok soru soracağım ama aldığım cevap hep aynı olacak.

"Gidince öğrenirsin."

Yön duygumu birkaç dakika içinde yitiriyorum. Tanıyabileceğim bir ses duyarım umuduyla uzunca bir süre etrafı dinliyorum. Sonra ondan da vazgeçiyorum.

Minibüsten polislerin yardımıyla indiriliyor, bir eşiği atlatılıyor, bir sürü merdiven indiriliyorum. Nihayetinde gözüm açılıyor. Bir masanın başında oturan, polis olduğunu düşündüğüm birine anahtarlarım, saatim, cüzdanım ve yanı sıra ayakkabı bağlarım, kemerim de dahil olmak üzere, kendime zarar verme ihtimalim olabilecek neyim varsa teslim ediyorum. Bir zarfa koyuyor ve üzerine ismimi yazıyor. Sonra gözümdeki bağ tekrar bağlanıyor. Birkaç koridor geçiriliyor, göz bağım çözülerek bir izbeye tıkılıyorum.

İki metreye üç metre uzunluğunda daracık bir hücre. Yalnızım. Az sonra, karşımdaki hücrede dört kişi olduğunu öğreniyorum. Hücrelerde yoksa da koridorda geberik bir lamba yanıyor.

Selamlaşma faslında anlıyorum ki içeridekiler fena şekilde hırpalanmış durumdalar. Gazeteci olduğumu anlayınca dışarıda neler olup bittiğini soruyorlar. Dilim döndüğünce anlatmaya çalışıyorum.

Konuşmalarımız uzayınca nöbetteki biri "Kesin konuşmayı!" diye uyarıda bulunuyor.

***

İlerleyen saatlerde ve günlerde karşımdaki hücredeki dört kişinin defalarca sorguya alındığına, her seferinde geriye patlamış ayaklarla, arada bir sırılsıklam getirildiklerine tanık oluyorum.

Sorgucuların her sesini duyduğumda "Beni ne zaman alacaksınız?" diye soruyorsam da cevap vermiyorlar.

Bir süre sonra gece gündüz kavramını yitiriyorum. Kılıma dokunmuyorlarsa da ne bir şey soruyorlar ne de söylüyorlar.

Giderek gece ve gündüz kavramının yanı sıra zaman kelimesi de anlamını yitiriyor.

Derken kapı açılıyor. Polis olduğunu düşündüğüm bir sivil görevli "Şunları oku. İkisinin üzerine de birkaç kelimeyle iyi olduğunu yaz! Bu da ihtiyacın olursa diye sana gönderdikleri para. Kaç lira aldığını da yaz!" diyor ve bir kalem uzatıyor.

Eşimden ve yazıişleri müdürümden iki mesaj var.

Eşimden geleni içim acıyarak okuyorum.

Seni çok merak ediyorum. İyi misin?

Yazıişleri müdürümden gelen not daha bilgi içerikli.

Durum kontrolümüzün altında. Merak etme. Avukatlarımız uğraşıyorlar. İyi misin?

Eşime cevap olarak "Çok iyi durumdayım. Merak edilecek hiçbir şeyim yok. Uzun sürmeyecek. Kendinize iyi bakın" yazıyorum.

Yazıişleri müdürüme yazdığım not biraz daha teknik.

"Kim tarafından alıkonulduğumu bile bilmiyorum. Benim terörle ne işim olur? Hangi şube bu? Fizik ve moral olarak iyiyim. Elinizi çabuk tutun. Eşimi ve oğlumu sakinleştir."

***

Not alışverişi yapıldıktan birkaç saat sonra hücremin kapısı açılıyor, gözlerim bağlanıyor.

İndirildiğim merdivenlerden çıkartılıyor, bir minibüse konuluyor, gözlerim bağlanıyor, yaklaşık bir saat süren yolculuğa çıkartılıyorum.

Gözlerim bağlı olmak üzere bir odaya sokuluyorum. Bırakanlar gidiyorlar.

Gözlerimdeki bağ çözülüyor. Odada iki kişi var. Biri evden alınmamı yöneten polis şefi.

Onlar konuşmayınca ben de bir şey söylemiyorum.

Uzunca bir sessizlikten sonra, masanın arkasında oturan "Bilgilerinize başvuracağız" diyor.

"Ne konuda?"

"Sizden isteğim, bizi aptal yerine koymamanız. Sizinle Türkiye Cumhuriyeti Devleti adına konuşacağım. Konuşmalarımız devletin güvenliği ile ilgili olacak. Bu nedenle bildiklerinizi tam ve doğru olarak söyleyin. Anlatabildim mi?"

Serde gazetecilik olduğu için ve birkaç saat önce yazıişleri müdürümden haber çıktığından, kendimi ilk dakikada salıverecek değilim.

"Hayır. Anlatamadınız. Kaç gün önce olduğunu bile hatırlamıyorum, bir gece evimden terörle mücadele ekipleri tarafından alındım. Sanıyorum benim kadar göz önünde olan bir adamın terörle mücadele kapsamında bir suç işlemeyeceğini biliyorsunuzdur. Evimin kapısı çalınırken bana ve aileme, tüm apartman sakinlerinin gözü önünde terörist muamelesi çekildi. Siz şimdi kalkmış devletin güvenliğinden söz ediyorsunuz. Öncelikle, beni evimden alanların ve şu anda sorgulayacak olanların hangi şubeden olduklarını, alma ve sorgulama gerekçelerini bilmem lazım. Yoksa, yanımda avukatım olmadan tek kelime etmem."

Odada sadece bir masa ve iki sandalye var. Duvarda, okullardaki kadar iri olmasa da iyice temizlenmiş bir karatahta asılı. Tahtanın önündeki çıkıntıya beyaz ve renkli tebeşirler ve bir de silgi konulmuş.

Masada oturan ve soruları soranın daha yüksek rütbeli olduğunu düşünüyorum. Evimden alınmamı gerçekleştiren öteki polis masanın yanında ayakta duruyor. Şu ana kadar ağzını açmış değil. Açacak gibi de görünmüyor.

"Beyefendi, bu bir sorgu değil. Görüşlerinize, düşüncelerinize ve bilgilerinize başvurmak istiyoruz. Gözaltına güvenliğinizi gözeterek, başınız derde girmesin diye aldık. Geçen süre zarfında, çok özel nedenlerle bunu size söyleyemezdik. Şimdi soracaklarımız ise gerçekten devletin güvenliğiyle ilgili, bu bir. Size soracağımız sorulardan ve vereceğiniz cevaplardan, dışarıya çıktığınızda tek bir kişiye bile söz edemezsiniz, bu iki. Ve üçüncüsü, konuşmamız biter bitmez sizi getirildiğiniz şekilde, gözleriniz bağlı olarak geri gönderecek, şehrin istediğiniz bir yerinde bırakılmanızı sağlayacağım. Bu konuşma aramızda hiç geçmemiş olacak. Az sonra size ismimi söyleyeceğim. Bazen benim adıma arkadaşlarım arayıp buluşmak isteyecekler. Bu söylediklerimin hiçbiri tartışmaya açık değil. Bütün bu söylediklerimin içinde anlamadığınız bir şey var mı? Varsa şimdi söyleyin. Yoksa kim olduğumu söyleyeceğim ve ardından sorularımı sormaya başlayacağım. Konuşmalarımız kayda alınmayacak. Anlaşıldı mı?"

"Bana biraz müsaade eder misiniz? Söylediklerinizi düşünmem lazım."

"Olur. Düşünün lütfen."

Duyduklarımı hatırlamaya çalışıyor, karşımdaki adamın düzgün cümlelerle ifade ettiği her kelimenin manasını çözmeye çalışıyorum... Sorguda olmamam ilgimi çekiyor... Öyleyse ne halt yemeye buradayım? Başımın derde girmesini istemedikleri için alıkoymuşlar... Hadi canım sen de! Devletin güvenliği ve konuşacaklarımızdan kimseye söz edemeyecek olmam da ayrı bir fasıl... Bir de tabii, konuşmamız bittiğinde salıverilecek olmam ve sonrasında bir muhbir gibi davranmamın istenmesi var.

"Öncelikle..." diyorum. "Konuşmalarınızdan anladığım beni muhbiriniz gibi değerlendirmek istiyorsunuz. Böyle bir işe asla girmem."

Başını sallıyor karşımdaki adam, "Olur" diyor. "Konuşmamızın sonunda da böyle düşünüyorsanız, sizin tabirinizle muhbir olmanızı istemeyiz."

Muhatabım önündeki dosyayı açarken "Ben Yüzbaşı Atıl. Sizinle Milli İstihbarat Teşkilatımız adına konuşuyorum" diyor ve elinde bir dosya kâğıdı olmak üzere ayağa kalkıyor, tahtanın başına geçiyor, bir tebeşir alıyor ve yazmaya koyuluyor. Yazarken okuyor da.

"Mehmet Baydar, Santa Barbara, Kaliforniya, Başkonsolos 27 Ocak 1973.

Bahadır Demir, Konsolos, aynı yer aynı gün.

Daniş Tunalıgil, Viyana, Büyükelçi, 27 Ekim 1975.

İsmail Erez, Paris, Büyükelçi, 27 Ekim 1975.

Talip Yener, Şoför, aynı yer aynı gün.

Oktar Cirit, Türk Büyükelçiliği Birinci Sekreteri, Beyrut, 16 Şubat 1976."

Yüzbaşı Atıl isimleri ve yerleri yazarken ve sayarken hepsinin ASALA* tarafından katledilen dış misyon görevlileri olduğunu hatırlıyorum.**

Son noktayı koyunca tebeşiri elinden bırakıyor, az önce kalktığı masaya yürüyor, az önce dosyadan aldığı kâğıdı aldığı yere koyuyor, başını kaldırıyor, yüzüme sorar bir biçimde bakıyor.

"Hatırladınız mı bu isimleri?"

Hatırladığımı söylüyorum.

"Bunlar kaybettiğimiz değerli insanlarımız. Başkalarını da kaybetmek istemeyiz öyle değil mi?"

Gözlerimin derinlerine bakıyor Yüzbaşı Atıl.

Öyle bir bakıyor ki ağzımdan "Tabii ki hayır!" cümlesi kendiliğinden çıkıyor.

"Şu anda görev yapmakta olan diplomatlarımızdan herhangi birinin tehlikede olduğuna dair kritik bir bilgiye sahip olursanız, engellenmesini sağlamak için bizimle paylaşır mısınız? Sizin az önce *muhbirlik* diye tarif ettiğiniz davranışın adını biz *vatanseverlik* koyuyoruz."

---

* ASALA (Armenian Secret Army for the Liberation of Armania), Ermenistan'ın Kurtuluşu için Ermeni Gizli Ordusu 1975-1994 yılları arasında faaliyet gösterdi. Kendisini Marksist-Leninist olarak tarif etmesine karşın Ermeni milliyetçisi bir çizgi izledi. Bu anlamda PKK'ya benzetilebilir. Örgüt ABD'nin Yabancı Terörist Örgütler, Birleşik Krallık'ın Yasadışı Gruplar, Avusturya, Kanada, Avrupa Birliği, Rusya'nın Tanımlanmamış Gruplar listelerinde yer aldı.

** ASALA, dünyanın çeşitli yerlerinde gerçekleştirdiği saldırılarda kırk iki Türk diplomatı ve misyonlarımızda görev yapan dört yabancı uyruklu görevliyi katletti. Bu saldırılarda on beş Türk ve altmış altı yabancı uyruklunun yaralanmasına yol açtı.

Hakikaten çok yüksek kalibrede bir Türk subayıyla karşı karşıyayım. Kurduğu cümleler ve karşısındakini yakaladığı noktalar takdire şayan.

"Geri aldım az önce söylediklerimi. Üzerime düşen vazife neyse yaparım."

"Teşekkür ederim. Böyle düşüneceğiniz ve davranacağınızdan hiç kuşkum yoktu."

-42-

Dört saat civarında süren konuşmamız tamamlandıktan sonra Yüzbaşı Atıl ayağa kalkıp elini uzatıyor. Uzattığı eli sıkıyorum.

Yüzbaşı masasına dönüyor, çekmecesini açıp hücreye konulmadan önce teslim ettiğim eşyalarımın içinde bulunduğu büyük sarı zarfı çıkartıyor, arkadaşına uzatıyor. Ardından bana dönüp "Zarf muhteviyatını minibüsten inmeden hemen önce alacaksınız" diyor.

Odada işimin bittiğini düşünüyor, elimi tokalaşmak için evimden derdest edilmeme nezaret eden sivil memura uzatıyorum.

"Ben size refakat edeceğim" diyor.

Yüzbaşı Atıl'ın son sözleri "Bu odadan çıkmadan evvel gözlerinizi yine bağlayacağız. Lütfen kusurumuza bakmayın. Kurallar böyle. Arkadaşlarım sizi istediğiniz herhangi bir yerde bırakacaklar" oluyor.

"Anlıyorum" diyorum.

Hakikaten anlayışla karşılıyorum söylediklerini.

Atıl Yüzbaşı öyle bilgiler verdi ki dinlerken iliklerime kadar titredim. Gerçekleşen ve gerçekleşmeye gebe birçok olaydan önemli bir kısmının etrafımda dönüyor olması şaşırmama ve korkmama yol açtı. Bu tür bilgilere sahip yerlerin yüksek güvenlikli tutulmasını anlayışla karşılamam gerekiyor.

Sivil memur bu kez gözlerimi biraz daha özenle bağlıyor.

Bir sürü koridor ve merdiveni geride bıraktıktan sonra bir araca bindiriliyorum.

Odadan itibaren yanımda olan memur "Nerede inmek istersiniz minibüsten?" diye soruyor.

"Saat kaç?"

Gündüz olduğunun farkındayım ama saatin kaç olduğunu kestiremiyorum.

"Beş buçuk."

"Taksim Meydanı'nda bırakmanız yeterli."

***

Hedeflenen yere gelindiğinde minibüs duruyor. Göz bağım çıkartılıyor. Sarı büyük zarf kucağıma konuluyor.

İnmeden önce saatimi ve kemerimi takıyor, kalemimi, cüzdanımı, çakmağımı olmaları gereken yerlere tıkıştırıyorum. Bozuk paralarımın arasında birkaç tane de jeton var.

Kendimi can havliyle sırtını Taksim Meydanı'na dayamış telefon kulübelerinden en müsait olana atıyorum. İlk olarak eşimi arayacağım.

Telefon kulübesi çiş kokuyor. Olsun. Özgürüm ya.

Eşim "Alo!" diyor. Sesim ağlamaklı çıkmasın diye gayret gösteriyorum.

"Taksim'deyim. Yarım saat içinde geleceğim. Gelirken bir şey almamı ister misin?"

"Sen gel yeter!"

Ardından gazeteyi, yazıişleri müdürümü arıyorum.

"Taksim'deyim. Eve gidiyorum."

"İyi misin? Bir şeye ihtiyacın var mı?"

"Hayır yok."

"Uğrarım bu akşam."

Uzunca bir süre uğramasına gerek olmadığını, yarın sabah zaten görüşeceğimizi söylesem de ikna edemiyorum. Gazetecilikten gelen özel bir merak güdüsü var. Cinsi böyle.

"Tamam o halde yemeğe gel. Biraz rakı da içeriz."

***

Evime doğru yürürken hep eşime ve arkadaşlarıma neyi ne kadar söyleyeceğimi düşünüyorum.

Duyduklarımdan çok azı söylenebilecek gibi. Öncelikle, terörle mücadeleye götürüldüğümü söylemekle yetinmem gerekecek. En azından bu aşamada Milli İstihbarat lafını işin içine katmam doğru değil.

Eşim pek zorlamayacaksa da yazıişleri müdürümü, özellikle önümüzdeki günlerde gerçekleşecek sıra dışı durumlara ikna edebilmek için, sahiden çok dikkatli olmam gerekiyor.

Ayrıca eşim ve yazıişleri müdürüme anlatacaklarım, birbirinden alabildiğine farklı meseleler.

İlki için genel geçer bir hikâyem olmalı. Korkmamalı. Zor günlerden geçeceğiz. Onun olumsuz etkilenmesi oğluma da yansır ki bunu hiç istemem.

İkincisi için biraz daha derinlere girebilirim. Çok olmamak kaydıyla. Eşime anlatacağım türde sade suya tirit hikâyelerle onu oyalayamam. Yine de kendime saklayacaklarım, kesinlikle buzdağının suyun dibinde kalan tarafı olmak zorunda.

Evimin önüne geldiğimde, düşünmekten etrafı göremediğimi hissediyorum.

İstanbul sevdalısı biri olarak, sokaklarını arşınlarken her santimetrekaresine dikkat ettiğim Taksim Meydanı'ndan da,

Sıraselviler Caddesi'nden de, Cihangir Parkı'ndan da hiçbir şey anlamış değilim. *Körlemesine* derler ya tam öyle yürüdüm. Baktıysam da görmedim. Düşüncelerim, gördüklerimin önüne geçti.

***

Kapıyı oğlum açıyor. Uzunca bir süredir bu kadar sıkı sarılmamıştı. Oğlan çocukları malum, sarılmakla, öpmekle filan işleri yoktur.

Arkasında eşim var. Sıranın kendisine gelmesini bekliyor. O da uzun uzun sarılıyor, öpücüklere boğuyor. Sağımı solumu kontrol edip "Biraz kokuyorsun o kadar!" diyor.

"O halde hemen banyoya gideyim. Akşam yemeğine yazıişleri müdürüm de gelecek. Merak ediyordu, hayır diyemedim."

"Çok iyi yapmışsın. Her gün üç kere aradı. Bir şeye ihtiyacımız olup olmadığını sordu. İstersem eşinin gelip benimle kalabileceğini söyledi. Keşke eşini de alıp gelse."

Bunca yorgunluk üzerine, akşam yemeğinin bir davete dönüşmesini kesinlikle istemiyorum.

"Onu bir başka akşam yaparız. Bu akşam, bize müsaade et biraz konuşalım. Kutlama merasimini ilerleyen günlere bırakalım. Olmaz mı?"

"Olur" diyor eşim. Yeniden sarılmaya kalkınca "Yirmi dakika müsaade et, banyomu yapıp geleyim" diyerek banyoya kaçıyorum. Kokuma kendim bile tahammül edemezken, en doğrusu bu.

-43-

Yazıişleri müdürüm "Bu kadar mı?" diyor anlattıklarımı dinleyince. Gözlerimle biraz sabretmesi gerektiğini söylüyor, rakı kadehini işaret ediyorum.

"Bir damla daha içer misin?"

Şu dakikaya kadar, söylediklerimin arasında soruşturmanın henüz bitmediği ve zaman zaman terörle mücadelenin bilgilerime başvurmaya devam edeceğine dair bilgiler var.

***

Eşim bir ara masadan kalkınca "Bitse şaşardım" diye fısıldadı yazıişleri müdürüm.

Haklıydı. Kocaman bir patlama olmuş, Türkiye'nin çok iyi bilinen üstelik netameli simalarından biri otomobili ile havaya uçmuş, şoförü ve koruması hayatını kaybetmişti. Polisin işin peşini bırakması tuhaf olurdu.

Eşim dönünce, içeride tutulmamın nedeninin sorgu değil koruma amaçlı olduğunu da söyledim. Yer gösterme, delil toplama ve bir dolu başka çalışma için polisin bir süre bana ihtiyacı olduğunu açıkladım. Emniyet yetkililerinin, *bu işin dışarıyı yönlendirerek yapılmasını istediklerini* de cümlelerimin arasına ustaca sıkıştırdım. Hatta, *bir süre sanık davranışı görmemin daha uygun olacağını* söylediklerini ve bunu kabul ettiğimi de belirttim.

Henüz bu lafların ötesine geçmiş değilim. Tabii ki ötesi var. Bunun bir kısmını yazıişleri müdürümle de paylaşacağım ama önce eşimin bizi tamamen yalnız bırakması gerekiyor.

***

Eşim "Ben yatıyorum" diyerek çekildikten sonra, sesimi iyice alçaltarak "Bak kardeşim..." diyorum. "Çok ama çok büyük bir meseleyle karşı karşıyayız."

Abartma huyum olmadığını gayet iyi bilir. Bu nedenle, sözlerim üzerinde etkisini gösteriyor. O halde devam edebilirim.

"Evet, adamlar Manukyan'ın otomobilini havaya uçuranları ele geçirmenin peşindeler. Bana bunun için ihtiyaçları var. Bu nedenle sağa sola benimle gidip, üzerimde mağdur intibaı oluşturmak istiyorlar. Ama bir tık ötesi var."

Bu noktada susuyorum. Arkadaşımın heyecanı tavan yapıyor.

Susma nedenim, neyi nasıl anlatacağıma tam olarak karar verememiş olmamdan kaynaklanıyor. Oysa, şimdiye kadar çoktan tasarlamış olmam gerekiyordu. Neyse. Bir yerden başlamam lazım.

"*Manukyan'ın otomobili havaya benim yazım nedeniyle uçurulmuş olabilir* diye düşünüyorduk ya hani..."

Arkadaşım durup yüzüne baktığımı görünce "Evet" diyor.

"Anladığım kadarıyla bu yüksek bir ihtimal. Ve işin içinde Holly ile Ferit olabilir."

"Ne? Ne diyorsun sen?"

Heyecanla sesini yükselttiği için oturduğum yerden gayet iyi görünen koridoru kontrol ediyor, eşimin etrafta olmadığından emin olunca devam ediyorum.

"Adamlar önüme üç tane not koydular. Üçü de aynı elyazısıyla yazılmış."

Manukyan, sana şahdamarından daha yakınız!

Arkadaşım ardı ardına bir sürü soru soruyor. Serde gazetecilik var ya!

"Bu ne demek şimdi böyle? Kim yazmış notları? Nereye koymuşlar?"

Bıraksam sorularını çoğaltacak. Ama bırakmıyorum.

"İstersen önce gel şu cümlenin üzerinde duralım. Ne demek, *şahdamarından daha yakın olmak?* Bu cümle Kuran'dan. Eve gelir gelmez ilk işim Kuran'ı açıp ilgili sureyi bulmak oldu. Kaf Suresi'nde geçiyor."

İnsanı biz yarattık ve onun kendi kendine neyi fısıldadığını iyi biliriz.

Biz ona şahdamarından daha yakınız.

Arkadaşım ezberimden söylediğim sureyi tekrarlıyor ve kolay yoldan yürümeyi seçiyor.

"Sen ne düşündün sureyi okuyunca?"

"Öncelikle neden Kuran? Manukyan biliyorsun Ermeni. Neden İncil'den seçilmiş bir bölüm değil?"

"Sence neden?"

"Bence neden olduğundan daha önemlisi, terörle mücadelenin bu notların muhatabı olarak kimi gördüğü."

"Dur dur dur" diyor arkadaşım. "Manukyan'a bırakıldıysa, muhatabı da odur. Öyle değil mi?"

"Olabilir. Olmayabilir de."

"Nasıl yani?"

"Terörle mücadele notların Manukyan için bırakıldığını ama hedefin Türkiye toplumu ve devleti olduğu düşünülüyor."

Arkadaşım bir süre düşündükten sonra "Acaba bu nedenle mi, notlarla ilgili olarak ne Matilt ne de Ferdinand bir açıklamada bulunmadı?" diyor.

"Ayrıca..." diyorum. "Polis de bu konuda basına bir bilgi vermedi. Öyle değil mi?"

Arkadaşım "Vay, vay, vay!" diyor.

Şu ana kadar hedefime ulaşmış durumdayım. Biraz bir şeyler söyledim ama her şeyden de söz etmedim. Yüzbaşı Atıl'la yaptığımız plana sadık kaldım. Yazıişleri müdürümün merakına burada gem vurabilirsem, üzerime aldığım işi yüzüme gözüme bulaştırmadan sonuçlandırmış olurum.

"Peki, bu notlar nerelere bırakılmış?"

Bu sorusunun cevabını biliyorum ama söyleyemem.

"Şimdilik bilmiyorum. Bu nedenle zaman zaman onlarla uygulamalara katılacağım. Bana biraz sanık gibi davranacaklar. Bu sayede bizi izlemesi muhtemel öteki insanların tepkilerini ölçmeyi tasarlıyorlar. Anlayacağın, önümüzdeki günlerde arada bir ortadan kaybolmam gerekecek."

Arkadaşım "İyi haber" diyor gülerek. Anlamamışım gibi "Altın madenine giriyorsun yine" diye sözlerini kuvvetlendirmeye çalışıyor.

"Bu konuyu da konuştuk. Tek kelime bile yazamam, söyleyemem. Çünkü bir devlet meselesi olarak görülüyor. Durmadan milli güvenlikten filan söz ettiler."

Yüzü düşse de dert etmemiş gibi davranıyor.

"Ne zaman başlayacaklar uygulamalara?"

"Telefon edecekler. Söyleyecekleri yerlere gideceğim. Tek istedikleri, uygulamalar esnasında alınganlık göstermemem. Sert soru ve davranışlarını kişisel algılamamam gerekiyormuş. Ve sonra dönüp işime gücüme bakmalıymışım."

"Anlaşıldı" diyor arkadaşım. Önündeki rakı kadehine bakıyor. "Gerisini içmesem olur mu? Gidip biraz uyuyayım. Sen yarın gelecek misin?"

"Geleceğim."

***

Arkadaşımı uğurladıktan sonra irice pipolarımdan birini seçip, buzdolabından çıkarttığım nemli Black Velvet ile dolduruyor, sallanan bambu koltuğumu denize nazır hale getiriyorum.

Karşımda dünyanın en güzel manzarası var. Özellikle de geceleri, doyumsuz. İrili ufaklı teknelerin her biri ayrı yöne hareket halinde. Kız Kulesi, Haydarpaşa Lisesi, Topkapı Sarayı, Tarihi Yarımada, Kadıköy... Benzersiz, büyük emek verilerek oluşturulmuş nadide bir iğne oyası gibi ışıldıyorlar. Hücrede tutulduğum süre zarfında hasretini çektiklerim arasında bu manzara da var.

Her birkaç dakikada bir "Artık hiçbir şey düşünmesem" diyorum kendi kendime.

Ne mümkün?

Pipomun içindeki şahane tütünü son zerresine kadar tüketirken, aralıksız düşünüyorum. Ne manzaram, ne sallanan koltuğum, ne de pipom sürekli hareket halinde olan düşüncelerimin önüne geçebiliyor.

Düşüncelerimin sağına soluna serpiştirilmiş muhtelif Holly'ler, muhtemelen rüyamda da rahat bırakmayacaklar.

-44-

"Ben Hüsamettin, Atıl adına arıyorum" diyor telefondaki ses.

Evet. Bu o. Yüzbaşı Atıl'ın odasında beraberdik. Beni evimden alıp hoyrat bir biçimde minibüse bindiren memur.

Gayriihtiyari "Efendim" diyorum.

"Bugün Tophane'de buluşacağız. Karaköy istikametindeki otobüs durağında olun. Sizi oradan alacağız. Saat tam dörtte."

Onun tarafında da benim tarafımda da sessizlik oluyor. Cevabımı beklediğini düşünüp "Tamam! Olurum!" diyorum.

"Anlaşıldı. Tamam" diyor.

Hoşça kal, iyi günler, görüşürüz filan gibi nezaket kelimelerine gerek duymadan kapatıyor.

Konuşmamı tamamlar tamamlamaz yazıişleri müdürümü buluyor, "Saat dörtte buluşacağız" diyorum.

"Nerede?" diye soruyor.

"Tophane'de."

"Nereye gideceksiniz?"

"Bilmiyorum. Bana bak. Sakın peşime kimseyi takma. Fotoğraf filan çektirmeye çalışma. Başımı büyük derde sokarsın."

"Tamam be!" diyor ve alıngan bir ses tonuyla "Salak mıyım ben?" diye soruyor.

"Değilsin. Gazetecisin."

***

Tophane'de beyaz minibüse atlıyorum. Önümüzde ve arkamızda birkaç binek otomobili var.

St. Benoît'yı geçer geçmez Zürafa Sokağı'na tırmanılan köşede arabalardan atlıyoruz.

Harekâtı benim sıradan bir memur zannettiğim ama ilerleyen dakikalarda göstereceği davranışlarla yanılmama yol açacak, etrafındakilerin *amirim* diye hitap ettiği adam, yani Hüsamettin Bey yönetiyor. Herkes talimatlarını ondan alıyor.

Ekip nereye gideceğimizi gayet iyi biliyor. Doğrudan 14 numaralı eve ulaşıyoruz. Kapıdan sorgusuz sualsiz giriyoruz.

Amir, gayet iyi tanıdığım vekile "Kilitle!" diyor sokak kapısını işaret ederek.

Memurlardan ikisine "Yukarıya bakın, eğer erkek varsa kapı dışarı edin" diyor. Sonra öteki iki memura dönüp "Kadınları şuradaki sandalyelere oturtturun ve sükûneti sağlayın" diye talimat veriyor.

Kadınlar dahil olmak üzere etrafta *tıs* çıkmıyor. Herkes denileni yapıyor.

İçerideki adamların don gömlek dışarıya atılması tamamlanıp kapı yeniden kapatılınca Amir "Sen 17 numaralı odanın anahtarını da al, benimle gel" diyor vekile.

Sonra bana dönüyor "Sen de!" diyor. Son derece sert.

Vekil ağzında "Bayan Manukyan..." filan gibi laflar gevelemeye başlarken Amir son noktayı koyuyor.

"Bana bak. Anahtarı al yukarıya çık. Anahtar yoksa, yine de çık, kapıyı kırarım. Anladın mı?"

Vekil son nefesini verecekmiş gibi görünüyorsa da telefona uzanmaya cüret ediyor.

Amir yürüyor, resepsiyon işlevi gören masanın üzerindeki telefonun kablosunu kopartıyor, burnunu vekilin burnuna dayıyor.

"Parçalarım seni!"

Vekil çaresiz, cebinden çıkarttığı bir anahtarla kilitli çekmecelerden birini açıyor, içinden bir anahtar alıyor ve merdivenleri tırmanmaya başlıyor.

Amir bana dönüp "Sen de yürü!" diyor sertçe. Ardımız sıra merdivenlere yönelirken kadınları işaret ediyor ve memurlara "Çıt çıkartanı atın arabaya!" diye talimat veriyor.

***

Vekil 17 numaranın kapısını açıp içeriye giriyor. Onu Amir ve ben takip ediyoruz.

Amir peşimiz sıra gelen memura "Kapıda bekle! İçeriye kimse girmesin!" diyor.

İçeride irice bir masa ve devasa bir kasa var.

Amir "Kasanın anahtarı?" diyor.

Vekil "Madam Manukyan'ın kendisinde efendim" diye karşılık veriyor.

"Ne var bunun içinde?"

"Para efendim."

"Tamam. Şimdi sana soracağım sorulara bir kerede ve net cevap ver. Yoksa alır götürür, eşek sudan gelinceye kadar döverim. Anlaşıldı mı?"

"Anlaşıldı efendim."

"Manukyan burada toplanan parayı dışarıya nasıl çıkartıyor?"

"Nasıl efendim?"

Amir iki adım ötesindeki adamı boğazından yakaladığı gibi duvara yapıştırıyor. Eli adamın gırtlağında olmak üzere az önce söylediklerini tekrarlıyor. Adam boğulmaktan son anda kurtuluyor ve soruyu tekrarlatmıyor.

"Büyük bavullara koyuyoruz efendim. Sonra arka tarafa bir otomobil geliyor, çıkartıp bagajına koyuyoruz. Nereye götürüldüğünü ben bilmiyorum efendim."

Vekilin son sözlerinden, epeyce korktuğunu anlıyorum. Çünkü sorulmamış bir soruya cevap verdi, *paraların nereye götürüldüğünü bilmediğini* de söyledi. Amir yine de tersliyor adamı.

"Sormadığım sorulara cevap verme. Şimdi soracağım soruya düzgün cevap ver."

"Manukyan'ın hastanede olduğu süre içinde, evlerden toplanan paralar nereye gitti?"

"Bir yere gitmedi efendim. Her evin vekili, parayı kendisi biriktiriyor. İyileşip dönünce Madam'a verilecek. Böyle talimat gönderdi."

Amir anladığını belirtir şekilde kafasını sallıyor. Beni gösteriyor ve önemli bir soru soracakmış gibi "Dikkatli cevap ver!" diyor.

"Bu adamı tanıyorsun. Bu odaya hiç girdi mi?"

"Hayır."

Amir bu kez elini içcebine götürüyor, cebinden çıkarttığı cüzdanının içinden bir not çıkartıyor. Notu vekile uzaktan gösteriyor.

Daha önce gördüğüm, üzerinde ayet yazılı olan not bu.

İnsanı biz yarattık ve onun kendi kendine neyi fısıldadığını iyi biliriz.

Biz ona şahdamarından daha yakınız.

"Bu not tam olarak nerede bulundu?"

"Bu odada efendim. Kapının altından atıldığını tahmin ediyoruz."

"Ne zaman?"

"Holly daha burada çalışıyordu efendim. Ece'yi de alıp kaçmamıştı."

"Ne yaptınız notu bulunca?"

"Hiçbir şey. Madam notu cebine koydu. İşlerimize baktık."

Amir'in sorularını vekilin cevaplarıyla birleştiriyorum. Anlaşılan, Holly bu notu kapının altından attıktan sonra da burada bulunmaya devam etmiş. Bu da en azından notu attığı gün kendisinden kimsenin şüphelenebileceğini düşünmediği anlamına geliyor. Tam da tahmin ettiği gibi olmuş. Manukyan notu aldıktan sonra ne ona ne de başka herhangi birine hiçbir soru sormamış.

Amir benim düşündüğüm gibi düşünmüyor anlaşılan.

"Bu notu okuduktan sonra, Madam yanına kimseyi çağırıp konuştu mu? Bir soru sordu mu?"

Vekil "Hayır efendim. Madam notu cebine koydu. Mesele orada kapandı" diyor tekrar.

Amir başını sallıyor. Kapıdaki polis memuruna sesleniyor.

"Telsizle çilingir iste. Bu kasa açılacak. Para hariç içindekilerin tam listesi çıkartılacak. Tekrar kapatılacak. İş bitene kadar içeriye vekil, çilingir ve senden başka kimse girmeyecek. Üçünüz bir araya gelmeden kasa açılmayacak. Kasada para dışında başka bir şey olup olmadığını araştırıyoruz. Varsa el koy. Zabıt tut. Vekil, çilingir ve sen imzalayın. Anlaşıldı mı?"

"Emredersiniz!"

"Çıkın şimdi!" diyor Amir bana ve vekile.

Memur, kapının önüne derhal birini yerleştiriyor.

Koridora çıktığımızda vekile "Bana şu Güneş İş Hanı'na açılan kapıya göster şimdi de" diyor sert bir biçimde.

Vekilin boğazı az önce sıkılmaktan mütevellit kıpkırmızı. Yarın morarmış olur. Belli ki psikolojik etkisi sürüyor. Çaresiz bir yüz haliyle önümüze düşüyor, zemin katta bir bölmeye giriyor, tekerlekli bir dolabı itiyor, karşımıza çıkan kapıyı açıyor.

Önde vekil olmak üzere açılan kapıdan dışarıya çıkıyor, Güneş İş Hanı'nın hareketli dünyasına geçiş yapıyoruz.

"Paralar bavulların içinde buradan çıkartılıyor ve hanın kapısının önünde bekleyen bir otomobile konuyor. Bunu mu anlamalıyım?"

"Evet" diyor Vekil.

"Güneş İş Hanı da Matilt Manukyan'a mı ait?"

"Bilmiyorum efendim."

***

Geriye, geneleve döndüğümüzde, Amir kadınlardan birkaçını bir odada yalnız başına sorguluyor.

İşi bitince, 17 numaralı odanın önüne nöbetçi bırakılan memur hariç, 14 kapı numaralı evden çıkıyor, aşağıya, caddeye doğru yürüyoruz.

"Bitti mi?" diye soruyorum Amir'e.

"Bugünlük bitti. Bilgin olsun diye söylüyorum, İDMMA'da Ferit diye biri yok. Birkaç tane Ferit var. Hepsiyle konuştuk. Hiçbiri Holly'nin arkadaşı olan Ferit değil."

***

Bir daha minibüse binmiyorum. Köprü'nün üzerinden yürüyüp gazeteme çıkıyorum.

Haber merkezine ve yazıişlerine akşam rehaveti çökmüş durumda. Yazıişleri müdürüm beni görür görmez "Gel" diyor odasını işaret ederek.

Daha kapıdan girmeden "Ne oldu?" diye soruyor.

"Tatbikat yaptırdılar. 14 numaraya götürdüler, vekille ve kadınlarla yüzleştirdiler."

"Bu kadar mı?"

"Bu kadar."

Arkadaşıma Holly'nin bıraktığını tahmin ettiğim nottan da, 17 numaralı odada bulunan kasanın açılacak olduğundan da, Ferit diye birinin İDMMA'da okumadığından da söz etmiyorum.

-45-

Türkiye'nin gündemi hayli yoğun ve karışık. O kadar çok şey aynı anda oluyor ki yetişmek kolay değil.

Giderek içinden çıkılamaz hal alan kendi gündemim de Türkiye'nin gündemine keza.

Birkaç hafta öncesine kadar işlerim ve evim arasında geçen hayatıma cüsseli bir istihbarat boyutu eklenmiş durumda. Masamda duran telefon her an çalabilir ve Yüzbaşı Atıl ya da Amir'den bir mesaj gelebilir.

Öte yandan, hayatımda Holly ve Ferit'ten geriye büyük bir boşluk kalmış vaziyette. Amir o boşluğu dolduracak gibi görünse de doğrusunu söylemek gerekirse Holly'yi tercih ederim. Tabii Bodrum'a doğru yola çıktığımızdan önceki günleri.

Hayatımı beş ay kadar işgal eden, sonra büyük bir kıyamete yol açarak sırra kadem basan Holly ve Ferit ikilisinden geriye kalan, sahiden büyük bir bilinmezlik hali.

Bodrum'un girişinde benden Ece ve iki büyük bavulla ayrıldılar. Acaba şimdi neredeler?

Yüzbaşı Atıl'ın söylediği gibiyse, şahdamarına ilişkin notları onlar bıraktılarsa, neden böyle bir şey yaptılar?

14 numaralı evin 17 numaralı odasının kapı altından bu tarz bir notu atabilecek sadece bir kişi var. Holly. Bu konuda Yüzbaşı Atıl ile mutabıkız.

Ona göre, Holly ve Ferit, Manukyan'dan yüklü miktarda para aldılar. Yanlarında götürdükleri iki büyük bavul ondan alınan parayla doluydu.

Yüzbaşının "Çanta ağır mıydı?" diye sorduğunu hatırlıyorum. "Bilmiyorum" demiştim.

Hakikaten de bilmiyorum. Çünkü çantalara sadece Ferit dokundu. İlk seferinde Tünel'in önünde bagaja o koydu. Sonra yolda yine o indirip otomobilin arka koltuğuna yerleştirdi. Ve Çanakkale'den çıktıktan sonra bagaja yine o aldı. Bodrum'un girişinde, ben zaten otomobilden hiç inmedim.

Ağırlıklarını hissetmemem için olsa gerek, Ferit'in çantalara dokunmamam için ne çok çaba gösterdiğinin farkına ancak şimdi varabiliyorum. İçinde kazak, pantolon, gömlek olan bir çantayla para olan çanta arasındaki farkı, kaldırmaya çalışan herkes anında fark eder.

Bir önemli konu da Ece'nin kaçırılmasıydı. Yüzbaşıya göre, kaçakların Ece'yi yanlarına almalarının nedeni gerekirse rehine olarak kullanmaktı.

Doğrusunu söylemek gerekirse bu konuda ikircikli durumdayım. Çünkü, Holly'nin Ece'ye dair söyledikleri hâlâ kulaklarımda. O lafları ederken yüzünün aldığı hali de unutmuş değilim. Bunları yüzbaşıya da söyledim.

Önce yüzüme *siz bilmezsiniz onları* der gibi baktı sonra "Gazeteci bey, Holly ve Ferit'in ne kadar becerikli olduklarına bizzat şahit olmadınız mı?" diye sordu.

Sözlerinin üzerine o kadar basarak konuştu ki pekâlâ aptal olduğumu bile düşünebilirdim ama düşünmedim.

Evet, Holly'nin hatta Ferit'in rollerini çok iyi oynadıklarını kabul edebilirim ama Holly'nin Ece'ye dair konuşması, hali ve tavrı oyun olamayacak kadar gerçekti.

Ben de bu kadar yaşadım ve gördüm. Gerçekle yalanı ayırt etme konusunda kendime olan güvenimi son zamanlarda epey kaybettiysem de Holly'nin *Ece'ye dair konuşurkenki yüz hali* bütün tazeliğiyle hatırımda. *Ece'ye dair duygularını* anlatırkenki sesi de belleğimdeki tazeliğini koruyor.

***

Acaba şu anda neredeler? Holly, Ferit ve Ece ne yapıyorlar? Küçücük bir mektup olsun gönderemezler miydi? Ya da telefonda "Biz iyiyiz, merak etme" diyemezler miydi?

Canım sıkılmış vaziyette masamdan kalkıyor, iki çay kapıp yazıişleri müdürümün kapısını çalıyorum.

"Sana bir şey sormam lazım. Yoksa çıldıracağım" diyorum.

"Anlat derdini Marko Paşa'ya"* diyor eğlenerek.

"Oğlum ciddiyim" diyorum.

"Tamam, tamam. Hiç mi dalga geçmeyeceğiz?"

"Geçme. Şimdi iyi dinle."

Yazıişleri müdürüme ilk soru olarak Holly ve Ferit'ten neden hiç haber çıkmadığını sordum.

Aldığım cevap "Manyak mısın sen?" oldu.

Yüzüne bön bön baktığımı hissetmiş olsa gerek bir de açıklama getirdi.

"Adamlar küçük bir kızı mafyanın elinden kaçırdılar. Bunu da seninle yaptılar. Takip edildiğini, telefonlarının dinleniyor olduğunu tahmin etmezler mi sence?"

Aslında haklı. Evimdeki ve masamın üzerindeki telefonlar kesin dinleniyordur. Ama mafya tarafından değil. İstihbarat tarafından. Yüzbaşı Atıl buna benzer şeyler söylemişti zaten.

* Marko Apostolidis 1824-1888 yıllar arasında yaşadı. Tıp Fakültesi'nin başhekimliğini ve Sultan Abdülaziz'in hekimbaşılığını yaptı. Kızılay'ın kurucularından. Paşaya atfen söylenen ve yüz yıla yakın kullanımda kalan "Anlat derdini Marko Paşa'ya" deyişi ne yazık ki gündelik hayatımızdan çıkmak üzere. *Çare bulunması imkânsız dertler* anlamına geliyor.

Öte yandan, mafyacılar da epeydir ortada görünmüyor. Aslında onların da arayıp sormaları gerekmiyor mu?

Söylemediyse de o işin içinde de Yüzbaşı Atıl olabilir. Milli İstihbarat'tan birileri Manukyan'ın kulağına, üzerime gelinmemesini fısıldamış, o da köpeklerini geri çekmiş olabilir. Pekâlâ mümkün.

Ah bir anlatabilsem arkadaşıma bildiklerimi ve aklımdan geçenleri tam olarak. Ama mümkün değil. Böyle olunca da kafasını boş yere şişirmiş oluyorum.

Üstelik suçu da ona yıkarak "Muhabbetine doyum olmadı. Haydi bana müsaade" diyerek yazıişleri müdürümün odasından çıkıyorum.

Masamdaki telefon aralıksız çalıyor. Zor yetişiyor "Alo" diyorum.

"Benimle Gülhane Parkı'nın kapısında buluş. Sana göstermem gereken birkaç şey var. Arkanı kontrol ederek gel. Peşine kimse takılmasın."

"Peki" diye cevap veriyorum Amir'e.

-46-

Hırsız polis oyunu oynamanın bu kadar zor bir iş olduğunu tahmin etmezdim.

Gülhane Parkı'na bir sürü dolambaçlı yoldan geçerek ulaşıyorum. Peşimde birileri varsa, kaybettikleri için değilse bile yorgunluktan bitap düşüp takip etmekten vazgeçmişlerdir.

"Merhaba" diyor Amir. Sanki biraz tarzını değiştirmiş gibi. Daha önce sözlerine selam sabaha gerek görmeden başlardı.

"Biraz ileride sakin bir kahve var. Orada sana birkaç fotoğraf göstereceğim."

Geçen zaman zarfında senli benli olmuş gibiyiz. En azından o davranışını değiştirmiş durumda.

"Tamam" diyorum yeni arkadaşıma. Yan yana kahveye doğru yürürken "Manukyan'ın kasasından neler çıktı?" diye soruyorum.

"Mühim hiçbir şey çıkmadı. Çok para yoktu. Vekil söylemişti, arabada bomba patladıktan sonra evlerden kazanılan paranın vekillerde toplandığını. Hatırlıyor musun?"

"Peki not filan çıkmadı mı? Ya da silah, bomba, harita filan gibi şeyler."

"Çıkmadı. Birkaç hesap defteri var. Üzerlerinde uğraşılsa, kazanılan parayla ödenen vergi miktarına dair önemli delilller ortaya çıkabilir ama bizim işimiz değil."

"Verin, başkaları uğraşsın. Memleketin paraya ihtiyacı var. Mafyaya ya da rüşvete gideceğine, devletin kesesine gitsin."

Gülüyor Amir ve "Hazır yürüyorken sana bir anekdot anlatayım" diyor. Merak ediyorum neler söyleyeceğini.

"Sirkeci'deki Büyük Postane'nin santralini düzenlemek için Alman uzmanlardan destek isteniyor. Gelip bakıyor, gördükleri karmaşa karşısında paniğe kapılıp, *halihazırda İstanbul'da telefonlarla konuşulabilip konuşulamadığını* soruyorlar. Bizimkiler *bir sorun olmadığını* söyleyince alet edevatlarını topluyor, *hiç dokunulmamasının daha hayırlı olacağını* söylüyorlar. Neden olduğunu soruyor bizimkiler. Aldıkları cevap, *tekrar çalışır hale getirememe ihtimalinin büyük olduğu* yolunda."

Güzel bir anekdot. Üzerine uzun boylu kafa patlattıktan sonra, galiba ben de Alman uzmanlar gibi düşünmeye başladım. Galata ve Karaköy ekseninde, Osmanlı'dan bu yana *kendi halinde yuvarlanıp giden* kerhane düzeni, çomak sokulması halinde içinden çıkılamaz hale gelebilir. Daha açık söyleyecek olursam, etrafa öyle bir lağım boşalır ki altında kalan sadece çevredeki kerhaneci, mafyacı tayfası değil, Türkiye'nin devlet düzeni olur.

***

Amir'le, biraz ilerisinde hayvanat bahçesi olan kır kahvesine, tahta masa ve tahta sandalyelere oturuyoruz.

Amir iki çay söylüyor ve içcebinden sarı bir zarf çıkartıp masanın üzerine koyuyor.

"Ferit ve Holly'nin okul durumlarını inceleme işini tamamladık. Nişantaşı çevresindeki ortaokul ve liselerin hiçbirinde okumamışlar. Bütün okulların yıllıklarını inceledik. Yıllık yayımlamayan okulların kütüklerine baktık. Holly'nin gerçek ismini bilmiyoruz.

Ferit de eminim takma isimdir. Öte yandan, elimizde fotoğrafları var. Okullardaki çocukların fotoğraflarıyla yaptığımız karşılaştırmalardan hiçbir sonuç çıkmadı. Bakmayı düşündüğümüz başka okullar da var ama şimdilik ortalığı karıştırmak istemiyoruz."

Yeni arkadaşım önceki günlerden epey farklı. Az önce anlattığı anekdot ve şimdi yaptığı açıklamadan, aramızın eskisi gibi olmadığını hissediyorum.

Sarı zarf masanın üzerinde duruyor. Çok meraklıymış gibi davranmamak için yokmuş gibi davranıyorum.

"Bakmayı düşündüğünüz öteki okullar hangileri?"

"Ermeni okulları. Ama şimdi kapılarına dayanmak, ellerimizdeki resimleri gösterip tedirginliğe kapılmalarına yol açmak istemiyoruz."

"İkisi de çok iyi Türkçe konuşuyorlardı. Yabancı bir ülkede eğitim görmüş olsalar mutlaka anlardım. Birçok Türk'ten bile daha iyi Türkçe biliyorlardı. Ermeni aksanını nerede duysam anlarım. Konuşmaları aksansızdı. Ayrıca derinliği olan dilbilgisine, kültürüne sahiplerdi. Bu da gösteriyor ki yüksek sınıftan ve iyi eğitimden geçmişler."

Düşüncelerimi sıralarken Amir sürekli başını sallıyor. Sözlerimi tamamlayınca hak verdiğini belli edecek şekilde konuşuyor.

"Sorun da burada zaten. Emin ol, yabancı dilleri de çok iyidir. Dünyayı gezip görmüşlerdir. Bütün bu özellikler bir araya geldiğinde işimiz çok ama çok zorlaşıyor."

Garson çaylarla görününce Amir susuyor. Gittikten sonra "Çaylarımızı içerken şu fotoğraflara bakalım" diyor, masaya koymuş olduğu sarı zarfı işaret ederek.

O çayına iki şeker atıp karıştırıyor. Ben epeydir kullanmadığım için şekerlerimi ve çay kaşığımı masanın görece temiz bir kenarına bırakıyorum.

***

"Evet" diyor Amir nihayet ve zarftan beş tane fotoğraf çıkartıyor. Etrafa bakıyor, kimsenin bizimle ilgilenmediğinden emin olunca "Bu fotoğrafları dikkatle incelemeni istiyoruz" diyerek önüme koyuyor.

Daha önce benzerlerini yüzlerce kez gördüğüm fotoğraflardan. Arada bir, çeşitli vesilelerle yabancı ajanslardan gazeteye bu tür fotoğraflar gelir. Bunlar Filistin'de olduğunu tahmin ettiğim bir gerilla kampında çekilmişler.

Bildiğim kadarıyla, Filistin Kurtuluş Örgütü ASALA'yı destekliyor.

Lübnan'da da geniş bir Ermeni nüfus var. Ülkedeki siyasal hayatı etkileyecek büyüklükte, organize olmuş siyasal bir güce sahipler. Dergiler, gazeteler çıkartıyorlar. Bu da terör örgütüne devşirilecek genç militanların kafalarına girebilme imkânı sağlıyor.

ASALA ayrıca, iki yüz elli bin civarında Ermeni'nin yaşadığı Tahran'da da kendisine yaşama alanı bulmuş durumda.* Zaman zaman İran istihbarat birimlerinin bu örgüt mensubu militanları eğittiğinden de söz ediliyor.

Bir de tabii uzak topraklardakiler var. Birinci Dünya Savaşı ve hemen sonrasında ABD, Kanada ve Avrupa'ya göç etmiş olan

* İçinde bulunduğumuz zaman diliminde İran'da yetmiş ile iki yüz bin arasında Ermeni'nin yaşadığı tahmin ediliyor. 1978'de gerçekleşen devrimden sonra İran'da yaşayan Ermenilerin bir kısmı Batılı ülkelere sığındı.

Ermeniler de büyük topluluklar oluşturuyorlar. Sosyal kulüpleri, dernekleri var. Oluşturdukları lobiler sayesinde, bulundukları ülkelerin siyasal hayatlarına etkide bulunuyorlar.

Fotoğrafların her birine dikkatlice bakıyorum. Bu arada Amir'in beni yönlendirmek istememesini dikkate şayan buluyorum. Fotoğraflardan hiçbirinin üzerine parmağını koyup "Bu o mu?" ya da "Bu şu mu?" demiyor.

Fotoğraflara tekrar tekrar bakıyorum. Üç fotoğrafı ayırıp zarfın içine koyuyorum.

Önümde kalan iki fotoğraftan birinde, arkada ASALA'nın sembolü duvara işlenmiş. Odada bir karatahta var ve genç bir adam sınıf benzeri bir yerde ders veriyor. Karatahtada Ermeni harflerinin yazılı olduğu görülüyor.

Biraz çekingen "Bu Ferit olabilir" diyorum.

"Peki" diyor.

Fotoğrafı elimden alıp zarfa koyarken "Bu fotoğraf" diyor ikincisine yoğunlaşmamı ister gibi.

Elimdeki fotoğraf atış talimlerinin yapıldığı bir alanda çekilmiş. Kum torbaları ve bunların üzerinden uzun namlulu silahlarını uzatmış, hedefe ateş eden gerillalar var. Belli ki bir eğitim esnasında çekilmiş.

Beş kızın arasından birini işaret ediyorum bu kez ve "Bu da Holly olmalı" diyorum.

"Tamam" diyor ve fotoğrafı önümden alıp zarfa koyuyor, içcebine yerleştiriyor.

"Bu kadar mı?" diye soruyorum.

"Hayır. Şimdi seninle işin başka bir boyutunu konuşmak istiyorum."

O böyle deyince dinlemeye geçiyorum.

"Holly'le ilk kez Londra'da karşılaştın. Bir yazı dizisi hazırlıyordun. Karşına, gerçekten tesadüfen çıktığından emin misin?"

Şöyle bir düşünüyor "Eminim" diyorum ve olup biteni tam da olup bittiği gibi anlatıyorum.

"Ben Holly diye birinin varlığını İngiltere büro şefimizden öğrendim. Oraya gittiğimde epeydir çalışıyordu. O kadar ki belli bir müşteri portföyü bile oluşmuştu. Demek istediğim şu: Birileri günün birinde benim karşıma çıksın diye peep show yapılan bir yere Holly gibi birini yerleştirip bekletmez."

Amir'in yüzüme kuşkuyla baktığını görünce anlatmaya devam ediyorum.

"Holly gazeteye gelip ya da telefon edip beni bulmadı ki? Başka bir gazeteciyi, mesela İngiltere büro şefini filan da aramış değil. Araştırdığım konuya uygun birilerini soruştururken, tamamen tesadüfi olarak karşıma çıktı. Bundan eminim."

Bu kez derdimi tam olarak ifade etmiş olduğumu düşünüyor, susuyorum. Sonra birden aklıma İstihbarat'ın bu konuda ne düşündüğünü sormak geliyor.

"Sadece merakımdan soruyorum, cevap vermezseniz dert etmem. Siz ne düşünüyorsunuz bu konuda?"

"Buraya, Manukyan'ın evlerinden birine gelmeyi planlıyordu. Hem iş öğrenmek hem de bonservis sahibi olmak için bir süreliğine bu tür bir iş yaptı. Gazetede fotoğraflarının çıkması ekmeğine yağ sürdü. Gelir gelmez, tam da istediği yerde iş buldu. Yani, siz onunla röportaj yapmasaydınız da gelecekti. Elini kolaylaştırmış oldunuz. Onun ve Ferit'in asıl amacı Matilt Manukyan'a yanaşmaktı."

"Neden?"

"İşte burası biraz karışık."

Merakla bakıyorum anlatsın diye.

"İki bavul dolusu para götürdüler. En azından biz böyle olduğunu düşünüyoruz. Biraz iyileşince Manukyan'a ne kadar para verdiğini lisanı münasip ile soracağız.* Öte yandan aslında paraya ihtiyaçları olmadığının da farkındayız."

"Neden?"

"Çünkü ihtiyaçları olan silah ve parayı büyük ülkelerin istihbarat servisleri onlar istemese de sağlıyor. Eğitim de veriyorlar."

"Peki, neden yaklaştılar o zaman Manukyan'a?"

Amir gülümsüyor "Güçlerini göstermek için olabilir mi?" diye soruyor.

Şaşırıyorum. *Olabilir mi acaba?* Düşüncemi seslendirmiyorum. Amir kendi sorusunu kendisi cevaplıyor.

"En azından şimdilik, böyle olduğunu düşünüyoruz. *'İnsanı biz yarattık ve onun kendi kendine neyi fısıldadığını iyi biliriz. Biz ona şahdamarından daha yakınız'* diyen, üstelik Kuran kaynaklı cümlelerin, sadece Manukyan'a değil, Türkiye Cumhuriyeti Devleti'ne karşı da bir güç gösterisi, bir meydan okuma olduğu kanaatindeyiz. Para için de aynı biçimde düşünüyoruz. İstediklerinde, iki bavul parayı Türkiye'den çıkartabilmiş olduklarını da göstermiş oldular."

"Sahi..." diyorum. "Üç nottan söz ettiniz. Biri 17 numaralı odada bulundu. Öteki ikisi neredeydi?"

Gülüyor Amir. "Zamanı gelince öğreneceksin" diyor.

---

* 5 Şubat 2006 tarihinde *Sabah* gazetesinde Emrullah Erdinç imzalı bir röportaj yayımlandı. Erdinç 90'lı yıllarda Manukyan'ın sahibi olduğu genelevlerde görev yapmış, isminin baş harfleri H. K. olan emniyet mensubuyla uzunca konuşmuştu. H. K. emekli olduktan epey sonra verdiği röportajda, pek çok konunun açıklığa kavuşmasını sağladı. Emniyet mensubu H. K. ASALA meselesine şöyle değindi: "Ben işiyle ilgili soru sormaya başladığımda, her seferinde limonlu soda ister, konuyu kapatırdı. Ermeni meselelerini de açardım. Manukyan'a, *'Ermeni asıllısın. Geçmiş dönemlerde ASALA adına para istediler mi senden?'* diye sorardım. *'Ben Türk'üm kardeşim. Bu memleket benim. Dedem de ninem de Türk'tü'* derdi. Bir kere ASALA'ya para verdiğini ama daha sonra yine istediklerinde vermediğini söylemişti."

-47-

Tekrar gazeteye dönmüyorum.

Evime doğru giderken Amir'in söylediklerini düşünüyorum. Onun az önce örneğini verdiği mantık silsilesinden ilerleyerek Ferit'in karşıma çıkış nedenine de ulaşabilirim.

Ferit telefon etmiş "Holly geliyor" demişti. Sultanahmet Köftecisi'nde buluşup konuşmaya karar vermiştik.

Sanki laf lafı açar gibi olmuştu... Şimdi gayet iyi hatırlıyorum... Benimle ne konuşmak istediğini, sadede gelmesini ister gibi sorunca Holly'yi kastederek "Karşı cinse değil, kendi cinsine ilgi duyuyor" demişti. Böylelikle önce Holly'nin lezbiyen olduğunu düşünmemi sağlamıştı. Sonra ters köşe yapmış "Ameliyat oldu. Bir erkekti" diyerek lafı Holly'nun bir transseksüel olduğuna getirmişti.

O kadar inandırıcıydı ki!

***

Holly'ye dair eşimle de konuşmuştuk.

Eşim ellerini, ayaklarını, ses tonunu kanıt olarak göstermiş "Hiç de değil" demişti. Holly'nin transseksüel olmadığından çok ama çok emin olduğunu söylemiş, benim nasıl tersini düşünüyor olduğuma şaşırıp kalmıştı.

***

Günler ilerlemiş, Holly ile ikinci kez baş başa kalmıştık. Beni evine davet etmişti. Ferit'in olmamasına özen göstermişti.

"Senin için karnıyarık pişirdim. Bana pilav yapmakta yardım eder misin?" demiş ama mutfağı es geçirmişti.

Aslında önceden tahmin ediyordum neler olacağını. Tahmin ettiğim gibi de olmuştu.

O gün bütün cesaretimi takınmış "Ferit senin transseksüel olduğunu söyledi" demiştim.

Gülmüştü uzun uzun. Sonra "Sen ne diyorsun?" demişti sigara paketine uzanırken.

"Benim ne diyeceğimi biliyorsun. Ferit'in neden böyle söylediğini merak ediyorum sadece."

Gülmüştü Holly yine ve uzunca izah etmişti Ferit'in neden böyle davrandığını.

"Kıskançlığından ölüyordu. Yazdığın dizide bana dair kimi cümlelerini çok dikkat çekici bulmuştu. Senin soruların ve benim cevaplarım canını sıkmıştı. Telefonda epeyce konuşmuş hatta itişmiştik. Londra günlerimizi kastederek, aramızda hiçbir şey olmadığına dair yemin ettirmişti defalarca. Ben de etmiştim. Olmamıştı çünkü. Şu andan itibaren etmem. İstanbul'a gelip seni görünce, kendisinden vazgeçeceğimi düşünmüştü. Benden uzak kalmanı sağlamak için böyle bir yalan uydurmuş olsa gerek. Ben de senin, en azından başlarda, bana neden çok soğuk davrandığını düşünüp kahrolmuştum. Oynadığı oyun başarıyla sonuçlanmış demek. En azından bir süre için. Öyle değil mi?"

O böyle sorunca çaresiz "Evet" demiştim.

"Peki" demişti konuşmamızın bu noktasında Holly. "Ne oldu da transseksüel olduğumu düşünmekten vazgeçtin? Yoksa göze mi aldın? Transseksüel olsam fark etmeyecek miydi senin için?"

Önce açık kalplilikle ve tek kelimeyle "Fark etmeyecekti" demiştim. Ama mesele tek kelimeyle açıklanamayacak kadar kapsamlıydı.

"Doktor bir arkadaşım var. Önce ona, *pek çok kadından daha güzel bir transseksüel olabilir mi* diye sordum. *Ender de görülse, mümkün olduğunu* söyledi. Bir de evimizde bizi ziyaretinizin sonrasında, eşim, *transseksüel olmadığına, yüzde yüz kadın olduğuna* dikkat çekti. Bu da etkili oldu sana bakışımın değişmesinde."

Holly dikkatle dinlemişti söylediklerimi. Sonra sigarasını söndürmüş, bana doğru dönmüş *seni elleriyle bana teslim etmiş, bu nedenle kendisine teşekkür etmem gerekiyor* demişti eşimi kastederek. Sonra uzun uzun öpmüştü dudaklarımdan.

***

Şimdi, Cihangir'e tırmanırken aklımda o haliyle Holly var.

İtiraf etmeliyim ki koşullar başka şekilde gelişmiş olsa, Holly'nin peşine takılır, aklımın değil aşkımın götürdüğü yere giderdim.

Cihangir'e çıkan merdivenlerin sonuna yaklaşırken gözlerimden dökülen yaşları elimin tersiyle siliyorum.

Az sonra dünyalar iyisi eşime ve yakışıklı oğluma sarılacağım.

Peki Holly ne olacak?

Zamanın iyileştirici olduğu söylenir. Umarım ve dilerim öyle olsun.

-48-

Eşim, sabah kahvaltısını tamamlayıp evden çıkmaya hazırlanırken, yanağıma hoşça kal öpücüğü konduruyor ve "Ben eski kocamı geri istiyorum. En kısa zamanda" diyor.

Şaşırmadığımı söylemeliyim.

Dün akşam yemeğinde de bu sabah kahvaltısını ederken de eşimin ve oğlumun bütün konuşma çabalarını telgraf usulü "Olur, tamam, en kısa zamanda" gibi laflar ederek geçiştirdim.

Tabii ki böyle olmasını istemiyorum. Öte yandan ne yazık ki kendimi üzerimden silindir geçmiş gibi hissediyorum. Sonuçları da böyle oluyor.

Dün bir bugün iki... Maruz kaldığım bunca meseleyle başa çıkabilmem için yeterli değil.

Üstelik, çok azını etrafımdaki değer verdiğim insanlarla paylaşabilirken!

Paylaşmanın yükü hafiflettiğine dair, zamanında kulak arkası ettiğim bütün deyimleri, atasözlerini geri çağırıyorum. Kullanamayacağımdan emin olsam da gelseler iyi olur.

Dün akşam yemeğinde eşime, Holly ve Ferit'in ASALA militanı olduklarını gösterir fotoğrafları Gülhane Parkı'ndaki bir kır kahvesinde gözlerimle gördüğümü söyleyebilir miydim mesela? Hayır.

Ya da az sonra gazeteme gittiğimde *dün neden apar topar çıktığımı* soracak yazıişleri müdürümü şöyle cevaplayabilir miyim?

Biraderim, İstihbarat'tan Amir aradı. Gülhane Parkı'nda buluştuk. Önüme Filistin Kurtuluş Örgütü'nün kamplarında çekil-

miş beş tane fotoğraf koydu. Fotoğraflardan birinde Ferit gerilla kıyafetleri giymiş olarak bir sınıfta ders veriyordu. Bir diğer fotoğraftaysa Holly atış talimi yapıyordu.

Edebilir miyim bütün bu lafları? Şüphesiz hayır!

Veya Bodrum'a kadar, üstelik kendi otomobilimde taşıdığım iki bavulun içinde büyük bir ihtimalle Manukyan'dan tehditle alınan paraların bulunduğundan, çoktan ASALA'nın merkez komitesinin eline geçtiğinden, şu aralar Türk diplomatları öldürmek için silaha dönüştürülüyor olabileceğinden, bir Allah'ın kuluna söz edebilir miyim? Hayır.

Peki, bütün bu düşünceler beynime, gece gündüz gördüğüm bir kâbus olarak çökmüşken, gündelik hayatıma hiçbir şey olmamış gibi devam etme ihtimalim var mı? Hayır.

***

Düşüncelerimle gazeteme doğru yürürken, İran Konsolosluğu'nun önünde Amir'i görüyorum. Her zaman geçtiğim yolu bildiği belli. Gözleriyle kendisini takip etmemi işaret ediyor.

Ara sokaklarda peşinden yürüyorum. Sultanhamam'ın kalabalığına girdiğimizde yavaşlıyor. Bir ara yan yana yürümeye başlıyoruz.

"İlk soldaki sokağa gir. Yüz adım kadar sonra sağda bir kahve var. Orada bekle. Beş dakika sonra geleceğim."

Yan yana yürüme süremiz on saniyeden bile az.

Amir bacaklarına hız verip kalabalığa karışıyor. Tempomu hafifletiyor, ilk sola sapıyorum.

Sağda, inin cinin top oynadığı çok sakin bir kahve var. Küçük bir masa seçiyor, çay söylüyorum.

Az sonra Amir geliyor ve yanımdaki sandalyeye oturuyor.

Kahveciye "Çaylar iki oldu" diyorum.

Amir içcebinden üzerinde "Express" ibaresi basılı bir mektup çıkartıyor, önüme koyuyor.

Üzerinde ismim ve gazetenin adresi var. Açılmış. Pulundan Yunanistan'dan postalanmış olduğunu anlıyorum.

Ben zarfı incelerken Amir açıklamada bulunuyor.

"Sana mektup ulaştırabileceklerini düşünerek, gazetene gelen bütün zarfları, daha Büyük Postane'deyken kontrol ettiriyoruz. Açılmış olmasını kafana takmazsın herhalde."

Alaycı bir tonlamayla "Hayır. Milli güvenlik meselesi" diyorum.

"Okuman lazım. Telefon eder ya da başka bir biçimde irtibat kurarsa, biliyor olmanda yarar var."

Amir efendiye göre, sadece biliyor olmamda yarar var. Makineyim ya ben.

Mektubu zarfından çıkartıyorum. Çok güzel bir elyazısıyla yazılmış. Önce mektubun sonuna, imza kısmına bakıyorum. Holly'den gelmiş. En başa da "Sevgilim" yazmış.

Sevgilim,

Biliyorum gösteremedim ama senden ayrılmam hiç de kolay olmadı.

Bodrum'dan karşıya kolaylıkla geçtik. Bugün Yunanistan'da son günümüz. Nereye gideceğimizi yazmam doğru olmaz.

Bilmeni istediğim birkaç mesele var. İlki, bir daha asla görüşmeyeceğimiz. Bu durumu hazmetmeye çalışıyorum. Sana olan aşkımı beynimde küllendirmem lazım. Lütfen sen de benim gibi yap. Bunu ısrarla söylüyorum.

Böyle söylüyor olmam seni unutacağım anlamına gelmez. Seni sonsuza kadar hatırlayacağım ve seveceğim. Eminim bunun sen de farkındasındır. Lütfen beni unutma ve hep sev.

Güzel bir eşe ve şahane bir evlada sahip olduğun için gözüm arkada değil. Sana kocaman ve dopdolu bir hayat vereceklerinden eminim. Bundan büyük mutluluk duyduğumu bilmeni istiyorum. Tersi beni kahrederdi. Emin ol onların yerlerinde olmak için çok şey verirdim. Ama hayat böyle. Bazı durumlarda seçme şansımız ne yazık ki olmuyor. Hayatın önümüze koyduğu her neyse onu yaşamak zorundayız.

Bilmeni istediğim ikinci mesele, seni kandırmadığım. Evet, Ferit'le çok yakınız. Onu seviyorum. Ama seninle tanıştıktan sonra anladım ki aşk ve sevgi iki ayrı kavram. Üç harfli bu güzel kelime yakınlık filan tanımıyor. Daha önce birini sevmiş olman, onunla bir hayatı paylaşıyor olman âşık olmama engel değilmiş. Yeni öğrendim. Bana bu duyguyu yaşattığın için sana müteşekkirim. Bunu da bilmeni istedim.

Üçüncü bilmeni istediğim mesele, Ece'ye dair. Ferit'in de benim de onu çok sevdiğimizden, gözümüz gibi koruyacağımızdan emin ol. Güzel, anlamlı bir hayat yaşayabilmesi için elimizden gelen her şeyi hatta fazlasını yapacağız. Biz yaşayabilir miyiz emin değilim ama onun çok güzel bir hayatı olacak. Tabii ki yaşadığımız dünya acımasız ve çok sayıda Ece'ye hayatı zindan ediyor. Öte yandan ben üzerime düşeni yaptım, elimin değdiğini kurtardım. Sen olmasaydın bunu asla yapamazdım. Biliyorum. Bu nedenle, Ece senin de çocuğun. Uzakta bir yerde, bir kızının nefes alıp verdiğini, sana hayatını borçlu olduğunu sakın unutma.

Yazmak, içimi dökmek, seninle konuşmak istediğim o kadar çok mesele var ki...

Ne yazık ki mümkün değil. Keşke olabilseydi.

Keşke seninle mesela National Film Theatre'da ya da Hyde Park'ta veya Galata Kulesi'nde baş başa kalıp, birbirimizi dinleyebilecek olsaydık. Ne yazık ki bu hiçbir zaman gerçekleşmeyecek.

Az sonra bir uçağa binecek, başka bir ülkeye uçacağız. Bundan sonra, gideceğim her yere, aklımda seni de götüreceğim.

Lütfen sen de beni düşün.

Unutmayacağını bilsem, emin ol dünyalar benim olurdu.

Sana aşkla sarılıyorum, bir tanem.

Holly

***

Mektubu birkaç kez okuyorum.

"Geçen perşembe günü yazılmış, Büyük Postane'ye bu perşembe düştü" diyor Amir.

Başımı sallıyorsam da onu duyacak durumda değilim.

Oysa o, elimde tutmakta olduğum mektup üzerinden bir analiz yapmanın peşinde.

Mektubu katlayıp zarfına koyarken vazgeçiyorum.

"Bana vermeyeceksiniz anladığım kadarıyla. Bir kere daha okuyabilir miyim?"

"Olur" diyor Amir umursamaz bir tavırla.

***

Evet. Artık konuşabiliriz.

"Ne düşünüyorsun?" diyor Amir.

Biraz duraksıyor, yanlış anlayacağımdan korkarak "Duygusal olan taraflarını sormuyorum, nasıl bir rota izlediklerini anlamaya çalışıyorum" diye düzeltmede bulunuyor.

"Yunanistan'dan ayrılıyorlarmış. Şu an itibariyle, bir haftadır Yunanistan'da değiller" diyorum zar zor.

Yüzüme bakmayı sürdürdüğünü görünce "Mektup postaya Atina'dan Elefterios Venizelos Havalimanı'ndan verilmiş. Pulda oranın mührü var" diyorum ayrıca.

Düşünüyor. Farkında olduğunu gösterir biçimde başını sallıyor.

"Mektupta nereye gittiklerine dair en ufak bir ipucu yok. Öyle değil mi?"

Onun gibi yapıyor, onun tam tersine başımı olumsuz anlamda sallıyorum.

"Üç gün önce Interpol'ün kırmızı bültenine girmelerini sağladık. Burada gerçekleştirdikleri otomobil havaya uçurma eylemi elimizi kolaylaştırdı. Bundan sonra, en azından havaalanlarından serbestçe uçağa binemezler. Kimlik ve görünümlerini değiştirmeleri gerekiyor. Yanlarına küçük kızı da alacaklarsa, işleri epeyce zor olur. Çünkü bültende küçük bir kızı kaçırmış olduklarına dair bir not da var."

Epey hızlı çalışıyor bizimkiler. Anladığım kadarıyla, Ferit ve Holly'yi bir eylemde bulunmadan engellemek istiyorlar.

Amir'le uzunca süre nereye uçabilecekleri üzerine kafa patlatıyoruz. Türkiye Cumhuriyeti'nin büyükelçiliklerinin olmadığı yerleri listenin dışında bırakıyoruz. Geriye kalanların büyük bir kısmı Avrupa ülkeleri.

Amir not defterini çıkartıp konuştuğumuz yerleri yazıyor. Listede İspanya, İngiltere, Fransa, İtalya, Almanya ve irili ufaklı Kuzey Avrupa ülkeleri ile ABD, Kanada ve Avustralya var.

"Sence..." diyor. "Bu ülkelerden hangisine giderler?"

Düşünmeden cevap vermek istemiyorum. Epey sonra "Gerçekten bilmiyorum" diyorum.

"Bilsen söyler misin?" diyor cebine koymuş olduğu mektubu işaret ederek.

"Tabii ki söylerim" diyorum.

Sözleriyle ifade etmese de inanmış gibi görünmüyor.

Son olarak "Sen ısmarladın çayları değil mi?" diyor.

-49-

Masama otururken telefonum çalıyor. Sanki yarım saat önce ayrılmamışız gibi yine Amir.

"Seni bugün çok yordum biliyorum ama akşamleyin iş çıkışında gelmeni isteyeceğim. Bodrum'a yakın koylardan birinde çalınmış bir otomobil bulundu. İçinden ve dışından fotoğraflar çekildi. Bir gelip bakmanı istiyorum. Belki dikkatini çeken bir şey görürsün."

"Olur. Akşamüstü gelirim" diyorum çaresiz.

***

Zor bir gün olacak.

Aklımda Holly'den gelen mektup var. Yol boyunca mektubu aklımda tutmaktan helak oldum.

Daktilo makinemi önüme çekip tarih ve başlığı atlayıp yazmaya koyuluyorum.

Gazetecilikten gelen hatırlama güdüm sayesinde, sanıyorum bir tek satırı bile atlamadan yazabileceğim.

Zaman içinde unutma ihtimaline karşılık, mektubu olabilecek en doğru şekilde kâğıda aktarmalıyım.

İlk iki satırı ancak yazabilmişken yazıişleri müdürüm "Ne yazıyorsun?" diye tepemde bitiyor.

"Özel" diyorum ve sertçe on beş dakika içinde odasında olacağımı söylüyorum.

"Tamam. Kızma" diyor ve uzaklaşıyor.

Yazmaya devam ediyorum. Daktilodan çıkartıp okuyorum. Elle bazı cümleler ilave ediyorum ve yeniden yazmaya koyuluyorum.

Tarih, hitap ve isim hariç Amir tarafından okutulan mektubun tıpkısını kayda geçirdiğimden eminim.

Şimdi öteki işlerime bakabilirim.

***

Mecliste büyük itiş kakışlar sonucu kararı alınan erken seçimlerin tarihi çok ama çok yaklaştı. Memlekette seçimden başka bir şey konuşulmuyor.

Manukyan'ın otomobilinin havaya uçurulması, gazeteleri ve toplumu sadece birkaç gün meşgul etti. Gündemleri bir kahve değirmeni gibi öğütme yeteneği kazanmış olan Türkiye, Manukyan Patlaması'na da bir avuç kahve çekirdeği muamelesi çekti.

Şimdi gündemde seçim var.

CHP Genel Başkanı Bülent Ecevit'e göre, karşı karşıya kalınan ağır toplumsal, siyasi ve ekonomik sorunları aşabilmenin yolu erken seçimden geçiyor.

Beynimin izin verdiği kadarıyla yazıişleri toplantısını izlemeye çalışıyorum. Herkes eteğindeki taşı dökmeye çalışıyor. Yazıişleri müdürüm ne söyleyeceğim diye arada bir bana da bakıyor, farkındayım ama hakikaten hiç mi hiç havamda değilim.

Konuşmadığımı gördüğü için olsa gerek "Sendeki Vehbi Koç röportajı nasıl gidiyor?" diye soruyor.

Uzun yıllardır birlikte çalıştığımız için bu tür ortalarına alışığım. "İyi" diyorum. Anlaşılan Vehbi Bey'le konuşulması gerekiyor ve az önce nur topu gibi bir çocuğum olmuş vaziyette.

Toplantı biter bitmez odasına damlıyor "Nereden çıktı Vehbi Koç röportajı?" diyorum.

Ters ters bakıyor "Üzerine çöken ölü toprağını kaldırmanın zamanı geldi. Masana git ve sorularını bir kâğıda yaz, getir. Genel yayın yönetmeni çok şık bir röportaj istiyor. Sana fıstık gibi pas attım, iyi değerlendir" diyor.

Mesele anlaşılmış vaziyette. Belli ki iş dünyası bizim gazete üzerinden siyasilere ve topluma mesaj vermeye çalışacak.

Derhal telefona sarılıyor, Koç'un sekreterine, gıyabımda adı konmuş röportaj için gün ve saat beklediğimi bildiriyorum.

***

Gün boyu Koç'la yapacağım röportaja hazırlanıyor, birkaç kez yazıişleri müdürümle, bir kez de genel yayın yönetmenimle uzunca konuşuyorum.

Şimdi çıkma zamanı.

Herkes evime gittiğimi zannediyor. Eşim de doğrudan eve döneceğim diye düşünüyor ama önce Amir'le buluşup göstereceği fotoğraflara bakacağım.

Adamın adı değil kuşkusuz. Etrafındakiler "amirim" deyip durdukları için ona bu ismi takmış vaziyetteyim. Yüz yüzeyken doğrudan konuşuyorum. İlla bir hitap kelimesine ihtiyacım yok. O da bana adımla hitap etmiyor zaten. Çok gerekirse "gazeteci bey" diyor.

Kapıya adımı bırakmış, girişteki çocuk odasının yerini tarif ediyor.

Kısa bir selamlaşma faslından sonra Amir önüme fotoğrafları koyuyor. Ford, sıradan bir otomobil.

"Gördüğün gibi araç Muğla plakalı. Bodrum'a yakın Akyarlar'da bulundu. Kos'a geçmek için en uygun nokta."

Amir otomobilin içinden ve dışından çekilen fotoğrafları iyice incelememi istiyor. "Arabadan inenler nasıl indilerse, fotoğrafları öyle çekildi" diye bir uyarıda bulunuyor.

Fotoğraflarda dikkatimi çeken, arka tarafa saçılmış gofret, şeker, çikolata ambalajı ve boş birkaç gazoz şişesi.

"Ferit Çanakkale'den ayrılırken alışveriş yapmıştı. Bu tür şeyler aldı. Torbası da aynı arka koltuğun üzerinde duran gibiydi. Eminim bundan."

"Hepsinden parmak izi alındı. Bizce Ferit bu otomobili Akyarlar'a gitmek için çaldı. Orada otomobilden kurtuldular, bir tekne tarafından karşıya götürüldüler. Tahminimiz bu."

Amir'in açıklamaları gayet mantıklı.

"Bence de öyle. Zaten mektup da Yunanistan'dan geldi."

"Yoruldun bugün. Hem de iki kez. İşbirliğin için teşekkür ederim."

"Rica ederim."

***

Amir'in göstereceği fotoğraflara bakmaya giderken olduğu gibi, evime dönerken de Holly'den gelen mektup üzerine düşünüyorum.

National Film Theatre'da karşılaştığımızdan bu yana, onun sığ sularda yüzmeyen bir kadın olduğunun farkındaydım. Üzerine oturttuğu Holly imajı, sonra bir ara Lili olması ve her iki karakteri yüzde yüz taşıyabilmesiyle takdirimi kazanmıştı.

Kendi olduğu zamanları da es geçmemem lazım. İstediğinde dupduru olabilmeyi ya da kışkırtıcı ama basit olmayan genelev kadını rolünü oynayabilmeyi, eminim çok az kadın becerebilir.

Başımızdan geçen onca işten sonra, bugün, genelev kadını rolünü nasıl da sorunsuz bir biçimde oynamış olduğunu düşünüyor ve hâlâ şaşırıyorum.

Londra gibi bir yerde, sadece İstanbul'a altlık olsun diye muhteşem bir peep show sahnelemek de her kadının harcı değildir. Üstelik kapıya isminizi altın harflerle "Türk Lokumu" diye yazdırarak. Ve dahi, erkekleri sokağın başından sonuna kadar bir tespihin taneleri gibi dizerek.

Manukyan bile, çok nadir bulunacak cinsten bir kadın olduğuna dikkat çekmemiş miydi?

Kadın sarrafı olmaktan gelen çok özel yeteneği ve bilgisiyle, dünyanın en ünlü maması böyle söylemişse, ben dahil herkese susmak, şapka çıkartmak düşer.

Orospuları aşağılamak için fırsat kollayanlardan hiç olmadım. Tersine, bu garip düzende en çok onlara hak verdim. Devletiyle, siyaset kurumuyla, adalet mekanizmasıyla, vergicisi, sağlıkçısı, mafyacısı, pezevengi ve çocuğunu para verene satan babası, annesiyle, birbirinden güçlü odakların, kurumların oluşturduğu iktidar mekanizmasında, bence en az suçlu olan "orospu" denilerek aşağılanan kadın.

İyi kurgulanmış bir düzende, hiçbir kadının meslek olarak orospuluğu seçeceğine asla inanmıyorum.

Hangi kadın ister ne olduğu belli olmayan, zevki ve sefayı ancak genelevde bulabilecek kadar düşmüş bir erkek müsveddesinin altına, sadece para için yatmayı?

Holly'ye gelince, o bir orospu değil. Orospuyu oynadı, o kadar.

***

Sevdiğim bir insanın, başka birilerinin ölümüne yol açacak davranışlar içinde olması, bu yolda aparat olarak beni kullanmış olması canımı yakıyor.

Her geçen dakika ve gün, günahsız insanların ölebileceğinden, kastetmemiş bile olsam elime kan bulaşabileceğinden endişeleniyor, korkuyorum.

Terörün insanlık dışı bir eylem olduğu düşüncesindeyim! Bu konuda toleransım sıfır. Ulusal kurtuluşmuş, sosyalist mücadeleymiş, bütün bunlar bir kulağımdan girip ötekinden çıkıyor.

Birilerinin ya da birtakım olayların intikamını almak, siyasi bazı kazanımlar sağlamak ya da başka sayısız nedenle birilerinin, üstelik çoğunlukla günahsız birilerinin canına kastetmek, neresinden bakarsanız bakın lanetlenmesi gereken bir durum.

Ne yazık ki geçen bunca zamana rağmen dünya terörle yolunu ayıramadı. Bir halkın *kurtuluş savaşçısının* öteki halkın *teröristi* olduğunu bir türlü öğrenemedi. Bir paradoks, uzlaşmaz bir çelişki.

Çünkü belli odaklar, halkların bu son derece basit paradoksu görmelerini engellemek için ellerinden geleni artlarına koymuyorlar.

Emperyalist ülke istihbarat örgütlerinin, sömürmeye devam etmek istedikleri ülkelerin içinde karışıklıklar çıkartmakta kullandıkları birkaç önemli silahtan biri etnik meseleler. Buna din ve mezhep gibi ayrımları da ekleyince, gelsin terör, silah, kan, gözyaşı.

İncelikle kurgulanan bu büyük oyuna alet olanlar ise ne yazık ki Holly ve Ferit gibi genç insanlar...

Kin ve nefret duyguları aşılanıp sırtı sıvazlanan, ellerine silah tutuşturulan, kendilerini *halk kahramanı* oldum zanneden ama aslında emperyalist ülkeler için kan döküp bazen de can veren zavallılar...

Terörün bir eylem biçimi olarak yüceltilmesinin, toplumlar nezdinde geçerli bir eylem haline getirilmesinin nedenleri de bunlar değil mi zaten?

-50-

Her zamankinden daha şık giyindiğimi gören eşim "Kiminle görüşeceksin?" diye soruyor.

"Vehbi Koç'la" diyorum.

Kahvaltı masasından "Ben olsam o kravatı takmam" diyerek kalkıyor, gardıroptan yenisini seçip getiriyor.

O böyle davranınca aklıma Holly'nin yazdıkları geliyor.

Güzel bir eşe ve şahane bir evlada sahip olduğun için gözüm arkada değil. Sana kocaman ve dopdolu bir hayat vereceklerinden eminim. Ve bundan büyük mutluluk duyuyorum. Tersi beni kahrederdi. Emin ol onların yerlerinde olmak için çok şey verirdim.

Eminim sevgilim. Eşim ve oğlum bana kocaman ve dopdolu bir hayat verecekler.

Eşim kravatımı bağlarken, gözümden düşmek için çırpınan bir damla yaşa izin vermiyorum.

Önce oğlumu kucaklıyor "Akşama sana ne getireyim?" diye soruyorum.

Sonra eşime uzunca sarılıyor "Sen ne istersin?" diyorum.

O da bana kuvvetle sarılıyor ve bir kelimeyle cevap veriyor.

"Geçti."

İçinde vurgu, endişe, kızgınlık, küskünlük, çaresizlik olmayan minicik bir kelime, geçti.

Nasıl anlamlandırdığını aşağı yukarı tahmin ettiğim tek bir kelime, geçti.

Sanki uf olmuşum da geçmiş gibi.

Eşimin Holly'ye dair hislerimi kıyısından köşesinden de olsa fak ettiğinden eminim. Merakıma yenik düşüyor, sormamam gereken bir soru soruyorum.

"Ne geçti?"

Gülümsüyor "Çok yoruldun nezarette, sorguda filan" diyor.

Akıllı kadın. Benim gibi bir salakla yüz göz olacak hali yok. Ne söylemek istediyse gülümsemesiyle söyledi işte.

***

Gazeteye Vehbi Bey'le röportajımı yapmış olarak dönüyorum.

Daha içeriye girerken "Bana uğra, sonra oturursun yazmaya" diyor yazı işleri müdürüm.

Merakından ölüyor tabii. İlk sorusu "Ne dedi?" oluyor.

"Sana selam söyledi. Bir ihtiyacın var mı diye sordu. Bir Ford mesela, ister miymişsin?"

Küfrü basıyor. "Ne oldu, normale dönmeye başladın galiba?" diyor dalgasını geçerek.

Ah diyorum içimden, *keşke!*

Bildikleri bilmediklerinin yüzde biri bile değil.

"Güzel laflar var ama bilmediğimiz bir şey söylemedi. Şimdi anlatmayayım. Yazıyı yazıp getireyim. Olur mu?"

"Hayır! Çünkü yaptığın röportaj sürmanşet olacak. En flaş lafı şimdi söyle."

Not defterimi çıkartıyorum ve Koç'un altını birkaç kez çizip, yanına ünlemler koymuş olduğum cümlesini okuyorum.

"Kuvvetli bir hükümetin işbaşına gelmesi temennimizdir."

Arkadaşım haklı olarak "Geçenlerde de söyledi bunu" diyor.

"Sayın yazıişleri müdürü, siz ve patronlarınız, bu lafı söyletmek için göndermediniz mi beni Sayın Koç'a? O da söyledi işte. Yersen de bu, yemezsen de bu. Mönümüz bundan ibaret."

Ne yapacağız şimdi der gibi başını kaşıyıp "Sen yine de bir takla attır o lafa" diyor.

"Hah..." diyorum. "Böyle söyle canımı ye!"

***

Gazetecilik laflara takla attırma mesleğidir. Biri size bir şey anlatır, siz oturur başka bir şey yazarsınız. Yalnız bunu öyle bir yapmanız gerekir ki sonunda itiraz edemesin.

Yüzlerce örneğini vermeme gerek yok. Nihayetinde atomu parçalamıyoruz. Az önce Koç'un ne dediğini kulaklarınızla duydunuz. Sizce de şöyle demek istemedi mi?

"Türkiye aydınlığa ancak güçlü bir hükümetle çıkar!"

Farklı mı? Farklı. Aynı mı? Aynı.

Yazacağım yazının içeriği de bu görüşü destekleyecek zaten. Türkiye'nin içeride ve dışarıda büyük meseleleri olduğuna dair aynı teraneyi her satıra yedireceğim, olacak bitecek.

Bütün mesele iş dünyasının 5 Haziran seçimlerine doğru Türkiye'ye kuvvetli bir mesaj vermesi değil mi? Öyle.

Minicik bir ek: Türkiye deyince, mesaj verilecek olanın Türkiye toplumu olduğunu zannetmeyin. İş dünyası mesajını sokaktaki insanlara, yani avama vermez. Ülkeyi yönetmekte ya da yönetmeye talip olan elite verir.

Çünkü, ekonomi yani para buyurgandır.

Yazıişleri müdürümün dediği gibi kendime gelmeye başladım galiba. Bakın, neler neler düşünüyorum.

-51-

Tilkinin dönüp dolaşıp gideceği yer kürkçü dükkânıdır derler ya hani, benim kürkçü dükkânım, şahane evim.

El ayak çekilip sallanan bambu koltuğuma gömülünce, bir anlamda kendime dönmüş gibi oluyorum. Pipom, kadehim ve şahane manzaram. Başka ne isteyebilirim, öyle değil mi?

Değil!

Sanki çok yorucu ve uzun bir seyahatten geri dönmüş gibiyim.

Mesela Amazon ormanlarında üç dört ay dolaşmış, bu arada timsahların ve piranha balıklarının saldırısını kıl payı atlatmış, ardından İstanbul'a uçmuşum.

Bambu koltuğumun ilk birkaç salınımından sonra, *nerede kalmıştık* diyorum kendime.

Beynim kurgusu bitmeyen bir saat gibi. Tik, tok, tik...

Ekonomiyle ilgili araştırmalar yapanlara "Paranın izini takip et!" derler. Mafya mevzularında, polisiye romanlarda filan da hep paranın izi takip edilir.

Beynim, ben istesem de istemesem de paranın izini takip etmeye koyuluyor.

Gözümün önünde önce şehir, ardından ülke ve hatta ülkeler değiştirmiş olan iki bavul para var.

Artık eminim. Ferit ve Holly marifetli birer sihirbaz gibi iki bavul parayı tereyağından kıl çekercesine gözümün önünde çekip aldılar.

Haydi ben salağım, peki Matilt Manukyan nasıl verdi parayı?

Tehditle!

Sana şahdamarından daha yakınız diye yazılı, ASALA imzalı notları kendi ofisinde, kendi genelevinde ve kardeşinin ofisinde görünce epey tırsmış olmalı. Sanıyorum ben de tıpkı onun gibi davranırdım.

Peki, beslediği o koca mafya ordusu, hiç mi merak etmedi iki bavul paranın nereye gidiyor olduğunu?

Neden etsin?

Para onlardan çıkmadı ki! Kendi paralarını düzenli olarak, aksamadan alıyorlar. Tıkırları yerinde.

Manukyan paranın kendine ait, *anasının ak sütü gibi helal* kısmını düzenli aralıklarla 14 numaralı evin 17 numaralı odasından çıkartıp kardeşine veriyor.

Bu arada hemen hatırlayalım ki söz konusu iki bavulun muhteviyatı, zat-ı şahaneleri için çerez parası gibi.

Peki, otomobilin havaya uçması neyin nesi?

İşin bu kısmının paranın takibiyle ilgisi yok. Bu eylemin nedeni, acaba istendiği kadar paranın alınmamış olması olabilir mi?

İşin içine başka mafya grupları ve siyasi meseleler karışmış olabilir mi?

Manukyan milliyetçileri, muhafazakârları, hatta devrimcileri çok rahatsız eden bir sektörde, sanki kasap dükkânı işletmecisi gibi rahat davranıyor.

Bu kadar sorunlu, dengeleri bozuk bir ülkede, otomatik silahların çoluğa çocuğa kadar düştüğü bir kentte, profesyonel bir bombanın patlamış olması o kadar da önemsenecek bir durum değil...

Bir dakika, bir dakika... Nereden geldik buraya?

Anlaşıldı. Kafam çalışmaya devam edecek. Dinlenmeme izin vermeyecek.

***

Yataktan zor kopuyorum. Kafam kazan gibi.

Eşim "Çok mu oturdun benden sonra?" diye soruyor.

"Çok değil" diyorum.

Oysa yatağa gittiğimde sabah ezanı yeni okunmaya başlamıştı. Bir, bilemediniz iki saatlik uykudan, daha çok zıbarmış da uyanmış gibiyim.

Sinekkaydı bir tıraşı bilmem ama anladığım kadarıyla soğuk duş ve koyu kahve benim gibiler düşünülerek icat edilmiş. Bir de tabii Alka Seltzer. Sallanan koltuk ve piponun eşliğinde yarılanmış bir şişe söz konusuysa, foşurdayan bardak öteki saydıklarımın mütemmim cüzü gibi.

"Ne yapacaksın bugün?"

Eşim arada bir sorar böyle sorular.

"Bir tane gazete çıkartacağım karıcığım."

"Biliyorum başka?"

Bir doğum günü, evlenme yıldönümü, arkadaşlara verilmiş bir söz filan var da unuttum mu diye zihnimi yokluyorum. Yok.

Boş bakışlarla baktığımı gören eşim "Bu akşam gelirken kendini de getir. Olur mu?" diyor.

Anlamadığımı görünce "Dün akşam bedenin evdeydi ama kendin yoktun. Yemek boyunca ve sonrasında bir kelime konuşmadın. Sadece seni değil, beraberinde kendini de istiyorum" diye açıklamada bulunuyor.

"Haklısın" diyorum ve sarılıyorum.

Sonra uzun bir açıklamada bulunmak için "Bir tuhaf..." diye başlıyorum ama eliyle ağzımı kapatıyor.

"Geçen gün de söylemiştim, *ben eski kocamı geri istiyorum* diye. *En kısa zamanda* demiştim ayrıca. Dediğim gibi, akşama gelirken yanına ruhunu da al. Tamam mı?"

***

Sürmanşete imza atmış bir gazeteci olarak Babıâli'ye tırmanmak başka bir duygudur. Yürüyüşünüz, gazeteden içeriye girişiniz, masanıza oturuşunuz farklı olur. Sanki siz ormanlar kralı aslansınızdır da ötekilerin hepsi tilki gibidir.

Bütün bu fiyakanızı bozacak yegâne kişi, yazıişleri müdürünüzdür. Odasından kafasını çıkartıp isminizi salon dolusu insanın arasından haykırır ve o anda aslan olmaya dair sihir bozulur.

Tam masamdan kalkıp kös kös odasına gidecekken telefonum çalıyor.

"Alo. Sana ihtiyacımız var. On iki gibi İstanbul Radyosu'nun önünden alalım mı? Bir saatlik bir işimiz var."

Telefonu kapatıp yazıişleri müdürümün odasından kafamı uzatıyor "Emret sahip!" diyorum.

Sahiden sahipmiş gibi gülüyor. Odada kimsenin olmamasından yararlanıp "Sırıtma çakarım!" diyorum.

"Gel, gel, sürmanşet çocuğu" diyor, sünnet çocuğu der gibi.

Çay söylemek için ahizeyi kaldırıyor, bu arada gazeteyi açıp önüme koyuyor.

"Güzel olmuş mu?"

"Olmuş. Gördüm sabahleyin. Paraya kıydım, bakkaldan bir tane aldım ve yol boyu şahane gazetemizi okudum. Bizden iyisi yok. Tamam mı?"

"Ağız tadıyla bir işin keyfini çıkartmamıza izin vermezsin!"

Vermem. Dünyayı kendime zehretmek için yaratıldım. Herkesin dilinde bir *Carpe Diem* lafıdır gidiyor. Neymiş günü yaşamakmış, hayatın keyfini çıkartmakmış filan.

"Ben..." diyorum. "Bugünlerde bir başka Latince kalıp olan *Quo Vadis*'i tercih ediyorum. Kapiş?"

"O halde..." diye karşılık veriyor arkadaşım. "Quo Vadis my friend?"

"Şimdi kalkacağım, yokuşu aşağıya doğru yürüyeceğim, Harbiye dolmuşuna bineceğim, İstanbul Radyosu'nun önünde inip beyaz minibüse atlayacağım ve İstihbaratçı Amir'in götürdüğü yere gideceğim."

Arkadaşım telaş içinde "Bitmedi mi o iş hâlâ?" diye soruyor.

"Bitmedi. Lanet olsun, bitmedi."

"İyi. Git ve çabucak dön. Çok önemli bir iş var takip etmemiz gereken."

"Ne o?"

Kızıyor yazıişleri müdürüm "Haydi. Yürü. Gelince konuşuruz" diyor.

Arkamdan "Akıllı ol, bir daha böyle işlere bulaşma!" diye sesleniyor.

-52-

Beyaz minibüsün kapısını açıyor, zamanında gözüm bağlı dolaştırıldığım sevimsiz alete, bu kez babamın arabasına biner gibi biniyorum.

Amir "Bir ev var görmemiz gereken" diyor.

Osmanbey'e yakın olduğumuz için "Eyvah! Şimdi yandım!" diye düşünüyorum.

Sorgularda söz etmemiştim bu evden. Biraz sanki özelim ortaya saçılacak gibi gelmişti. Aslında, bal gibi biliyordum Amir gibi insanlardan herhangi bir şey saklamamam gerektiğini.

Babaannem, *gizlide gebe kalan aşikârda doğurur* deyip dururdu, kulak ardı ederdim. Tam da böyle bir durumla karşı karşıyayım.

Bu saatten sonra, Holly'nin evine daha önce gitmiş olduğumu asla söylememem lazım. Aksi takdirde yalanım ortaya çıkacak.

Kararımı vermiş durumdayım, onlar bir şey söylemezse, ben de söylemeyeceğim.

***

Tam da tahmin ettiğim gibi oluyor. Beyaz minibüs Holly'nin babaannesinden kalan dairenin bulunduğu apartmanın önünde park ediyor.

Apartmanın kapısında elinde anahtar demeti olan bir adam var.

"Hoş geldiniz amirim" diyerek apartmanın kapısını açıyor.

Merdivenleri tırmanıyor, Holly'nin dairesinin önünde duruyoruz. Adam tekrar anahtar destesine başvuruyor. Bir top anahtarın içinden uygun olanı bulması zaman alacak. Bu arada elektrik durmadan kesiliyor, Amir durmadan anahtara basıp lambaların yanık kalmasını sağlıyor.

***

Geçen süre zarfında bu evde geçirdiğim iki günü hatırlıyorum. Özellikle de ikincisini.

Holly tarafından uzunca öpüldükten sonra mutfağa götürülür gibi yapılıp yatak odasına atıldığım gün gözümün önünden bir film şeridi gibi akıyor.

Bu arada, nedense Holly'nin mektubunda yazdığı bazı cümleleri de hatırlıyorum.

Kıskançlığından ölüyordu. Yazdığın dizide bana dair kimi cümleleri çok dikkat çekici bulmuştu. Seninkileri de benimkileri de. Telefonda epeyce konuşmuş hatta itişmiştik. Londra günlerimizi kastederek, aramızda hiçbir şey olmadığına yemin ettirmişti defalarca. Ben de etmiştim. Olmamıştı çünkü. Şu andan itibaren etmem. İstanbul'a gelip seni görünce kendisinden vazgeçeceğimi düşünmüştü. Benden uzak kalmanı sağlamak için böyle bir yalan uydurmayı düşünmüş olsa gerek. Ben de senin, en azından başlarda bana neden çok soğuk davrandığını düşünüp kahrolmuştum. Başarılı olmuş anlaşılan. Öyle değil mi?

Tek tek hatırlıyorum Holly'nin bu sözlerini. Ferit'in onunla ilgili olarak bana neden transseksüel dediğini sorunca söylemişti bütün bunları.

Holly'nin transseksüel değil gerçek bir kadın olduğunu öğrenince sevinsem mi üzülsem mi bilememiştim.

***

Elinde anahtar destesi olan adam, uygun anahtarı sonunda deliğe sokuyor.

Amir "Ne zaman kiraya vermiştiniz burayı?" diye soruyor, daireye girip elektrik düğmesine uzanan adama.

"Geçen ocak ayında. Bir delikanlı eşiyle birlikte oturacağını söyleyerek kiraladı. Üç aylık peşin ödedi. Sonra kirasını hiç aksatmadan, tam gününde getirdi. Sonra siz gelip aynı gencin resmini gösterdiniz."

Amir, benim de çok merak ettiğim soruyu sormakta gecikmiyor.

"Sahibi kim bu dairenin?"

"Bir profesör. Eşi ve çocuğuyla iki yıl için Amerika'ya gitti. Bir üniversitede ders verecekmiş. Eşyalı olarak kiraya vermemiz için anahtarları bize bıraktı. Kiradan gelen parayı burada bir banka hesabı var ona ben yatırıyorum."

Yüzümün ne kadar değişmiş olabileceğini sahiden merak ediyorum.

Artık biliyorum, eminim, ben süzme bir salağım. Nasıl da yedim Holly'nin babaannesinden kalma dairesi yalanını.

Amir ve yanındaki iki adamı daireyi tepeden tırnağa arayacaklar. Bu arada ben her zaman oturduğum koltuğa oturuyorum.

İstihbaratçı bu arada hepimizi birden uyarıyor "Bizden sonra parmak izi ekibi gelecek, dikkat edin, işlerini bozmayalım" diyor.

"Eyvah. Benim de parmak izlerime rastlayacaklar" diyorum içimden.

Bu eve daha önce geldiğimi söylemek zorunda kalacağım. Gün gibi meydanda. Umarım ve dilerim, Amir bu konuda neden açık davranmadığımı anlayışla karşılar.

Polisler yatakların altları, mutfak dolapları dahil olmak üzere bakmadık yer bırakmıyorlar.

Sonunda Amir emlakçıya ve bana "Tamam. Gidebiliriz" diyor. Önce dairenin, sonra apartmanın kapısından çıkıyoruz.

Minibüse binmeden önce "Amirim size bir şey söylemem lazım" diyorum ve yalnız konuşmamız gerektiğini işaret ediyorum.

Ötekiler minibüse binince, Amir'e yaklaşıp kırık bir ses tonuyla "Ben bu eve daha önce geldim. Burada Holly ile yemek yedik. Yanlış anlaşılır ve eşimin kulağına gider diye size bu evden söz etmedim" diyorum.

Amir biraz kızmış gibi bakıp "Biliyoruz" diyor.

"Biliyor musunuz?"

"Evet. Biliyoruz. Buraya ilk gelişimiz değil. Senin ne yapacağını merak ettiğimiz için tekrar geldik. Parmak izi filan alınmıştı. Kapıyı açan emlakçı değil bir polisti. Dairenin karşısındaki komşuya senin, Holly'nin ve Ferit'in resimlerini gösterdik. Üçünüzü de teşhis etti."

Başımdan aşağıya bir kova kaynar su dökülmüş gibi oluyor.

"Anlıyorsunuz ama değil mi?" diyorum zor zahmet.

"Neyi?" diye soruyor.

Sahi, neyi?

"Amirim söylemem halinde ifşa olacaktım. Siz zaten bilmeniz gerektiği kadarını biliyordunuz. Kaldıkları evi aradığınızı bana söylediniz mi hatırlamıyorum. Söylediyseniz de büyük bir ihtimalle özel hayatımı korumak için duymazlıktan gelmişimdir."

Amir bu kez *tamam sıkma canını* der gibi bakıyor.

"Evle ilgili bilgiyi ve komşunun seni teşhis ettiğini söylediğimizde, Yüzbaşı Atıl da aynı lafları söyledi. Bana soracak olursan, bir kez daha sıçradın gazeteci bey. Üçüncüyü aklından bile geçirme. Seni Harbiye dolmuşlarının orada bırakacağız. Aklına söylemediğin başka bir şey gelirse, yarın bir araya geldiğimizde söylersin."

O böyle deyince "Yarın mı?" diyorum.

"Evet. Yarın hem Ferdinand'ın ofisine hem de Matilt Manukyan'ın evine gideceğiz. Orada bulunanların seni gördüklerinde ne tür tepkiler vereceklerini görmemiz lazım."

-53-

Amir'le sabah 09.00'da Mısır Çarşısı'nın kapısında buluşuyoruz. Anladığım kadarıyla, Ferdinand Manukyan'ı sadece ikimiz ziyaret edeceğiz.

Yeni arkadaşım iş konularının dışında fazla konuşkan değil. Tarhan Han'a doğru yürürken Eminönü çevresini iyi bildiğini fark ediyorum. Kullandığı bir pasaj geçişi yolumuzu kısaltıyor.

"Bilmiyordum bu kestirmeyi" diyorum.

Sanki övünür gibi "Herkes bilmez" diye cevap veriyor.

"İzleme yapmak bizde eğitimin bir parçasıdır. Birinin peşine takıldığında hep arkasından yürürsen işkillenir. Nereye doğru gittiğini kestirir, kısa yollar kullanmaya çalışırsın. Her mesleğin kendine göre bazı incelikleri var anlayacağın."

Laf lafı açınca "Ne zaman başladınız mesleğe?" diyorum.

"Bu konularda konuşmayı sevmeyiz ama söyleyeyim. Yedek subaylığımı yaparken bu tür konulara yatkın olduğumu anlamışlar. İlgi duyup duymayacağım soruldu. Denemek istediğimi söyledim. Görev süremi tamamlayıp terhis olacağım gün meslekte kalmaya karar verdim."

Serde gazetecilik var ya biraz daha konuştururum umuduyla "İlginç bir iş olmalı" diyorum.

Gülüyor Amir, "Senin işin daha ilginç" diyor.

Daha fazla konuşmayacağını nezaketle ifade etmiş oluyor.

***

Tarhan Han'ın merdivenlerini tırmanırken "Doğaçlama yapacağız" diyor.

Kapıyı çalıp içeriye girerken Amir "Selamünaleyküm!" dediği için ben de aynısını söylüyorum.

Masada bu kez oğlu değil Ferdinand Manukyan'ın kendisi oturuyor. Selamımızı alıyor, ayağa kalkıyor, daha önce tanışmış olduğumuz için olsa gerek, önce benim elimi sıkıyor.

Daha oturmadan "Çay mı kahve mi arzu edersiniz?" diye soruyor.

İkimiz aynı anda "Çay!" diyoruz.

Amir "Ne iş yaptığınızla, ablanızla ilişkilerinizle ilgilenmiyoruz" diyor ve cüzdanından ünlü notlardan birini çıkartıp masanın üzerine koyuyor.

"Bu notu Madam Matilt'e vermişsiniz. Onun muhasebe işlerini yürüttüğü ofisinde ve evlerinden birinde de aynı not bulundu. Aynı elyazısıyla, aynı tip kâğıda, aynı kalemle yazılmış. Kullanılan kâğıdı ve kalemi bulduk. Nerede yazıldığını çözmüş durumdayız. Sormak istediğim, bu notu tam olarak nerede bulduğunuz."

Ferdinand Bey hemen "Nerede yazılmış? Kim yazmış?" diye soruyor.

Amir okul çocuğunu tersleyen öğretmen edasıyla "Siz benim sorduğum soruyu cevaplayın" diye tersliyor adamı.

Ferdinand bozulsa da belli etmiyor. Ayağa kalkıyor, koltuğunun arkasında asılı altın renkli çerçeveyi çivisinden çıkartıyor, çevirip Amir'e gösteriyor.

"Buraya yapıştırılmış."

"Peki nasıl anladınız arkasında bir not olduğunu? Durup dururken bakmadınız herhalde."

"Kuyriğim* aradı. Çerçevenin arkasına bakmamı istedi. Bu notu buldum. Birileri onu arayıp söylemişler. *Size işte bu kadar yakınız* manasına geliyormuş. Hakikaten yakınlarmış. Odama kadar girmiş, sertifikamın arkasına kadar ulaşmışlar. Kapıyı görüyorsunuz. Sağlam. Kilidiyle oynanmamış. Bir yolunu bulmuşlar işte."

"Peki..." diyor Amir. "Kimden şüphelendiniz bu notu bulunca?"

Ferdinand Bey oturduğu tekerlekli koltuğu masaya doğru yaklaştırıyor "Doğrusunu söylememi ister misiniz?" diye soruyor.

Amir "Elbette" diye cevaplıyor.

O böyle cevap verince Ferdinand parmağıyla beni işaret ediyor. Neler söyleyeceğini merak ediyorum.

"Gazeteci beyin yanındaki arkadaşından şüphelendim. Geldikleri gün konuşmaların arasına girip, konumuzla alakası olmayan bir sürü meymenetsiz soru sordu zaten. Oğluma sordum ben yokken odadan çıkıp çıkmadığını, çıkmış. Çay söylemeye gitmiş. Odada gazeteci bey ve o genç adam yalnız kalmışlar."

Ferdinand Bey'in açıklamalarının canımı sıkmadığını söylesem yalan olur. Onun verdiği bu ifade nedeniyle yeniden hedef tahtasına oturmuş oluyorum.

***

Tarhan Han'ın merdivenlerinden inerken "Ben görmedim çerçevenin arkasına not yapıştırdığını" diyorum. Sesim sanki karşımdakini suçsuz olduğuma ikna etmek ister gibi çıkıyor.

Amir "Olabilir. Hissettirmeden yapıştırmıştır" diyerek içime su serpiyor.

* Ermenicede abla anlamına geliyor.

"Peki nasıl yapabildi bunu? Sertifikayı eline aldı, üzerindeki yazıları okudu, sonra yeniden yerine astı. Bana hissettirmeden nasıl yapıştırmış olabilir notu çerçevenin arkasına?"

Amir gülüyor "Siz giderken onlar dönüyordu gazeteci bey. Kim bilir o not onun elinde, bir yere yapıştırılmak için ne zamandır hazır bekliyordu" diyor.

Amir'in bana inanıyor olması içimi rahatlatıyor. Tersi de olabilirdi.

***

İkinci durağımız Matilt Hanım'ın ofisi.

Sekreter kılıklı bir adam daha kapıda "Hanımefendinin durumunu biliyorsunuz. Henüz ofise gelecek gibi değil. Ben yardımcı olayım" diyor.

Yanımdaki sert ifadeli adam henüz istihbarattan olduğunu söylemiş değil. Karşısındaki yine de anlıyor nasıl bir durumla karşı karşıya olduğunu. İkinci kez "Nasıl yardımcı olabilirim?" deyince, Amir adama, bu kez de işgüzarlıktan uzak kalmasını ifade eder şekilde bakıyor. Kısacık bir cümle kuruyor.

"Şu not var ya hani, nerede buldunuz onu?"

Adam bu kez de *hangi not* olduğunu anlamak ister gibi bakıyor.

"Bana bak. Uğraştırma beni!"

Sekreter kılıklı adamın aklı birden başına geliyor "Ha, şu üzerinde şahdamarı filan yazan" diye karşılık veriyor. Önümüz sıra yürüyor, genişçe bir salonda, Matilt Manukyan'a bir vakfın plaket verirken çekilmiş bir fotoğrafını işaret ediyor.

"Kim yapıştırdıysa, şu fotoğrafın arkasına yapıştırmış."

"Kim yapıştırmış olabilir?"

Sekreter duraklıyor, *ne desem ne yapsam* der gibi bakıyor.

"Konuşsana be adam!" diyor Amir.

Zılgıtı yiyen sekreter tıpkı Ferdinand Bey gibi, sağ elinin işaretparmağıyla beni gösteriyor.

"Her şey gazeteci beyin yazısı gazetede yayımlandıktan sonra başladı. Büyük bir ihtimalle o notu da oraya, Matilt Hanım'ı ziyaret ettiklerinde koydular. Üç kişiydiler. Bu ofis hiç onların geldiği günkü kadar karışık olmamıştı. Bence gazeteci bey ya da arkadaşlarından biri koydu."

-54-

Haber merkezinden kafamı uzatır uzatmaz "Yine, yeniden bir curcuna, bir kıyamet!" diye düşünüyorum.

Gazete altüst vaziyette!

Yazıişleri müdürüm arkadaşlarıma talimatlarını sıralarken gözüyle beni yakalıyor "Sen yazıişlerine geç. Orada bir toplantı yapılıyor, ona katıl. Ben de geliyorum" diyor.

Yazıişlerinin hem çalıştığı hem de toplantılarını yaptığı odaya, köşe yazarlarının bir kısmı ve genel yayın yönetmeni de gelmiş. İşgal edilmemiş son duvar parçasına sırtımı dayıyor, not defterim ve kalemim elimde olmak üzere dinlemeye koyuluyorum.

Dünyanın başka yerinde gündemi bu kadar çabuk değişen bir başka ülke varsa da ben bilmiyorum.

***

Köşe yazarlarından biri "1 Mayıs olaylarının faillerinden bir tekinin bile yakalanmamış olması, yapılacak olan seçimin önemini artırıyor" diyor. Sanki tersi mümkün olabilirmiş gibi. Yetmiyormuş gibi gerekçelerini de sıralamaya başlıyor.

Toplumsal istikrarsızlık, TBMM'de sonu gelmeyen itişmeler, ekonominin bütün bunlardan etkilenmesi ve hepsinin birleşip çarşıyı pazarı dayanılmaz hale getirmesi...

Bir ara dilimin ucuna kadar "Çocukluğumdan beri duyduğum laflar" demek geliyorsa da vazgeçiyorum.

Aklıma genelev patronu mamanın o ünlü sözü geliyor. *Kalacak olan beyler, gidecek olan beyler, kızlarımız bu kadardır* diye seslenir ya hani beklemekte olan erkek tayfasına.

Gazetelerimizde de durum tam böyle. Köşe yazarlarımız bu kadardır!

Herkesin bildiği lafları, sanki yeniymiş gibi söyleyip sözlerini tamamlayan köşe yazarının yakasına, belleğimde oluşturduğum gazoz kapağından bir madalya takıyorum.

Bu kez bir başka kendini allame-i cihan zanneden köşe yazarı sazı eline geçiriyor ve her gün kendisine ayrılmış, bence kâğıt ziyanlığından ibaret köşesi gibi konuşmaya başlıyor.

Beni asıl şaşırtan onların söyledikleri ya da yazdıkları değil. Toplumun bu sözde kalem erbaplarının sözlerinde ne tür boncuklar bulduğu.

Onları okurken olduğu gibi şimdi dinlerken de aklıma hep dedemin söylediği cümle geliyor.

Osur osur ipe diz. Del del sikine tak.

Neymiş efendim Milliyetçi Cephe Hükümeti toplum nezdinde büyük itibar kaybetmişmiş de CHP de ülkeyi yönetme konusunda güven vermiyormuş da... Falanmış da feşmekânmış da...

Pişmiş kelle gibi sırıtamayacağım için, bütün mümtaz şahsiyetler konuşurken bir ayağımla öteki ayağımın ucuna sıkıca basıyorum.

***

Aslında, yapılacak olan bir erken seçim.

Normal koşullarda Demirel liderliğindeki Milliyetçi Cephe'nin ülkeyi ekim ayına kadar yönetmesi gerekiyordu. Olmadı.

CHP, AP, CGP ve MHP kazan kaldırdılar. Parlamentoda yapılan oylamadan erken seçim kararı çıktı. Tarih olarak 5 Haziran'da karar kılındı.

Anladığım kadarıyla, başımın büyük dertte olduğu günlerde siyaset kazanı fokurdayıp durmuş. Bir kısmını hücrede ve sorguda, bir kısmını ise tıpkı dün olduğu gibi Amir'le birlikte tükettiğim günlerde, memleketin siyasetçileri sağ olsunlar dört kol çengi misali göbek atmışlar.

Medeni bir memlekette bir gazeteci birkaç haftalığına tatile çıksa, döndüğünde işine hiçbir şey olmamış gibi kaldığı yerden devam eder.

Bizde öyle değil. Her gün *ver Lefter'e yaz deftere.** İpin ucunu bir kez kaçırdığımda toparlamam zaman alıyor.

Mesela, MSP ve DP'nin erken seçime taraftar olmamasını uzun atlamış bulunuyorum.

Önemli mi? Kesinlikle değil!

Güzel memleketimde, süregelen ve süregidecek saçma sapan siyaset maskaralıklarından birini ya da birkaçını atlamış olmamın, günlük lafı çevirebilmek dışında hiç mi hiç önemi yok. Çünkü hiçbiri esasa dair değil.

Bazen yurtdışından geldiğimde de kendimi tıpkı şu andaki gibi hissederim. On gün kadar uzaklaştıktan sonra aradaki boşluğu nasıl kapatacağım diye hayıflanır, sonra bir bakarım ki doğu cephesinde yeni hiçbir şey yok.

Hasılı kelam, yazıişlerinde konuşulanların tekmili birden eski hamam, eski tas!

Böyleyse, en başta söylediğim sözü düzeltmemde yarar olacak.

* Ünlü futbolcumuz Lefter Küçükandoniyadis'e verilen her pasın gol olduğunu ifade eden ünlü söz.

Dünyanın başka hiçbir yerinde gündemi bu kadar çabuk değişen ama ne hikmetse hep başladığı noktaya dönen başka bir ülke varsa da ben bilmiyorum.

***

Konuşmalar bütün beyin yakıcılığıyla sürerken, yazıişleri müdürüm kapıyı vurmadan "Bir dakika, bir dakika önemli bir şey söyleyeceğim!" diyerek yazıişleri odasına adeta bir ateş topu gibi düştü.

Normal zamanlarda sözü kesildiğinde asla hoşgörülü davranmayacak, kendisini fena halde nimetten sayan köşe yazarı dahil herkes suspus oldu, bizimkini dinlemeye geçti.

"Demirel az önce Ecevit'i Taksim Meydanı'nda konuşmaması konusunda uyarmış. Bir siyasal suikasta kurban gidebileceğini söylemiş."

Arkadaşımın getirdiği yeni haber üzerine yazıişleri odasında kim varsa en yakınındakiyle konuşmaya başladı. İkili konuşmalar zaman içinde üçlüye derken toplu söylenmeye, ardından herkesin kafasına göre dans edip türkü çığırdığı, içinde rock and roll* etkiler de olan bir tür zikre dönüştü.

Normal topluluklarda da bazen herkes birden konuşur ama kısa sürer. Ya da en azından birkaç kişi durumun farkına varır, susar. Gazeteciler söz konusu olduğunda böyle olmaz. Herkes, istisnasız her zaman konuşur, yine istisnasız hiçbiri susmaz.

Gazete sahiplerinin gazetelerini garantiye almak için ihdas ettikleri genel yayın yönetmeni kadrosu tam bu noktada devreye

* 1950'lerde Amerika'dan doğan, gospel (kilise müziği) caz, boogie voogie ve ritim blues formlarını birleştiren bir tür müzik.

girer. Belki de başka işe yaradıklarına asla tanık olmadığım için böyle düşünüyorumdur.

Bizimki nihayet "Beyler, beyler..." diyerek asli görevini yerine getirmek için kolları sıvıyor.

"Teker teker konuşalım ve bu toplantı en çok on beş dakika daha sürsün."

Mesaj, burnundan kıl aldırmayan köşe yazarları tarafından bile alındı.

***

Verilen on beş dakikalık süre zarfında "Çok ciddi bir uyarı" diyenler de oldu "Hiçbir önemi yok" diyenler de.

İkinci görüşte olanlar Ecevit'e yönelik önceki saldırıları saymaya giriştiler.

26 Nisan Tokat Niksar, 27 Nisan Gümüşhane Şiran, 29 Mayıs İzmir Çiğli...

Sözü edilen üçüncü saldırıda İstanbul Belediye Başkanı Ahmet İsvan'ın kardeşi Mehmet İsvan'ın ağır yaralanmış olması akıllarda tazeliğini sürdürüyor.

Ne yazık ki gerçek bütün bu söylenenler.

Şimdi en başa geri dönmüş bulunuyoruz. Ecevit ısrar edip Taksim'e çıkarsa, acaba sonuç yine aynı mı olacak? Bir başka deyişle silahlar yine mi patlayacak?

Yaşayacağız ve göreceğiz.

-55-

Ecevit'e suikast ihtimaline dair haberi manşete yerleştirmiş olsa gerek, yazıişleri müdürüm masama geldi, karşıma oturdu.

"Nasıl organize olalım yarın?"

"Yarın mı?"

"Evet. Yarın. Uyuyor musun yoksa?"

Uyumuyordum ama uyanık olduğumu da söyleyemezdim.

"Tamam, uzatma. Lafın gelişi söyledim" diyerek üste çıktım.

***

Sabahtan bu yana konuşulanlardan anladığım, CHP'nin Taksim'de çok büyük bir mitinge hazırlandığıydı. Gazetem de buna uygun bir çalışma gerçekleştirmeliydi.

Kandırabileceğim son adam olan yazıişleri müdürüm şaşkınlık içinde bakmayı sürdüredursun planımı anlattım.

"1 Mayıs'taki çalışmadan memnun musunuz? Siz derken seni ve sevgili genel yayın yönetmenini kastediyorum."

Sorum arkadaşımın duruşunu bozdu. Ani bir kararla düşünmeye başlamış olmam hoşuna gitti.

"Ben de onu söyleyecektim. 1 Mayıs ayarında bir miting olacak. Kalabalık anlamında, geçeceğini söyleyenler bile var. O günkü organizasyonun aynısını yapalım mı?"

"Olur. Bu durumda herkesi Taksim'e çıkartacaksın. Ayrı noktalardan miting izlenimlerini, gözlemlerini düz bir biçimde yazıp bana vermelerini sağlayacaksın. Ben de zamanı iyi kullanıp ana yazıyı yazacağım. Doğru mu anladım?"

"Doğru anladın. Sen sabahleyin gazeteye hiç gelmezsin. Meydana gidip sağa sola bakarsın."

"Tamam. Bu akşamüstü eski gazetelere biraz bakayım. Yarına nasıl gelindiğini anlatan küçük bir çerçeve de yazarız."

Yazıişleri müdürüm işi layıkıyla teslim aldığımdan emin olunca, eyvallah bile demeden çekip gitti.

***

Son bir haftadır olup bitenlere kendimi kapamış olmamın nedeni bir seçim değil zorunluluktu. Bir yandan Amir ve yüzbaşıyla halleşir, muhtelif Manukyan konutlarında uygulamalar yaparken, memlekette olanları hakkını vererek nasıl düşünebilirdim?

Oysa, hakikaten önemli gelişmeler olmuştu.

29 Mayıs'ta İzmir Çiğli'de yapılan saldırıya dair bütün haberleri önüme döktüğümde şaşkınlıktan küçükdilimi yutacak gibi oldum.

Çiğli'de Ecevit'in yanından geçip Mehmet İsvan'ın bacağına saplanan kurşun için başlangıçta *kaza** denilmişti. Üzerine gidilince, silahın arkasındaki ismin Altındağ Karakolu'nda görevli bir polis memuru olduğu ortaya çıkmıştı.

CHP işin peşini bırakmamış, saldırıda Polis Memuru Çetin'in ABD yapımı Tengas isimli bir silah kullandığını ortaya çıkartmıştı.

Bu silahtan Türkiye'de sadece üç tane vardı. Üçü de Genelkurmay Başkanlığı'na bağlı Özel Harp Dairesi'ne zimmetliydi. Nasıl bir organizasyonla bu çok özel silah depodan izinsiz çıkartılmış, kimler tarafından Polis Memuru İsmet Çetin'e teslim edilmişti?

* 6 Mayıs 1980'de sonuçlanan davada olayın "dikkatsizlik sonucu yaralama" olduğuna karar verildi. Polis İsmet Çetin üç ay hapis ve beş yüz lira para cezasına çarptırıldı.

Özel Harp Dairesi* demek CIA ve NATO demekti. İkinci Dünya Savaşı'ndan hemen sonra SSCB'ye yani komünizme karşı, özellikle Akdeniz** ülkelerinde kurulan, uygun gördüğü anlarda siyasi otoriteyi bilgilendirmeden karar verme yetkisine sahip silahlı güçlerden söz ediyorum.

Henüz 1977 yılındaydık. Türkiye'de şundan altı yıl kadar önce, 12 Mart 1971 öncesinde neler olduğunu biz bilmeyecektik de kim bilecekti?

Ülkeyi 12 Mart 1971'e götüren en önemli olayları asıl tezgâhlayan, adını şimdi tekrar duyduğum, Türkiye'nin siyasi otoritesinden çok CIA'e bağlı organizasyon değil miydi?

Aklıma ilk olarak Taksim Kültür Sarayı'nın yakılması geldi. Ondan sonra da *Marmara* yolcu gemisi ve bir arabalı vapura yapılan sabotajlar. Toplum, benim çalıştığım da dahil olmak üzere, gazeteler aracılığıyla bütün bu sabotajları üniversiteli gençlerin yaptığına ikna edilmiş, demokrasi askıya alınmış, askeri rejime geçilmişti.

Ardından beklenen olmuş, siyaset mekanizması CIA ve NATO eliyle tekrar şekillendirilmişti.

Demek diye düşündüm, *aynı gizli el çalışmaya başladı yine.*

Tam da beklendiği gibi, Ecevit'i vurmaya çalışan silahla ilgili olarak yetkililerden henüz net bir bilgi alınamamıştı.

Mermiye dair bilinense, çarptığı yerde parçalanarak vücudu zehirlediğiydi.***

---

* 1952 yılında Hususi ve Yardımcı Muharip Birlikler adı altında kuruldu. 1992'den itibaren adı Özel Kuvvetler Komutanlığı (Bordo Bereliler) adını aldı.

** İtalya'da 1990'da açığa çıkartıldı. Türkiye'deki Özel Harp Dairesi'ne çok benziyordu. NATO'nun Belçika'daki karargâhından çıkan belgelere göre, Silendo Libertatem Servo (Gladio olarak biliniyor) isimli örgüt eliyle İtalya'da içsavaş taktiği uygulanmış, operasyonlar düzenlenmiş, sabotajlar yapılmış, kargaşa ortamı yaratılmış, suç sol örgütlerin üzerine atılmıştı. Toplum bu yolla komünizm tehlikesine ikna edilmişti.

*** Tengas isimli silahı üreten şirket, Mehmet İsvan'a çarpıp dizkapağında parçalanan mermiyi on yıl süreyle inceletti. İsvan'ın tedavisi İsviçre'de yapıldı.

"Vay, vay, vay" diye söylenerek, Çiğli'de ve öteki noktalarda gerçekleşen saldırıları, Türkiye'yi 71 Darbesi'ne götüren olaylara benzeterek bir analiz kaleme aldım.

Yazımın anafikri, Ecevit'in gittiği her yerde MHP'ye bağlı hareket eden ve kendilerine *komando* diyen paramiliter güç tarafından taciz edildiğiydi. Bu buzdağının görünen tarafıydı. Görünmeyen kısmıysa, suikast ve benzeri hareketleri göbekten CIA'e bağlı askeri bir organizasyonun gerçekleştirdiğiydi.

Biliyordum, kesinlikle yayımlanmayacaktı bu yazım. *Ama olsun* dedim kendi kendime, *ben yazayım, onlar basmasınlar.*

***

Bu arada sürekli not almayı da sürdürüyorum.

Aldığım notların arasında İstanbul'un CHP demek olduğu da var. Dile kolay, TBMM'deki kırk dört İstanbullu vekilden yirmi yedisi CHP'li.

Bu da yarın gerçekleşecek mitingin kalabalık olacağının bir işareti.

Az sonra, Demirel'in Ecevit'e yapılacak suikastı gizli bir mektup yoluyla haber verdiği ortaya çıkıyor. Anlaşılan, CHP bu mektubu vakit geçirmeden ifşa etmiş.

Ankara ofisimiz mektubun metnine ulaşmış bile. Yazıişleri müdürüm mektubun bir kopyasını masamın üzerine koyarken "İstanbul baskısında gerekli değişikliği yapmaya gidiyorum" diyor.

O mektubun kopyasını önüme koyarken ben de ona "Şu analize bir bak. Olan, olmakta olan ve olacak olan bu! Yayımlamazsanız alınmam" diyerek az önce bitirdiğim yazıyı veriyorum.

Yazıişleri müdürüm yazım elinde uzaklaşırken ben de onun önüme koyduğu, gizli olup da CHP tarafından ifşa edilmiş mektubu okuyorum. İki satırdan ibaret. Alıcısı Ecevit, göndereni Demirel.

MİT'ten gelen bilgi doğrultusunda Taksim'de miting yapmanızın çok tehlikeli olacağı bildirilmiştir, mitingden vazgeçmeniz doğru olacaktır.

***

Çok geçmeden yazıişleri müdürüm tekrar geliyor.

"Az önce verdiğin analizi unut. Genel yayın yönetmenine de okuttum. Varsa, kopyasını da yok etmeni söyledi. Sade bizim değil, kendi başını da belaya sokarsın."

Biliyordum böyle olacağını. İtiraz etmem vakit kaybından ibaret kalırdı.

Lafı uzatmadım "Tamam" dedim.

"Saat başları haberleri dinle. Ankara'dan aradılar, bu akşam CHP genel sekreterinin konuşması varmış. Bant kaydı yapılmış. Ama Ecevit iznini rica etmiş, o konuşma iptal edilmiş. Anladığım kadarıyla bu akşam mektup meselesini bizzat kendisi anlatacak. Konuşmasının kaydı şu aralar yapılıyormuş."

Böyle zamanlar için çekmecemde hazır tuttuğum cep radyomu masamın üzerine koyuyor, saatime bakıyorum. Medeni bir eş ve baba olarak yarım saat kadar sonra evimi aramam gerekiyor.

Geç kalmayacağım ama Ecevit'in konuşmasını da kaçırmak istemiyorum.

Vakit yaklaşınca radyoma ince ayar çekiyorum.

Ecevit kendisine gelen mektuptan söz ediyor ve konuşması esnasında birkaç kez "Ben ve eşim yarın Taksim'de olacağız" diyor.

-56-

Dün akşam dinlediğim radyo konuşmasında Ecevit "Yurttaşlarımız mitinge katılıp katılmama kararını kendileri verecekler" demişti. Buna rağmen, meydan her geçen dakika biraz daha kalabalıklaşıyor. Giderek, CHP tarihinin en görkemli mitinglerinden birine tanık olacağıma dair inancım güçleniyor.

İstanbul Emniyeti personel sayısının yeterli olmayacağını düşünmüş olsa gerek, askerden de yardım istemiş.

Taksim Meydanı'nı birkaç kez boydan boya geçiyor, bütün yolların inzibatlar ve polisler tarafından tutulmuş olduğunu görüyorum. Stratejik noktalara panzerler yerleştirilmiş.

Sadece bir ay önce kan gölüne dönmüş olan Taksim Meydanı'nda endişeli ama cesur bir bekleyiş hüküm sürüyor.

Üç gün sonra gerçekleşecek genel seçimleri izlemek için Türkiye'ye gelmiş olan yabancı gazete ve televizyonların muhabir ve kameramanları kürsünün önünde yerlerini almış durumda.

İstanbul'un uzak semtlerinden gelen CHP ilçe örgütleri meydana giriş yaparken ortalığı inletiyorlar.

***

Miting yönetmek bir sanattır. Allah için, siyasi partilerimiz ülkeyi yönetmek konusunda değilse bile bu konuda oldukça yetenekliler.

CHP Taksim mitingi için bir sürpriz hazırlamış. Alan dolarken, Ecevit çiftinden önce sahneye Şenay* çıkartılıyor.

Şenay'ın "Gelecek günler daha güzel olacak. Hayat keşke bize her gün bayram sevincini yaşatsa. İlk şarkım Ecevit çiftine" diyerek alandaki gerginliği bir anda alıyor. Atmosfere siyasi parti mitinginden çok konser havası hâkim oluyor.

Meydandakiler kendilerini *Sev Kardeşim* isimli ünlü şarkının temposuna kaptırıyor. Şarkının sözleri eminim meydandakiler tarafından da tıpkı benim gibi, Türkiye'nin kasvetli havasına karşı bir serzeniş ve değişiklik isteği olarak algılanıyor.

Şu dünyadaki en mutlu kişi mutluluk verendir
Şu dünyadaki sevilen kişi sevmeyi bilendir
Şu dünyadaki en güçlü kişi güçlükten gelendir
Şu dünyadaki en bilgin kişi kendini bilendir
Bütün dünya buna inansa
Bir inansa, hayat bayram olsa
İnsanlar el ele tutuşsa
Birlik olsa
Uzansak sonsuza

***

Kabul etmemiz lazım ki Ecevit hakikaten iyi bir hatip.

Kendi konuşmalarını kendisi kaleme alan Bülent Bey meydanların nabzını yakalamayı çok iyi biliyor. Bütün çekirdekten yetişen politikacılar gibi miting alanlarında toplanan kalabalıkları ne zaman sakinleştirmesi ne zaman coşturması gerektiğinin hep farkında.

* Şenay Yüzbaşıoğlu 1947- 2013 yılları arasında yaşadı. Şarkıcı, şarkı sözü yazarı. Ecevit'e gösterdiği yakınlık nedeniyle 1980 Askeri Darbesi'nden sonra üzeri çizildi. TRT'nin kapılarını kapattığı ilerici sanatçılar arasında onun da ismi vardı.

Onunla her mitinge katılan eşi Rahşan Hanım da ona keza. Eşinin her hareketini izliyor, yanında olduğu hissini herkeste uyandırıyor. Milliyetçi, muhafazakâr politikacıların tersine, Rahşan Hanım'ın yeri evi değil. Bir sosyal demokrat olarak o eşiyle birlikte, aktif olarak politikanın içinde.

Gördüğüm her şeyi not alıyorum.

Arada bir karşılaştığım gazeteden arkadaşlarımın da benim gibi davrandıklarından eminim.

Aynı zamanda "Şu miting kazasız belasız bir bitse" diye de dua ediyorum.

Her an bir silah patlayabilir ve Ecevit vurulabilir.

Vurulmasını bırakalım, patlayacak bir tek silah bile, yüz bin civarında yurttaşın bulunduğu bu kanlı meydanın yeniden kana bulanmasına yol açar.

1 Mayıs'ta ölenlerin büyük bir kısmının panik sonucunda ezilerek hayatını kaybetmiş olduğu dün gibi akıllarda.

***

Ecevit konuşmasını tamamlayıp sahneden inince, bütün Türkiye gibi ben de derin bir soluk alıyorum.

Miting meydanı da süratle dağılıyor zaten.

Kazancı Yokuşu'ndan aşağı inmem, Galata Köprüsü'nü geçmem ve Babıâli Yokuşu'nu tırmanmam yarım saatten biraz fazla sürüyor.

Benden önce gazeteye ulaşmış olan arkadaşlarım daktilo makinelerinde haberlerini yazmaya koyulmuşlar bile.

Kapıdan girer girmez tepemde biten yazıişleri müdürüm "Geçmiş olsun!" diyor.

"Cümlemize" diye cevaplıyor makinemi önüme çekip kâğıt takıyorum.

***

Gazetenin birinci sayfası matbaaya inince rahatlıyoruz.

Yazıişleri müdürüm "Gel, genel yayın yönetmenimizi bir ziyaret edelim" diyor.

"Ne alakası var şimdi?" diye tepki gösteriyorum ama peşine takılıyorum.

Fonda yine klasik müzik. Kapıdan girdiğimi görünce "Kısabilirsin istersen müziğin sesini" diyor.

"Yok efendim" diyorum. Garipsediğini görünce "Bir konuyu derinlemesine düşünüp konuşacağım zaman biraz zorlanıyorum. Sevmediğimden değil" diye açıklamada bulunuyorum.

Söylediklerimle ilgilenmiyor bile. Yazıişleri müdürümle karşılıklı olarak, havaalanı kadar büyük masasına yakın duran koltuklara oturuyoruz.

"Sana bir şey söylemem lazım" diyor genel yayın yönetmeni.

Biliyorum, dün yazdığım analiz yazısı nedeniyle azarlayacak. Yazarken de düşünmüştüm bunu ama birinin her şeyi olduğu gibi yazması lazım, öyle değil mi?

Cevap bekliyormuş gibi suratıma bakmaya devam ettiğini görünce "Buyurun efendim" diye yanıtlıyorum.

"Çok zor bir çarpışmaya maruz kalacakken, teğet geçtin!"

Aklım hâlâ analiz yazımda olduğu için kafam karma karışık. Tam "Basmadınız ya işte!" diyecekken sözlerine devam ediyor.

"İstihbarat teşkilatı seni her açıdan didik didik etti. Bana da geldiler. Herhangi bir terör örgütüyle bağlantılı olup olmayacağını sordular. Şu Matilt Manukyan'ın otomobili var ya havaya uçan, senin bir dahlin olup olmayacağını araştırdılar. Eşini bile araştırmışlar. Ta İngiltere'ye kadar sormuşlar."

Genel yayın yönetmeni ettiği her kelimeyle iliklerime kadar titrememe yol açmıştı.

Ağzımdan zorlukla "Neden bu kadar üzerime geldiklerini anlayamıyorum" dedim.

"Bana söyledikleri, Manukyan meselesi. Senin böyle işlerin içinde olacağını hiç sanmadığımı söyledim."

"Teşekkür ederim."

Ben sanki konuşmamız bitmiş gibi teşekkür edince, genel yayın yönetmeni "Bir şey daha var" dedi.

O böyle deyince hem onun hem de yazıişleri müdürümün yüzüne baktım. Arkadaşım gözlerini kaçırdı.

"Altın Orfe'yi* izlemeye gitmek istemiştin ya hani, ona seni gönderemiyoruz. Benden duymanı istedim."

"Neden efendim?"

"Çünkü emniyet yurtdışına çıkmana tedbir koymuş. Kısa bir süre için olduğunu söylediler. Prosedür böyleymiş. Bu tür durumlarda, araştırma tamamlanana kadar yurtdışına çıkış yapılamazmış."

***

Evime doğru giderken CHP mitinginden çok genel yayın yönetmeniyle aramızda geçen konuşmayı düşündüm.

Neresi olduğunu bilmediğim bir odada yaptığımız konuşmada, Yüzbaşı Atıl ve Amir'in söylediklerime ikna olduklarını düşünmüştüm. Yanılmışım.

---

* İlk kez 1965 yılında, Bulgaristan'ın sahil şehri olan Slinçev Bryag'da "Bulgar Karadeniz Şarkıları" ismiyle düzenlendi. İki yıl sonra adı Altın Orfe olarak değiştirildi. Bulgar hafif müzik sanatçılarının yanı sıra yabancı sanatçıları da ağırlamaya başladı. 1977 yılında ülkemizi Semiha Yankı temsil etti. Yarışma 1999 yılında son buldu.

Kısa bir süre için bile olsa, yurtdışına çıkamıyor olmam, güvenilmeyen kişi olduğumu göstermez mi? Kuşkusuz gösterir.

O halde bu konuyu onlarla mutlaka konuşmalıyım.

Böyle düşününce, esasen ikisiyle de doğrudan ilişki kuramadığımı hatırlıyorum. Bende telefon numaraları ya da bulundukları yere dair hiçbir bilgi yok. Bugün hayatımdan çıkıp gitmiş olsalar, onları bir daha asla göremem.

Ya hakikaten çıkarlarsa? Mesela şu andan itibaren bir daha hiç aramazlarsa ne yaparım?

Ya yurtdışına çıkmama dair tedbiri kaldırmadan hayatımdan çekilip giderlerse ne olur?

Çok uğraşmam gerekeceği kesin. Neyse ki arkamda gazetem var. O sayede Dışişleri Bakanlığı, İçişleri Bakanlığı dahil olmak üzere bütün mercilere başvurur, yurtdışı çıkış yasağımı büyük bir ihtimalle kaldırtırım.

Umarım ve dilerim bütün bunlara gerek kalmasın.

Öte yandan, anladığım kadarıyla istihbaratçılar genel yayın yönetmenime Holly ve Ferit'ten söz etmemişler. Etmiş olsalar, cümlesinin bir yerinde, bir kelimeyle olsun geçirirdi.

En azından yazıişleri müdürüme lafını ederdi ki o benden hiçbir şey saklamaz.

Anladığım kadarıyla, Yüzbaşı Atıl ve Amir bu konuyu sadece benimle halletmenin peşindeler. Dışarıya gereksiz laf sızdırmak istemiyorlar.

Olan benim Altın Orfe'me oldu. Birkaç gün için bile olsa evimden, gazetemden, şehrimden, ülkemden uzaklaşıp kafamı dinleyebilecektim. Üstelik buna çok da ihtiyacım vardı.

-57-

Genel seçimler gazeteciler için en belalı iştir.

Son sözü Yüksek Seçim Kurulu söyleyecek bile olsa, gece yapılacak baskı için bir sonuç üretmek gerekir ki alabildiğine meşakkatlidir.

Zaman, gazetecilere bu konuda da bir çare buldurmuştur. İşinde iyi olanlar, sandıklar kapanıp bazı önemli noktalarda oylar sayılınca, kesin sonuca çok yakın tahminlerde bulunurlar.

***

Ayrıca her gazeteci seçmendir. Bu nedenle, evlendiğimiz günden bu yana T.C. vatandaşı olan eşimle, kahvaltımızı eder etmez soluğu sandık başında alıyoruz. Bırakacak kimsemiz olmadığı için ufaklık da bizimle.

Merak ediyor neden sırada beklediğimizi. Böylece, oğlumuzun Yurttaşlık Bilgisi dersi de başlamış oluyor.

Kuyruktaki tebessüm eden bakışlar eşliğinde ders tamamlanırken, sandığa ulaşmış oluyoruz.

***

Gazetede herkes tahmin peşinde. Bir kâğıdın üzerine etrafta bulunanların isimleri yazılıyor, tahminleri not düşülüyor. Hiç sevmem şu seçim toto muhabbetini. Çünkü kaybeden hep ben olurum.

Arkadaşlarıma göre toplum yazıları yazıyor olmak başka, Anadolu ve kenar mahalleleri koklamak başka.

Hepsi ağız birliği etmiş gibi "Ecevit rüzgârları esiyor" diyor. Bu kez ben de onlarla aynı fikirdeyim. Demirel ve Ecevit'in aynı yerlerde yaptıkları mitinglerin fotoğraflarını yan yana koyup karşılaştırmak bile sonucu tahmin etmeye yeterli.

Yazıişleri müdürüm bir ara odasından çıkıyor, taşra teşkilatından katılımın yüksek olduğuna dair haberler geldiğini söylüyor.

Ayrıca, henüz yaz tatiline çıkılmamış olması da önemli. Yaz tatiline çıkıldığında şehirler boşalıyor. CHP'li seçmenler yaz aylarında kıyı beldelerine gidiyor ve oy kullanmak için şehre geri dönmüyor. Bu da toplumsal bir gerçeklik.

***

Küçük ilçelerden ve şehirlerden yavaş yavaş sonuçlar gelmeye başlıyor. Bazıları il büyüklüğünde olan ilçelerde sayım sürüyor.

Gelen sonuçlar geçen senenin sonuçlarıyla karşılaştırıldığında, CHP'nin önde gittiği anlaşılıyor.

Önemli olan büyükşehirler ve büyük ilçeler. İstanbul'un bazı ilçeleri maşallah şehirlerden büyük.

***

Gecenin ilerleyen saatlerinde kesin olmayan seçim sonuçları belli oluyor. CHP oyların yüzde kırk birini alarak birinci, AP ise yüzde otuz altı alarak ikinci parti olmuş durumda. Onları yüzde sekiz ile MSP izliyor. MHP'nin oy oranı yüzde altıda kalıyor.

Seçim sonuçlarına bakılacak olursa, CHP ülkenin birinci partisi ama kazın ayağı öyle değil. Sağ kanat partilerinin parlamentodaki sandalye sayısı CHP'ninkinden fazla.

Yazıişleri müdürümle bir ara baş başa kaldığımızda "Bu memleket adam olmaz!" diyor.

Demek istediği, geçtiğimiz dönemde neler yaşadıysak yine aynısını yaşayacağımız. Ben de aynı fikirdeyim. Bütün çabasına karşın, Ecevit'in öteki partilerden destek almadan ülkeyi yönetebilmesi mümkün görünmüyor. Böyle olunca gelsin transferler, bakanlık teklif etmeler filan.*

Ne yazık ki memleket soldan ya da sağdan politikacıların kişisel ikballerine yenik düşüyor.

Konuşmaya geldiğinde herkes vatansever, milliyetçi, demokrat filan ama kazın ayağı öyle değil. Varsa da yoksa da ben önde olayım, bal tutan parmak benimki olsun.

Sonunda illa bir punduna getirilecek, bal tutan parmak yalanacak!

Ülkenin içinden geçmekte olduğu toplumsal kriz derinleştikçe derinleşiyor. İşçilerin, memurların, öğrenci gençliğin canhıraş feryadının arkasında da hep bu var.

İstikrarsızlık, ülkeyi her geçen gün biraz daha bataklığa sürüklüyor...

Ne yazık ki yarın ne olacağı bugünden belli olmuş durumda.

***

Taşra baskısından başlayarak İstanbul'a kadar bütün baskılar tamamlanınca, yazıişleri müdürüme "Tak sepeti koluna, herkes kendi yoluna!" diyorum.

"Ben seni bırakırım biraz beklersen."

* Güneş Otel Skandalı bu tür görüşmelere tipik bir örnek. Ecevit AP'den on bir milletvekiline bakanlık önerdi, on milletvekili kabul etti.

"Yok biraderim, ben yürüyeceğim. Gecenin kokusunu içime çekerek Galata Köprüsü'nün üzerinden geçeceğim, Tophane'ye gidip âşığı olduğum merdivenleri tırmanacağım. Kendimle baş başa kalmaya ihtiyacım var."

"Anlaşıldı" diyor arkadaşım ve "İflah olmaz melankolik sen de!" diye söylenerek odasına doğru yürüyor.

Ne demek istediğimi anladığını zannetmiyorum. Onun anlayabilmesi için önce benim anlamam lazım, öyle değil mi?

Bir gün önce öğrendiğim yurtdışına çıkamama halimi henüz içime sindirebilmiş değilim. Derdim sadece Altın Orfe'ye gidememek değil, bugün eşimin bir akrabası hasta olsa ya da ölse, memlekete kakılıp kalmak zorundayım.

İçinde bulunduğum berbat durumdan henüz eşime bahsetmiş değilim. Birkaç gün içinde söylemem lazım. Öte yandan belki de Amir arar, derdimi anlatırım ve durumumda değişiklik yapılmasını sağlar.

İstanbul'un karanlığına karışmak istememin, kendimi dinlemeye ihtiyaç duymamın asıl sebebi, içinde bulunduğum açmazı nasıl aşacağıma dair düşünme arzusu.

-58-

Sandıklar kapanmış, insanlar kendilerini sokaklara atmış. Babıâli Yokuşu değilse de Galata Köprüsü'nün üstü ve altı kıpır kıpır. Görece ucuz meyhaneler müşterilerle tıka basa dolu. Birden niyetimi bozup merdivenlerden Köprü'nün altına sarkıyorum. Bir ya da birkaç birayla günü tamamlamamın önünde bir engel yok. Ufaklığın yatma saati gelmiştir. Nasıl olsa, eşim de seçim nedeniyle uzun boylu çalışacağımı düşünüyor.

Arada bir takıldığım birahanede şans eseri bir fıçı tam ben yaklaşırken boşalıyor. Eski tahta koca fıçıların masa olarak kullanıldığı, yüksek tabureli bu mekânı seviyorum. Eşsiz Karaköy, Eminönü, Kadıköy manzarası harika. Özellikle yaz aylarında, batı yönlü hafif esintilerin burnunuza taşıdığı iyot kokusu ile masanızdaki rakının muhayyelinizde oluşturduğu karışım ruhunuzu besler, beyninizi büyütür.

Bazı yerleşimler zihninize kokuları kadar sesleriyle de kazınmıştır. Köprüaltı bunlardan belki de en özgünüdür. Manevra yetenekleri tartışılmaz kaptanların çaldığı *vuuuu* diyerek ortalığı inleten canavar düdüklerine taklidi imkânsız haykırışlarla vokal yapan martılar, tıpkı onlar gibi beyaz ceket giymiş *buzlu badem* satıcıları, fonda aralıksız çatal bıçak sesleri, şerefe kalkan kadehlerin çınlamaları... Hasılı kelam, Köprüaltı'na özgü benzersiz tını.

Sadece gerçek İstanbullular anlar *vuuulayan* kaptanların ne demek istediğini. İki kısa düdük çalıyorsa mesela, rotamı iskeleye alıyorum demektedir. Üç kısa düdükle, makinem tornistanda diye seslenmektedir.

Zanneder ki bilmeyenler, kaptan *çekil, ben geçeceğim* demektedir. Hayır. Denizin üzerinde hiçbir araç bir diğerine *şöyle yap, böyle yap* demez. Kendisinin ne yapmakta olduğunu söyler. Çatışma bu yolla engellenir.

Keşke gündelik hayatta da böyle olsa. İnsanlar birbirlerine ne yapmaları gerektiğini değil de kendilerinin ne yapmakta olduklarını söyleseler, eminim anlaşmak çok daha kolay olurdu.

Yüksek tabureme yerleşip etrafımı koklamaya ve dinlemeye geçmiş vaziyetteyim. Epeydir ahbaplık ettiğim garson "Aç mısın abi?" diye soruyor.

Doğru soru. Bu saate kadar kim aç kalır ki? Öyle değil mi? Gazetede akşamüstü çift kaşarlı bir tost yedim ama karnım kazınıyor.

"Evet. Ne var?"

"Çok taze istavrit var. Yaptırayım mı?"

Yahu arkadaş, bu da söylenmez ki şimdi. Bir iki bira içip gidecektim. Balıkla bira içecek değilim ya.

"Olur. Bir duble de rakı ver o zaman."

"Ben sana bir küçük getireyim abi. Şimdiye kadar bir dubleyle kalktığını hiç görmedim."

"Olur. O zaman biraz peynir filan da isterim."

Garson yanımdan ayrılınca kallavi bir pipo doldurmamın farz olduğuna karar veriyorum. Yemeği ortalayınca tellendiririm.

***

Sosyete derin dinlensin diye icat edilmiş olan, son günlerin modası transandantal meditasyon modası var ya hani, iddia ederek söylüyorum, kimseyi rakısını yalnız yudumlayan birinin sükûnetine ulaştıramaz.

Lamı cimi yok, yalnızsanız ve rakı içiyorsanız, dibine kadar derin düşünüyorsunuz demektir!

Zannedilenin aksine, düşünmek, bir koltuğa oturup düşünmeye çalışarak gerçekleşen bir eylem değildir. Şahsen ben, elimde kalem ya da kadeh olmadan pek düşünemem.

Şu yoldan mı gideyim yoksa bu yoldan mı filan gibi kolay karar verilebilecek konuları düşünmekten söz etmiyorum. Daha derin meseleler üzerine konuşuyorum.

Mesela, Holly ve Ferit'in beni o koca işin içine çekmeyi nasıl becerdiğini anlamaya çalışmak gibi.

Zekâmla öğünecek kadar ahmak değilim. Aklım, beynimin durumunu IQ testi yaptırarak öğrenmeye yeltenmeyecek kadar başımda.

Peki, nasıl geldim ben bu tufaya?

Aklımdan *tufa* lafı geçince, yaşadığım olayın cesametini küçültüyormuşum gibi geliyor. Rotamı tufadan tuzağa çevirmem daha doğru olacak.

Başa dönüyor, her şeyi yeniden düşünüyorum. Garson haklı çıkıyor, ilk kadeh zaten serinleme mahiyetinde bir rol oynadı. İkincisinin ortalarına doğru rakı içme kıvamına gelmiş bulunuyorum.

Sahi, nasıl düştüm ben bu tuzağa?

Rakı birçok iyileştirici özelliğinin yanı sıra insanı kendisiyle yüzleştiriyor da. Şaka yapmıyorum. Öyle. Kabul, sarhoş edip insanın çenesini düşürür, doğrudur ama rakıyla birlikte samimiyetinizin dozu artar. Sadece karşınızdakilere değil, kendinize de samimi davranmaya başlarsınız. Özellikle yalnız içiyorsanız, önce yavaş yavaş ve eşiği atlayınca da tamamen, kendinizi kandırmaktan vazgeçersiniz.

Hani derler ya rakı insanın gerçek kişiliğini ortaya çıkarmasına yol açar diye, bence tümüyle doğrudur.

Viski, votka, cin, tekila, rom gibi öteki kuvvetli içkilerden farklı olarak, rakı demdir. Var mı başka bir ülkenin lügatinde içkiden mütevellit *demlenmek* diye bir kavram. Yok. Neden? Çünkü ürettikleri rakı değil, muhtelif lezzetlerde alkol de onun için.

Hani kadınlar için *eşini vezir de yapar rezil de* denir ya, rakı da tıpkı öyledir.

Nasıl eşi, sadece adam gibi adamı vezir yaparsa, rakı da tıpkı öyledir, sadece adam gibi adamı demler, olgunlaştırır.

Demlenirken, bir bakmışsınız ki size hiç fark ettirmeden gelmiş, bütün samimiyetiyle karşınızdaki iskemleye oturmuştur. *Anlat bakalım* diyecektir az sonra.

***

Üçüncü kadehle birlikte, karşımdaki sandalyede ses etmeden bekleyen *samimiyet faktörüne* "Sahi, nasıl düştüm ben bu tuzağa?" diye bir kez daha soruyorum.

Holly değil, Ferit yüzünden! Belki biraz da Ece nedeniyle.

Ferit olmasa, Holly kendi başına bu tuzağa düşmemi sağlayamazdı. Ece de.

Hani çocukken oynardık ya, biri size hissettirmeden arkanıza geçer eğilir, karşınızdaki sizi ona doğru olanca kuvvetiyle iter, yuvarlanmanıza yol açardı, tıpkı öyle.

Holly'nin itkisiyle devrilmeme yol açan, arkamda çömelmiş bekleyen Ferit'ti. Bir başka deyişle, kündeye gelmeme Ferit yol açtı.

Kendimden en az on yaş genç bir adama yenilmiş olmak fena halde içimi acıtıyor.

Benimle Manukyan'ın ofisine gelmek istemesi... Ferdinand'ın ofisine gitmeyi teklif etmesi... Holly'nin transseksüel olduğunu düşünmemi sağlaması...

***

Rakının kolaylaştırıcı etkisinden yararlanarak derinlemesine düşünmem gereken bir mesele de Holly ve Ferit'e dair İstanbul'da hiçbir iz bulunamamış olması. Sanki İstanbul'da yaşamamış gibiler.

Bir anlamda, sırra kadem basmış durumdalar!

Bunun nedeni de benim. Holly'nin gerçek ismiyle, ailesinin nerede oturduğuyla, okuduğu okullarla ilgili ne Yüzbaşı Atıl'a ne de Amir'e hiçbir düzgün bilgi verebilmiş değilim.

Ferit'in soyadını bilmemem, Nişantaşı tarafından bir liseyi bitirdiğine dair laflara, İDMMA'da okuduğu palavrasına inanmam büyük hata. Onun da Holly gibi ne soyadını biliyorum ne de ailesinin nerede oturduğunu, hangi işle meşgul olduğunu.

Kendimi temize çıkartmak, bir tür kendi nezdimde aklanmak için söylemiyorum ama günümüzün illegalite koşulları da onların kim olduklarını eşelememi engelledi.

Bugünün Türkiye'sinde, biraz sola bulaşmış kiminle karşılaşsan, sanırsın ki sahiden en ağır illegalite koşullarında yaşamak zorunda. Kimseye adından ötesini soramadığımız günlerden geçiyoruz.

Garson temize havale ettiğim istavrit tabağımın yerine hiç sormadan karides güveç getiriyor.

Yıllara yayılan ahbaplığımızın söze dökülmemiş kuralı, o abartmadan, uzun aralıklarla, taze, tatmam gereken minik bir porsiyonu masaya koyacak, ben de itiraz etmeyeceğim.

Masanın üzerine yüz ayrı meze koyup da biraz ondan biraz bundan tırtıklayanlardan değilim. İçmeye devam etmem için beyazpeynir ve kavunumun olması yeter de artar bile.

Güzel bir gece oluyor. Beynim her geçen dakika biraz daha berraklaşıyor.

Uzunca bir zamandır, hücrede kaldığım süre de dahil olmak üzere, kendimle böylesine halleşmiş değilim.

Köprüaltı'nın sihirli atmosferi bir süredir tepemde dolaştırdığım sinirlerimi yatıştırdı.

***

Köprü'nün üzerinde sersem sepelek yürüyor olmamın nedeni garsonun tavsiye ettiği otuz beşlik değil. Evvel Allah bünyemi bir otuz beşliği kimseye fark ettirmeden taşıyacak şekilde eğitmiş bulunuyorum. Ondan sonra getirdiği iki azman* eklenince, ayaklarım biraz yampirik.

Ama iyi oldu. İhtiyacım vardı.

Şimdi hiç acele etmeden Galata'yı geçecek, Tophane üzerinden merdivenlerime ulaşacağım.

Korkmayın, bir şey olmaz. Tophane'de tanınırım. Soymaya filan kalkmazlar. Nadiren tanımayan biri çıkacak olursa, birkaç ağır abinin ismiyle yola getiririm. Merak etmeyin.

* Rakıda bir ölçü. Kadehte, duble ile domuz sıkısının tam ortasında bulunan yer.

-59-

"Belliydi böyle olacağı!"

Bu lafı söyleyen, kendisi de bir ODTÜ'lü olan Ankara büro şefimizdi. Yazıişleri müdürüm detay vermesini isteyince olan biteni anlatmaya koyuldu.

"MC Hükümeti şubat ayında ODTÜ'ye Aydınlar Ocağı'nın yönetim kurulu üyesi olan ve MHP'ye yakınlığıyla tanınan Hasan Tan'ı rektör olarak atadı. Öğrenciler aynı gün boykota başladı. O da bu davranışa üniversitenin bütün işçilerini, temizlik görevlilerini işten çıkartarak karşılık verdi. Yerlerine *komando* tabir edilen milliyetçi militanları getirdi. Böylelikle ODTÜ'ye ayar verebileceklerini düşündü. MHP'nin üniversiteye işçi kılığında yerleştirdiği elemanlar o gün bugündür durmaksızın kavga çıkartıp öğrencilere saldırıyorlar. Gelen servisleri taşlıyor, solcu olarak bilinen öğretim görevlilerinin arabalarını tahrip ediyorlar. Bu arada silah da kullanıyorlar. Anlayacağınız, Tan'ın geldiği günden beri ODTÜ ayakta. Sonunda bugüne gelindi."

Anlaşılmıştı durum. ODTÜ'de bunu yapmak, bombanın fitilini ateşleyip üniversitenin içine atmak demekti. Milliyetçi Cephe de bunu yapmıştı zaten.

Bu sabah gelen habere göre, ODTÜ Öğrenci Temsilcisi Ertuğrul Karakaya kampusa girerken jandarmanın üzerini aramasına karşı çıkmış, sonra da kaçmıştı. Jandarma dur ihtarında bulunmadan silahını ateşlemiş, yetmiyormuş gibi yere yığılan Karakaya'yı sırtından süngülemişti. Çocuk oracıkta hayatını kaybetmişti.

Şubat ayından bu yana, yaklaşık beş aydır bir dolu olay meydana gelse de belli ki arkadan vurup sırttan süngüleme bardağı taşıran son damla olacaktı.

Yazıişleri müdürüm telekonferans mikrofonuna ağzını yaklaştırıp "Peki son gelişmeler neler?" diye sordu.

"Öğrenciler cenaze töreni için hazırlanıyor. Bundan sonra boykotun bitmesi bir hayal.* Bu arada Hasan Tan'ın istifa edeceğine** dair söylentiler var."

Gayriihtiyari "Olan olduktan sonra istifa etse ne olur, etmese ne olur?" dedim.

"Öyle" dedi muhabirlerden biri. "ODTÜ'lüler istifayla filan bu durumun geçiştirilmesine izin vermezler. Bence boykot daha uzun aylar sürer."

***

Günün koşturmacası süredursun bir ara punduna getirip yazıişleri müdürüme "Yurtdışına çıkma yasağımı nasıl kaldırtacağız?" diye soruyorum.

"Bu böyle ayaküstü konuşulacak bir konu değil. Odama gidelim."

Masasına oturur oturmaz iki çay söylüyor, bir sigara yakıyor.

"Arkadaş" diyor. "Nasıl bir işe bulaştın ya!"

---

* ODTÜ'de boykot dokuz ay sürdü. 7 Kasım 1977'de sona erdi. Olaylar bitmedi. Öğrenciler 2 Aralık 1977'de işçi kılığındaki MHP'li militanları protesto etmek için rektörlük binasının önünde toplandılar. Üzerlerine aynı binanın beşinci katından patlayıcı atıldı. Yere düşen öğrenciler otomatik silahlarla tarandı. Saldırıda elli iki öğrenci yaralandı. İbrahim Baloğlu hayatını kaybetti. Bu olay milliyetçilerin ODTÜ'deki son gövde gösterisi oldu.

** 13 Şubat'ta göreve getirilen Hasan Tan görevinden 22 Haziran 1977'de istifa etti. Beraberinde getirdiği işçi görünümlü milliyetçi militanlar ondan sonra ODTÜ'yü aylarca huzursuz ettiler.

Haklı ama sırası değil.

"Bırak şimdi laf sokuşturmayı. İşi nasıl çözeceğiz onu söyle."

"İki ucu boklu değnek. Biliyorsun içişleri bakanını ya da emniyet genel müdürünü doğrudan arayıp konuşabilirim. Hoş sen de konuşabilirsin ama benim senin adına aramam daha doğru olur. Böyle yaparsak senin durumundan haberdar olurlar. Büyük bir ihtimalle kulaklarına gitmemiştir. Biz karıştırmazsak gitmez. Aramazsak bu sefer de yasağın ne kadar süreceğini bilemeyiz."

Hak veriyorum o konuşurken. Arkadaşım konuşmasını bir soru ile tamamlıyor.

"Neden seninle temasta olan istihbaratçılarla konuşmuyorsun bu konuyu?"

"Bilmiyorum ki adamları nasıl bulacağımı. Ne tam bir isim var elimde, ne telefon ne de adres."

Ben böyle söyleyince "Ankara'ya Milli İstihbarat'ın merkezine gidebilirsin. Olmadı daire başkanlığını filan ziyaret edersin" diye yüksek sesle düşünüyor.

Uzun uzun laflıyoruz arkadaşımla. Sonunda birkaç gün beklemeye karar veriyoruz.

Şimdiye kadar Amir'le bu konuyu hiç konuşmamıştım. Bilmiyordum ki pasaportumda sorun olduğunu. Bilsem konuşurdum. Belki de ilk karşılaşmamızda "Tamam, hallederiz!" diyecektir. Ya da yapabilecekleri bir şey olmadığını söyleyecektir, o zaman başımın çaresine bakarım.

Anlaşılan o ki önümüzdeki günlerde kulağım Amir'den ne zaman geleceği belli olmayan telefonda olacak.

-60-

9 Haziran günü, günlük koşturmacanın içindeyken yazıişleri müdürüm odasından çıktı ve "Vatikan büyükelçimiz öldürülmüş!" diye seslendi.

Ortaya seslenmesinin nedeni, herkesin bu konuyla ilgili vaziyet alması gerektiğine işaret ediyordu. Dış haberler başta olmak üzere bu konuyla ilgili daha önce çalışmış kim varsa bu sesleniși üzerine alınmalıydı.

Yabancı bir ülkede bir diplomatımız öldürülmüşse ilk akla gelecek olan tabiatıyla ASALA olurdu.

İçinde ASALA kelimesini barındıran her cümle, benim de antenlerimi açmamı gerektiriyor. Çünkü, Manukyan'ı havaya uçuran bombanın gürültüsü ve ardından başıma gelenler üzerimdeki etkisini hâlâ sürdürüyor.

Yazıişleri müdürümün sözlerinden hemen sonra, çekmecemdeki transistorlu radyomu çıkartıp BBC'ye ayarlıyorum.

Bu arada kısa bir süre önce yaşadıklarım gözümün önünden bir film şeridi gibi geçiyor.

Amir, cebinden çıkarttığı zarftaki resimleri önüme sermiş, ben de Holly ve Ferit'i tespit etmiştim.

Kesindi, her ikisi de FKÖ'ye ait gerilla kamplarında ASALA adına eğitim görmüştü.

Öyleyse, antenlerimi açık tutmamda yarar vardı. Amir, bugün değilse yarın kapımı çalabilirdi.

***

Vatikan büyükelçimiz Taha Carım'ın öldürülmüş olduğu BB-C'nin haber bülteninde birinci sırada yer almıştı. Bültende henüz ASALA lafı telaffuz edilmemişse de tahmin yürütmek zor değildi. Üstelik, yürütülecek tahmin hiç de afaki olmazdı.

Radyomu kapatıp çekmeceme koyarken telefonum çaldı. Amir'di.

"Vatikan'da olanı duymuşsundur. Minibüsü Sirkeci Garı'nın önüne gönderiyorum. Seni alıp bize getirecekler. Yüzbaşı Atıl seninle konuşmak istiyor. Bir saat sonra orada olur musun lütfen?"

Beklemediğim bir telefon değildi. Aklımdan geçmişti. Şaşırmamın nedeni, Amir'in *lütfen* lafını biliyor olmasıydı. Tabiatıyla "Olur!" dedim.

Derhal yazıişleri müdürümün odasına daldım. Birkaç kişi daha olduğu için "Bir saniye dışarıya gelir misin?" dedim.

Dışarıya çıkınca kulağına eğildim "Bir saat sonra Amir'le buluşacağım. Hani var ya İstihbarat için çalışan bir memur, onunla. Bilgime başvuracaklarmış. Belki gazete için de bir şey çıkar" dedim.

"Tamam" dedi. Her zaman olduğu gibi arkamdan "Bir şeyler çıkartmaya çalış!" diye seslendi.

***

Sirkeci Garı'na beyaz minibüsten on beş dakika kadar önce ulaştım. Daha önce de gördüğüm bir memur, dışarısı görünmeyen aracın sürmeli kapısını açtı, içeriye girmem için yardımcı oldu.

Merhabalaştıktan sonra "Bir noktadan sonra gözünüzü bağlamam gerekiyor biliyorsunuz" dedi.

"Evet. Bir kere Cihangir bir kere de Taksim'de bağlamıştınız."

"Tamam. Taksim'de bağlarız o zaman."

Normal koşullarda son derece cana yakın davranan bu insanların, zamanı geldiğinde nasıl olup da canavara dönüştüklerine akıl sır erdirememişimdir.

Üzerine fazla düşünmeye değmez diyeceğim ama öyle değil. Çünkü evlerden ırak *profesyonel bozulma* diye bir kavram var ki manasına dair kafa yormayı ziyadesiyle hak ediyor.

Doktorların ameliyathanede müzik dinliyor olması buna tipik bir örnek. Ameliyat ettiği kimse birkaç dakika sonra ölebilir, öyle değil mi? Koridorda birileri onun ölüm haberini alınca yıkılacak, perişan olacak. Bunu bildiği halde, doktor ameliyathanede Chopin dinliyor. Pekâlâ, *"Ona ne ki ameliyat masasında yatan kimseden veya dışarıda bekleyen hasta yakınından? O doktor ve işini yapıyor"* diyebiliriz. Hatta sözlerimizi şöyle sürdürebiliriz: *"Her ameliyat ettiği insanla birlikte hasta yakınlarının ruh haline bürünecek olursa, kullanım süresi birkaç gün ya da birkaç ayla sınırlı kalır."* Sizce de mantıklı bir yaklaşım değil mi?

Ya da gazeteci, yazdığı her cinayet, soygun, ırza geçme haberini sittinsene aklında taşırsa, mesleğini arızasız olarak ne kadar süreyle devam ettirebilir dersiniz?

Son kertede, her meslek, meslek erbabında az ya da çok tortu bırakır. Bu kaçınılmaz bir durumdur. Bunu en aza indirmek için yapılması gereken, mümkün olduğunca işlerin iş olarak sürdürülmesidir. Düşündükçe bu fikir aklıma daha çok yatıyor.

Minibüs Unkapanı Köprüsü'nü geçip Şişhane'ye tırmanırken, *polis, istihbarat, terörle mücadele gibi konularda çalışanlar için de böyle olmalı* diye düşünüyorum.

Düşünsenize bir adamı yatırıyor konuşsun diye tırnaklarını çekiyor, sonra akşamleyin gidip küçük kızınıza ödevinde yardım ediyor, bu esnada saçlarını okşuyorsunuz. Ne büyük bir tezat değil mi? Ama böyle.

Taksim'e yaklaşırken düşüncelerim değişiyor. Olup bitenleri hafife alıyormuşum hissine kapılıyorum.

Nasıl karşılaştırırım doktor ile işkenceciyi, öyle değil mi?

Tamam ikisi de meslek ama biri ciddiyetle hayat kurtarmaya çalışıyor. Bazı hastaları hayatını kaybediyorsa da kastının bu olmadığı açık. Öteki, yani işkenceci, zaman geliyor bir insanın hayatını kaybetmesine yol açacağını bilse de sorguya devam ediyor. *Başka terör olayları yaşanmasın diye* denilerek karşı çıkılabilir pekâlâ ama bu arada canı yananlardan bir kısmı suçsuz da olabilir.

İyi ama nihayetinde terörle mücadele de bir iş. Biri tarafından yapılmak zorunda. *Ben yapmam* deme hakkına sahibim. Ama bir yapanı mutlaka olacaktır. Kızacak mıyız şimdi adama ya da kadına bu işi kabul etti diye?

Sorumun cevabını bulamadan Taksim'e ulaşıyoruz. Gözüm yine bağlanıyor.

Sorgulanmayacağımı, görüşlerime başvurulacağını biliyorum ama gözümün bağlanması bile aşırı derecede tedirgin edici bir durum, ciddi anlamda insan hakkı ihlali olduğu kanaatindeyim.

Gözlerim bağlanır bağlanmaz, mesleklerin karakterlerini ve profesyonel deformasyon yakıştırmasını anlama çabama son veriyorum.

Kimsenin gözümü bağlamaya da sorulanlara cevap vermiyorum diye üzerimde fiziki ya da psikolojik baskı kurmaya da hakkı yok. Bunun yerine, yaşanmakta olan pisliklere ortak olmaktan vazgeçebilirler mesela.

Oh be! Bu benim! Son söylediğimde karar kılıyor, ayak diriyorum.

***

Göz bandım çıkartılınca karşımda Yüzbaşı Atıl'ı görüyorum.

"Hoş geldiniz. Nasılsınız?"

"Teşekkür ederim. İyiyim."

"Oturun lütfen. Sigara içer misiniz?"

"Hayır. Teşekkür ederim. Varsa sıcak bir şey içerim. Biraz heyecandan olsa gerek, boğazım kurudu."

Yüzbaşı Atıl elini telefona uzatırken Amir'e bakıp "Sen de içersin değil mi?" diye soruyor.

"İçerim yüzbaşım."

Yüzbaşı Atıl ahizeyi yerine koyarken "Zor günlerden geçiyoruz" diyor. Lafı nereye getireceğini merak ediyorum.

"İçeride bu kadar çok sorunla boğuşan bir ülke olmasak, dışarıda bu kadar fazla saldırıya maruz kalmayız. Bütün bunlar, kendi içimizde dirlik ve düzeni sağlayamadığımız için oluyor. Baksanıza ODTÜ'de olanlara."

Yüzbaşı Atıl'a hak veriyorum. Memleket son iki yıldır cadı kazanı gibi. Özellikle 1975'ten bu yana, ülke kamplara bölünmüş durumda. Ve her iki ya da üç ya da on üç kamp, bir diğerinin boğazını nefes alamayacak hale getirene kadar sıkmadan ellerini gevşetecekmiş gibi görünmüyor.

"Peki ne olacak bu işin sonu?" diyorum.

Yüzbaşı Atıl gülüyor. "*Ne olacak bu memleketin hali* der gibi sordunuz" diyor.

"Evet. Tam da öyle sordum."

Yüzbaşı Atıl yüzüme samimi olup olmadığımı sorar gibi bakıyor.

"Gerçekten merak ediyorum yüzbaşım!"

"Ne yazık ki..." diyor Yüzbaşı Atıl. "Bu sorunun cevabı bende yok."

Biliyorum var. Ama söylemiyor. Onun oturduğu koltukta ben otursam, karşımda bu soruyu soran bir gazeteci olsa ben de söylemem.

-61-

Asker tıraşlı yakışıklı bir delikanlının getirdiği çaylarımızdan ilk yudumlarımızı alır almaz Yüzbaşı Atıl "Biraz iş konuşalım" diyor.

Yüzüne anlamamış gibi baktığımı görünce "Vatikan'da şehit edilen diplomatımız Taha Carım'dan söz ediyorum" diyerek sözlerine açıklık getiriyor.

"Nasıl yardımcı olabilirim size?"

"Manukyan'ın otomobilinin havaya uçurulma şeklinden ve Holly ile Ferit'in FKÖ kamplarında çekilmiş fotoğraflarından kalkarak, bu iki gencin ASALA bağlantılı oldukları kanaatine ulaşmıştık. Öyle değil mi?"

"Öyle."

"Ama değil."

Yüzbaşı Atıl'ın sözleri şaşırmama yol açıyor.

"Ermeni değiller mi yani?"

"Hayır Ermeniler ama ASALA'dan değiller."

Holly ve Ferit'in ASALA mensubu olmadıklarını duyunca içim sanki biraz rahatlamış gibi oluyor. O kadar ki *ben de öyle düşünmüştüm zaten* diyeyim mi diye düşünüyorum.

Yüzbaşı Atıl oturduğu masadan "Daha tehlikeliler!" diyerek kalkıyor.

Duvarda bulunan karatahtanın başına geçiyor ve eline beyaz bir tebeşir alıyor.

"Sizinle uzun soluklu bir işe girişeceğiz. Tabii siz de isterseniz. Gazeteciler bu konuyu neredeyse hiç bilmiyor. Bilmedikleri için de yalan demeyeceğim ama yanlışlarla dolu yazılar yazıyorlar."

Bir hayli uzun boylu, güçlü kuvvetli olduğu ayağa kalkınca daha iyi belli olan Yüzbaşı Atıl elini kaldırdığında tahtanın en tepe noktasına ulaşıyor. Birbirlerinden bir hayli uzak iki uzak noktaya iki kelime yazıyor: Taşnak,* Hınçak.**

Eyvah diye düşünüyorum ilk ağızda *Osmanlı'dan başlayacak. Bildiğimiz tarih dersi.*

"Düşündüğünüz gibi değil. Evet Osmanlı'dan kalma iki örgüt ama günümüzde de faaliyetleri sürüyor."

Yüzbaşı Atıl, Taşnak kelimesinin altına yüzde 65, Hınçak kelimesinin altına yüzde 15 yazıyor. Sonra çok aşağılara bir kenara Ramgvar*** yüzde 10 diye not düşüyor. Onun hemen altına Komünistler vs. yazıp bir yüzde 10 daha ekliyor.

Yazma işlemini tamamlayınca bana doğru dönüp "Ermenistan dışındaki Ermenilerin genel eğilimleri böyle" diyor.

"Bugünden bahsediyorsunuz ve diyasporadakilerden söz ediyorsunuz. Doğru mu anladım?"

"Evet. Ben bundan sonra Hınçak da desem Taşnak da siz Lübnan ve İran da dahil olmak üzere hep Ermenistan ve Türkiye dışında kalanları anlayın."

Yüzbaşı Atıl gibi bir adamın, beni buraya Ermenilerin dünyanın çeşitli yerlerindeki popülasyonu ile ilgili bilgi vermek için getirttiğini zannetmiyorum. Eminim lafını ulaştıracağı bir nokta vardır.

---

* "Taşnak" kelimesi Ermenice "federasyon" anlamına gelir. 1890'da Tiflis'te Ermeni Devrimci Federasyonu adı altında kuruldu. Bugün Ermenistan olarak anılan ülkenin nüvesidir.

** Sosyal Demokrat Hınçak (Çan Sesi) Partisi 1887 yılında Cenova ve İsviçre'de öğrenim gören bir grup öğrenci tarafından kuruldu. Kendisine hedef olarak, Osmanlı İmparatorluğu'nu yıkmayı ve kendilerine ait olduğunu düşündükleri topraklarda bir ülke kurmayı seçti.

*** Ermeni Demokrat Liberal Parti. 1921 yılında kuruldu. İngilizce kısa yazılışı ADL'dir. Ortadoğu, Avrupa, Amerika ve Avustralya'da örgütlüdür.

Yüzbaşı kırmızı bir tebeşir alıyor ve Hınçak kelimesinin altına ASALA, Taşnak kelimesinin altına JCAG* yazıyor.

"Hınçak Partisi'nin kendisine bağlı bir terör örgütü olan ASALA'yı kurması çok eskilere gitmiyor. Parti bu örgütü kurmaya 1975'te karar verdi. Bir nedeni, Türkiye'nin hem içeride hem de dışarıda, bütün yönlerden sıkıştırılıyor olmasıydı. Asıl önemli neden ise, elinin altındaki gençliği Taşnak Partisi'nin silahlı örgütü JCAG'a kaybetme korkusuydu."

"Peki, aralarında ne fark var?" diye soruyorum.

"Taşnaklar geçmişten bu yana Van, Bitlis, Erzurum, Trabzon, Kars ve Ardahan'ın Türkiye içinde bağımsız olmasını istiyor. Milliyetçiler ve Batılı ülkelere daha yakınlık duyuyorlar. Hınçaklar sözde Marksist. Türkiye'den bir parça kopartmanın ama kuracakları bu devleti, SSCB'deki parçayla bütünleştirmenin peşindeler. En azından geçmişte böyleydi. Şimdi durum biraz karışık. Çünkü bütün ülkelerdeki Marksistlerin SSCB ile ilgili düşüncelerinde farklılaşmalar var."

Yüzbaşının söylediklerinden hareketle "Hınçak ve Taşnakların idealleri birbirine yaklaşıyor demek mi bu?" diyorum.

"Öyle de denilebilir. Hınçaklar baştan bu yana, yani 1800'lerin sonlarından itibaren Marksist bir çizgi benimsedi. SSCB kurulunca yönetici kadrolarından bir kısmı Taşnaklarla anlaşıp Ermenistan'ın yönetiminde rol oynadı. Öte yandan komünizm başarılı sonuçlar üretemediği için, Rusya'nın çevresindeki ülkeler oldukça sorunlu.

* Saldırılarına Ekim 1975'te başlayan JCAG, Temmuz 1983'te Lizbon saldırısının ardından ismini ARA (Armenian Revolutionary Army - Ermeni Devrimci Ordusu) olarak değiştirdi. Türkiye'nin Lizbon Büyükelçilik konutuna yapılan saldırıda beşi Ermeni yedi kişi ölmüş, bir kişi yaralanmıştı. ASALA'nın Orly ve Esenboğa havaalanlarına yönelik saldırıları hariç tutulacak olursa, Ermeni terörünün en kanlı saldırılarını JCAG-ARA gerçekleştirdi. Örgüt saldırılarına 1986 yılında son verdi. İki ayrı dönemde iki ayrı isim kullandığı için bazı yayınlarda örgütün ismi JCAG-ARA olarak anılır.

Ermenistan da böyle. Zaten Hınçak Partisi'nin kurucuları ilk birkaç yıl içinde yol kazasına uğradılar. Taşnaklar baştan itibaren Ermeni milliyetçisiydi. Ermenistan'ın kuruluşu esnasında da böyleydiler, şimdi de böyleler. SSCB bayrağı altında yaşıyor olmaları onları sosyalist, Marksist yapmadı. Sadece öyleymiş gibi yaptılar."

Yüzbaşının sözleri üzerine "Stalin'in uygulamaları ters tepti" diyorum.

"Evet. Tam söylediğiniz gibi. Yugoslavya, Macaristan, Bulgaristan, Romanya, Çekoslovakya filan farklı durumdalar mı bugün? Kan ağlıyorlar. Hepsi de SSCB'den ayrılıp bağımsız ülkelerini kurmanın hayalini kuruyorlar."

Benim de yardımımla mevzudan epey uzaklaşmış olduk. Halbuki lafın uzamasını pek istemiyorum. Yüzbaşının beni buraya neden çağırtmış olduğunu merak ediyorum.

Aslında, yüzbaşının da tıpkı benim gibi düşünüyor olması lazım. Beni buraya siyasal analiz yapmak ya da yaptırmak için çağırtmış olduğunu hiç zannetmiyorum.

Sustuğumu gören Yüzbaşı Atıl elindeki tebeşirle, JCAG kelimesinin altına, Justice Commandos of the Armenian Genocide yazıyor. Bir tek harfi bile yanlış yazmamasından İngilizceye hâkim olduğunu çıkartıyorum. Kendi kendime söylenir gibi yazdıklarını yüksek sesle Türkçeye çeviriyorum.

"Ermeni Soykırım Adalet Komandoları. İlk defa duyuyorum."

"Evet" diyor ve bu kez de ASALA'nın açılımını yazıyor. Onu da yüksek sesle çeviriyorum.

"Ermenistan'ın Bağımsızlığı İçin Ermeni Gizli Ordusu."

Yüzbaşı çevirimi başını sallayarak dinliyor.

"Anlayacağınız, ASALA'nın rahmi, diyasporadaki Marksist Hınçaklar. FKÖ'nün kamplarında kendilerine rahatlıkla yer bulabilmelerinin nedeni de bu zaten. JCAG'ın rahmi ise diyasporadaki milliyetçi Taşnaklar. Onlar da Batılı büyük devletlerin istihbarat örgütlerine yamanmış vaziyetteler. Son kertede her ikisinin de milliyetçi olduklarını, her ikisinin de Türkiye'den toprak talebinde bulunduğunu unutmamamız gerekiyor."

Kafama takılan bir konu var. Yüzbaşı Atıl konuşmasının hiçbir yerinde Ermenilerin iddia ettiği Genoside'dan* söz etmedi. Aklımdakileri olduğu gibi söylüyorum. O da düşüncelerini olabilecek en kısa biçimde dile getirmeye çalışıyor.

"Soykırım lafı bir maske. Dünyanın dikkatini kendilerinin üzerine çekebilmek için kullandıkları bir manivela. Diplomatlarımızı öldürürken, sanki haklarını arıyormuş, bu yolda Türkiye'yi köşeye sıkıştırıyorlarmış gibi yapıyorlar. Böyle yaklaşımların, öteki ulusların içini rahatlatmaktan başka hiçbir işe yaramadığının, yaramayacağının farkında değiller. ABD'nin elinde Kızılderililerin, zencilerin kanı yok mu? Fransızlar Cezayirlileri katletmediler mi? Almanların, İspanyolların, Rusların Yahudilere yaptığını, dünyada kim kime yaptı? Sonuç olarak bütün ülkelerin, bütün halkların eli kanlı. İddia ederek söylüyorum, saydığım ülkeler içinde eli en az kanlı olan Osmanlı. Çünkü 1915 olayları, imparatorluk Balkanlarda, Kuzey Afrika'da, Arabistan'da yani dört bir yanda savaşırken, içeriden de hançerlenince, bana

* Genosit, jenosit, soykırım. 1948 yılında Birleşmiş Milletler Soykırım Suçunun Engellenmesi ve Cezalandırılması Sözleşmesi'nin ikinci maddesinde şöyle tanımlandı: Ulusal, etnik, ırksal ve dinsel bir grubun bütününün ya da bir bölümünün yok edilmesi niyetiyle girişilen şu hareketlerden herhangi biridir: Grubun üyelerinin öldürülmesi, grubun üyelerine ciddi bedensel ya da zihinsel hasar verilmesi, grubun yaşam koşullarının grubun bütününe ya da bir kısmına getireceği fiziksel yıkım hesaplanarak kasti olarak bozulması, grup içinde doğumları engelleyecek yöntemlerin uygulanması, çocukların zorla bir gruptan alınıp bir diğerine verilmesi.

soracak olursan makul kabul edilmesi gereken sınırlar dahilinde gerçekleşti. Ermeniler öldürülmedi mi? Evet öldürüldü. Sürgün oldu mu? Evet oldu. Keşke olmasaydı ama olmak zorundaydı. Hangi ülke olursa olsun, dirlik ve düzeni tehdit edilince aynı refleksi gösterir. Kaldı ki aynı yıllarda, aynı tür olaylar bütün dünyada yaşandı. Balkanlarda Türklerin nasıl yok edilmeye çalışıldığını, kaçabilenlerin Türkiye'ye nasıl sığındıklarını hatırlayın. Bütün bunları diyasporadaki ASALA yani Hınçak Partisi ve JCAG yani Taşnak Partisi bilmiyor mu? Biliyor. Dediğim gibi, 1915'i dillerine pelesenk edip, davalarını dünyaya duyurmaya, herkesi kendilerinden yana harekete geçirmeye çalışıyorlar, o kadar."

Duruyor yüzbaşı. Yüzüme bakıyor. Belli ki yeni açıklamalar yapacak. Bense onun *makul kabul edilmesi gereken sınırlar* lafına takılmış durumdayım. Ölmenin ve öldürmenin *makul bir sınırı* mı olur Allah aşkına? Bana sorulacak olursa, bir kişinin öldürülmesi de, bin kişinin öldürülmesi de, bir milyon kişinin öldürülmesi de eşit ölçüde insanlık suçu. Sadece sayı çok olunca *soykırım* lafını kullanmak, bana sorulacak olursa *ölümle sonuçlanan eylemi mazur gösterme çabası*ndan başka bir şey değil.

Yüzbaşı araya koyduğu uzunca esten sonra kaldığı yerden devam ediyor.

"Size bir şey söyleyeyim mi? Aslında bu onların fikri değil. Onları yönlendiren emperyalist ülkeler, tam da bu zaman diliminde, kulaklarına böyle davranmalarının iyi olacağını fısıldıyor. Onlar da Türkiye'de yaşayan günahsız Ermenileri hiç hesaba katmadan cemaatlerini fişekliyor. ABD, Kanada ya da Avrupa'da yaşayan Ermenilerin tuzu kuru. Sığınmış da olsalar, üzerinde rahat nefes alabilecekleri bir eve, toprağa sahipler. İkinci hatta üçüncü kuşakları bu ülkelerde dünyaya geldi, evlendi, iş buldu.

Yerleşti, giderek yerlileşiyor. Ama burada, Türkiye'de yaşayan Ermeniler için aynı durum geçerli değil. Onlar gitmediler. Gidebilirlerdi. Gitmemeyi seçtiler. Çünkü bu ülkeyi vatan bildiler. Ortalığı karıştıran amca çocukları uzaklardaki evlerine çekilince, burada bizimle aynı işi, aşı, kaderi paylaşan Ermeniler suçlu gibi görünüyor. Her diplomat öldürüldüğünde, bizimkiler komşularının karşısına terörist gibi çıkıyor. Ne acı değil mi?"

Hak veriyorum yüzbaşıya. "Öyle" diyorum. Devam ediyor.

"Diyasporadakilerin anlamadıkları, bugün için –sıra onlarda olduğundan– kendilerinin emperyalizmin aparatı görevi gördükleri. Göreceksiniz, yarın aynı işlevi Kürtler görecek. Günü gelecek Alevi-Sünni kartı açılacak, olmazsa muhafazakâr-modern kartı masaya sürülecek. Çünkü, bütün bu kimileri binlerce yıl öncesinde açılmış yaraların kabuk tutmaması kan kaybetmeye devam etmemiz demek. Emperyalist ülkelerin bu yaralarımızın iyileşmesine izin vermemesinin haksız da olsa nedenleri var."

Yüzbaşının söylediklerini dikkatle dinliyorum. "Neden?" diyorum.

"Çünkü, Batılı ülkeler Türkiye'yi karşılarında güçlü bir ülke olarak görmek istemiyorlar. Stratejik coğrafi konumu olan, genç bir nüfusa ve gelişme potansiyeline sahip ülkemizin kendi ayaklarının üzerinde durmasını mümkün olduğunca geciktirmeye çalışıyorlar. Bugün içimizde süren, günde yaklaşık yirmi beş gencimizin can verdiği sol-sağ çatışmasının nedeni de bu. Nereden geliyor sizce bu kadar silah? Karnını zor doyuran çocuklarımız, sizce hangi parayla satın alıyorlar bu silahları? Kim ekiyor onların arasına bu kini, bu nefreti?"

Yüzbaşı duraklıyor. Konudan saptığını düşünüyor olsa gerek, "Neyse..." diyor. "Nemesis nedir biliyor musunuz?"

"Mitolojik bir tabir ama konumuzla nasıl bağdaştığını bilmiyorum."

"Evet. Mitolojide Nemesis, hak dağıtan tanrının adı. Antik çağlarda, insanların mutluluklarını ve mutsuzluklarını tarttığına inanılıyormuş. Mutluluktan yeterinden fazla nemalananlara hatalarını fena şekilde ödettiği düşünülüyormuş. Zaman içinde, Nemesis, *hışmından kaçılamayan* anlamını kazanmış. Diyasporadaki Ermeniler, Birinci Dünya Savaşı'ndan bu yana, gerçekleştirdikleri her terör eylemini Nemesis olarak adlandırıyorlar."

Gayriihtiyari "Çok hastalıklı bir durum" diyorum. Biraz düşündükten sonra "Ayrıca, bu söylediğimi nereden ve neden kaynaklanırsa kaynaklansın her tür terör için söylerim" diye eklemede bulunuyorum.

"Haklısınız" diyor yüzbaşı.

"Devlet eliyle bile olsa" diyorum bu kez de.

Yine "Haklısınız" diyor ve "Bunun üzerine biraz konuşalım mı?" diye soruyor.

"Olur" diyorum.

"Varsayalım ki yurtdışında bir yerde bir grup teröristin saklandığını biliyorsunuz. Kim olduklarından da yüzde yüz eminsiniz. Aldığınız istihbarata göre, yok edilmemeleri halinde diplomatlarınızı öldürecekler. Diyelim ki bu odağı yok etmeye devletin güvenlik aygıtları karar verdi. Buna da devlet terörü der misiniz?"

Yüzbaşının sorusu karşısında afallıyorum. Aklıma birkaç gün önce, Ecevit'e karşı düzenlenen İzmir suikastına dair yazdığım analiz geliyor. Genel yayın yönetmenim ve yazıişleri müdürüm tarafından hasıraltı edilmişti ya hani, o analiz.

Ordunun içinde yuvalanmış, CIA tarafından yönetilen NATO'nun amaçlarına hizmet eden gizli bir yapılanmanın olduğundan eminim. 1970 ve 71'de olduğu gibi bir darbe tezgâhlıyor. Çok açık. Yoksa neden Ecevit öldürülmeye çalışılsın? İstenen, seçimlere gidilirken kargaşa halini egemen kılmaktı. Neyse ki Ecevit'in güçlü bir siyaset insanı olması sayesinde, tehlike şimdilik de olsa def edildi.

İzmir'de tezgâhlanan, kıl payı atlatılan bu suikast girişimi, istendiği gibi sonuç verseydi, kim bilir Türkiye'de neler olurdu.

Kullanılan silahın kimlerin elinde bulunduğundan kalkarak bu tezgâhın arkasında kim var anlayabiliyorum. Ya karşı karşıya bulunduğum yüzbaşı ve Amir onlarla ya da onlara benzer bir grupla çalışıyorsa!

Kafam karmakarışık. Net olmam lazım. Aklıma tam olarak yatmadan hiçbir konuda olumlu bir söz söylememeli, davranışta bulunmamalıyım.

"Size çok açık bir soru soracağım yüzbaşım. İsterseniz cevap vermeyebilirsiniz."

Yüzbaşı şaşırıyorsa da bunu yüzüne yansıtmıyor. "Buyurun lütfen" diyor.

"Türkiye'de daha iyi bir düzen kurmak için iç karışıklık çıkartılması, bazı siyasi parti liderlerinin, gazetecilerin, bürokratların öldürülmesi, ülke içinde sabotajlar yapılması sizce mubah mı?"

Sorum yüzbaşıda şok etkisi yapıyor.

"Ne alakası var saydıklarınızın benim söylediğimle? Ben diplomatlarımıza karşı harekete geçmek üzere olan teröristlerden bahsettim. Üstelik ülke dışında yuvalandıklarını özellikle belirttim. Kaldı ki sizin saydıklarınız devlet terörü değil. Saydıklarınız, bir ülkenin istihbarat örgütünün bir başka ülkenin içinde tezgâhlayacağı tarzda davranışlar. Ben devlet teröründen demokratik hakların askıya alınmasını, sendika, siyasi parti, akademisyen, gazeteci gibi demokrasi unsurlarına karşı zorbaca davranılmasını anlıyorum. Bu esnada ölümler olabilir mi? Evet olabilir. Ama bunun, sizin az önce sıraladığınız tarzda komplolarla hiçbir alakası olmaz. Çünkü, devlet kendi insanına karşı komplo yapmaz. Devletin içinde bir grup kendini bilmez bu tür davranışlarda bulunur, başka ülkelerin istihbarat örgütlerinin güdümüne girerse, en ağır darbeyi devletin bizzat kendisinden yer."

Çok hassas, alabildiğine girift, sapla samanın birbirine karışmasına yol açacak konulardan söz ettiğimizin farkındayım. Çok yanlış bir davranışta bulundum, Yüzbaşıyla olan konuşmamı, bir tür siyaset ve terör felsefesi tartışmasına çevirdim. Ayaklarımın ucuna basarak bu zeminden uzaklaşmam lazım. Sonuç olarak buraya yüzbaşıyla röportaj yapmaya gelmiş değilim.

"Haklısınız yüzbaşım. Sonuncunda insanların öldüğü, devlet tarafından gerçekleştirilen her silahlı davranışa devlet terörü diyemeyiz. Devlet, tanımı gereği, bir terör örgütü gibi işlev göremez. Devletin içinden bir kısım güvenlikçi bir başka ülkenin istihbarat örgütünün güdümü altına, bilerek, bilmeyerek, satın alınarak, ikbal vaat ederek girebilir. Bu durumda, vuku bulana devlet terörü değil, devletin aczi denir. Sanıyorum sözlerinizi bağlamından koparttım. İsterseniz kaldığımız yere dönüp, sizin tarif edeceğiniz özel durumdan söz edelim."

Yüzbaşının yüzüne belli belirsiz bir sevinç hali hâkim oluyor.

"Ben nihayetinde askerim. Devletim emir verir ben vururum. Bunun için eğitildim. Tabii ki savaş hali söz konusu olduğunda ve askerliğin hukuk ve ahlakını göz önünde bulundurarak. Nihayetinde ipten kazıktan kurtulmuş bir katil değilim. Sizse sivilsiniz. İyi eğitim görmüş bir sivil olarak, benimle aynı noktada durmazsanız şaşırmam. Ayrıca sözlerinizi önemsiyorum da. Az önce tarifini tam yaptığım gibi, şu anda çok özel bir durumdan, bir grup teröristin diplomatlarımızı öldürmek üzere hazırlık yaptıklarından söz ediyorum. Konuşmamızı lütfen bununla sınırlı tutalım."

Derin bir nefes alıyor ve aklımdakileri söylemeye karar veriyorum.

"Yüzbaşım ben felsefeci değilim. Gazeteciyim. Mesleğim çok garip durumlarla karşılaşmama yol açtı. Durumdan vazife çıkartarak kendini devletin yerine koyanların sayısı ülkemizde ne yazık ki az değil. Bu tür davranışlarda bulunan askerlerin olduğundan da eminim. Anlayabildiğim kadarıyla siz onlardan biri değilsiniz. İşinize titizlikle yaklaşıyorsunuz, kılı kırk yarıyorsunuz."

Sözlerimi tamamlayınca, *şekilde görüldüğü gibi* dercesine tahtayı işaret ediyorum.

Sözlerimi tamamlıyorum ama beynim çalışmayı sürdürüyor. Yüzbaşının psikolojiden anladığından da eminim. Hangi sözü nerede söylerse etkili olacağını gayet iyi biliyor. İlk karşılaştığımızda da düşünmüştüm bunu. Bugün gerçekleşen konuşmamız için de aynısını söyleyebilirim. Nereden nereye savrulduk.

Aklıma gelen birkaç düşüncemi yüzbaşıyla paylaşmamın yararlı olacağı kanaatindeyim.

"Gazetemdeyken Vatikan büyükelçimizin öldürüldüğünü haber aldığımda epey kızdım. *Günahsız bir insan, evinin önünde katledildi* diye düşündüm. Dayanılır gibi değil. Daha önce öldürülen büyükelçilik görevlilerinin bazılarının canlarını eşleri ya da çocuklarıyla verdiklerini biliyorum. Sadece onların yanında bulunmak zorunda oldukları için hayatını kaybeden şoför ya da personel de hatırımda. Mesleği, görevi bu olan insanları, arkalarından hunharca vurarak bir hak arama mücadelesi yapılabileceği kanaatinde değilim. Tamam, bir ülkeyi köşeye sıkıştırmak, öteki ülkelerde iş yapamaz hale getirmek isteyebilirsin. Ama bunun yolu terörden geçmek zorunda değil. Diplomasiyi kullanmalısın. Kaldı ki hiçbir ülkeyi teröre başvurarak sindirmek mümkün değil. Sinecek olsaydı IRA karşısında İngiltere sinerdi. Özellikle Türkiye gibi binlerce yıllık devlet geleneği olan, bu tür konularda tarihi boyunca denenmiş ülkeleri bu yolla köşeye sıkıştırmak, en azından bana macera olarak görünüyor."

Söylediklerim yüzbaşının hoşuna gidiyor. Anlattıklarımı karatahtanın önünde, sabırla, dinledi. Dinlemeyi de sürdürüyor.

"Hayır yüzbaşım. Devlet bir yerde bir terör grubu tespit ettiyse, bu grubun kendi diplomatlarına karşı harekete geçeceğinden eminse, imha hareketinde bulunabilir. Buna devlet terörü denmez, milli güvenlik denir. Bütün bu söylediklerime dair tek çekincem, yüzde yüz emin olunması."

Yüzbaşı Atıl'ın yüzüne bir tebessüm yayılıyor. Başını Amir'e doğru çeviriyor. O böyle yapınca ben de Amir'e bakıyorum, o da tıpkı yüzbaşı gibi gülümsüyor.

"Haydi o zaman" diyor Yüzbaşı Atıl. "Epey yorulduk ve acıktık. Gidip yemek yiyelim. Bakalım bugün karavanada ne var?"

Yüzbaşı elindeki tebeşiri karatahtanın kenarına koyarken sandalyemde kıpırdamadan oturuyorum.

Amır elini arkamdan omzuma koyuyor "Kalkın, birlikte gideceğiz yemeğe" diyor.

Kalkıyorum. Gözlerimi kapatacaklarını düşünerek biraz bekliyorum.

Yüzbaşı Atıl "Aramıza hoş geldiniz. Yemekten dönünce size birkaç şey göstereceğim. Tahtada biraz daha çalışacağız" diyerek kapıya doğru yönelmemi sağlıyor.

-62-

Tabii ki kapıdan çıkınca neler gördüğümü, ne yediğimi ne içtiğimi hatta lezzetli olup olmadıklarını burada anlatamam. Gözlerim bağlı getirildiğim odadan gözlerim açık olarak çıktıktan sonra gördüğüm ve tanık olduğum her şey bende kalmak durumunda.

Şimdi yeniden, az önce çıktığımız odadayız. Yine üçümüzüz. Yüzbaşı Atıl, Amir ve ben.

Çaylarımızı da içmiş olarak döndüğümüzde yüzbaşı yerine hiç oturmuyor, yarım saat kadar önce bıraktığı tebeşiri tekrar eline alıyor.

"Dediğim gibi ASALA Marksist, bir başka deyişle komünist temele dayalı. JCAG ise kelimenin tam anlamıyla milliyetçi."

Yüzbaşı Atıl bu söylediklerini, açtığı başlıkların altına notlar şeklinde yazıyor. Düzgün bir elyazısı var.

"JCAG" diyor ve altını çiziyor. "Çok daha tehlikeli!"

Dikkatimi çekmeyi başarmış olarak kaldığı yerden devam ediyor.

"Aldıkları eğitim nedeniyle daha tehlikeliler. Çünkü bu militanlar emperyalist ülkelerin istihbarat örgütleri tarafından eğitiliyor. FKÖ'dekilerden bu nedenle çok farklılar."

Aklıma Amir'in Gülhane Parkı'nda önüme koyduğu, FKÖ kampında çekilmiş iki fotoğraf geliyor. Fotoğraflar Holly ve Ferit'in bu kampta olduklarını gösteriyordu. Ben de teşhis etmiştim.

"Holly ve Ferit'in ASALA mensubu olduklarını biliyoruz. FKÖ kampında resimleri var."

"Hayır. Değiller. JCAG'a mensuplar. Bazen örgütler arasında geçişler oluyor. Daha çok da ASALA'dan JCAG'a geçişler oluyor. Çünkü Ermeni gençler ikincisini ilkinden daha atak buluyorlar."

"Nasıl ayırt ediyorsunuz hangi eylemin hangi grubun işi olduğunu?"

"ASALA daha çok sıradan, el yapımı bombalar patlatıyor. JCAG militanlarının, bazı operasyonlarında çok daha profesyonel düzenekler kullandıklarını görüyoruz. En çok da çapraz ateşe almayı tercih ediyorlar. Yavaşlayan bir arabaya ateş ediyor, hemen kaçmıyor, arabada bulunan ya da uzaklaşmaya çalışan herkesi öldürene kadar olay yerinde kalıyorlar. Sonra öldürdükleri kimselerin yakınına JCAG'a ait bir sembol bırakıyorlar. Tabanca ya da makineli tüfekleri gerçekleştirdiği eyleme yakın bir yerde atıyorlar. Silahlar tetkik edildiğinde her seferinde üzerindeki seri numaralarının silinmiş olduğu görülüyor. Bütün bunlar da bize JCAG'ın çok daha profesyonel eller tarafından yönetildiğini işaret ediyor."

"Doğru" diyorum.

Hakikaten de öyle. Çapraz ateşe alırken kaçamayabilirsiniz, silahla karşılık görebilirsiniz. Bomba koymak öyle değil. Zaman ayarlı ya da uzaktan kumandalı bir bavulu herhangi bir yere koyar ya patlamaya terk eder ya da uzaktan patlatırsınız. Patlarsa patlar, patlamazsa patlamaz. Yüzbaşının anlattıklarından hareketle, JCAG'ın daha eğitimli bir organizasyon olduğunu teslim ediyorum.

Bana düşünecek kadar zaman bıraktıktan sonra Yüzbaşı Atıl konuşmasını sürdürüyor. Tahtanın ortalarına gelmiş durumda.

"JCAG mensuplarının eğitimleri kesinlikle birinci sınıf profesyoneller tarafından veriliyor. Çünkü, büyük ülkelerin istihbarat örgütleri, sadece kontrol altında tutabildikleri taşeron örgütlerle çalışır. ASALA başına buyruk bir örgüt. Hınçak Partisi ASALA'yı kontrol etmiyor. JCAG, Taşnak Partisi'nin sıkı kontrolü altında. ASALA gerçekleştirdiği neredeyse her eylemi üstleniyor. JCAG işine geleni üstleniyor, işine gelmeyeni üstlenmiyor. Bu da onun daha yüksek kalibreli beyinler tarafından yönetildiğini gösteriyor."

Yüzbaşı zaman zaman renklerini değiştirdiği tebeşir kullanarak yazdıklarını geri çekilerek baştan sona bir kez da okuyor. Eksik bıraktığını düşünmüş olsa gerek tahtaya yeniden yaklaşıyor.

"JCAG ile ASALA arasındaki en bariz farklardan biri önderlikte saklı. ASALA'nın liderinin Agop Agopyan olduğunu bilmeyen kimse yok. JCAG'ın asıl liderinin kim olduğunu bilenlerin sayısı bir elin parmaklarını geçmez. Hrair Marokyan* diye biri. Görünürde ARF'nin (Ermeni Devrimci Federasyonu) başında ama asıl işi terör. Hem federasyonu yani Taşnak Partisi'ni hem de JCAG'ı yönetiyor. Yunanistan'da yaşadığını biliyoruz."

Yüzbaşı Atıl elindeki tebeşiri tahtanın kenarına iliştiriyor, "İyice okudunuz mu? Karanlıkta kalan bir yer var mı?" diye soruyor.

"Hayır" diye cevaplıyorum.

Yüzbaşı tahtanın kenarında duran silgiyi alıyor, az önce büyük bir özenle, anlaşılsın diye fazladan çaba sarf ederek yazdığı her şeyi siliyor.

***

* Hrair Torkom Marokyan 1928-1998 yılları arasında yaşadı. İran'da Kirmanşah'ta doğdu. İran Devlet Üniversitesi'nde mühendislik okudu. Kendi şirketini kurdu. 1963 yılında, Kuzey İran temsilcisi olarak seçildiği ARF'de (Ermeni Devrimci Federasyonu) otuz beş yıl süreyle en tepe noktalarda bulundu, başkanlığını yaptı. Öldükten sonra adına Hrair Marokyan Vakfı (HMF) kuruldu. Vakıf için gereken finansman Friedrich-Ebert-Stiftung isimli Alman kuruluşunca sağlandı.

Yüzbaşı yerine otururken tahtanın başına Amir geçiyor ve "Gelelim barut kokusu henüz kaybolmamış Taha Carım suikastına" diyor.

Amir elindeki tebeşirle tahtaya büyük ölçekli bir plan çiziyor. Büyükelçinin ikametgâhının bulunduğu yeri, etraftaki sokakların ve caddelerin isimleri de dahil olmak üzere karatahtaya aktarıyor. Kuzey, güney, doğu ve batı yönlerini de yerli yerlerine koyuyor.

"Bakın..." diyor. "Rahmetli Taha Bey suikasta uğradığında tam bu noktadaymış. Ateş açılan noktalar şunlar. İki kişi. Biri yüzünün dönük olduğu, öteki arkasının dönük olduğu noktalardan çapraz ateş açmışlar. Sonra şu istikamette uzaklaşmışlar. Büyükelçimiz ağır yaralanmış ve kaldırıldığı hastanede şehit olmuş."

"Nereden biliyorsunuz bu kadar detayı?"

"Çünkü hem Roma hem Vatikan büyükelçiliklerimizle olay anından bu yana konuşma halindeyiz."

Amir konuşmasını tamamlayıp tebeşiri elinden bıraktıktan sonra tahtanın başından çekiliyor. Odada bir suskunluk oluyor. Başımı yüzbaşıya doğru çeviriyorum. Sanki benim dönmemi beklemiş gibi çekmecesinden bir dosya çıkartıyor ve önüme koyuyor.

"Şunlara bakın, bakalım ne göreceksiniz?"

Dosyanın kapağını kaldırıyorum ve boyları neredeyse dosyaya eşit bir sürü fotoğrafı çıkartıp kucağıma koyuyorum.

İnanılır gibi değil. Amir'in dediği gibi henüz barut kokusu bile dağılmamış olayın fotoğrafları bunlar.

Ben fotoğraflara bakarken yüzbaşı anlatmaya koyuluyor.

"Olay, tesadüfen orada bulunan bir turist vatandaşımız etrafın fotoğraflarını çekerken gerçekleşmiş. Hobisi fotoğraf olduğu için zum objektif ve öteki gelişmiş ekipmanlara sahip. Makinesinde motor da var. İlk kurşun patlar patlamaz objektifi olay yerine çevirmiş ve parmağını deklanşöre basılı tutmuş."

Önümdeki fotoğraflara baktıkça gözlerim yuvalarından çıkacakmış gibi oluyor.

"Bu kadar kısa zamanda nasıl gelebildi bu fotoğraflar size?"

"Öldürülenin Türk büyükelçi olduğunu anlar anlamaz vatandaşımız Roma büyükelçiliğimize ulaşmış, durumu anlatmış. Fotoğraflar derhal basılmış. Bize telefax yoluyla gönderildi. Ama yeterince açık görülüyor her şey değil mi?"

"Evet!"

Önümdeki on civarında fotoğrafı tekrar tekrar inceliyorum. Sonra gördüklerimi yüzbaşı ve Amir'in duyacağı şekilde hikâye etmeye koyuluyorum.

"Şu Ferit işte. Bu da Holly. Yerde yatan da Taha Carım olmalı. Şuraya doğru kaçmışlar..."

Sanki Yüzbaşı Atıl ve Amir daha önce fotoğrafları hiç görmemişler de ilk kez ben gösteriyormuşum gibi fotoğrafları değiştirerek gördüklerimi söze döküyorum.

Nihayetinde, "Kesin..." diyorum. "Taha Carım'ın katilleri Holly ve Ferit."

Sonra içimde derin bir sızı duyuyorum. Kısa bir süre önce yediğim içtiğim ayrı gitmeyen iki arkadaşım meğerse birer teröristmiş.

Holly'yle aynı yatağa girmemizin üzerinden şunun şurasında ne kadar geçti ki? Dün gibi. Ece'yle ilgili söyledikleri hâlâ kulaklarımda. Bu kadar insancıl birinin eline silah alarak bir başka insanı öldürmesi akıl alır gibi değil.

Ama insanın akıl alır bir yaratık olmadığından hepimiz eminiz zaten. Öyle değil mi?

İçime döndüğümü gören Yüzbaşı Atıl "Kendinizi pişman hissediyorsunuz. Anlıyorum" diyor.

Susmayı sürdürüyorum. O devam ediyor.

"Herkes tuzağa düşebilir. Düştüğünüz tuzak bazen kendinizi vurur bazen başkalarını. Ne yazık ki sizin düştüğünüz tuzak başkalarını vurmaya yeni başladı. Vurmaya devam edecek."

Hak veriyorum yüzbaşının söylediklerine. Eğer o iki bavulun içi söylendiği gibi ağzına kadar Manukyan parasıyla doluysa, bu paraların silaha dönüşüp Türk diplomatları vuracağından kuşkum kalmadı.

Diyelim ki bavullar para ile değil Holly'nin kıyafetleri ile dolu olsun. Ne fark eder?

Türkiye'yi köşeye sıkıştırmaya çalışan devletler, onlara, ihtiyaç duydukları silahları tedarik etmekte hiçbir tereddüt göstermezler. Bunu cümle âlem biliyor. Tarih boyunca böyle oldu.

Yüz yıl kadar önce, Osmanlı'nın değişik coğrafyalarında yaşayan farklı halkları harekete geçiren de onlar değil miydi zaten? Osmanlı'nın her yerinde kurulan ABD menşeli Board Vakfı* okulları, hastaneler ve öteki sosyal kuruluşlar bu amaca hizmet etmedi mi? İngilizler ve Fransızlar, Amerikalılardan farklı mı davrandı?

Sizi Osmanlı'nın boyunduruğundan kurtaracağız, kendi ülkeniz olacak lafını az mı işitti Osmanlı topraklarında yaşayan halklar?

Bir kere bile silah, para bulmakta zorluk çektiler mi?

Kesinlikle hayır!

---

* 1810 yılında ABD'de kurulan Protestan Misyonerlik Örgütü Amerika Yabancı Misyon Temsilcileri Birliği (ABCFM), kısa adıyla Board Vakfı, Osmanlı Devleti içinde 1820'den itibaren faaliyet gösterdi. Başlangıçta sadece Hıristiyanların kabul edildiği okullar, Osmanlı'nın parçalanması yolunda aktif rol oynadılar.

Böyleyse, iki çanta parayı almış olsunlar ya da olmasınlar, Holly ve Ferit'in, üstelik Ece'yi de yanlarına alarak kaçıp gitmelerinden yüzde yüz sorumluyum. Bir başka deyişle, bugün Büyükelçi Taha Carım çapraz ateşe alınarak katledilebildiyse, bu menfur hadisenin sorumlularından biri olarak kendimi görmeliyim.

Canım sıkkın olarak söyleniyorum: *Cehennemin yolları iyi niyet taşlarıyla örülmüştür!*

Yüzbaşı Atıl "Öyle maalesef" diyor.

Kendimi hakikaten çok kötü hissediyorum. Canım alabildiğine sıkkın.

Sessizliği yine yüzbaşı bozuyor.

"Biraz evvel size olup bitenleri neden uzun uzun anlattık? Ve tabii o fotoğrafları neden önünüze koyduk?"

"Neden?"

"Sizi aramıza katmak için."

Yüzbaşıya boş bakıyorum. Gerçekten anlamıyorum ne demek istediğini.

"Haydi gazeteci bey, anlaşılmayacak bir şey yok bunda."

"Gerçekten anlamadım. Ne demek beni aranıza katmak?"

Yüzbaşı ayağa kalkıyor, oturduğum sandalyenin yanından geçiyor, Amir'in önünden dönüyor, masasının etrafında bir tur atıyor.

"Türkiye'nin Ermeni terörüyle işi Tarık Carım suikastıyla sona ermeyecek. Bunu biz de biliyoruz, siz de biliyorsunuz. Öyleyse, bu badireyi en az hasarla atlatmak zorundayız."

"Evet."

"Bu bir savaş gazeteci bey" diyor bu kez de yüzbaşı. Duraksıyor. Belli ki sözlerini seçmeye çalışıyor.

"En iyi yetişmiş olanlarımızın öne düşmeleri gereken bir savaş bu. Holly ve Ferit'in kalibresinde olanlardan söz ediyorum. Sizin gibilerden."

Beni Holly ve Ferit'e yaklaştırıyor olması pek hoşuma gitmiyor "Ne demek şimdi bu?" diyorum.

"Ülkenizi düşünmenizin zamanı geldi demeye çalışıyorum. Ülkenizin sizden beklentisi olduğuna vurgu yapıyorum."

Şimdi daha iyi anladım söylediklerini ama sindirmem lazım. Oysa yüzbaşı düşünmeme izin vermiyor.

"Ülkeniz için elinizden gelebilecek olanın en iyisini yapmaya hazır mısınız?"

-63-

Kafam allak bullak. Dün günümün büyük bir kısmını Yüzbaşı Atıl ve Amir ile geçirdikten sonra, aslında bugün bu halde olmam pek de anormal değil.

Uzunca bir ASALA ve JCAG brifingi aldım. Yararlı olmadığını, gereksiz olduğunu söylersem doğru olmaz.

Öncelikle, ASALA'yı ben de terör örgütü olarak tanımlıyordum. Bu düşüncemde bir değişiklik olmadı.

Aslında, içinde silah olan her çözüm önerisine karşıyım.

Ülkenize yönelik, başka bir ülkeden gelen silahlı bir saldırı varsa, evet elinize silah alıp savaşabilirsiniz, hatta savaşmak zorundasınız. Eviniz, eşiniz, çocuğunuz, anneniz, akrabalarınız, büyüklerinizin mezarları, bireysel ve toplumsal olarak yarattığınız değerler, altında huzur içinde yaşayacağınız bayrağınız için vereceğiniz her savaş saygıyı hak eder. Bunun dışında kalan silahlı eylemlerden rahatsızlık duyuyorum.

Gazeteme ulaşmak için yokuşu tırmanırken, haksız bulduğum ve büyük bir ihtimalle haksız bulacağım silahlı eylemleri yan yana getirmeye çalışıyorum.

Mesela, *yüz yıl, bin yıl önce bu topraklar benimdi, şimdi geri almak istiyorum ya da siz benim fi tarihinde atalarımı öldürmüştünüz, bu nedenle ben de şimdi sizin diplomatlarınızı öldürüyorum* şeklinde özetlenebilecek ASALA tezi beni hiç mi hiç ikna etmiyor.

Böyle bir kaldıraca *evet* diyecek olursak, dünyada savaşını haklı görmeyeceğimiz bir tek ulus, dini topluluk ya da sosyal oluşum kalmaz. Bütün din, dil ve ırktan insan toplulukları eline silah alır, karşısındakini öldürür.

Örnek mi? Dolu. Aborjinler, Kızılderililer, zenciler mesela.

Bugün, Güney Afrika'ya 1650'lerden itibaren gelip yerleşen Hollandalılara, *defolup gidin topraklarımızdan* kim diyebilir? Mandela dedi mi mesela? Eşit koşullarda yaşama hakkı istedi. Bir grup ırkçı, faşist dışında hiç kimse bu isteğe karşı çıkmadı.

Ya da şu anda bilmem nerede yaşamını sürdüren Zerdüştiler, mesela İran'ın kapısını çalıp, *hemşerim burada sizden önce biz vardık, siz çıkın biz geleceğiz* deseler, sizce de tuhaf olmaz mı?

Veya İspanya'dan sürülüp İstanbul'a gelip yerleşmiş Yahudiler, halihazırdaki İspanyol hükümetinin kapısına dayansa, *15. yüzyılda burada yaşıyorduk, evimiz barkımız buradaydı, malımızı mülkümüzü geri istiyoruz* deseler garibimize gitmez mi?

Çok uzağa gitmeyelim, mesela 1923'te mübadelede, Yunanistan'dan Türkiye'ye göçen Müslüman asıllı vatandaşlar, *beni o zaman kolumdan tutup atmıştınız, geri döndüm, burası benim vatanım* dese acaba ne cevap alır? Ya da tersi olsa, yüz yıldır Yunanistan'da yaşayan Rumlar geri dönmeye kalksa, acaba ne olur?

Aklıma o kadar çok örnek geliyor ki devam etmemem lazım.

Yapmam gereken dünya kadar örnek üretip, aklımı ASALA ya da JCAG veya bu tür başka bir odağın terör örgütü olduğuna yatırmak değil. Bu zaten elde var bir.

Derdim, Yüzbaşı Atıl'ın önüme koyduğu *Holly ve Ferit'le mücadelemizde bize destek ol* çağrısını içime sindirmek.

Devlet tarafından, üstelik çok özel eğitim görmüş birimlerce yapılması gereken işlerde, bir gazetecinin işi ne? Öyle değil mi?

Öyle. Bir gazetecinin bu tür bir işin içinde bulunması son derece akıldışı.

Berbat ettiğim bir çuval incir olmasa, dün tam bunu söylerdim. *Sevgili Yüzbaşı Atıl, tak sepeti koluna, herkes kendi yoluna* der, gazeteme kafamda böyle abuk şeylerle değil ağzımda ıslıkla dönerdim.

Ne yazık ki kazın ayağı böyle değil.

Memleketin başına musallat ettiğim Holly ve Ferit meselesinin çözümünde Yüzbaşı Atıl ve Amir'in bana ihtiyaçları var.

Bu işler olup biterken Holly'nin ve Ferit'in terörist olduğunun farkında olmamam sorumluluğumu hafifletmiyor. Her salatalığım var diyene, elimde tuzlukla koşmam gerekmiyordu. Ne yazık ki böyle bir tuhaflığım var.

Yüzbaşı Atıl ve Amir tuzağa düşürüldüğümün farkında olsalar da bu fiili durumu değiştirmiyor. Matilt Manukyan'ın iki bavul dolusu parasının Türkiye dışına çıkmasından da Ece'nin kaçırılmasından da ben sorumluyum. Bavulları ve Ece'yi otomobilimle Bodrum'a ben götürdüm.

Büyük bir ihtimalle, o paralar çoktan silaha dönüştü. Ece'nin geleceği ise kim bilir ne olacak.

Silah için başka yerlerden para bulamazlar mıydı? Eminim bulunabilirdi. Ece zaten çok mu iyi koşullarda yaşıyordu? Şüphesiz hayır.

Ne yazık ki bu soruların cevaplarının olumlu olması içimi rahatlatmıyor.

Matilt Manukyan'ın otomobiliyle havaya uçurulmuş olması, bu olayda iki görevlinin hayatını kaybetmesi, Büyükelçi Taha Carım'ın şehit edilmesi gibi üzücü olayların devam edeceğinden kuşkum yok. Üstelik, Holly ve Ferit eliyle.

Durdurulabilirler mi? Evet.

Eğer Yüzbaşı Atıl ve Amir'in anlattıkları gibi olursa, Holly de Ferit de yakalanabilirler.

***

Gazetenin kapısına ulaştığımda, bir uykudan uyanmış gibi oluyorum. Yol boyu, beynim hedefe ulaşmaya çalışan bir atlet gibi koştu, koştu.

Az sonra yazıişleri müdürümle karşılaşacağız. Henüz, düne ilişkin neler söyleyeceğime tam karar verebilmiş değilim.

Yüzbaşıya göre, her şey yüzde yüz sır olarak kalmalı! Ne gazetede çalışan herhangi biri ne de eşim, neler yapacağıma dair tek kelime bilmemeli, hissetmemeli.

O kadar büyük bir sır ki sözünü ettiğim, ölürsem eşime bir kahramanlık madalyası bile verilmeyecek!

Ne dedi Amir dün yüzbaşı böyle söyleyince?

Gazeteci bey, bazı işler böyledir, şan, şöhret, para için yapılmaz. Bir Allah'ın kuluna, vatan sağ olsun bile diyemeden göçer gidersin. En çok da bu koyar insana.

Düne kadar aklımdan bile geçmeyen, filmlerde rastladığım, kitaplarda okuduğum cinsten bir durumla karşı karşıyayım.

Üstelik, düşünmek için süre bile istemedim. Kabul ettim, bitti.

Ve işte buradayım. Gazetemde. Yazıişleri müdürüm odasında olmalı.

***

Kapısını çalıp girdiğimde telefonda konuşuyor, eliyle oturmamı işaret ediyor. Telefonu kapatınca "Neredesin be oğlum?" diyor.

"Biliyorsun nerede olduğumu."

"Tarık Carım cinayeti, değil mi?"

Başımı sallayıp "Evet" diyorum. Başka anlatacaklarım da var.

"Ermeni teröristler işledi cinayeti malumun. *Holly ve Ferit olabilir mi* diye sordular. Bilmediğimi söyledim. Birkaç fotoğraf filan gösterdiler, hiçbirini tanımıyorum."

"Sonra..."

"Ne sonrası? Ha bir de pasaport meselemi sordum. Yanlışlık olduğu kanaatindeler. Araştıracaklar. *Kendilerinden kaynaklanan bir durum olmadığını, içimi rahat tutmamı, birkaç gün içinde çözüleceğinden emin olduklarını*, söylediler."

Yazıişleri müdürümün yüzü aydınlanıyor, "Hah. Hiç olmazsa bu işe yaradı!" diyor.

Hazır sorgu sualinden sıyırmışken "Ne yapıyoruz bugün?" diye soruyorum.

"Seçim sonuçlarını toparlıyoruz. Tarık Carım suikastı da var. İlerliyoruz işte."

"Tamam. O halde masama gideyim, biraz gazetelere filan bakayım, neresinden tutabileceğimi söylerim sana."

-64-

Kendimi tam işlere vermiştim ki yazıişleri müdürüm "Bir dakika gelsene!" diyerek odasına çağırdı.

"Hadi yine iyisin" dedi masasına otururken, önündeki dosyayı uzattı.

"Ne bu?" dedim ve dosyanın kapağını kaldırdım. İçinde bir uçak biletiyle bir miktar Yunan parası drahmi ve bir miktar da ABD doları vardı. Ayrıca dosyanın içine otel rezervasyonu yapıldığını gösterir bir faks mesajı da iliştirilmişti.

"Patron Yunanistan'a gitmeni istemiş. Atina'yı ve kalacağın oteli tanıtan bir yazı yazacakmışsın. Genel yayın yönetmeni, dört dörtlük bir iş istediğini söyledi, ona göre."

"Ama..." dedim. "Pasaportuma koydukları tahdit kalktı mı bilmiyorum henüz."

"Kalkmış. Patron halletmiş o işi."

"Vay, vay, vay" dedim gayriihtiyari.

"Seviyor ulan adam seni. Daha ne istiyorsun?"

"Vardır arkasında bir şey dedim" haklı olarak.

Bunca yıl, üstelik gazeteci olarak yaşadığım için, patronların yapacakları iyiliklerin büyük bir kısmının kendilerine yol, su, köprü olarak döndüğünü öğrenmiş bulunuyorum.

Yazıişleri müdürüm "Haydi naş naş"* dedi.

"Ne naşı ulan?" diye söylenerek odasından çıktım.

***

* Çingenecede "git" anlamına gelmekle beraber, argoda "haydi uza" ya da "yürü de ense tıraşını göreyim" gibi anlamlara gelir.

Daha masama yeni oturmuştum ki telefonum çaldı. Amir'di.

"Görüşmemiz lazım. Gelir misin lütfen?" dedi.

"Ne zaman?" dedim.

"Ne kadar erken olursa o kadar iyi olur. Şimdi çıkabilir misin?"

Olumsuz cevap vermeyi düşünmedim bile. Yunanistan seyahatimden Köşk'e gidince söz etmem daha doğru olurdu.

"Buraya ne diyorsunuz?" diye sormuştum son ziyaretimde.

Yüzbaşı ve Amir gülmüş "Köşk" demişlerdi.

"Köşk'e geleceğim değil mi?" dedim Amir "Şimdi çıkabilir misin?" diye sorunca.

"Evet" dedi, başka bir şey sormama ve söylememe izin vermeden telefonu kapattı.

***

Yolu biliyorum.

Kapıdaki asker tıraşlı sivil delikanlıya "Yüzbaşı Atıl'la görüşeceğim!" diyorum. Önce telefon ediyor, sonra önüme düşüp yolunu bildiğim odaya kadar eşlik ediyor.

"Hoş geldin gazeteci bey! Lütfen otur."

Ben daha otururken yüzbaşı telefon ediyor "Gelir misin? Gazeteci bey geldi" diyor.

Az sonra kapıdan Amir girince anlıyorum telefonda kiminle konuştuğunu. Daha onlar bir şey söylemeden aklımdakileri söylüyorum.

"Patronum Yunanistan'a gitmemi istedi. Uçak bileti ve otel rezervasyon formu verdi. Birkaç günlüğüne ortadan kaybolacağım. Umarım bu tarihlerde bana ihtiyacınız olmaz."

"Hayır, tersine, sana tam da o tarihlerde ihtiyacımız olacak."

"Ama daha tarihleri söylemedim ki!"

Yüzbaşıya cevap verdim ama tarihleri teyit eden cevap Amir'den geldi.

"Patronunuzdan biz rica ettik böyle bir organizasyon düzenlemesini."

Anlaşılmıştı. Yazıişleri müdürümle ve genel yayın yönetmenimle yüz göz olmadan, izin filan istememe gerek kalmadan, bir tür tepeden inme yöntemle izin, pasaport, para gibi meselelerim çözülmüştü.

"Demek..." dedim. "Köşk'te işler böyle yürüyor."

İkisi aynı anda "Evet" dediler.

Sonra yüzbaşı cebinden bir anahtar çıkarttı, çekmecesini açtı, bir dosya çıkartıp Amir'e uzattı, yerinden kalktı, karatahtanın başına geçti.

"Holly ve Ferit Yunanistan'dalar. Laurium Kampı'nda* kalıyorlar. Daha evvel bu kampın adını hiç duymuş muydun?"

"Hayır."

Yüzbaşı yüzüne bakar bakmaz Amir dosyanın kapağını kaldırıyor ve on civarında, epey büyük fotoğraf çıkartıp elime tutuşturuyor.

Yüzbaşı "Fotoğraflara dikkatlice bak. Acele etme" diyor, bu arada karatahtaya ezberinden bir harita çizmeye koyuluyor.

Fotoğraflara olabildiğince dikkatli bakıyorum. Ön tarafı caddeye bakan, okul gibi bir binanın çeşitli cephelerden fotoğrafları çekilmiş.

Başımı kaldırıp baktığımda yüzbaşı haritayı tamamlamış gibi görünüyor. Laurium ile Atina'yı iki yol ile bağlamış.

* Laurium Kampı'ndan 70'li yılların ortalarında ASALA ve benzeri Ermeni terör örgütleri yararlandı. Bu örgütler miadını doldurunca yerlerini PKK'lı militanlar aldı. 1980'den sonra DHKP-C ve benzeri terör örgütleri kampı kullandılar. Türkiye'nin bütün itirazlarına ve kapatılma isteklerine karşın, Laurium Kampı faaliyetlerini devam ettiriyor.

"Laurium bir sahil kasabası. Elindeki fotoğraflardan da anlayacağın gibi, buraya Yunanistan Göç İşleri Başkanlığı tarafından bir bina yapılmış. Oldukça modern. Daha çok sığınmacılara hizmet verecek şekilde tasarlandıysa da amacı başka."

Yüzbaşı duraksayınca "Amacı ne?" diyorum, sektirmeden.

"Amacı, Türkiye'nin başına bela olma potansiyeli taşıyanları burada ağırlamak, silah ve bomba eğitimleri vermek ve kullanışlı unsurlar haline getirmek."

Yüzbaşı çok açık bir biçimde, baktığım ve mümkün olduğunca zihnime yazdığım resimlerin ne anlama geldiğini anlattı.

"Peki, Holly ve Ferit burada mı kalıyorlar?"

"Yunanistan'a geldiklerinde evet burada kalıyorlar. Çünkü burada güvendeler. Fotoğraflarda görünmese de Laurium dışarıdan gelecek saldırılara karşı bizzat içinde kalanlar tarafından korunuyor. Kasabanın giriş ve çıkışları da Yunan güvenlik kuvvetlerince kontrol ediliyor. Anlayacağın gazeteci bey, Holly ve Ferit'in, dünyada başlarını yastığa koyup en rahat uyku çekebilecekleri yer, Laurium Kampı."

Yüzbaşının anlattıklarından ürkerek "Benden buraya girip Holly ve Ferit'le konuşmamı istemeyeceksiniz değil mi?" diye soruyorum.

Amir de yüzbaşı da gülüyorlar.

"O kadar da değil" diyor Amir.

Yüzbaşı "Daha önceki konuşmalarımızı hatırlıyor musun?" diye soruyor.

Kendimi yoklayıp "Sanıyorum" diye cevaplıyorum.

"Bakalım ne kadar hatırlıyorsun. Söyle bakalım ASALA mı daha tehlikeliydi yoksa JCAG mı?"

"JCAG daha tehlikeliydi diye hatırlıyorum."

"Liderinin ismini de söylersen sana çay ısmarlarım."

Düşünüyorum ama çıkartamıyorum. "ASALA'nın liderinin ismi Agopyan'dı öyle değil mi?" diye soruyorum.

"Öyle. Ama ben senden JCAG'ın liderinin ismini söylemeni istedim. Şimdi bir kere daha söyleyeceğim. Unutma. Hrair Marokyan."

Yüzbaşı adamın ismini söyledikten sonra tahtaya İngilizcesini yazıyor.

"Bu ismi kafanın en derinlerine altını çizerek yaz. Bizi en çok uğraştıran adam bu."

"Yunanistan'da yaşıyor. Mühendis. İşadamı. Değil mi?"

"Evet. Daha da ötesi bir kesişme noktası. Şimdi sana bu adamın ve evinin resimlerini göstereceğiz."

Yüzbaşı laflarını tamamlayınca Amir önüme bir başka blok resim daha koyuyor. Bazıları Marokyan'ın yakından ve uzaktan çekilmiş fotoğrafları. Ayrıca evinin fotoğrafları da var. Tek katlı, çok odalı, yüksek bahçe duvarlarının arkasında yazlık bir köşk.

"Çok korunaklı değil mi?" diye soruyorum.

"Evet. Hem Yunan polisi hem de Ermeni militanlar tarafından çok sıkı korunuyor. Otomobilinin resmini gördün mü?"

"Evet" deyip fotoğraflardan birini seçip gösteriyorum.

"Zırhlı bir otomobil. Tabanca, makineli tüfek mermisiyle öldürülmesi imkânsız."

"Laurium'da mı?"

"Hayır. Atina'nın dışında. Tam tersi istikamette."

Yüzbaşı karatahtaya çizmiş olduğu haritanın üzerinden bir noktayı seçiyor, çarpı işareti koyuyor. "Burası" diyor.

"Peki..." diyorum. "Planımız ne?"

-65-

"Tebi Yergir" hakikaten de tekrarlamaktan usandığım bir laf oldu.

Ne anlama geldiğini sormuştum yüzbaşıya, önce *vatana dönüş* diye cevaplamış, sonra *ama biraz daha girift* diye ilavede bulunmuştu.

Evime döndüğümde bir Ermeni arkadaşımı arayıp, iki kelimeden oluşan *tebi yergir deyiminin ne anlama geldiğini* sormuştum.

Arkadaşım gülmüştü cevap vermeden önce. Sonra özellikle en ağır Ermeni aksanını kullanarak, *ne oluyor zo, yoksa Türk milliyetçisi olacaksın* demişti.

Tabii ki hayır. Bir yerde okudum merak ettim diye karşılık verince şunları söylemişti.

Ermeniler bu deyişten "anavatana dönüş" gibi bir anlam çıkartıyor. Aslında deyişi Türkçeye uykuyla uyanıklık arasında, uyku sürecine müdahale edilebilen bir süreç gibi düşünmek lazım. Bir tür hayal ama tam da değil. "Berrak hayal" diyeceğim şimdi ama olacak mı bilmiyorum. Çünkü İngilizceye, "lucid dream" diye çevriliyor. Bence olmaz ama galiba en yakını bu.

***

Şişhane'den THY otobüsüne bindiğimden bu yana *tebi yergir* üzerine düşünüyorum.

Ermenilerin, halen kendilerine ait olduğunu düşündükleri topraklara dönüş hayali.

Bazen öyle rüyalar görürüz ki karakterlere, hatta anlatım tarzına bile müdahale edebiliriz. Epeyce ansiklopedi karıştırınca, psikolojide yeri olan, uyku terapisi denilen bir çalışma alanına kadar ulaşıyorum. Meğerse insanlık *tebi yergir* kavramı üzerine antikçağdan beri çalışıyormuş. Bu tür rüyalar vasıtasıyla, bazı konulardan neden fazlaca etkilenildiği anlaşılmaya çalışılıyormuş.

Nereden bulaştım şu iki kelimeye! Ama aklımda tutmam gerekiyor. Elbette çok özel bir nedeni var.

Tut kafanda olsun bitsin, değil mi? Hayır. Beynim böyle işlemiyor ki. İlla bileceğim neyin ne olduğunu. Yahu arkadaş, *işte öyle bir şey* de ve geç değil mi? Katiyen olmaz.

Çözebildim mi peki sonunda? Kısmen.

***

Taha Carım 9 Haziran Perşembe günü şehit edilmişti.

Aradan sadece on dört gün geçtikten sonra, 23 Haziran günü, sabahleyin 09.00'da uçağım Atina'ya doğru hareket ediyor.

Yunanistan'a ilk defa gitmiyorum. Eşim ve oğlumla Yunan adalarında epey tatil yaptık. Atina'yı da biliyorum biraz. Sevdiğim bir şehir olduğunu söyleyemem. Selanik'i severim. Biraz bizim İzmir gibidir.

Seçme şansım yok. Atina'ya gidecek, patronumun rezervasyon yaptırdığı otelde kalacağım. Ayrıca talimatına uyup otelin müdürüyle de görüşeceğim. İlk gün Akropolis ve Parthenon'a bakar, ardından aşağıya sallanıp Plaka'da karnımı doyururum.

Aslına bakılacak olursa, konuk olacağım otelin müdürünün söyleyecekleri hariç, yazımı kafamda planladım bile. Başta arkeoloji olmak üzere müzeleri arka arkaya eklerim, biraz da gece hayatına, yeme içme işlerine bakarım, olur biter.

Kafamı asıl işgal eden gazete için hazırlayacağım yazı değil. Aklım fikrim, önümüzdeki birkaç gün içinde telefon edip kendisini *Tebi* diye tanıtacak kimsede. Bir tür casusluk filmindeymiş ya da kitabı okuyormuş gibi hissediyorum.

Böyle düşününce, *"Oğlum..."* diyorum kendi kendime. *"Bu bir film ya da kitap değil, gerçek. Yaşıyorsun işte. İçindesin."*

Bu arada canım sıkılmıyor da değil. Ne işim var benim böyle bir işin içinde? Etrafımda silahların patlamasından haz duysam, savaş muhabirliğini seçerdim. Hiç özenmedim savaş muhabirliğine. İnsanların birbirlerine ateş ettikleri, kanlar içinde yere yığıldıkları bir yerde işim olmaz. Birileri yapmak için can atar mı? Atar. Ama ben onlardan değilim.

***

Atina'da Hilton'da* kalacağım. İstanbul'da 1955 yılında açılan otelin bir benzeri 1963'te Atina'da da açılmıştı. Kentin sosyal hayatında on dört yıldır aktif olarak yer alıyor. Özellikle de Rooftop Bar'ı geceleri kıpır kıpır. Gündüzleri kentin yakın turistik yerlerini gezenler için şahane bir havuza da sahip.

Resepsiyondan itibaren özel ilgi görüyorum.

Odam, balkonum, yatağım, banyom, kahve ve çayımı yapabilmem için su ısıtıcım ve mini barım tam istediğim gibi. Makyaj yapmak için tasarlanmış şifoniyer aynı zamanda yazı masası olarak da kullanılabilecek cinsten. Kitap, defter, kalem, kâğıt,

* Hilton Athens 2022 Ocağında yenilenmek için kapatıldı, 2024'te yeniden açılacak. Bu arada 506 olan oda sayısı 208'e düşürülecek. Yeni adı Conrad Athens olacak.

havaalanından topladığım broşürler, otelin lobisinden aldığım programlar filan, Allah ne verdiyse üzerine yayılıyorum.

Elbiselerimi gardıroba yerleştirirken telefonum çalıyor. Telefondaki ses "Hoş geldiniz Atina'ya. Gazeteci bey sizsiniz değil mi?" diyor.

"Evet" deyince karşımdaki ses "Tebi" diyor ve bekliyor.

"Yergir" diyorum.

Bir tür parola ve işaret gibi. Yüzbaşı, "*Bu operasyonun parolası ve işareti Tebi-Yergir olarak kararlaştırıldı. Biraz Ermeni teröristlere nazire olsun diye*" demişti.

Gerektiği zamanlarda bu iki kelimeyi hatırlamam lazım. Ben sorabilirim ya da bana sorulabilir. Sorarken *tebi*, cevaplarken *yergir* kullanılacak.

Uygun cevabı alan telefonun öteki ucundaki ses "Yarın sizi Bizans ve Hıristiyan Müzesi'nin kafeteryasında bulacağım. Saat üç uygun olur mu?" diye soruyor.

"Olur."

"Tamam o halde, üçte görüşürüz. Hoşça kalın."

Birbirimizi nasıl tanıyacağımızı sormadım. Çünkü, yüzbaşı birlikte çalışacağım herkesin beni tanıdığını, zamanı geldiğinde kendilerini tanıtacaklarını söyledi. Bu nedenle içim rahat.

Telefonu kapatıp şifoniyerin üzerindeki not defterime *Bizans ve Hıristiyan Müzesi, Cuma, 15.00* yazıyorum.

Daha önce ziyaret ettiğim, kentin alametifarikalarından biri olduğunu düşündüğüm müzeyi bu bahaneyle bir kez daha ziyaret etmiş olmak fikri hoşuma gidiyor. Otelimden yürüyerek on dakika uzaklıkta. Otomobilimi almadan, bir saat kadar önce gider, en azından birkaç pavyonunu görür, hafızamı tazelemiş olurum. Ayrıca yazacağım yazı için de faydası olur.

Saatime bakıyorum, kendime ait yirmi dört saatim var. Biraz dinlenip gazeteciliğe başlayabilirim.

***

Kalmam için Hilton'un seçilmesi iyi olmuş. Adeta bir arı kovanı gibi. Kimsenin kimseyi gördüğü, aldırış ettiği yok.

Otelin altındaki otomobil kiralama servisinden içeriye girdiğimde dünya kadar insan görüyor, bir terslik olursa diye endişeleniyorum.

Rezervasyonu önceden yapılmış olduğundan, beyaz Volkswagen Golf'ümü otelin altındaki otoparkta devralıyorum.

İçinde fotoğraf makinem de olan küçük sırt çantamı ve kentin planını yanımdaki koltuğa koyup kalabalığa karışıyorum. Niyetim biraz etrafta dolaşmak, sonra Akropolis'e çıkıp birkaç fotoğraf çekmek.

-66-

Bizans ve Hıristiyanlık Müzesi'nin kafeteryasında iki kişilik bir masa buluyor, kahve sipariş veriyorum.

Saat tam 15.00'te boylu boslu, yakışıklı bir adam gülerek yaklaşıyor, İngilizce "Merhaba. Tebi ben, hatırladınız değil mi?" diyor *Tebi* kelimesine vurgu yaparak.

"Hatırlamaz mıyım? *Yergir*. Oturmaz mısınız?" diyor, karşımdaki sandalyeyi gösteriyorum.

Çaktırmadan etrafa göz gezdiriyor, Türkçeye dönüyoruz.

"Sizi gördüğüme sevindim" diyor yeni arkadaşım. Devam ediyor.

"Yarın, öğlen iki gibi Laurium Kampı'nın olduğu kasabaya doğru yola çıkın. Üçte orada olacaksınız demektir. Otomobilinizi kasabanın içinde dikkat çekmeyecek bir noktaya park edin, kampa doğru yürüyün. Yüzünüzü kampa çevirdiğinizde, elli metre kadar solda küçük bir market var. İçeriye girin, kimsenin olmadığı bir zamanı kollayın ve alacağınız herhangi bir şeyi kasada duran adama uzatıp *Tebi* deyin. *Yergir* diyerek sizi, marketin içini görebilen ama dışarıdan fark edilmeyen bir odaya alacak. Saat beş gibi markete Holly ve Ferit gelecek. Her akşamüstü tam bu saatte geliyor, ufak tefek şeyler alıp kampa dönüyorlar. Sizden bu aşamada istediğimiz, onlar olup olmadığını teyit etmeniz. İstanbul'da gördüğünüzden farklı olacaklar. Dikkatli bakın. Dükkândan hemen çıkmayın, en azından yarım saat kadar oyalanın. Sonra otomobilinize gidin, otelinize geri dönün. Bu arada, yüzünüzü iyice kapatacak bir güneş gözlüğü ve kafanıza iyice oturacak, tercihen hasır bir şapka takın. Kamptan dışarıya sadece markete gitmek için ve on beş, bilemediniz yirmi dakikalığına çıkıyorlar ama ne olur ne olmaz."

Muhatabımın konuşması son derece seri ama anlaşılır. Sözlerini tamamlayınca "Tekrarlar mısınız bana ne yapacağınızı?" diye soruyor.

Sorunsuz bir biçimde tekrarlıyorum.

"İyi o halde. Yarın akşam sekizde sizi otelinizden arayacağım. Hoşça kalın. Bol şans."

Yeni arkadaşım, epeydir görmediği bir dostunu görmüş de sevinmiş gibi sempatik hareketlerle masamdan ayrılıyor.

***

Bir güneş gözlüğüm var ama tarif edildiği gibi yüzümü kapatan cinsten değil. Yenisini almam lazım. Ayrıca bir de hasır şapka alacağım.

Atina bu tür eşyaları bulmak için cennet gibi. Çok geçmeden, aradığım eşyaları almış ve takmış olarak kentin sosyal hayatına karışıyorum.

Giyim eşyalarıma alışmam kolay olmaz. Bu nedenle akşamüstümü şapkam ve güneş gözlüğümle etrafta dolaşarak geçiriyorum. Ben onlara alışırken, onlar da bana alışmış oluyorlar.

Yemeğimi yemiş olarak otele dönerken, evimi aramam gerektiğini akıl ediyorum. Bir kez yerleştiğimde aramıştım, sonra bir daha aramadım.

Kapıdan girer girmez evimin telefonunu çeviriyorum.

***

Sabaha kadar hırsız polis oynadım.

Kâh *"My name is Bond. James Bond"* dedim, kâh George Simenon'un polisiyelerindeki ünlü karakter Komiser Maigret oldum.

İddiaya girerek, *okumadığım polisiye romanın kalmadığını* söyleyebilirim. Ama bu gece gördüğüm rüyaların nedeni kesinlikle bu tür romana olan tutkum değil.

Gözlerimi açar açmaz şifoniyerin üzerindeki hasır şapkaya ve kocaman güneş gözlüklerine bakıyor, *hayır* diye söyleniyorum, *rüya filan değil, basbayağı içindeyim.*

Artık daha iyi anlıyorum, polisiye bir işin içinde olmakla kitabını okumak arasında dünya kadar fark olduğunu.

Biraz da kendimle dalga geçmek için, *"İyi bir casus kendine dikkat eder. Bu nedenle, kahvaltısını mutlaka kuvvetli eder"* diyorum. Ayrıca yüzeceğim de. Hem sinirlerime iyi gelsin diye hem de biraz kuvvetlenmek için.

Normal hayatımda lapacının biriyim. Spora dair bildiğim tek şey, denk getirdiğimde Fenerbahçe'nin derbi maçlarına gitmek. Basın kartım var ya, onun için. Bedava olmasa gider miyim, emin değilim.

Öte yandan iyi yürürüm. Bırakın beni, dünyanın öteki ucuna kadar yürüyeyim. Yokuşlarda pek iyi olmasam da istesem her gün evden gazeteye, gazeteden eve kadar yürüyebilirim. Dört kilometre civarında ve elli dakikada yürüyorum. Fena mı?

Şaka bir yana, şişman sayılmam ama kondisyon eksikliğim var. Umarım, kaçmamı ya da kovalamamı gerektirecek bir durumla karşı karşıya kalmam.

***

13.30 gibi otomobilimle Laurium'a doğru yola çıkıyorum. Yarım saat önce çıkıyorum çünkü etrafa bakarak gitmek istiyorum. Sadece 25 Haziran'dayız ama hava alabildiğine sıcak. Yol boyu asfaltın buharlaştığını görüyor endişeleniyorum. Daha geçenlerde, *asfalt buharlaşınca uçucular açığa çıkıyor* mealinde bir yazı yazmıştım. Aklımda kalmış. Hem doğa hem de insanlar için ciddi bir tehlike. Tabii kimsenin umurunda değil.

Uzun yolculuklarda insanın aklına böyle tuhaflıklar geliyor işte. Etraf sahiden güzel. Dakikalar ilerledikçe denize doğru yaklaştığımı hissediyorum. Gaza mümkün olduğunca az basarak çevrenin keyfini çıkartmaya çalışıyorum.

Bir saatlik yolculuğu, bir buçuk saate çıkartıyor, Laurium'a tam 15.00'te ulaşıyorum. Otomobilimi tam da yeni arkadaşımın tarif ettiği gibi bir yere bırakıyor, hasır şapkam ve güneş gözlüğümle, az önce önünden geçtiğim Laurium Kampı'na doğru yürüyorum.

Umarım ve dilerim Holly ve Ferit fikir değiştirip bu saatlerde kamptan çıkmazlar. Burada bir yerde karşılaşırsam ne söyleyeceğimi tabii ki planladım ama yüzbaşı da, Amir de, yeni arkadaşım da bunun inandırıcı olmayacağını düşünüyorlar.

Teşhis etme, bir başka deyişle teşhis edilmişi teyit etme işini başka bir yerde yapabilir miyiz diye çok düşündük ama aklımıza daha iyi bir fikir gelmedi.

En azından dükkâna girene kadar, korktuğumuz başıma gelmiyor. İçeride de kimse yok zaten. Bir köşede duran portakal sandığından iki tane alıp kesekâğıdına koyuyor, kasaya yaklaşıyor "Tebi" diyorum.

Tezgâhın arkasındaki adam "Yergir" diyor, bulunduğu yerden çıkıyor, önüme düşüyor ve bir kapıyı açıp içeriye girmemi işaret ediyor. Sonra tek kelime etmeden dışarıya çıkıyor, kapıyı kapatıyor.

Birkaç saniye içinde adamın neden tek kelime bile etmediğini anlıyorum. Tarife hacet yok. Kapının az ilerisinde, bir jaluzi var. Ucundan dükkânın her santimetrekaresi görünüyor. Yapmam gereken tek şey bir sandalye çekip oturmak ve gözümü kırpmadan giren çıkanları izlemek.

Saatime bakıyorum. 15.10. Holly ve Ferit'in gelmesine yaklaşık elli dakika var.

Aklıma tutmakta olduğum kesekâğıdındaki portakallar geliyor. Dilim damağıma yapışmış olduğu için birini, sadece parmaklarımı kullanarak soymaya koyuluyorum.

Gözetleme işim bittiğinde, Laurium Kampı'nda kalan iki gencin Holly ve Ferit olduklarını teyit edebilecek miyim bilmiyorum ama bekleyerek geçen elli dakikanın çok uzun olduğundan eminim. Ayrıca, bıçak kullanmadan portakal soymak çok zahmetli, insanın elleri yapış yapış oluyor ve bir daha asla tekrarlamayacağım.

***

Dükkâna kısa aralıklarla birileri gelip gidiyor. Yazlık bir sahil kasabası işte, ne satılabilir ki? Su, gazoz, gofret. Bizdeki gibi çeyrek ekmek içine kaşarpeyniri. Yarım ekmeğin içine karışık. Plastik top. Mayo.

Derken, kapıdan içeriye bir genç kadınla erkek giriyor. Gözlerimi dört açıyorum.

Hayır bunlar Holly ve Ferit değil.

Daha dikkatli bakıyorum. Evet, bunlar Holly ve Ferit.

Holly bu kez sarışın olmuş. Sanki bir yerden tanıyor gibiyim. Evet, *Taxi Driver*'daki* Jodie Foster, yani Iris.

Biraz düşününce her şey yerli yerine oturuyor. Kapıdan içeriye girerken çıkartıp eline aldığı kocaman güneş gözlüğü, başındaki buruş buruş geniş kenarlı hasır şapkası, şapkanın kenarlarından sarkan ondüleli, bol sarı saçlarıyla, karşımda Iris duruyor.

New York sokaklarında orospuluk yaparken giydiği kırmızı, apartman topuklu, açık ayakkabıları, gülkurusu mini şortu, üzerinde kocaman desenler olan, göğsünün hemen altından bağladığı ipeğimsi gömleğiyle, evet Iris.

Mavi gri lensleri, tam da Iris'in gözlerinin renginde.

Gözlerimi alamıyorum. Bu kisvenin altında aslında kimin olduğunu, normalinin ne olduğunu bilmiyorum. Her kim olursa olsun, kalbimin çarpış hızını Holly ve Lili ile nasıl artırdıysa, şimdi Iris'le de aynı etkiyi yaratıyor.

Neyse ki Ferit bir Travis yani Robert de Niro değil. O da güneş gözlüğü kullanıyor ama Travis'in tersine, omzuna düşen takma saçları var. Çok hafif sakalı. Yirmi gün kadar önce bir hayli posbıyıklıydı. Kesmiş. Bu nedenle de ağzı molla götü gibi ortaya çıkmış. Blucin giymiş. Üzerinde batik bir tişört var. Kırmızı Converse ayakkabıları bir hayli yıpranmış duruyor. Iris'e aykırı bir hali olduğunu söyleyemem. Tersine, birbirlerini tamamlıyor gibiler.

Dışarıda görsem ikisini de tanımazdım. Burada, bir bakkal dükkânında, onları bekliyor olmasam, imkânı, ihtimali yok çıkartamazdım.

---

* *Taxi Driver* 1976 yılında Martin Scorsese'nin yönetmenliğinde çekildi. Başrollerini Robert de Niro, Cybill Shepherd, Jodie Foster ve Harvey Keitel paylaşmışlardı. Oscar'a dört dalda aday oldu, Cannes'da Altın Palmiye ödülünü kazandı. Amerikan Film Enstitüsü ve *Time* dergisi tarafından tüm zamanların en iyi yüz Amerikan filmleri listesine eklendi. Bu filmde oynadığında, Jodie Foster sadece on dört yaşındaydı.

Tekrar tekrar, aklımdaki Holly ve Ferit ile jaluzinin arkasındaki Iris ve Ferit'i boyları, bosları, burun, çene yapıları, elleri dahil olmak üzere karşılaştırıyorum.

Evet. Onlar.

Sanıyorum daha sonra, mesela akşamleyin otelime döndüğümde, Holly'nin Iris halini düşünecek, yine çok üzüleceğim. Şimdi ne yeri ne de sırası.

İçimden bir şeylerin kopup gittiğini, onu burada, bu halde görmenin bana iyi gelmediğini biliyorum.

-67-

Kendimi odama atar atmaz bir kadehe iki minik viski şişesinin muhteviyatını boca ediyor, üzerine bolca buz ekleyerek balkona çıkıyorum.

Gözümün önünden Muhtelif Holly, Lili ve Iris fotoğrafları geçiyor.

Londra'dan İstanbul'a, Bodrum'a ve nihayetinde Laurium'daki bakkal dükkânına kadar onlarca, yüzlerce, binlerce Holly fotoğrafı karşımda dans ediyor.

Gülerken, ağlarken, endişeli, mutlu, heyecanlı, kızgın, durgun, sevinçli, üzgün, düşünceli... Her biri, durmaksızın yer değiştiriyor. Biri gidiyor, öteki geliyor.

Bir ara Vatikan'a gidip, Holly'yi beynimin kadrajına, elindeki silahla ateş kusar halde yerleştiriyorum.

Taha Carım yerde. Kanlar içinde. Holly ve Ferit kaçıyorlar... Kâbus...

Acaba, ilk miydi Taha Carım? Ya da son olacak mı?

Derdim analiz, sentez, antitez filan üretmek değil. Doğru ve yanlış gibi kavramlar beynimi terk etmiş durumda.

Neden filan diye de sormuyorum. Hafızamdan, durmaksızın Holly, Lili ve Iris'in fotoğraflarını çağırıyor, her yüz halini, mimiğini, jestini inceliyorum.

Ellerinin duruşu, bacak bacak üstüne atışı, başını arkaya atıp saçına eliyle düzen verişi, durumlara göre makyajları, yemek yerken, su içerken, gülerkenki halleri. Ötesi.

Karar vermem lazım.

Holly veya Lili ya da Iris, Taha Carım'ı öldürmüş olabilir mi? Öncesi var mıydı? Sonrası olacak mı?

Onun, Londra'da karşılaştığımız dakikadan itibaren sergilediği kararlılığı düşünüyorum. Büründüğü karakter kim olursa olsun, bir yola çıkmışsa eğer, sonuna kadar gider. Biliyorum bunu. Tahmin değil. Bilgi.

Elle tuttuğum, gözle gördüğüm, altı aya yakın nefes alıp verişini izlediğim birinden, ciddiyetle âşık olduğum kadından söz ediyorum.

Bir karar vermem lazım! Az sonra telefonum çalacak, teyit edip etmediğim sorulacak. Edecek miyim?

Edersem, büyük bir ihtimalle Holly ölecek. Ferit de.

Etmezsem, eminim öldürmeye devam edecekler.

***

Telefon çalıyor. Biliyorum kimin aradığını.

"Merhaba. Ne diyorsun? Onlar mı?"

Sesimi öğrenmiş olduğu için olsa gerek parolayı söylemiyor. Bu durumda benim de işaretini vermeme gerek yok.

"Evet. Onlar."

"Buluşabilir miyiz? Kendini nasıl hissediyorsun?"

Telefondaki sesin sahibi, üzüldüğümü fark etmiş gibi konuşuyor.

"İyiyim. Nereye geleyim?"

"Bildiğim bir meyhane var. Gözden uzak. Yarım saat sonra otomobiline atla, beni Bizans ve Hıristiyan Müzesi'nin karşısından al. Anlaştık mı?"

***

Hoş bir Rum meyhanesi. İstanbul'dan kopup gelmiş gibi.

Yeni arkadaşım anlattı yol boyu. Lokantanın sahipleri, 1955'te İstanbul'da olanlardan sonra göçmüşler ailecek. Lokantacı altmış yaşlarındaymış. Öyleyse, Yunanistan'a geldiğinde kırklarında olmalı. Eşi sanki birkaç yaş daha genç gibiymiş.

Kapıda "Hoş geldiniz, sefa getirdiniz" diye karşılıyor lokantacı. Masamızı gösteriyor. Hiç sormadan otuz beşlik rakımızı, beyazpeynirimizi, kavunumuzu getiriyor.

"Kâfidir bu?" diyor rakıyı işaret ederek.

"Kâfidir. Sen ne dersen onu yiyeceğiz."

"Merak etme" diyor kırmızı yanaklı sempatik Rum arkadaşıma.

Ah be toprağım, sen nasıl savruldun buralara böyle? Ne yaptık biz?

Düşünmek söylemenin yarısıdır. Okuyor arkadaşım düşüncelerimi. Belli ki söyleyecekleri var. Söylesem mi diye bakıyor yüzüme.

"Ne düşünüyorsun?" diyerek işini kolaylaştırıyorum.

"Ne tuhaf bir coğrafyada yaşıyoruz değil mi? Hani doğduğun ev kaderindir derler ya, ben onu biraz daha genişletiyorum. Coğrafyan kaderindir diyorum. Bugün Ermeni terörüyle boğuşuyoruz. Dün Kıbrıs meselemiz vardı. Gördüğün zavallılar buraya hep ayrılıklar nedeniyle savruldu. Yarın ne olacak biliyor muyuz?"

Arkadaşım sözlerini elleriyle de destekleyerek konuşuyor. Bu nedenle arada bir meyhaneci ve eşini işaret ediyor.

Ben ondan farklı düşünüyorum.

"Atladığın ama önemli bir mesele daha var. Türkiye, cumhuriyetin ilanıyla birlikte uluslaşma sürecine girdi. Varlık Vergisi'yle başlayan sermayenin millileştirilmesi hareketi, 6-7 Eylül Olayları ile tamamlanmaya çalışıldı. Olup biteni, sadece Kıbrıslı

Rumların gerçekleştirdiği feci katliamlarla ya da Selanik'te Atatürk'ün evine bomba konulduğu yalanıyla açıklarsak eksik olur. Bu da bizi yanlışa götürür. Sence de öyle değil mi?"

"Evet. Haklısın. Bence problemlerin asıl nedeni, sorunlarını henüz çözememiş bir coğrafyanın çocukları olmamız. Bugün hâlâ, bizden önceki nesillerin halının altına süpürdüğü sorunları çözmeye çalışıyoruz. Başka çareleri var mıydı? Bilmiyorum. Çözebilecekleri halde halının altına süpürmüş de olabilirler. Fark etmez. Bildiğim, bugün çekilen acıları bugünün çocuklarının yaratmadığı. İçine doğmak, yani kader, tam da böyle bir şey."

İyi eğitim görmüş biriyle karşı karşıya olduğum belli. Oysa farklı birini bekliyordum.

Özel olarak yetiştirilmiş bir asker mesela. Ya da bir polis. Mutlaka milliyetçi, belki biraz mukaddesatçı, üstelik maceracı. Veya ipten kazıktan kurtulmuş, günahının bedelini ödemek zorunda bırakılan bir çaresiz.

Tek kelimeyle ifade edecek olursam, beklentimin bir *intikamcı* olduğunu söyleyebilirim.

Öyle değil.

Arkadaşımın az önce yaptığı toplumsal analize ekleyeceğim fazla bir şey yok. "Haklısın" demekle yetiniyorum.

Yüzüme *ama konuş biraz* der gibi bakınca, birkaç satır bir şey söylemem gerektiğini hissediyorum.

"Toplumsal problemleri ne yazık ki bilimin kurallarına göre çözemiyoruz. Tarih, siyaset, ekonomi, felsefe, sosyal psikoloji gibi disiplinleri kullanmamız gerekiyor. Bunlarsa, doğal olarak, bakış açısına ya da durduğun yere göre şekillenen konular. Tarihten yürüyeyim: Her ülke kendi tarihini yazıyor. Böyle olunca, ortaya, içine doğduğun ulusu ayakta tutma, ona yön verme hedefine kilitlenmiş, ideoloji üretmekten öteye geçmeyen propaganda metinleri çıkıyor. Bir başka şekilde söyleyecek olursam, her ulus, aynı konuyu, mutlaka kendine yontarak yorumluyor. Böyle olunca, yeni nesiller geçmişte olup bitenleri yanlış öğreniyor. Çocuklar, yani geleceğin büyükleri birbirine düşman olarak büyüyor."

Sözlerim arkadaşımı heyecanlandırıyor. Duygu durumu konuşmasına yansıyor.

"Sonra bir bakıyorsun ki *vatansever* ve *terörist* kavramları birbirinin yerini alıvermiş. Bir ülkenin teröristi, öteki ülkenin kahramanı olarak ilan ediliyor. Çifte standart tam da bu demek. Aslında o kadar da zor değil terörist ile vatansever kelimelerini doğru tarif etmek. Ne yazık ki mümkün olamıyor."

***

Sadece balığı biz seçtik. Samatyalı, peynir ve kavunun yanı sıra birinde zeytinyağlı lahana dolması olan birkaç tabak daha bıraktı.

İncecik lahana yaprağına sarılmış, kuşüzümü ve çamfıstığı takviyeli pirinç, ağzımızda dağılıyor.

Arada bir, eşi mutfaktan çıkarttıkça, paçanga böreği misali sıcak bir şeyler de getiriyor meyhaneci. Hiçbiri abartılı ölçülerde değil. Hepsi, içine sevgi katılarak pişirildiğini belli ediyor. Samatya kokmalarının nedeni bu olabilir mi acaba?

Bir ara gelip yanımıza da oturuyor meyhaneci. "Vre..." diyor. "Ne oldu bize böyle? Kim yaptı bunu?"

O gidince arkadaşım dertleniyor.

"Türkiye'de Yunan tohumu oldukları söyleniyordu, burada da Türk tohumu diyorlar. Yazık oldu bu insanlara."

Fırsatını bulmuşken "Ötekilere de yazık oluyor" diyorum.

Anlıyor Ermenileri kastettiğimi. "Öyle" diyor.

"Sence de büyük bir pisliğin içine sürüklenmedik mi? İçeride sağ-sol çatışması kisvesinde terör. Dışarıda Ermeni terör örgütleri."

Arkadaşım üzülüyor. Yoksa üzülür gibi mi yapıyor? Bilemiyorum. Ne tür bir arka plana sahip olduğunu tam olarak anlayabilmiş değilim. Tek güvendiğim, oturmasını kalkmasını bilen, dünya görmüş, ilim irfan sahibi birine benziyor olması.

"Ders olarak okuduk biz bunu" diyor bir ara. Soran gözlerle baktığımı görünce sözlerine devam ediyor.

"İçsavaş nasıl çıkartılır? Beşinci kol faaliyeti nasıl gerçekleştirilir? Karşı tedbirleri nasıl alınır? Bunlar üzerine kafa patlattık."

Hangi okulda okuduğunu sormuyorum. Adını bile sormadım zaten.

"Biraz anlatır mısın lütfen şu beşinci kolu. Teorik olarak."

"Fiili müdahale ile ele geçirilemeyen bir ülkeyi, propaganda, casusluk, sabotaj ya da terörü kullanarak, müdahaleye uygun hale getirmek. Vatandaşlar manevi tedirginlik hissedince kuvveti devreye sokmak, bölmek, parçalamak, yönetmek. Türkiye üzerine şimdilerde oynanan oyun tam olarak bu. Gözümüzün önünde oluyor bütün bunlar. İçindeyiz. Yaşıyoruz."

Düşündüğümde, söyledikleri akla yakın geliyor.

"Beşinci kol lafı nereden geliyor biliyor musun?" diye soruyor bu kez.

"Hayır."

"General Franco, Madrid'i dört koldan kuşatmış. Beşinci kol şehrin içinde ayaklanma çıkartmak için hazır durumdaymış. Madrid Frankist milliyetçilerin eline böyle düşmüş."

Anladığımı belli edecek şekilde kafamı sallayınca, arkadaşım "İstihbarat örgütleri tam olarak bunun için var" diyor.

"Nasıl yani?"

"Silahlar susup barış sözleşmeleri imzalanınca, sıradan insanlar savaşların bittiğini zanneder. Bu bir yanılsamadır. Oysa savaşlar hiç bitmez. Alttan alta sürer. Suskunluk zamanlarında istihbarat teşkilatlarını ihmal etmeyen ülkeler, savaş zamanlarında son sözü söyler."

Arkadaşım yüzüme, *yeterince gevezelik yaptık değil mi* der gibi bakıyor. Kadehini masaya vurup bir hamlede bitiriyor. Benimki zaten bitmiş durumda. Şişenin dibinde kalan iki parmak rakıyı kardeş payı yapıyor.

"Bu akşam bu kadar yetsin. Yarın önemli bir iş yapacağız. Bir akşam, belki İstanbul'da, güzelce içelim."

O böyle deyince gülümsüyor "Yarın ne yapacağız?" diye soruyorum.

Arkadaşım rakı kadehlerimizi işaret edip "Şunları atıp çıkalım. Önce bu gece, harita ve plan üzerinde biraz çalışmamız, tenhalıktan istifade yer tespiti yapmamız lazım. Yarın sabah sen kendi başına bir kez daha geçersin yerlerin üzerinden" diyor.

***

Kırmızı tombalak yüzü, koca göbeğiyle, Samatyalı kapıya kadar peşimiz sıra geliyor.

"Gene gelin be!" diyor sanki kardeşlerini uğurlar gibi. Sonra sesini iyice kısarak konuşuyor.

"Gelirken bana büyük şişe bir Kulüp Rakısı getirin. Buranın rakıları bir boka benzemiyor."

"Olur" diyoruz arkadaşım ve ben aynı anda.

Birkaç adım atınca "Haklı Samatyalı" diyor arkadaşım "Bırak Kulüp Rakısı'nı, Yeni Rakı'nın bile eline su dökemez buranınkiler."

-68-

"Seninkiler yarın şuraya Hrair Marokyan'ın evine gelecekler."

Hrair Marokyan'ın adını duyunca aklıma Yüzbaşı Atıl'ın anlattıkları geliyor.

"JCAG'ın ve Taşnak'ın en önemli adamlarından biri" diyorum.

"Evet. Adam iflah olmaz bir Ermeni milliyetçisi. İyi ama. Hiç olmazsa Hınçaklar gibi kendine sosyalist görüntüsü vermiyor. Ötekiler hem sosyalist hem de milliyetçi, nasıl oluyorsa?"

"Konuşmuştuk bunu yüzbaşıyla."

"Biliyorum. Marokyan Yunanistan'a İran'dan göçtü. Böylelikle Batı'ya daha yakın oluyor. Aynı zamanda korunuyor da. Saygın bir işadamı görünümünde. Sanki etliye sütlüye karışmıyormuş gibi bir görünüm sergiliyor. Arada bir Lübnan'a, İran'a hatta ABD'ye gidip toplantılara katılıyor. Siyasi yapılanmanın içinde, inisiyatifin yeni jenerasyona bırakılması fikrini savunuyor. Böylelikle, Türkiye'de ve diyasporada doğmuş gençlerin gönüllerini kazanıyor. Kuzu postunda bir kurt. Diplomat görünümünde bir savaşçı."

Arkadaşım otomobilin iç lambasının ışığında, elindeki Atina planından bir caddeyi işaret ediyor, sonra kalemi tekrar aynı noktaya getiriyor.

"Bu yoldan gelecekler. Siyah Ford bir otomobilleri var. Araştırdık, bir aylığına kiralanmış. Laurium'dan ayrıldıklarından, en fazla birkaç dakika sapmayla haberimiz olacak. Üzerine bir saat koyacağız."

Arkadaşım bu kadar kesin konuşunca "Nereden biliyorsunuz yarın geleceklerini?" diye soruyorum.

"Biliyoruz" demekle yetiniyor.

Bu *biliyoruz* birçok anlama gelebilir. İçeriye sızdırılmış birileri olabilir. Laurium Kampı'nda ya da Marokyan'ın evinde bulunan telefonlar dinleniyordur. Mektup, telgraf gibi şeyleri görme imkânı edinmişlerdir.

O *biliyoruz* diyerek geçiştirince üzerine gitmiyorum. En çok merak ettiğim, benim kendilerine nasıl katkı verebileceğim. Arkadaşım ben sormadan anlatmaya koyuluyor.

"Bu sabah uzunca bakma imkânı yakaladın. Ancak biliyoruz ki Holly de Ferit de ayrı kimliklere bürünme sihirbazları. Yarın bu sabah gördüğün saç ve kıyafetlerle gelmeyebilirler. Kendi başımıza kalsak, emin olabileceğimiz iki şey var. Birincisi otomobil, ikincisi çift olarak gelecekleri. Bu kadarı yeterli değil. Otomobili başka birileri hatta çift olarak kullanabilir. Bunun için Holly ve Ferit'i, yarın Marokyan'ın evine yaklaşırlarken de teyit etmen gerekiyor. Tahmin edebileceğin gibi çok az bir vaktin olacak."

"Olmaz ki" diyorum o böyle deyince. "Yanımdan geçip giden bir arabaya bakarak nasıl tahminde bulunabilirim ki?"

"Öyle olmayacak. Otomobil şu sokaktan geçmek zorunda. Tam buraya geldiklerinde, duraklamalarını sağlayacağız. Kısa bir süreliğine. Belki on, belki on beş saniye kadar. Sen şu noktada ayakkabını boyatıyor olacaksın. Başında hasır şapkan ve gözünde gözlüklerin olacak. Seni görmeyeceklerinden emin olabilirsin. Çünkü, kendini yola atmış, önlerinden geçmekte olan yaşlı adamı izliyor olacaklar."

Arkadaşım başını kaldırıp yüzüme bakıyor.

"Buraya kadar anlaşıldı mı? Anlaşıldıysa gazla, gidip o noktaları bir bir yerinde görelim. Sen yarın sabahleyin, güneş doğar doğmaz tekrar buralara gidecek, aynı yerleri gündüz gözüyle de göreceksin. Sakın ihmal etme."

"Anlaşıldı" deyip otomobili hareketlendiriyorum.

Kafamı karıştıran bir şey var. Şimdi mi sonra mı sormam gerektiğini bilemiyor, vazgeçiyorum.

***

Arkadaşım hiç acele ettirmeden, anayolları kullanarak az önce bir kalem marifetiyle, planın üzerinden işaret ettiği caddeyi bu kez otomobille geçmemi sağlıyor.

Az sonra "Girmek zorunda oldukları sokağa giriyoruz şu anda" diyor.

"Senin ayakkabı boyatacağın yer ileride. Senden birkaç adım geride duran bir yaşlı adam, birden elinde filesiyle yola çıkacak ve arabanın duraksamasına yol açacak. O anda otomobile dikkatle bakman ve kararını vermen lazım."

"Ne yani, silahlar o zaman mı patlayacak?"

Epeydir kafamı kurcalayan, az önce vazgeçmiş olduğum soruyu nihayet sordum.

Arkadaşım duracağım yeri iyice görmemi sağlamak için "Yavaşla! Bak ayakkabı boyacısı tam burada duracak" diyor.

Neyse ki kentin işlek noktalarının dışında, turistik bölgenin uzağındayız. Arkada klakson çalan bir araç yok.

Arkadaşım görmem gereken noktayı gösterdikten sonra "Az sonra Marokyan'ın evini göreceksin dikkatli ol!" diyor ve eliyle işaret ediyor.

İki katlı, müstakil, bahçe içinde büyük de küçük de olmayan bir ev. İçeride ışıklar yanıyor.

Marokyan'ın evini gösterdikten sonra "Tamam. Şimdi normal süratine ulaşabilirsin" diyor ve tekrar konuşmaya başlıyor.

"Az önce sordun ya hani silahların ne zaman patlayacağını. Hayır. Silahlar o anda patlamayacak. Otomobil geçip gidecek, az önce gördüğün Marokyan'ın evine ulaşacak. Holly ve Ferit içeriye girecekler. Silahlar, evden çıkıp otomobillerine binerken patlayacak."

"Anladım."

"Böyle yapmamızın birçok nedeni var. O sokak oldukça işlek. Birinci neden bu. İkinci neden, ayakkabılarını boyayacak ve kendini yola atacak ihtiyar görünümlü kimseler, aynı zamanda silahları kullanacak olanlar. Ayakkabı boyacısına, gördüklerinin Holly ve Ferit olup olmadığını söyleyeceksin. Sonra oteline dönecek, benim işin tamamlandığına dair işaretimi bekleyeceksin."

"Merak ettiğim için soruyorum. Sen ne yapacaksın bu arada?"

"Ben bir otomobilin içinde olacağım. Bagajda silahlar olacak. Ayakkabı boyacısı ve ihtiyar adam bagajdan silahları alacak, Holly ve Ferit'i taradıktan sonra benim kullanacağım çalıntı otomobile atlayacaklar. Olay yerinden yeterince uzaklaşınca otomobili ve silahları bırakıp kendi aracımıza geçeceğiz. İlk iş olarak sana telefon edeceğim ve dönebileceğini söyleyeceğim. Ya da birkaç gün daha birlikte olacağımıza dair bir mesaj vereceğim. Anlaşıldı mı?"

"Anlaşıldı. Ama yine de bir yerde oturalım. Konuştuklarımızı tekrarlamaya ihtiyacım var."

"Tamam. Ben de öyle olsun istiyorum zaten. Daha saat on bir bile değil. Şehrin merkezine gidip, birer kahve içelim."

***

Atina'nın merkezine oldukça yakın bir noktada otomobili park ediyor, mümkün olduğunca sakin bir kahve için bakınıyoruz.

Kahveci tepemizde bitince, arkadaşım mükemmel bir İngilizceyle iki kahve sipariş veriyor. Kahvecinin anladığından emin olmayınca, derdini uzun uzun anlatıyor. Samatyalının lokantasında Türkçe konuştuğumuz için, yabancı dili nasıl konuştuğunu duymamıştım.

Kahveci gidince bana dönüyor "Etraf sakin. Yine de masanın üzerine plan filan koymadan, yarın neler yapacağımızı tekrar edelim istersen" diyor.

"Yarın sabahı bilmiyorum ama bu gece yatmadan hasır şapkam ile güneş gözlüğümü masanın üzerine koyacağım. Unutmuştum bile ben onları. Sabah altı gibi kalkacağım ve ayakkabılarımı boyattıracağım yeri kontrol edeceğim. Bu arada, o noktaya kaç dakikada ulaşabildiğimi kendi gözümle de görmüş olurum. Sanıyorum yedi gibi otele dönmüş olurum. Kahvaltımı odama isteyeceğim ve senden gelecek telefonu beklemeye başlayacağım."

"Tamam. Holly ve Ferit Laurium'dan ayrılınca haberim olacak. Derhal seni arayacağım. O dakikadan itibaren bir saatin var. Senin yerinde olsam derhal çıkar, teyitte bulunacağım noktaya yakın bir yerlerde biraz oyalanırım. Devamlı saatine bak. Benim hesabıma göre, çok büyük bir aksilik olmazsa, ben sana telefon ettikten yetmiş dakika sonra boyacının önünden geçecekler. Yol durumuna göre, yirmi dakika kadar gecikebilirler. Bu nedenle ayakkabını boyacının sandığına çok erken koyma. Dikkat çekersin."

"Anlaşıldı."

"Sonra?"

"Gözüm kenarda beklemekte olan yaşlı adamda olacak. O kendisini yola attığında, önünde duran otomobildekilere dikkatle bakacağım. Holly ve Ferit'se ayakkabı boyacısına kimliklerini teyit edeceğim."

"İyi gidiyorsun. Sonra?"

"Çok acele etmeden otomobilime yürüyeceğim ve otelime döneceğim. Çantam zaten toparlanmış olacağı için senden gelecek telefonu bekleyeceğim. Dönmemi söylersen, İstanbul'a doğru harekete geçeceğim."

-69-

Telefonum çalıyor. Sabah olduğuna aldırmayıp doldurup yaktığım pipomu bir kenara koyuyor, heyecan içinde açıyorum.

Alo demeyi unuttuğum için olsa gerek "Tebi" diyor karşımdaki ses.

"Yergir" diye cevap veriyorum.

"Yolcular yola çıktı."

"Teşekkür ederim. Görüşürüz."

Nedense, teşekkür ediyorum arkadaşıma. *Anlaşıldı, tamam* filan gibi kelimeler günün ruhuna daha uygun düşerdi oysa.

Çantam hazır, gardıropta. Pipomu boşaltıp tütün keseme yerleştiriyorum. Onu da öteki her şeyin durduğu küçük sırt çantama atıyorum.

***

Sabah saatlerinde geçtiğim caddeden geçerken saatime bakıyorum, 15.00'i gösteriyor.

Etraf bir hayli kalabalık. Acaba arkadaşımın öngördüğü gibi yirmi dakikalık sapma yetecek mi? Tıpkı benim gibi Laurium yolcuları da buralarda trafiğe takılacaklar.

Otomobili, sabahleyin gözüme kestirdiğim yere park ediyorum.

Vaziyet alacağım sokağa girmiyor ama dikkatlice bakıyorum. Ayakkabı boyacısı tam da bulunması gerektiği yerde. Ondan beş metre kadar uzaklıkta, yaşlı bir adam bir eşiğe oturmuş dinleniyor.

Ayakkabıcının sandığına ayağımı koymama daha on beş dakika kadar var.

İleride, önceden gözüme kestirdiğim gazeteciye gidiyor bir *To Vima* alıyorum. Acele etmeden geriye dönüyor, sokağa giriyorum.

Sakin adımlarla boyacıya yaklaşıyorum. Tam ayağımı sandığına koyacakken adam yerinden kalkıyor, sandığın yönünü değiştiriyor. Küçük taburesini alıp arkasını caddeye dönüyor. Dolayısıyla sırtımı duvara vermiş, yüzümü caddeye dönmüş oluyorum.

Hiç konuşmuyoruz. Gerçek bir boyacı gibi çalışmaya başlıyor. Gazeteme bakar gibi yapıyorum ama bir gözüm yaşlı adamda. Onun kendisini yolun ortasına atmasını bekliyorum.

Bekliyorum... Bekliyorum...

Sert bir fren sesi. Yaşlı adam yolun ortasında. Sadece ben değil etraftaki herkes siyah Ford otomobile bakıyor.

Ferit ve Holly şoför mahallindeler. Yaşlı adam özürler dileyerek yolun karşısına geçiyor. Ford önümden geçip gidiyor.

"Teyit ediyorum" diyorum boyacıya.

"Anlaşıldı" diyor.

Hazırda tuttuğum bozuk paraları adamın avucuna bırakıyor, yere koyduğum sırt çantamı alıp otomobilime doğru hareketleniyorum.

***

Otomobilime binince hasır şapkamı ve güneş gözlüğümü çıkartıp yanımdaki koltuğa, sırt çantamın yanına bırakıyorum. Koltuğun üzerinde duran, arada bir kullandığım kâğıt mendilden iki tane alıp ter içinde kalan yüzümü, ensemi siliyorum.

Bir kazaya yol açmamak için gaza abanmadan otele ve nihayetinde odama ulaşıyorum.

Isıtıcıya su takviyesi yapıyor, sütlü bir kahve hazırlıyorum.

Saatime bakıyorum. Boyacının sandığından ayağımı kaldırdığım andan bu yana kırk dakika geçmiş durumda.

Holly ve Ferit otuz beş dakikadır Hrair Marokyan'ın evinde olmalı. Ne kadar kalacaklarını tahmin etmem imkânsız. Bildiğim tek şey bir zaman sonra çıkacak olmaları. Ne olacaksa o çıkışta olacak.

***

Aklımda Holly ve Ferit kahvemi içiyorum.

Bir sabah önce gördüğüm gibiler. Holly yine Irıs. Her ikisi de en azından saçlarında, şapkalarında, gözlüklerinde bir değişiklik yapmamışlar. Elbiselerini tam olarak göremedim ama Holly yine sarışın. Koca şapkasının kenarlarından bukleli saçları sarkıyor. O büyük gözlüğü takmış. Ferit ise aynı peruğu kullanıyor. Peruk olduğundan eminim. Çünkü, hiçbir saç bu kadar sürede bu kadar uzamaz. Taha Carım'ı şehit ettikleri günkü fotoğrafları gayet iyi hatırlıyorum. Saçları en çok iki santimdi. Şimdi en azından yirmi, yirmi beş santim.

Kahvem bitiyor. Kulağım telefonda.

Bekleme sürem uzayıp sinir basınca pipomu doldurmaya koyuluyorum. *Holly ve Ferit, Marokyan ile acaba ne konuşacaklardı?* Ne tuhaf bir soru şimdi bu değil mi?

Telefon bir an önce çalsın istiyorum.

Öte yandan biliyorum ki telefon çalınca şu iki haberden birini alacağım: "Gidebilirsin!" ya da "Kalman gerekiyor!"

Bu laflardan ilki, Holly ve Ferit'in öldürüldükleri anlamına gelecek. Pipomdan derin bir nefes daha alıyorum.

Telefon çalıyor! Saatime bakıyorum. 16.45.

"Alo!"

"Gidebilirsin."

Sessizlik. Kocaman bir sessizlik. Bende de. Karşı tarafta da.

Hiçbir şey söylemeden telefonu kapatıyorum.

-70-

Bavulumu kapıp resepsiyona inmem sanıyorum iki dakikadan fazla sürmüyor.

Otomobili havaalanında bırakacağım. Ne olur ne olmaz diye, saat 21.00'de İstanbul'a doğru yola çıkacak uçağa bir gün önce rezervasyon yaptırmıştım.

Saatime bakıyorum. Havaalanına bir saatte varırsam, uçuşa iki saat kadar vaktim kalacak.

Yol boyu radyoyu dinlemeye çalışıyorum ama Yunancam yok denilecek kadar az. Radyodan İngilizce yayın yapan bir kanal bulmaya çalışıyorsam da nafile. Yunancada karar kılıyorum. Belki kulağıma Ermenice bir kelime ya da isim takılır.

Hasır şapkam ve güneş gözlüğüm yanımdaki koltuktalar. Bir yerde onlardan kurtulmam lazım. Ne olur ne olmaz.

Otomobilin deposunu aldığım gibi bırakmak için havaalanına en yakın benzin istasyonuna uğruyorum. Şapka ve gözlükten de böylelikle kurtulmuş oluyorum.

Korkum, havaalanında olağandışı bir durumla karşılaşmak. Neyse ki kimlik kartım, kaldığım otelin faturası, hatta çok istiyorlarsa fotoğraf makinemde turistik fotoğraflar ve teybimde otelin müdürüyle yaptığım röportajın kaydı var.

***

Beklediğim gibi, havaalanında olağanüstü hal ilan edilmiş durumda.

Türk olduğum öğrenilince, kiralık otomobili iki polis eşliğinde teslim edebiliyorum.

Uçağımın 21.00'de kalkacağını tekrarlayıp durmam hiçbir işe yaramıyor.

"Bakın" diyor polis olduğunu tahmin ettiğim, İngilizceyi iyi konuşan bir havaalanı görevlisi. "Az önce Atina'da silahlar patladı. Sorgulanmadan uçağa geçmenize izin veremeyiz."

"Herkesi mi sorgulayacaksınız?"

"Hayır. Sadece Türkiye pasaportu taşıyanları. Çünkü, sadece onlardan şüpheleniyoruz."

Alınmış gibi yapıyor "Ayrımcılık yapıyorsunuz yani?" diyorum.

"Hayır. Çok özel bir nedeni var. Yakında öğrenirsiniz."

Biraz burun kıvırarak "Tamam öyleyse" diyorum.

"Bir sorun çıkmazsa, yarın sabah kalkacak ilk uçağa, sizi elimle bindireceğim. Anlayış göstermenizi rica ediyorum."

Ellerimi iki yana açıp "Tamam" diye söyleniyor, ayağımın altındaki sırt çantamı sırtıma takıyor, valizimi elime alıyorum.

"Beni takip edin lütfen."

***

Nezarette değil ama havaalanında, penceresiz bir odada tutuluyorum. Kapıda polis var.

Sorgum ancak saat 23.00'te başlayabiliyor. Bu arada ne televizyon seyredebiliyorum ne de herhangi biriyle konuşabiliyorum.

Sonunda, derdimi anlatacağım adamlar karşıma oturuyor.

Fotoğraf makinem, teybim, aldığım notlar ve daha ne varsa masanın üzerine çıkarıyorum. Gazetemin ismini söylüyor, basın kartımı veriyorum.

Biri "Tamam. Çektiğiniz fotoğrafları banyo ettireceğiz, kabul ediyor musunuz?" diye soruyor.

"Yakmadan ettirin lütfen."

Bütün bunları, yüzbaşı ve Amir ile daha önceden hesaplamıştık. Bol bol turistik fotoğraf çekecek, makinemi başka hiçbir amaçla kullanmayacaktım.

Laurium konusunda da özel olarak uyarılmıştım. *Sakın fotoğraf çekme* demişlerdi.

Ayrıca, kanıt olsun diye, elimde kapı gibi otelin müdürüyle yapılmış turizm içerikli bir bant var.

Atina'da bulunma sebebimi uzun uzun anlatıyorum. Sıkılmadan dinliyorlar.

Kırk beş dakika kadar dinledikten ve not aldıktan sonra, söylediklerimin doğru olup olmadığını araştırmak için, kanıt olarak sunduğum her şeyi alıp yanımdan ayrılıyorlar.

***

Gece üçe doğru "Tamam. Serbestsiniz" diyor ilk karşılaştığım ve İngilizcesi gayet iyi olan havaalanı polisi.

Fotoğraf makinemi, banyo edilmiş filmlerimi, içinde kaset olan teybimi, pasaportumu, basın kartımı iade ediyor.

Sırt çantamı ve ayaklarımın dibindeki yüz kez aranmış bavulumu işaret edip "Bunlardan başka çantanız yoktu değil mi?" diye soruyor.

"Yoktu."

"Sabahleyin yedide, İstanbul'a gidecek bir uçak var onda yerinizi ayırttım. Saat beşte Olympic'in bankosuna gidin, pasaportunuzu gösterin, biletinizi verecekler."

***

Eleftherios Venizelos Havalimanı'ndaki bütün yeme içme mekânlarını dolaşıp, BBC'ye ayarlanmış televizyona en yakın sandalyeyi gözüme kestiriyorum.

Sabah kahvaltısından bu yana geçen yaklaşık on altı saat zarfında ağzıma su dışında bir şey koymadım. Kurt gibi açım. Bir bira ve birkaç sandviç alıp televizyonun karşısına geçiyorum.

Şansıma, birkaç dakika içinde saat başı oluyor. BBC, beklediğim gibi haberi ilk sıradan veriyor:

Dün sabah Atina'nın Palaio Faliro semtinde, saat 16.30 sularında, bir Ermeni genç taksi beklerken çapraz ateşe alınıp öldürüldü. Genç adamın yanında, kardeşinin eşi de vardı. Kadın saldırıda hedef alınmadı. Alınan bilgiye göre, genç adam Belgrad'a uçmak için havaalanına gidiyordu. Maktulün üzerinden Abdul Mohammed Kasım adına düzenlenmiş, Güney Yemen'e ait diplomatik bir pasaport çıktı. Güney Yemenli otoriteler bu isimde birine kimlik vermediklerini açıkladılar. Polis, öldürülen genç adamın eşiyle temas kurdu. İsminin Jeanine olduğu öğrenilen kadın, maktulle bir yıldır Atina'da yaşadıklarını, bu süre zarfında eşinin Henri Titizyan adını kullandığını söyledi ve farklı isimler altında düzenlenmiş pasaportlara sahip olduğunu kabul etti. Yunan polisi maktulün Agop Agopyan olduğunu tahmin ediyor. Polise açıklamada bulunan bir görgü*

---

* Agop Agopyan 1951-1988 yılları arasında yaşadı. ASALA'nın üç kurucusundan biri. Doğduğu Irak'tan Lübnan'a göç etti. Asıl adının Harutyun Tokaşyan olduğu kesinleşmiş gibi. Fransız polisinin kayıtlarında adı Bedros Havanasyan olarak geçiyor. Mihran Mihranyan, Vahram Vahramyan, Iran Irmian takma adlarını da kullandı. 1975-1988 arasında on altı farklı ülkede çok sayıda Türk diplomat ve sivil hedeflere karşı bombalı ve silahlı eylemlerde bulundu. ASALA 2001 itibariyle ABD'de *Yabancı Terörist Örgütler* listesine alındı. Birleşik Krallık'ın *Yasadışı Gruplar* listesine girdi. Avustralya, Kanada, Avrupa Birliği ve Rusya'nın *Tanımlanmış Gruplar* listesinde bulunuyordu. Agop Agopyan'ın Türk anti terör timi tarafından cezalandırıldığı kesin gibi. Bazı kaynaklara göre, Taşnak-Hınçak çatışması sonucu öldürüldü. *(Önemli not: En başta da belirtildiği gibi kitap yazılırken, anlamada kolaylık sağlamak üzere bazı tarihlerde oynamaya gidildi. Buna karşılık dipnotlarda olayların gerçek tarihleri belirtildi.)*

tanığı, cinayeti iki silahlı adamın, park halinde bir otomobilden inerek işlediklerini söyledi. Bir başka görgü tanığına göreyse, genç adam kaçmaya çalıştı ama silahlı adamlardan biri peşinden takip etti, ateş etmeyi sürdürdü. Saldırganlar olay yerinden kendilerini bekleyen otomobile binerek uzaklaştılar. Bir Türk yetkili, BBC'nin mikrofonuna şunları söyledi: "Öldürülen Ermeni teröriste kimin ateş ettiğini bilmek zor. Çünkü karakter sahibi biri değildi. Çok sayıda odak tarafından aranıyordu." Agopyan'ın cesedi, anne ve babası olduğunu iddia eden ve halen Musul'da yaşamakta olan Mıgırdiç ve Siranuş Tokaşyan tarafından istendi. Cenaze doğduğu Irak'a gönderilecek.

Aynı haberleri, mümkün olabilirse saat başında bir kez daha dinleyeceğim. Kafam allak bullak olmuş vaziyette.

Cinayet yerine dair filmde, yerde yatanın Ferit olduğunu gördüm. Başka kimse yoktu. Bu da Holly'nin canlı kurtulmuş olduğuna işaret ediyor. Haberin bir yerinde, maktulün yanında kardeşinin eşi yani baldızı olduğu söylendi. Acaba Holly gerçekten de Ferit'in baldızı mıydı? Ayrıca bir de eşten söz edildi. Yoksa Holly, Ferit'in Jeanine isimli eş miydi?

Dediğim gibi kafam karmakarışık. Saat başında BBC'yi yeniden dinlemem lazım.

-71-

Sabah 07.00 uçağına binerken, eve uğramadan gazeteye gitmemin daha uygun olacağını düşünüyorum. Her şey yolunda giderse 09.30 gibi masamda olurum.

Olympic'in hostesleri uçağın girişinde isteyenlere Yunanca günlük gazetelerden veriyorlar. Birkaç tane alıp koltuğuma oturuyorum.

Bütün gazeteler kan revan içinde. Agop Agopyan haberi gazetelerin hepsine manşetten girmiş durumda. Hepsinde, yerde bir kişinin yattığı görülüyor. Başka da hiçbir şey anlamıyorum zaten.

***

Masama oturur oturmaz eşimi arıyorum. Kazasız belasız dönmüş olmama sevindi. Ufaklık da iyiymiş. Atina'dan da aramıştım zaten birkaç kez.

Gazetelere dalmak üzereyken yazıişleri müdürü başımda dikiliyor "Kaçak. Hoş geldin" diyor. Kalkıp boynuna sarılıyorum. "Gelirken mutlaka getir!" diye talimat verdiği yedi yıldızlı Yunan konyağı Metaxa'yı sırt çantamdan çıkartıp teslim ediyorum.

"Kendime almadım. Seninkini içeriz yavaş yavaş" deyince kahkahayı basıyor.

"Çok beleşçisin ulan" diyor, konyağın parasını almayacağımı bildiği halde.

Özlemişim gazeteyi. Yazıişleri müdürümü de.

"Agop Agopyan tam da sen Atina'dayken öldürüldü. ASALA'nın bir numarasıymış. Haberin oldu mu?"

"Oldu. Gece yarısı havaalanında BBC'den dinledim. Sabahki Yunan gazeteleri bu haberden geçilmiyor. Getirdim gazeteleri bir göz atmak istersin diye."

"Al da gel gazeteleri. Genel yayın yönetmenimizi ziyaret edelim. Sana hoş geldin demek isteyecektir."

***

Genel yayın yönetmeninin yüzünden döndüğüme dair sevinmiş gibi bir hava almıyorum. Nasıl geçtiğini de sormuyor zaten.

"Ben de memnun oldum sizi gördüğüme" diyorum inadına.

"Murdar oldu senin haber" diyor sıkkın bir ifadeyle.

"Neden?"

"Çünkü Yunanistan ile aramız bozulacak şimdi. Başladılar bile Türk istihbaratı tarafından yapılmış olabileceğini seslendirmeye. Bu durumda kalkıp Atina güzellemesi yapamayız herhalde değil mi?"

Anlaşıldı durum. Genel yayın yönetmeni patronun seyahate harcadığı paranın boşa gitmiş olduğunun derdine düşmüş vaziyette.

Yazıişleri müdürüm "Bir hafta sonra unutulur gider. O zaman yayımlarız" diyerek makul bir çıkar yol öneriyor.

"Doğru söylüyorsun. Yazacağım yazı bugün de bir ay sonra da yayımlansa olur. Çektiğim fotoğraflar da öyle. Atina bildiğimiz Atina işte. Edilecek laflar da temcit pilavı misali."

"O zaman..." diyor genel yayın yönetmenim. "Sen de şu Agop Agopyan işine destek ol, yarınki gazeteye tam sayfa bir şey yapalım."

***

Yazıişleri müdürümün odasında, çayımızı içerken ASALA ve JCAG arasındaki farkı ballandırarak anlatıyorum. Şaşırıyor bizimki.

"Arkadaş Ermeni terörü uzmanıymışsın da haberimiz yokmuş!"

"Bilmiyor muydun sahiden bu anlattıklarımı sen?"

Birkaç hafta öncesine kadar ben de bilmiyordum. Söylemiyorum tabii bunu.

"O zaman..." diyor arkadaşım. "Kahvaltını et ve derhal yazmaya başla. Bir yazı, ASALA ve Agop Agopyan üzerine olsun. Nasıl kuruldu, kurucuları kimler, hangi eylemleri yaptılar filan. İkinci yazıda, birbirinden farklı kaç Ermeni terör örgütü olduğunu anlat. Üçüncü yazı ise aktüel işle ilgili olsun. Yani Agop Agopyan'ın nerede, nasıl öldürüldüğü hakkında. Kapiş?"

***

Günlük koşturmaca için kollarımı sıvayınca, gece boyu uyumamış olduğumu bile unutuyorum.

Yorgunluk etkisini akşamüstü, haberler sayfa sekreterine doğru yola çıkınca göstermeye başlıyor.

Gerginlik kısmı bir yana, aslında üç gündür doğru düzgün uyku uyumuş değilim.

Geriye doğru düşündüğümde aklıma bir gece önce Samatyalının meyhanesi, arkasından yaptığımız yer tespiti ve nihayetinde kahve içerken yaptığımız konuşmalar geliyor. Geceyi böyle kapatmış, gözüme dirhem uyku sokmamıştım.

Dün sabah yataktan çıktıktan sonra gündüz gözüyle yer tespiti yapmış, sonra ayakkabılarımı boyatmış ve teyit vermiştim. Ardından otele dönmüş, İstanbul'a dönebileceğim haberini almıştım. Dün, bütün geceyi havaalanında geçirdim. Bütün bu süre zarfında henüz başımı bir yere yaslayıp uyumuş değilim. Bu da yaklaşık otuz saattir gözümü kırpmamış olduğum anlamına geliyor.

Son yazıyı yazıişleri müdürümün eline teslim ediyor "Ben bir taksiye atlayıp evime gidiyorum. Yoksa şuracıkta bayılacağım" diyorum.

"İyi iş çıkarttın gelir gelmez" diye sesleniyor arkam sıra.

-72-

Oğlum nasıl olduğumu bile sormadan "Bana ne getirdin?" diyor.

"Bil bakalım ne getirdim?"

"Action Man."

Action Man'in bütün serisine sahip. Sağ olsun kız kardeşim, çıkan her Action Man'i alıyor. Ama eminim ne onun ne de bizim ufaklığın çantamda olan parçadan henüz haberi yok. Tezgâhtar "Çok yeni!" dedi çünkü.

Sırt çantamı açarken "Action Man'in en büyük düşmanı kim biliyor musun?" diye soruyorum.

"Cık" diyor. Annesi "Cık değil hayır" diye düzeltiyor.

"Başka bir planetten gelme, Alien Strong Men diye birini duymadın mı hiç?"

"Cık!"

Venizelos'tan aldığım, Action Man dizisine yeni katılmış karakteri, naylon torbasından çıkartıp uzatıyorum. Ambalajı açmaya koyuluyor.

Annesi "Teşekkür et" demese, umurunda olmayacak. Hoş dese de fark etmiyor ya zaten, o da ayrı bir mesele.

Oğlumuzu yeni oyuncağını plastik kabından çıkartana kadar özgür bırakıyorum.

Action Man'in En Büyük Düşmanı'nı eline alınca "Yaşa be!" diyor ve doğru odasının yolunu tutuyor.

O gidince "Sana da bunu getirdim" deyip, eşime yine Venizelos'tan seçtiğim içinde çiçek kokuları olan parfümü uzatıyorum. Hemen deniyor.

***

Yorgun ve aç olduğumu telefonda da söylediğim için derhal itinayla hazırlanmış sofraya oturuyorum.

"Hoş geldin" diyor kadehlerimizi tokuştururken. Sonra "Nasıl geçti?" diye soruyor.

"Bildiğin şeyler işte. Akropolis, müzeler filan. Turistik yerler anlayacağın. Patron biraz Hilton'un reklamı gibi de olsun istemişti. Müdürüyle röportaj yaptım."

"Yazdın mı bugün yazını?"

"Hayır. Bugün Atina'da gerçekleşen bir olay vardı onu yazdım."

"Şu televizyonda filan da söylenen değil mi? Ermeni terörist."

Eşim birden aklına gelmiş gibi masadan kalkıyor, ileride, şifoniyerin üzerinde duran bir mektubu alıp geliyor.

"Üzerinde ikimizin de adı yazılı olduğu için açtım. Holly göndermiş."

Şaşkınlıktan küçükdilimi yutacak gibi olduysam da fark ettirmemeye çalışarak mektuba bakıyorum.

İtalya'dan postaya verilmiş. Zarfın üst sol köşesine Holly yazılmış. Evimizin adresine, eşim ve benim adıma gönderilmiş.

"Ne yazıyor?" diye soruyorum bir yandan mektubu açarken.

"Çok ilginç" diyor eşim.

Uzunca bir mektup. Eşim "Yüksek sesle okur musun lütfen? Tekrar duymak istiyorum" deyince okumaya koyuluyorum.

***

Çok değerli arkadaşlarım,

Umarım iyisinizdir. Zarfa yapıştırdığım puldan da anlayacağınız gibi İtalya'da, Roma'dayım.

Dünya küçük der gibi gelecek ama buraya İsviçre'den geldim. Oraya da Yunanistan'dan gitmiştim. Buradan nereye gideceğimi ise Allah bilir.

Gördüğünüz gibi, pek yerimde duramıyorum. Naturam buna izin vermiyor!

Aynı yerde uzun süre hatta kuşaklar boyu kalabilen insanlara bayılıyorum. Seçtiği işe hayatının işi olarak sarılan insanları da seviyorum.

Kendim çeşitli nedenlerle bundan mahrum kaldıysam da biliyorum ki kökler her şeydir.

İstanbul seyahatimde, en büyük kazancım sizi tanımak oldu. İkiniz de son derece sıra dışı, sevgili dolu, birikimli insanlarsınız. Keşke bir daha karşılaşabilsek, sohbetlerimizi daha da derinleştirebilsek. Ama olmayacak.

Ne yazık ki bir daha sizi hiç göremeyeceğim!

Başta da dediğim gibi, pek yerimde oturabilen türden biri değilim.

Bu mektubu size teşekkür etmek için kaleme alıyorum.

Sadece yaptıklarınız için değil, vereceğinizi umut ettiğim büyük destek için de teşekkür ederim. Peşin.

Biliyorsunuz, bir Ece'm var. Hep de olacak. Nereye gidersem gideyim, onu kalbimde götüreceğim.

Öte yandan, Ece'yi kendi hayatıma ortak edemem. Onu sorunlarımın bir parçası haline getirmem olur ki böyle bir davranışa yüreğim elvermez.

Biliyorsunuz, Ece çok zor bir dönem geçirdi. Yaralandı. Yeniden yaralanmasını, örselenmesini siz de ben de istemeyiz.

Onu bir yadigâr olarak size bırakıyorum!

En çok da bu nedenle, ona güzel bir gelecek hazırlamam gerektiğini düşündüm. Ece'nin geleceğine dair, önemli olduğunu sandığım birkaç davranışta bulundum.

Öncelikle, Ece'yi İsviçre'ye götürdüm ve kendisi için sıfırdan başlayacak bir eğitim planı yapılmasını sağladım. Okulunun ismini ilişikteki sayfada bulacaksınız.

Biliyorsunuz yaşı on dört. Halihazırda dokuz sene geride gibi görünse de şans verilmesi halinde onun gibi zeki bir çocuğun bu handikabı aşması pekâlâ mümkün. Konuşmak fırsatı bulduğum uzmanlar da aynı görüşteler. Dediğim gibi, başlangıç olarak çok özel bir eğitime tabi tutulacak. Bana söylenen, aradaki eksikliğin üç yıl içinde tamamlanabileceği. Tabii ki göz kulak olmak kaydıyla.

Ece, şu anda bulunduğu okulda liseyi tamamlayana kadar okuyacak. Bu arada İngilizce, Fransızca ve Almanca öğrenecek. Eğitim, yatak ve yemek masraflarının tümünü en baştan yatırdım. Hangi üniversiteyi seçerse daha iyi olacağına dair verilecek danışmanlık da dahil olmak üzere, Ece'nin okulu bitireceği güne kadar olan borcu sıfır.

Ayrıca, yine ilişikteki sayfada ismini göreceğiniz ve hesap numaralarını bulacağınız İsviçre bankasına, sizin adınıza, üniversite masrafı için gerekecek paranın iki katını, hatta fazlasını yatırmış bulunuyorum.

İki katı, çünkü bir kısmı Ece, ikinci kısmı da ona çok cici bir kardeş olacağından emin olduğum sevgili oğlunuzun üniversite masrafı olsun diye.

Bu arada sizi unutmadım. Ece'yi görmeye, onunla vakit geçirmeye yetecek kadar parayı da adınıza açtırdığım banka hesabına yatırdım.

Eminim, sözünü ettiğim girişimde bulunmasam ve gerekli parayı hesabınıza yatırmasam da Ece için gerekecek her şeyi kendiliğinizden de yapardınız.

Öte yandan, kabul etmelisiniz ki yapacaklarınız imkânlarınızla sınırlı kalırdı. Benim yaptığım, sınırlarınızı genişletmeye çalışmaktı, o kadar.

Kendinize, birlikte zaman geçirmekten büyük mutluluk duyduğum oğlunuza ve Ece'ye lütfen çok iyi bakın.

Sevgiyle kucaklıyorum.

Holly

***

Mektubu bir kez de sessiz, sadece kendim için okudum.

Holly beni son olarak Bodrum'da ayrılırken görmüştü ama ben onu Laurium'da ve Atina'da olmak üzere iki kere daha görmüştüm.

Yanında Ferit de vardı. Artık Ferit yok.

Sahi, Holly neden hayatta? Yüzbaşı Atıl'ın adamları Holly'yi neden öldürmediler?

BBC'den haberi dinlediğim dakikadan bu yana, hep bu konuyu düşünüyorum.

Neden Holly'nin yaşamasına izin verildi?

Bir punduna getirdiğimde Yüzbaşı Atıl'a soracağım bu soruyu.

Bana kalırsa, Türkiye Holly'ye dokunmayarak iki şey söylemiş oldu. Birincisi, her ne yapmış olursa olsun kadına el kaldırılmayacağını, ikincisi ve daha önemlisi, bütün bu işlerden Agop Agopyan'ı sorumlu tuttuğunu.

Bunlar tabii benim düşüncelerim.

Peki Holly ne olacak? Bundan sonra ne yapacak? Yaşadığına göre, onu bir daha görebilecek miyim?

Sanmıyorum. Mektubundan anladığım bu.

Bir de eşime ve bana yazılmış ama sadece bana söylendiğinde emin olduğum, iki kelime var dikkatimi çeken:

"Ece'yi (sana) bir yadigâr olarak bırakıyorum."

EK

ERMENİ TERÖR ÖRGÜTLERİNİN SALDIRILARI SONUCU ŞEHİT OLAN TÜRKİYE CUMHURİYETİ VATANDAŞLARI

1. Mehmet BAYDAR - Los Angeles Başkonsolosu
2. Bahadır DEMİR - Los Angeles Konsolosu
3. Daniş TUNALIGİL - Viyana Büyükelçisi
4. İsmail EREZ - Paris Büyükelçisi
5. Talip YENER - Paris Büyükelçiliği Makam Şoförü
6. Oktar CİRİT - Beyrut Büyükelçiliği Başkâtibi
7. Taha CARIM - Vatikan Büyükelçisi
8. Necla KUNERALP - Madrid Büyükelçimiz merhum Zeki Kuneralp'in eşi
9. Beşir BALCIOĞLU - Büyükelçi, Merhum Madrid Büyükelçimizin kayınbiraderi
10. Ahmet BENLER - Merhum La Haye Büyükelçimiz Özdemir Benler'in oğlu
11. Yılmaz ÇOLPAN - Paris Turizm Müşaviri
12. Galip ÖZMEN - Atina Büyükelçiliği İdari Ataşesi
13. Neslihan ÖZMEN - Atina İdari Ataşemiz Galip Özmen'in kızı

14. Şarık ARIYAK - Sidney Başkonsolosu

15. Engin SEVER - Sidney Başkonsolosluğu Güvenlik Ataşesi, Polis Memuru

16. Reşat MORALI - Paris Çalışma Ataşesi

17. Tecelli ARI - Paris Büyükelçiliği Din Görevlisi

18. M. Savaş YERGÜZ - Cenevre Başkonsolosluğu Sözleşmeli Sekreteri

19. Cemal ÖZEN - Paris Büyükelçiliği Güvenlik Ataşesi, Polis Memuru

20. Kemal ARIKAN - Los Angeles Başkonsolosu

21. Orhan GÜNDÜZ - Boston Fahri Başkonsolosu

22. Erkut AKBAY - Lizbon Büyükelçiliği İdari Ataşesi

23. Nadide AKBAY - Lizbon Büyükelçiliği İdari Ataşesi Erkut Akbay'ın eşi

24. Hamdi YAHYAOĞLU, Ankara Emniyet Müdür Yardımcısı

25. Atilla YAHŞİ - ESB Hv. Limanı'nda görevli Polis Memuru

26. Cemal BİROL - ESB Hv. Limanı'nda görevli Polis Memuru

27. Kurmay Albay Attila ALTIKAT - Ottawa Büyükelçiliği Askeri Ataşesi

28. Bora SÜELKAN - Burgaz Başkonsolosluğu İdari Ataşesi

29. Galip BALKAR - Belgrad Büyükelçisi

30. Dursun AKSOY - Brüksel Büyükelçiliği İdari Ataşesi

31. Cahide MIHÇIOĞLU - Lizbon Büyükelçiliği Müsteşarı'nın Eşi

32. Işık YÖNDER - Tahran Büyükelçiliği sözleşmeli sekreterinin eşi

33. Erdoğan ÖZEN - Viyana Büyükelçiliği Çalışma Ataşesi

34. Enver ERGUN - BM'nin Viyana Ofisi Sekretaryasında Direktör

35. Çetin GÖRGÜ - Atina Büyükelçiliği Basın Ataşesi

36. Halûk SİPAHİOĞLU - Atina BüyükeElçiliği Müsteşarı

Kaynak: Türkiye Cumhuriyeti Dışişleri Bakanlığı